10/18

12, AVENUE D'ITALIE. PARIS XIII⁰

Sur l'auteur

Brigitte Aubert est née à Cannes en 1956. Programmatrice de cinéma, elle a également publié une quinzaine de thrillers (aux Éditions du Seuil), dont *La Mort des bois* qui a obtenu le Grand Prix de littérature policière en 1997, et, avec sa coauteure G. Cavali, autant de romans policiers et d'heroic fantasy pour la jeunesse. Elle s'essaie aujourd'hui au polar historique et signe aux Éditions 10/18 les deux premières aventures d'une série au long cours.

BRIGITTE AUBERT

LE MIROIR
DES OMBRES

INÉDIT

10/18

« *Grands Détectives* »
dirigé par Jean-Claude Zylberstein

Du même auteur
aux Éditions 10/18

▶ LE MIROIR DES OMBRES, n° 4155
LA DANSE DES ILLUSIONS, n° 4156

© Éditions 10/18, un département d'Univers Poche, 2008.
ISBN 978-2-264-04632-1

« Dites-moi à quelle heure
je dois être transporté à bord. »
(Arthur Rimbaud, la veille de sa mort)

« Je vis ce que je vis, j'entendis ce que j'entendis,
et mon âme en fut malade. »
Robert Louis STEVENSON,
L'Étrange Cas du docteur Jekyll et de M. Hyde

« Je lâcherais tout, même la proie, pour Londres. »
Alphonse ALLAIS,
À se tordre

CHAPITRE PREMIER

L'air sentait le froid, la pluie et le sang. Louis Denfert remonta le col de sa veste et enfonça les mains dans ses poches. Du canal de l'Ourcq montait une brume glaciale qui donnait l'impression de vous absorber les jambes. Sur les deux ponts reliant les abattoirs de la Villette au marché aux bestiaux avançaient lentement des colonnes de bœufs – vingt-cinq têtes pour un conducteur et un chien – et des carrioles transportant des veaux, des cochons, des moutons dans un charivari de cris, de meuglements et d'aboiements.

Louis franchit avec soulagement la grille monumentale qui gardait l'entrée des abattoirs, content de s'éloigner des coups de masse et de merlin, des convulsions, des sursauts, du marquage au fer rouge et du vacarme assourdissant de la mort en série.

L'un des tueurs, un solide garçon boucher chaussé de lourds sabots et sanglé de sa boutique professionnelle, lui avait complaisamment détaillé le cas dramatique de l'animal à « tête molle » : chez certains ruminants au front très développé, de grande taille et à grosses cornes, l'air contenu dans les sinus donnait à la boîte crânienne une certaine élasticité. Dans ces cas-là, le merlin était repoussé de la région frappée avec une force égale à celle du coup.

« De grosses têtes pleines de vent, ce n'est pas ce qui manque dans la capitale ! » avait ricané Louis tout en prenant consciencieusement des notes. *Le Petit Éclaireur* voulait un papier sur ces magnifiques édifices qu'étaient les Abattoirs généraux de la Villette, sans doute afin d'égayer les bourgeois à leur petit déjeuner. C'était chose faite et maintenant il fallait penser au sien, de petit déjeuner, vu qu'il était parti le ventre vide, par crainte de se trouver indisposé pendant les opérations d'abattage.

Tirant sur sa barbiche blonde, il héla un fiacre et casa avec satisfaction son mètre quatre-vingt-trois sur le siège en velours élimé, essayant de se réchauffer.

La course, cahotante, fut longue au milieu de l'habituel encombrement de chevaux, omnibus, tramways, livreurs et piétons indisciplinés. Un tonneau échappé à son rouleur faillit fracasser les pattes de leur cheval et déclencher une rixe. C'est donc de fort mauvaise humeur que le jeune homme débarqua sur le trottoir devant le siège du quotidien qu'il avait le plaisir d'honorer de sa plume depuis bientôt un an.

Avant tout, se sustenter. Il fonça sur la mère Maryvonne, une robuste Bretonne toujours ensevelie sous une litière de châles crasseux, blottie contre son banc de marrons chauds. Il lui en acheta une livre et entra au journal en se brûlant les doigts.

À cette heure, la rédaction était encore assez calme et silencieuse, si l'on faisait abstraction du grondement incessant des rotatives dans la salle des machines. *Le Petit Éclaireur*, lancé depuis peu, n'avait pas la notoriété de son farouche concurrent, *Le Petit Journal*, qui tirait à un million d'exemplaires ! Et par conséquent ses installations étaient moins splendides et ses employés moins nombreux. Pas de dorures à profusion, de grande salle des fêtes ou de réfectoire.

Louis avisa l'un des feuilletonnistes de *L'Écho de Paris*, Octave Mirbeau, qui tenait irrégulièrement chez eux une rubrique littéraire. Il griffonnait avec fièvre, tête baissée. Depuis que la critique avait éreinté son *Sébastien Roch*, paru en feuilleton l'année précédente, il était plus qu'à son tour d'une humeur de dogue. Il faut dire que la triste histoire de ce jeune garçon violé par le jésuite responsable de son éducation pouvait choquer... Louis, qui ne goûtait pas trop les romans à thèse, en avait rapporté les feuillets à Camille, qui lui en avait fait le résumé. Il préférait nettement *Le Journal d'une femme de chambre*, qui paraissait depuis octobre.

Il salua avec déférence son distingué et bouillonnant collègue en s'installant à son propre pupitre et se dépêcha de mettre ses notes au propre, après avoir inscrit la date en majuscules : MARDI 10 NOVEMBRE 1891.

Il songeait au dîner de ce soir avec Camille. Il voulait l'emmener au *Chat Noir* voir *Ailleurs*, la nouvelle revue du détonant Maurice Donnay, aussi laid que plein d'esprit. La bande de copains serait certainement là et peut-être l'impayable Alphonse Allais leur ferait-il la joie d'un de ses aphorismes si délicieusement absurdes. Encore fallait-il que Camille ait fini ses sacrées répétitions à l'heure. Elle consacrait tout son temps à cet inepte *Mademoiselle de la Seiglière*.

Il passa la main dans ses cheveux d'un blond presque blanc, les ébouriffant machinalement, tout en bouclant son papier. Louis, qui assurait les doubles fonctions de chroniqueur sportif et de reporter, essaya de se concentrer sur son prochain article : le Grand Prix de Paris. Gagné l'année précédente par Fitz Roya, monté par...

— M'sieu Louis, m'sieu Louis !

Il leva la tête. La Glu lui faisait face, la casquette vissée sur le crâne, serré dans un tricot rapiécé trop petit pour lui, son étroit visage constellé de taches de rousseur, un grand sourire révélant ses dents ébréchées. Le gamin, qui servait de garçon de courses aux « rubriquards », avait la manie de leur coller aux basques, plein d'une indéfectible bonne volonté.

La Glu était un zonier. Sa famille vivait derrière les fortifs, dans la ceinture militaire. Un territoire sis entre la ligne extérieure des remparts et celle des dix-sept forts édifiés à l'initiative de Thiers de 1841 à 1845 – dont s'étaient hélas joués les tirs prussiens en 1870. Dans cette zone exempte de taxes et non constructible, où n'étaient tolérées que les habitations précaires, avaient vite proliféré les lieux de plaisir et de dépravation bon marché. La Glu et les siens s'entassaient dans un baraquement sordide. Le père servait à boire tandis que la mère, aussi violente qu'imbibée d'absinthe, jouait aux cartes à longueur de journée avec les chiffonniers et que ses sœurs payaient les fournisseurs en nature dans l'appentis.

Le gosse s'était enfui sans regret de cet assommoir pour venir tenter sa chance en ville. Il avait commencé par chanter dans les rues, mais sa voix de crécelle lui avait attiré plus de lazzis que de piécettes. Alors, suivant l'exemple du père Caca, le fameux chiffonnier qui avait fondé la profession près de trente ans plus tôt, il s'était mis mégotier. Il avait commencé « ramasseur », livrant la matière première glanée sur les trottoirs aux détaillants, puis s'était installé « marchand ». De Londrès en Khédives en passant par les débris des cigares, nettoyant, coupant et frisant ses mégots, il arrivait à en tirer presque deux francs par jour ! Et tout en menant son petit commerce, il avait repéré parmi ses clients les messieurs bien mis qui allaient et venaient au siège du journal et avait décidé de s'y faire embaucher.

Après plusieurs mois de menus services et de sourires édentés, il y avait fait son trou, comme une petite souris dans une maison cossue, et servait autant de commissionnaire que de mascotte. Pour l'heure, il se dandinait d'un pied sur l'autre :

— L'patron vous demande ! Paraît qu'y en a une grosse !

— Une grosse quoi ?

— Une grosse nouvelle ! Remuez-vous un peu !

Louis fit mine de lui envoyer une calotte et le visage de La Glu s'illumina.

— Z'avez le bras trop court et z'êtes pas assez rapide. Pas comme l'autre vieux là-bas, ajouta-t-il à voix basse en désignant Mirbeau qui n'avait pas levé la tête.

Louis haussa les épaules et le suivit dans le dédale des escaliers, notant les godillots troués, le pantalon élimé, les épaules étroites. Mangeait-il au moins à sa faim ?

Ils longèrent successivement la salle des plieuses, celle de la clicherie, la messagerie, la papeterie, le service des archives et les confortables bureaux de ces messieurs les administrateurs, avant de débouler à l'étage biscornu qui donnait toujours à Louis la sensation d'une maison de poupée. La Glu cogna à une porte vitrée. La voix bourrue du rédacteur en chef leur cria d'entrer. André Gillières, dit le Grand Dédé à cause de sa petite taille, les attendait, les pieds sur son bureau, une tasse de café en équilibre sur son genou droit, tirant sur un de ses habituels « cinq sous », un cigare à vingt-cinq centimes, tout en dictant laborieusement dans le cornet d'un graphophone Tainter.

— Vous préparez un numéro pour le Cirque des Champs-Élysées, patron ? demanda Louis.

— Boum, boum ! lança La Glu, imitant la célèbre exclamation de Géronimo Medrano, leur clown vedette.

— Suffit ! ordonna André Gillières en agitant un index péremptoire. Denfert, note !

— Tenez, v'là mon crayon, dit La Glu en tendant à Louis un bout de mine mâchouillé.

— Fiche le camp, toi, dit Gillières en posant la tasse sur le bureau, tu vas me mettre des puces partout !

La Glu haussa les épaules.

Gillières se leva, étirant son mètre cinquante-trois, et fit craquer ses doigts tandis que Louis ouvrait son carnet.

— Un jeune comme toi, ça doit aimer les voyages, laissa-t-il tomber.

— Eh bien... commença Louis, hésitant, songeant aux violents troubles entre l'empire du Ouassoulou et la France.

— Tant mieux ! coupa Gillières. Tu vas faire un voyage en chemin de fer.

— Pour aller où ? À l'octroi ? ricana Louis, malgré tout déçappointé.

— Mais non, crétin ! À Dijon.

— Dijon ? répéta Louis. Qu'est-ce qu'il y a d'intéressant, à Dijon ?

— La moutarde ! cria La Glu.

Les deux hommes lui lancèrent un regard noir.

— À Dijon, reprit Gillières en frottant sa calvitie naissante, il y a un beau cadavre qui t'attend.

— Un cadavre ?

— Tu peux arrêter de répéter tout ce que je dis comme si tu étais aussi débile que celui-ci ? fit son supérieur avec un geste vers La Glu qui prit un air outragé. Un cadavre, oui, confirma-t-il. Celui d'une femme de trente-deux ans. Une Anglaise. Assassinée cette nuit dans le Paris-Marseille de la PLM. On vient de me télégraphier.

— Et le téléphone, alors ? C'est pour les mouches ? s'étonna La Glu en désignant le bel appareil en acajou accroché au mur.

Un poste Mildé, à deux écouteurs et microphone frontal, qu'il rêvait d'utiliser en loucedé.

— Tais-toi, graine de potence ! lui lança Gillières, qui était très fier d'avoir fait partie de la première liste des 6 425 abonnés parisiens publiée par la Société générale des téléphones publics. J'ai fait tomber la pile à ammoniaque, expliqua-t-il à Louis, ça m'a troué le tapis ! Bon, on s'en fout. Voilà, tout est là, ajouta-t-il en tendant à Louis une feuille griffonnée.

— Mathilda Courray. Gouvernante de son état, lut celui-ci.

— La vache ! siffla La Glu.

— Du respect pour une morte, jeune homme ! tonna Gillières. Bon, continua-t-il avec un sourire en coin, mon petit Denfert, tu vas filer du même train pour aller prendre le tien gare de Lyon !

— Là, bravo, patron, vous vous êtes foulé ! se moqua Louis.

— Pourquoi crois-tu que je reste ici à fumer le cigare pendant que tu te fais des ampoules sur le macadam ? répliqua Gillières. Je te signale que Vauglard voulait y aller et que je t'ai donné la priorité, alors ne me déçois pas. Tu connais ma devise…

— « Du sang, du sens, du sensationnel ! » s'écria La Glu avec enthousiasme, avant d'ajouter : Mais faut savoir lire pour comprendre…

— J'ose espérer que mes journalistes savent lire, mon garçon ! rétorqua Gillières. Allez ouste, au boulot !

Louis redescendit prestement, se félicitant que l'immonde Vauglard n'ait pas été retenu. Une rivalité sans aucune cordialité opposait les deux hommes : Vauglard, un gros bonhomme apoplectique, toujours en noir, se cramponnait à ses prérogatives d'ancien et surtout de cousin de l'administrateur-délégué, et Louis, jeune et bouillant, brûlait de faire ses preuves tout en paradant dans son beau complet-veston en tweed à la dernière mode.

Une fois en bas, Louis informa ses confrères de son départ imminent et courut demander à Mirbeau si, exceptionnellement, il voulait bien assurer sa chronique sur le turf. Celui-ci était en conversation avec un jeune homme d'environ vingt-cinq ans à la figure poupine, portant une moustache à la chinoise. C'était le jeune Marcel Schwob, écrivain à la plume alerte, journaliste et traducteur de Robert Louis Stevenson. Louis l'appréciait et ils se serrèrent la main tandis que Mirbeau soupirait :

— Je disais à Schwob que Philomène a téléphoné pendant que tu étais là-haut.

La salle des journalistes disposait d'un appareil vétuste, mais bien entretenu, qui leur permettait, entre autres, d'écouter toutes les conversations du patron.

— Quelle Philomène ?

— Tu sais bien, Esther, l'amie de Verlaine.

— Le pauvre vieux est encore hospitalisé à Broussais ? demanda distraitement Louis, songeant à son bagage.

— Oui, diabète et syphilis, mais elle n'appelait pas pour ça. Elle voulait me dire que Rimbaud est mort ce matin à 10 heures à La Timone, à Marseille.

— Ouah, les nouvelles vont vite ! s'extasia La Glu. L'est à peine onze heures moins vingt-cinq !

— Rimbaud, celui des *Illuminations* ? s'enquit Louis.

Camille, dont c'était le poète préféré, lui avait offert un exemplaire au début de leur liaison. Ils l'avaient lu ensemble devant un coucher de soleil sur le canal Saint-Martin.

— Oui, celui-là, grogna Mirbeau. Tu en connais d'autres ?

— Excuse-moi, mais il a au moins quinze ans, ce bouquin !

— Il était parti vivre en Afrique et il est revenu malade à Marseille. Gangrène. Toute la vie n'est qu'une saloperie de gangrène ! conclut Mirbeau, sinistre.

— Oui, bon, désolé, mais moi j'ai un assassinat ! lança Louis qui était déjà à la porte.

Arthur Rimbaud, l'un des premiers fumistes, avec Mallarmé, avant que le terme désigne les humoristes les plus excentriques. Talent, beauté, sexe, alcool, scandale, tout le décorum des artistes maudits. Pauvre gars, il devait avoir trente-cinq ans à peine !

La vie était un train qui vous emportait direct jusqu'à votre terminus, et le prochain rapide pour Dijon partait à 11 h 15, lui apprit le concierge, le père Concorde, toujours d'accord avec tout le monde et lui-même. En traversant au trot la grande cour des départs et des expéditions, Louis déclina l'invitation de Robert Charvay, le directeur de la rubrique mondaine de *L'Écho de Paris*, de venir prendre un verre au *Clou*, le café de l'avenue Trudaine qu'il affectionnait. Il flanqua une chiquenaude amicale à la casquette crasseuse de La Glu, sauta dans un fiacre, tant pis pour la dépense, et fila jusque chez lui, rue Saint-Antoine, tout en relisant les notes de Gillières.

Mathilda Courray. Trente-deux ans. Originaire de Leeds, en Angleterre. Récemment embauchée comme gouvernante à Dijon par les de Bellay, d'où son voyage. De Bellay... le nom lui disait quelque chose, ah oui, un gros financier, propriétaire de plusieurs chevaux de course. Elle avait pris l'express Paris-Marseille de 10 heures du soir, arrivée prévue à Dijon à 4 h 32 du matin. D'après l'informateur de la police qui avait renseigné le patron, la victime avait été découverte par un voyageur. Plus exactement les morceaux de la victime, car la jeune femme avait été démembrée.

— Mazette ! siffla Louis entre ses dents.

On ne faisait pas dans la dentelle. Le pauvre type avait dû en être malade.

Le sapin s'arrêta dans une secousse devant le 62, rue Saint-Antoine, l'ancien hôtel de Sully. Depuis la Révolution, le noble bâtiment avait connu plusieurs destinations et on lui avait adjoint des logements et des commerces, casés à la va comme je te pousse entre les différents corps de logis. Louis rangea sa sinistre lecture dans sa poche et régla le cocher. Il fonça vers le porche monumental flanqué de deux demi-colonnes, saluant de la main M. André, qui tenait le magasin de chaussures « Incroyable », et manqua se cogner dans le père Anselme, le réparateur de parapluies dont le hangar était installé dans un coin de la vaste cour tombée en décrépitude.

Louis était ravi d'avoir trouvé à se loger dans un lieu chargé d'histoire. Son immeuble, inséré entre les deux façades du XVIIe dessinées par Androuet du Cerceau, affichait fièrement « Gaz à tous les étages ». Il abritait au troisième, à côté des chambres de bonne, un petit appartement aménagé sous les combles par un peintre australien, Charles Conder, un ami de Camille parti vivre à Dieppe. Bien que le logis fût petit et exigu, Louis appréciait la lumière qui y pénétrait à flots par les vastes lucarnes, l'imposant poêle à bois et surtout la minuscule salle d'eau, avec tub, cuvette et broc en faïence posés sur une tablette en marbre surmontée d'un miroir ovale.

Il trouvait ça chic et tirait l'eau froide tous les soirs au robinet de cuivre de l'étage pour pouvoir se raser le matin en sifflotant devant sa glace.

Pour l'heure, il saisit une petite valise beige, y fourra deux chemises blanches rayées, un caleçon, deux tricots de corps du docteur Rasurel, en lainage à la tourbe d'ouate, deux nœuds papillons, un noir et un marron, un pantalon gris propre, une paire de chaussettes, son peigne, un morceau de savon noir, son rasoir-sabre, une fiasque de cognac, *La Bête humaine* de M. Émile Zola, qui venait de paraître et qui lui semblait toute désignée pour un voyage en chemin de fer. Il prit sa pèlerine et redescendit aussi vite qu'il était monté afin d'attraper le tramway pour la gare de Lyon.

L'automotrice Rowan était repérable de loin à son panache de vapeur qui avait le désagrément de se condenser sur les passants, et Louis regretta une fois de plus que la France reste fidèle à la traction hippomobile ou mécanique au lieu de développer le tramway électrique. En Amérique, le système à prise de courant par perche et fil aérien connaissait un essor fulgurant sous l'impulsion des grandes compagnies telles que Westinghouse, Edison ou Thomson-Houston. Il était rageant pour un jeune homme de voir son pays à la traîne du progrès.

Heureusement, on était dans le peloton de tête pour le vélocipède : la France affichait de superbes champions. Louis, sans vouloir rivaliser avec eux, avait tâté de l'acrobatique grand-bi, dont la roue avant surdimensionnée pouvait atteindre jusqu'à trois mètres de diamètre, mais avait rapidement été conquis par les bicycles « sûrs » et s'était offert après six mois de turbin une bicyclette Humber de course de huit kilos et demi, avec un cadre innovant en tubes d'acier. Une bête racée qui lui avait déjà valu quelques belles chutes.

Il ne désespérait pas de convertir Camille aux joies sportives du coup de pédale.

La gare résonnait d'annonces, des vociférations des porteurs, des conversations des voyageurs, d'appels, le tout sur fond de courses haletantes, de mouchoirs agités et d'amoncellements de bagages. Deux sergents de ville déambulaient de leur pas lourd dans la foule hétéroclite, guettant les pickpockets et les voleurs à la valise, ces faux commissionnaires qui proposaient de porter vos bagages pour se carapater avec. Un vendeur à la sauvette du *Père Peinard*, le journal « anarcho-espatrouillant » d'Émile Pouget, s'esbigna promptement à leur vue.

Louis, l'œil rivé à la grande horloge, prit d'assaut un guichet, piétinant quelque peu un gros bonhomme qui l'insulta copieusement. Enfin pourvu de son billet, il traversa en courant la salle des pas perdus et sauta dans le train dont on fermait les portières, sous le regard désapprobateur du chef de quai. Décidément, tout le monde le détestait, aujourd'hui !

À peine assis, non sans bousculade, près de la fenêtre de son compartiment de deuxième classe, il se frappa le front : il avait oublié de prévenir Camille ! Là, pour le coup, il était dans la mouise. Le train s'ébranlait lentement. Il ouvrit la vitre et héla un petit fontainier qui traînait sur le quai. Le gamin courut vers lui, brandissant son bidon, mais Louis secoua la tête.

— Urgent ! hurla-t-il pour couvrir le chuintement de la vapeur. Va trouver Mlle Camille De Saens, à la Comédie-Française, dis-lui que Louis a dû partir à Dijon, tu te souviendras ?

Hurlant lui aussi, le gosse répéta le nom et l'adresse, trottinant à côté du train qui prenait de la vitesse.

— C'est une grande actrice ! Elle te paiera bien ! cria encore Louis tandis que le quai s'éloignait.

Le gamin agita le bras puis fila vers la sortie et Louis se rassit. Espérons qu'alléché par une récompense et par l'idée de rencontrer une belle actrice, il ferait la commission. Sinon, il était bon pour un petit souper et une grosse addition chez *Marguery*, le restaurant à la mode. Sans parler des fleurs, une tripotée de camélias rouges : « Vous êtes la plus belle », et de plates excuses. Les excuses, c'était le plus ennuyeux. Ça sentait son récité, son hypocrite. Le seul avantage des excuses, c'était qu'elles entraînaient généralement une tendre réconciliation.

À la pensée des doux bras de Camille autour de son cou, Louis ferma les yeux, envahi de bien-être, la tête appuyée contre la banquette recouverte de drap bleu. « Faut dire qu'elle est sacrément bien fichue, ta gonzesse, gouailla-t-il *in petto*. C'est pas du flan ! »

— Quand vous aurez fini de sourire bêtement aux anges, vous pourrez p'têt' faire un peu de place aux autres ? corna une voix de vieille dame à ses oreilles.

Ouvrant les yeux, il avisa le visage peu amène d'une sèche petite dame en costume de veuve. Yeux perçants, chignon gris, chapeau tuyauté, bésicles et valise menaçante.

— J'étais au paradis, c'est vrai, et vlan, me voilà aussitôt retombé au purgatoire, rétorqua Louis. Laissez-moi vous poser ça là-haut, ajouta-t-il en s'emparant de la valise pour la déposer dans le filet prévu à cet effet.

— Épargnez votre salive, jeune homme, je ne cause pas aux inconnus, riposta la vieille dame en s'asseyant.

— Vous vous contentez de leur bourrer les côtes de la pointe de vos coudes ? fit observer Louis en ricanant.

— C'est la meilleure conversation qu'on puisse faire à un jeune débauché comme vous ! lui renvoya la vieille dame en sortant son ouvrage en tricot de son sac à main.

— Débauché, moi ? protesta Louis qui commençait à s'amuser. Le garçon le plus honnête de Paris ! Je ne fume que les meilleurs cigares, je ne bois que du champagne extra-dry et quant aux femmes, j'ai le béguin pour la même depuis deux ans ! C'est pas épatant, ça ?

Tout en parlant, il avait tiré de son portefeuille une petite photographie ovale de Camille, un portrait en buste colorié à la main.

— N'est-elle pas renversante ?

— Pauvre et adorable enfant, que Dieu la garde ! soupira la vieille dame en faisant cliqueter ses aiguilles.

Louis devina une ébauche de sourire au coin de ses lèvres minces.

— Tenez, ajouta-t-il, sortant de sa poche un exemplaire du journal plié en quatre, regardez, là !

Il tapota de l'index un article daté du 7 septembre et intitulé : « L'exploit ! Terront remporte Paris-Brest-Paris en 71 heures 27 minutes » et, de l'ongle, souligna la signature : Louis Denfert.

— Votre serviteur !

— Je suis censée me pâmer, jeune homme ?

— Comment, vous ne connaissez pas Charles Terront ? Le roi du grand-bi, l'as de la course à bicyclette ! 1 196 kilomètres ! Lisez-moi ça, vous m'en direz des nouvelles !

— Qu'est-ce que vous voulez que ça me fasse, vos histoires de vélocipèdes ? Mon mari était dans la marine, Dieu ait son âme.

— Mon père aussi ! s'exclama Louis. Le capitaine Gustave Denfert, terre-neuvas de génération en génération.

La vieille dame releva la tête.

— Aymé Lacroix, morutier de Dunkerque, avalé par cette garce de mer voici bientôt vingt ans, soupira-t-elle. Et votre papa ?

— Il a disparu lui aussi, ça va faire six ans. Il aurait été tellement fier de me savoir reporter !

— Il vous voit de là-haut, allez !

Louis fronça comiquement le nez.

— Ben alors, j'aimerais autant qu'il ferme parfois un peu les yeux.

La vieille dame lui décocha une bourrade.

— Vous êtes un rigolo, vous, comme mon Aymé. Avec lui on s'embêtait jamais. Drôle et brave aussi. Tête de cochon, mais cœur de lion !

« Tête de cochon, mais cœur de lion », se répéta Louis en notant la phrase dans son carnet. « J'ai trouvé ma devise ! »

— Et comme ça, vous allez à Marseille ? reprit-il.

— Non point. Je descends à Dijon, j'ai ma sœur qu'est encore là-bas. C'est ma seule famille à ce jour. Je vais la voir une fois par an, pour son anniversaire. Elle va fêter ses septante-huit.

— Moi aussi, j'ai une sœur, dit Louis, elle s'appelle Nicette. Elle vit près de Saint-Valery-sur-Somme. C'est ma grande sœur, c'est elle qui m'a élevé pendant que le père Denfert était en mer.

— La pauvre, elle a bien du mérite ! lâcha Mme Lacroix en enchaînant ses points.

Sur ces entrefaites, un couple de petits-bourgeois vint s'installer dans le compartiment, discutant âprement des mérites de leur nouvelle cuisinière, et Louis se rencoigna contre la vitre tandis que Mme Lacroix se concentrait sur son ouvrage.

Gustave Denfert. Son visage buriné, ses mains abîmées par la pêche et la saumure – il lui manquait le petit doigt de la main gauche –, sa force herculéenne d'homme habitué à trimbaler des quintaux de poissons, à hisser de lourdes chaînes, à tirer sur les cabestans, au coude à coude avec ses hommes. Un chef, un vrai, un bon.

Louis soupira malgré lui. Le capitaine Denfert n'était pas son vrai père. Louis était un enfant trouvé. Un Gustave Denfert stupéfait l'avait déniché à fond de cale, près de la réserve de charbon. Le nourrisson était emmitouflé dans une couverture usée, mais propre. Une petite bourse, accrochée à ses langes, contenait un louis d'or, d'où son prénom, et un court message, curieusement rédigé en anglais : *God bless you*.

Oui, que Dieu bénisse Gustave Denfert, veuf depuis peu et resté seul avec sa petite Nicette âgée de huit ans qui tenait leur ménage. Il avait ramené le bébé chez lui sans se poser plus de questions. Que Dieu bénisse Nicette, qui avait veillé sur lui et l'avait élevé comme son propre nourrisson, tout heureuse de jouer les petites mamans. Grâce à eux, il avait connu la douceur et le bonheur d'une famille au lieu des rigueurs de l'orphelinat et il avait pu étudier au lieu de s'abrutir douze heures par jour dans un atelier.

Chaque article qu'il rédigeait leur était dédié.

Après avoir éreinté la cuisinière, le couple était passé au pénible cas de la petite bonne à tout faire et Louis éprouva l'envie de s'aérer les oreilles. Il gagna la porte de communication entre les compartiments et traversa la voiture de seconde, humant la rude odeur de fumée, de sueur, de tissu humide, et voyons… d'un peu de saucisse, aussi. Ça lui donnait faim. Acheter du frichti à la prochaine halte.

Arrivé au bout du wagon, il s'aperçut avec plaisir qu'il se trouvait dans un train dont les voitures communiquaient. La compagnie essayait sans doute le système américain à intercirculation, qui se répandait un peu partout. Une petite promenade lui ferait le plus grand bien !

En première classe, il poussa la porte battante du couloir pour observer un compartiment vide. Banquette unique trois places, montée sur ressort, au revêtement gris noisette, chaque place disposant d'un appui-tête et d'un accoudoir. Il continuait d'avancer quand il repéra l'uniforme et la casquette brodée de feuillage d'un contrôleur qu'il esquiva en se faufilant derrière deux bourgeois ventripotents. Il se retrouva dans un coupé, sans doute semblable à celui dans lequel on avait retrouvé Mathilda Courray. Les coupés, très en vogue jusqu'à la concurrence des wagons-lits, offraient, selon leur disposition, fauteuils-lits ou banquettes, et parfois water-closet privatif.

Ce compartiment-ci était situé à l'une des extrémités du wagon. Une banquette mobile, recouverte de velours, formait un lit transversal pour une personne. Plafond en bois verni. Baie à volets capitonnés. Il soupira, essayant d'imaginer les macabres restes de Mathilda Courray sur le velours fraîchement tendu. Pourquoi diable l'assassin s'était-il livré à une telle mise en scène ? Avait-on affaire à un aliéné ? se demanda-t-il en traversant le salon-fumoir où discutaient des messieurs bien mis auréolés de nuages bleutés.

Le sifflement de la locomotive, comme on s'engageait dans un tunnel, le tira de ses macabres évocations et il continua à remonter le train, curieux de voir le ventre de la machine de plus près.

Profitant d'un bref arrêt à un passage à niveau, il descendit et se hissa furtivement sur la puissante bête mécanique, veillant à se dissimuler.

Un portillon fermé par un loquet donnait accès au tender et à la réserve de charbon qu'il escalada en essayant de ne pas trop se salir, en équilibre sur la planche prévue à cet effet. Le train avait pris de la vitesse, le vent faisait voler ses cheveux, soulevait les pans de sa veste. Ils devaient bien se taper du 100 kilomètres à l'heure ! « Vivement que les nouvelles automobiles de Panhard-Levassor y arrivent ! », se dit Louis qui avait eu la joie d'en piloter une à l'occasion d'un reportage en février dernier sur le moteur à explosion Benz.

Il avisa le chauffeur, un pied dans la machine, l'autre sur le tender, au-dessus du tablier mobile qui les reliait, pelletant avec vigueur. La sueur creusait des rigoles pâles dans sa peau noire de suie. Il leva les yeux vers Louis. Le mécanicien, concentré sur sa conduite, ne tourna même pas la tête.

— Qu'est-ce que vous fichez là ? beugla l'homme, bandant ses muscles saillants, sans cesser d'alimenter le foyer de la locomotive qui tournait à plein régime.

— Louis Denfert, du *Petit Éclaireur* ! cria Louis en retour. Ça vous dirait d'avoir votre portrait dans le journal ?

— Qu'est-ce que vous voulez que ça me foute ? grogna le chauffeur. Si faut que ça pour amuser les rupins ! Vous pouvez bien faire tous les portraits que vous voulez, ça changera rien à mon ordinaire.

— On dit que vous autres, les chauffeurs, vous êtes pas les plus mal lotis.

— Ah ouiche ! J'pourrais être soutier, rôtir dans les cales à 50° !

Louis griffonnait dans son carnet.

— Vous touchez bien une partie du charbon que vous économisez ?

— Encore heureux ! C'est avec mes bras que j'l'économise leur charbon, en surveillant l'tracé d'la voie et la vitesse. Mais à quoi ça sert de faire ronfler le poêle si y a rien à grailler ? La soupe aux cailloux, on s'la bouffe tous les jours. C'est qu'on est cinq, nous autres, et ma femme, elle est pas bien vaillante. Ils me l'ont usée à l'usine d'allumettes, ces sales cochons de richards.

— Vous n'êtes pas anarchiste, quand même ? demanda Louis, intéressé par la virulence du type.

— Je vais me gêner ! Anarcho un jour, anarcho toujours ! Si j'étais pas obligé d'me tuer au boulot, j'irais bien leur foutre un bâton de dynamite dans le trou de balle, à toutes ces crapules !

— Ferme-la un peu, Gervais ! cria soudain le mécanicien. Tu baves trop.

— De quoi ? ! Bon sang, t'as pas de poil au ventre, t'es qu'un trouillard !

— Ah oui ? lâcha le mécanicien en se retournant tout à trac, et Louis vit qu'il avait le visage barré d'une grande cicatrice. Vous autres, les anarchos, vous êtes bons qu'à la parlotte.

— Vous autres, les socialos, vous marchez avec les patrons !

— C'est ça ! Et le contrecoup, c'est toi qui lui as flanqué sa tournée, peut-être ? !

Les deux hommes se jaugèrent, rouges, hirsutes, puis, soupirant de concert, se remirent au travail.

— Foutez le camp, lança le chauffeur à Louis, on va bientôt entrer en gare. Et mort aux vaches !

Déjà le train ralentissait puis s'arrêtait. 2 h 18 de l'après-midi. « Laroche, Laroche, sept minutes d'arrêt ! » cria le chef de gare. Louis sauta sur le quai pour acheter deux petits pâtés en croûte à un gamin barbouillé de suie.

Satisfait de sa balade, Louis réintégra son wagon. L'impression persistante des trépidations de la machine lui donnait la sensation d'avancer par saccades et ça le fit rire tout seul, juste au moment où il croisait une jolie petite institutrice en col blanc qui lui rendit son sourire. Il y avait des moments comme ça où tout semblait possible.

Il était jeune, en pleine forme, fiancé à une femme épatante, en route pour enquêter sur un crime affreux : la vie était belle !

Dans le compartiment, le bourgeois et son épouse commentaient avec ravissement la demi-heure du *Barbier de Séville* qu'ils avaient entendu la veille au théâtrophone des Champs-Élysées.

L'originale invention du bouillonnant Clément Ader, qui avait fait sensation au Salon de l'électricité de 1881, permettait d'entendre en direct et en stéréophonie, à l'aide de deux écouteurs, des représentations données à la Comédie-Française ou à l'Opéra. La Compagnie du théâtrophone avait installé des appareils à sous dans de nombreux cafés et hôtels, ainsi que chez des particuliers. Jules Grévy, le président de la République, en raffolait. Louis, tout faraud, se rappela l'orgueil qu'il avait éprouvé quand, confortablement vautré dans un fauteuil des Ambassadeurs, il avait écouté Camille déclamer Bérénice, sachant qu'elle déambulait devant les dix micros posés sur la scène. Quel effet d'entendre sa voix, les bruits de pas, les soupirs des spectateurs et même le bruissement de ses jupons !

Mais à un franc les cinq minutes d'écoute, c'était un loisir de luxe et ça expliquait pourquoi les deux faces de carême de la banquette opposée s'en vantaient aussi fort. Louis décida de les ignorer.

Croquant le premier pâté à belles dents, il offrit l'autre à Mme Lacroix, qui le remercia à sa manière bourrue.

— Faites donc pas tant de manières, lui conseilla Louis avec un clin d'œil. Vous me revaudrez ça un jour.

— Qui vous dit qu'on se reverra ? Et d'abord, où est-ce que vous allez ?

— À Dijon, comme vous. Rapport à la malheureuse qui s'est fait estourbir dans le train de nuit.

Et baissant la voix, il entreprit de lui relater l'horrible meurtre.

— Cré bon sang ! Ça m'a donné faim, votre histoire ! conclut Mme Lacroix lorsqu'il eut fini, mordant un bon coup dans son pâté. Quand on pense qu'on peut se faire découper en tranches à tout instant ! Si je comprends bien, vous allez suivre les policiers ? reprit-elle la bouche pleine, le regard pétillant.

— Les suivre ? Ces bourriques ? Je vais les précéder sur la voie ardue de la vérité ! la corrigea Louis avec enthousiasme.

— Qui vous permet d'insulter notre belle police, monsieur ?

Le petit-bourgeois, dressé sur ses ergots, fustigeait Louis du regard.

— Je n'ai rien contre la police en soi, monsieur, mais il faut reconnaître que certains de ses membres ont plus en commun avec les ânes bâtés qu'avec les humains.

— Laisse, Honoré, lui chuchota sa femme, c'est un de ces petits bousineurs sans un sou de cervelle.

— Faites excuse, madame, répliqua Louis en se levant à demi, je ne nous savais pas parents.

— Vous insultez ma femme, maintenant !

— Ah, ça suffit, mon vieux, allez donc vous faire faire ! On se croirait harcelé par une grosse mouche à...

— Malappris ! Arsouille !

— Ahuri de Chaillot ! Vieux birbe ! Dinosaure !

Ils en seraient venus aux mains si une brusque embardée du train ne les avait fait dégringoler sur leurs banquettes, provoquant le fou rire de la vieille dame.

— Excusez-moi, mais vous êtes si drôles à gigoter des pattes comme deux crabes renversés ! dit-elle en s'essuyant les yeux, et les deux hommes, vexés, s'efforcèrent de reprendre contenance.

Puis Louis sortit son livre, tandis que le sieur Honoré scrutait le paysage comme s'il devait en mémoriser chaque buisson.

Quand le train s'immobilisa enfin en gare de Dijon à 5 h 38 tapantes, Louis et Mme Lacroix avaient échangé leurs adresses et promis de s'envoyer leurs vœux à la nouvelle année.

Un vieux bonhomme en carriole attendait la veuve. Un voisin, expliqua-t-elle à Louis, qui devait la déposer chez sa sœur. Voulait-il profiter du carrosse pour qu'on le menât à son hôtel ? Louis déclina l'invitation, il devait attaquer tout de suite son enquête et d'ailleurs il n'avait rien réservé, il aviserait tout à l'heure.

Ils se quittèrent les meilleurs amis du monde et Louis commença à fureter dans la gare en sifflotant, sa petite valise à la main. Le bâtiment principal de quatre étages s'ornait de l'inévitable horloge. Près de la rotonde de l'aile latérale, de nombreuses charrettes à bras attendaient les colis, pendant que les conducteurs effectuaient de menues réparations ou faisaient une pause. Attachés sous un auvent, des chevaux somnolaient derrière leurs œillères. Dépassant la grande marquise qui recouvrait les voies principales, il examina avec soin les alentours, dépendances et voies de garage, et finit par découvrir une rame immobilisée et deux jeunes gens coiffés de casquettes occupés à laver une voiture de première classe. Louis s'approcha d'eux, détaillant leurs grandes blouses grises, leurs sabots fourrés de paille, les seaux et les balais à leurs côtés. Le « petit personnel » était une source irremplaçable de renseignements.

— Salut, les gars ! lança-t-il en sortant son étui à cigarettes.

Le plus jeune des deux lui coula un regard torve avant d'asperger les vitres avec son seau. L'autre repoussa sa casquette en arrière et le dévisagea.

— T'en veux une ? proposa Louis.

— Ça dépend, répondit le garçon, un petit brun au visage chafouin constellé d'acné.

— Ça dépend de quoi ? s'enquit Louis en allumant posément une Élégante Vizir.

— Ça dépend de pourquoi vous l'offrez, répliqua le garçon.

— Histoire de faire la conversation, dit Louis. Je travaille pour *Le Petit Éclaireur*, le grand quotidien parisien.

— Paris, c'est loin, fit l'autre garçon, qui avait un accent bourguignon prononcé.

Il ajouta quelque chose en patois que Louis ne comprit pas, mais devina ne pas être aimable.

— C'est vous qui êtes préposés au nettoyage des trains ? demanda-t-il en tendant de nouveau son étui.

— On est trois équipes, on se relaie, expliqua l'aîné en prenant une cigarette. Nous deux, on fait une paire. Moi, c'est Jeannot, lui, c'est Lulu.

Il refusa le briquet de Louis et sortit d'une de ses vastes poches une grande boîte de cinq cents allumettes-cire de la Manufacture d'État, décorée d'une belle dame en bleu sur une balançoire.

Ils aspirèrent une bouffée en silence. Lulu, buté, continuait à passer mécaniquement son balai sur les flancs du wagon.

— C'est vous qui étiez là ce matin ? demanda Louis.

— Non, c'était Jojo et Hector.

— Ce sont eux qui se sont occupés de la voiture de la dame ?

— Quelle dame ? fit Jeannot tandis que Lulu secouait la tête en marmonnant : Y réponds pas, y va nous avoir que des ennuis, c'Parigot !

— La dame qui a eu des ennuis, précisément, dit Louis en tirant un billet de son portefeuille.

Jeannot s'en saisit prestement et le fourra dans son sabot.

— Ça devait être moche, non ? dit Louis.

— Plutôt ! lança le garçon. Y z'ont dit qu'y avait des morceaux partout et le père Purin, il a failli s'évanouir.

— Qui est le père Purin ?

— Ben, c'est le chef de gare. Y s'appelle Purinet, cette carne-là, on l'appelle le père Purin. En tout cas, paraît qu'l'est monté dans la voiture, pour voir, et qu'il est redescendu tout blanc et qu'l'a tout rendu sur ses godasses. Et pis après les flics y sont arrivés et ont fait valser tout l'monde.

— Elle est où, cette voiture, maintenant ?

— Ben tiens, qu'est-ce vous croyez ? Elle a été toute nettoyée et pis remise en service... Une voiture qui roule pas, c'est des sous en moins pour la Compagnie. Elle doit p'têt' même se trouver déjà à Marseille !

Donc impossible de visiter les lieux du crime. C'était contrariant.

— On peut les trouver quelque part, Jojo et Hector ? demanda Louis en jetant son mégot que Lulu s'empressa de ramasser.

— À cette heure-là, ils doivent être au *Café de l'Arrivée*, au coin du boulevard de l'Ouest, là-bas. Jojo, c'est Joseph Galipot, le fils du facteur, et Hector, c'est juste Hector, il est pas d'ici, c'est un Rital, expliqua Jeannot en empoignant son balai.

— Y sait même pas dire son nom, ricana Lulu, y dit « étorré », l'andouille !

Louis lui tapa sur l'épaule avec commisération et s'éloigna d'un bon pas, suivi par les regards curieux des deux jeunes commis.

CHAPITRE II

Le *Café de l'Arrivée* aurait eu besoin de prendre un nouveau départ, se dit Louis en considérant l'enseigne dépolie, les tables dépareillées, les chaises bancales, le crachoir plein, le long comptoir en zinc graisseux au pied duquel s'étalait de la sciure généreusement semée de mégots, d'écalures, de coquilles d'œufs durs et de débris divers. Un bouge à poivrots.

La *Brasserie du Départ*, sur le trottoir d'en face, moderne et propre, éclairée à l'électricité, drainait une clientèle de voyageurs prospères et de travailleurs vertueux tandis qu'ici se retrouvaient les habitués de la p'tite goutte et de la fée verte.

Sous un grand miroir constellé de chiures de mouches trônait d'ailleurs une grande affiche aux couleurs vives vantant les mérites de l'absinthe par la bouche d'un bourgeois rubicond clamant : « C'est ma santé ! »

Balançant sa petite valise en évitant autant que possible de marcher dans la sciure, Louis gagna le comptoir et commanda une fine à l'eau en étudiant l'assistance.

Quatre vieux qui jouaient aux cartes une partie sans doute commencée au début du siècle. Trois ouvriers en bourgeron, la petite blouse de toile bleue, daubant sur leur contremaître, « une vache, une bourrique », tout en tétant la bouteille. Un petit groupe de cheminots cramponnés à leurs verres.

Louis se dirigea vers eux tout en sortant son carnet et son crayon.

Sous le regard de ses compagnons, un grand brun aux épais cheveux frisés immergeait une cuillère de sucre dans un verre d'absinthe, la retirait, enflammait le sucre qui carbonisait puis le plongeait rapidement dans le verre avant d'y ajouter une mesure d'eau fraîche.

Louis attendit la fin des opérations avant de lancer :

— Belle dégustation à la bohémienne !

Le brun leva vers lui un large visage bleu de barbe, aux yeux sombres.

— On la boit comme ça chez nous, déclara-t-il avec un fort accent italien.

— D'où êtes-vous ? demanda Louis en s'asseyant à califourchon sur une chaise pas trop sale.

— Des Dolomites.

— Un endroit magnifique, dit Louis, se souvenant de ses lectures. Très sauvage.

— *Si*. Beaucoup de neige. Pas de travail. Alors je suis venu ici construire les tunnels pour le chemin de fer. *Molto penibile*. J'ai été pris sous un bloc de pierre. J'ai perdu un pied. *Porca Madonna !*

Il montra sa chaussure, une vieille galoche qui bâillait sur une prothèse en bois.

— Je peux plus travailler sur les voies, reprit-il, rendu volubile par l'alcool. À la PLM, ils m'ont mis ici, au nettoyage.

Il cracha par terre, avec dédain.

— J'ai croisé deux petits gars à la gare, Jeannot et Lulu, dit Louis, offrant à la ronde des cigarettes qui furent promptement acceptées.

— Les deux morveux ? ricana un des cheminots en lustrant ses superbes bacchantes gris fer. L'Jeannot, y se prend pour un dur-à-cuire et le pauv'Lulu, il a pas inventé le fil à couper l'beurre.

— Ils m'ont dit que c'était vous et votre collègue qui aviez nettoyé le compartiment du meurtre, continua Louis, indifférent aux soudains reniflements et autres haussements d'épaules.

Hector le regarda bien en face, puis, désignant le carnet de notes :

— Z'êtes flic ?

— Non, journaliste. Au *Petit Éclaireur*. Envoyé spécial, ajouta-t-il avec fierté.

— Parce que les flics, moi, *non mi piace*, expliqua Hector. *Porca miseria !*

— Je n'ai rien à voir avec la police. Je veux juste écrire un bel article pour mes lecteurs.

— Jojo ! cria Hector en vidant son verre. Jojo, *vieni qui* ! Il parle mieux que moi, expliqua-t-il en souriant.

Jojo, un gros blond poupin, s'amena assez vite, remontant son pantalon qui tenait avec une ficelle.

— Y a monsieur qu'est journaliste et qui voudrait te causer du meurtre ! lâcha un des cheminots, un vieux au visage buriné.

Louis nota que Jojo demandait du regard le feu vert à Hector qui hocha la tête.

Les hommes resserrèrent leur cercle, visiblement enchantés d'entendre une nouvelle fois le dramatique récit.

— Y avait du sang partout ! commença Jojo. Il avait giclé sur la tenture et même au plafond ! Je pensais pas qu'une dame contenait autant de sang qu'un cochon... ajouta-t-il, songeur.

— Et le corps ? Comment était le corps ? le coupa Louis que les digressions agaçaient.

— Alors là ! Un massacre, monsieur, comme si une horde de Prussiens s'était abattue dans c't coupé !

— Tu les as même pas connus, toi, les Prussiens ! jeta un autre cheminot. Tu tétais encore ta mère en 70 tandis que nous autres on se battait sur la grand-place !

— Mon père, y m'a raconté, se défendit Jojo, puis reprenant son récit : On aurait dit qu'la dame elle avait été découpée à la baïonnette. Ou au couteau de boucher.

Il fit une pause, ménageant ses effets.

— Découpée en morceaux ! lâcha-t-il, et un murmure dégoûté parcourut l'assemblée. Celui qui a fait ça, il a déposé les bras et les jambes sur la banquette, côte à côte, et pis la tête dans le filet à bagages et...

Il reprit sa respiration.

— Il a arrangé les tripes en guirlande autour de la lampe.

Les exclamations fusèrent.

— Dis-y, pour les bras ! lança le cheminot à la grosse moustache.

Jojo se rengorgea comme un ténor avant son grand air.

— Les mains, elles étaient posées l'une sur l'autre, et gantées, des gants en daim gris. Et les jambes aussi elles étaient croisées, des jambes gainées de bas gris en fil d'Écosse. Y avait encore les chaussures sur les pieds, des bottines de voyage en daim noir.

« Un bon observateur », se dit Louis en écrivant à toute allure.

— Et le torse ? Où était-il ? s'enquit-il.

— Posé par terre, tout droit contre la vitre.

— Habillé ?

— Oui, d'une robe bleu foncé, un beau tissu. On voyait les veines qui sortaient des épaules comme de gros asticots et, sous les fesses, y avait une grande flaque de sang.

— Je suis sûr que tu l'y as soulevée, la robe ! beugla un type chauve très éméché.

Hector se dressa, les poings serrés.

— *Bruta bestia !* Pour qui tu nous prends ?

— Je disais ça comme ça, répliqua l'autre, chancelant.

— *Stronzo !* jeta encore Hector, avant de se tourner vers Louis : Excusez cet animal, *signor*, jamais on n'aurait fait ça, soulever la robe d'une morte !

— Je n'en doute pas. Et les flics ?

— Ils étaient deux, prévenus par le père Purin, le chef de gare, répondit Jojo. Un commissaire, un gros plein de soupe du nom de Bourgoin, et un inspecteur, un brun nerveux que l'autre appelait Lochais.

L'informateur de Gillières. Un opiomane qui avait toujours besoin d'argent pour assouvir son vice.

— Le brun basané, il a tout noté dans un carnet, comme vous, pendant que le gros il examinait les morceaux avec son lorgnon, en chassant les mouches avec son mouchoir, un mouchoir où il avait versé de l'alcool de menthe, ce qu'était pas bête.

— T'en as même pas, de mouchoir ! dit le vieux ridé.

— L'aurait mieux fait d'l'boire, cet alcool de menthe, c'est bon pour le cœur ! ajouta l'ivrogne.

Hector le menaça du poing et le type haussa les épaules.

— Continuez, dit Louis à un Jojo ravi d'être le centre de l'intérêt général.

— L'père Purin y se tenait dans le couloir en pleurnichant comme si c'était sa faute qu'y avait eu un assassin dans l'train. L'gros flic, le Bourgoin, il lui a gueulé de la fermer et de lui apporter la liste des voyageurs.

— Qui a découvert le corps ?

— Paraît que c'est un des passagers. Le train était déjà arrêté et, en passant devant le coupé-lit, il a vu du sang couler de sous la porte. Il a appelé et comme personne répondait il a tiré la porte qu'était ouverte. Et pis il est ressorti en criant comme un putois et Hector et moi qu'étions sur le quai on est arrivés en courant, même qu'Hector il avait sorti son surin au cas où y aurait eu un mauvais coup.

Hector exhiba avec fierté une redoutable lame d'au moins douze centimètres.

— Mais c'était trop tard, hélas, conclut Jojo en lorgnant avec envie le verre de gnôle de son voisin.

— Tournée générale ! lança Louis, et on lui tapa joyeusement dans le dos à lui déplacer une vertèbre.

Plusieurs verres plus tard, un peu barbouillé par la fine, il regagna le boulevard, foulant les larges trottoirs réglementés par l'arrêté municipal du 18 décembre 1837, admirant les grands travaux d'inspiration hygiéniste qui donnaient à la ville un aspect moderne et prospère. Il croisa l'allumeur de réverbères tout à son office, passa devant le *Terminus* et l'*Hôtel de la Cloche* – fréquenté par le gotha, il n'était pas dans ses moyens – et s'enfonça dans le Vieux-Dijon aux pittoresques toits vernissés. Avisant un hôtel à l'enseigne du *Coq en Pâte* qui avait l'air bien tenu, il entra. La réception, qui faisait aussi office de débit de boissons, était agréablement chauffée par un gros poêle, et le patron, un homme corpulent au visage rougeaud, s'avéra aimable. La chambre, payable d'avance, ne comportait qu'un lit d'une place et une commode, mais sentait l'encaustique et les draps étaient propres. Il déposa sa valise sur le lit et ressortit.

Il était temps de rencontrer l'inspecteur Lochais. Un peu d'exercice pour rejoindre le commissariat lui ferait le plus grand bien. Marchant à grands pas, il sentit se dissiper les vapeurs d'alcool tout en récapitulant ce qu'il avait appris.

Le sac de la victime, tombé à terre, contenait encore son argent et ses bijoux. On n'avait volé ni ses boucles d'oreilles, ni son collier, ni ses bagues.

Mais on lui avait crevé les yeux.

Il détailla par habitude le programme de l'*Alcazar*, le cabaret en vogue au 90 de la rue des Godrans, puis remonta le col de sa veste car avec la nuit était venue une sournoise humidité.

Si le vol n'était pas le mobile du crime, alors on avait certainement affaire à un fou.

Il s'arrêta dans un bureau de tabac afin d'acheter un petit morceau d'amadou jaune pour son briquet et un paquet de dix cousues que la patronne avait roulées sur sa petite machine derrière le comptoir où trônait la balance, les appareils à couper et à râper le tabac et les boîtes à priser.

Arrivé devant le commissariat, il aperçut un pauvre hère tassé dans l'angle d'une porte cochère et le chargea d'un billet pour l'inspecteur Lochais. Il préférait qu'on ne les voie pas ensemble. Le type, grelottant, n'était pas enchanté de se rendre de son propre gré dans l'antre des bigorneaux, les redoutés sergents de ville, mais une poignée de pièces vainquit sa naturelle répugnance.

Peu après, Lochais apparaissait sur le seuil, coiffant son melon et boutonnant son manteau noir. Petit, maigre, nerveux, il s'était adonné passionnément à la morphine, puis, se piquant d'être à la mode, avait lu Baudelaire et adopté l'opium, qu'il consommait en abondance, sans négliger de boire son laudanum et de fumer le chandou.

Il tourna à gauche et Louis le suivit jusqu'à une gargote à l'enseigne des *Trois Chiens*. Lochais suspendit son manteau et son chapeau à une patère, salua en habitué la patronne derrière sa caisse et s'installa sur la banquette à une table en retrait. Louis le rejoignit et prit place face à lui.

Une fresque naïve représentant trois bouledogues en train de chanter *La Marseillaise* expliquait l'enseigne.

— J'ai les crocs ! annonça Lochais en s'emparant du menu.

Louis s'aperçut qu'il avait très faim lui aussi et les deux hommes composèrent rapidement leur dîner. Des escargots, suivis d'un civet de lièvre pour Louis, vol-au-vent et truite sauce mayonnaise pour Lochais. Arrosé d'une carafe de côtes-de-beaune.

— Une sale affaire, on dirait, commença Louis en versant le vin.

— Terrible ! commenta Lochais en buvant une gorgée qu'il salua d'un claquement de lèvres approbateur. Bourgoin est dans tous ses états.

— Vous avez relevé des indices ?

— *Macache bono !* Il y avait du sang partout, mais pas de désordre particulier. Ses vêtements n'étaient pas déchirés, ni les boutons arrachés, rien qui indique qu'il y ait eu lutte. Tout ce que nous avons, ce sont les empreintes de pas du tueur, il a pataugé dans le sang. Nous en avons fait un relevé. Des bottines taille 44. Avec ça, on est bien avancés ! Fameux, votre vol-au-vent, Honorine ! lança-t-il à la patronne qui se rengorgea.

Il se servit à nouveau du vin.

— Le problème, c'est que tous les voyageurs étaient déjà descendus. Sauf ce type, là, qui avait oublié ses lunettes de lecture et qui retournait les chercher.

Il vit l'expression de Louis et leva la main.

— Je vous arrête tout de suite ! C'est un commerçant dijonnais honorablement connu qui revenait d'une visite à son vieux père malade. Pour les autres, reprit-il, ça va être coton, la plupart se sont évanouis dans la nature. De plus, je vous rappelle que ce fichu train ne marque pas moins de sept arrêts, dont le dernier à 3 h 18 aux Laumes ! C'est peut-être là que notre coupable est descendu. M'est avis que ça va vite tourner en eau de boudin, cette affaire, soupira-t-il.

— Vous ne pouvez pas laisser se balader en liberté un assassin prêt à récidiver, car tout indique l'acte d'un fou furieux ! protesta Louis en attaquant son succulent civet.

— Et que voulez-vous faire ? répliqua Lochais, la bouche pleine de truite. Imaginons que notre type soit d'ici. Il y a environ 60 000 personnes dans cette ville. Ça va chercher dans les 20 000 hommes entre quinze et soixante-dix ans. Combien chaussent du 44 ? Ne soyez pas naïf, mon garçon. Les fous furieux, comme vous dites, on ne les attrape que quand ils le veulent bien.

Ils continuèrent à mastiquer en silence quelques minutes, puis Louis posa ses couverts.

— Il est donc vrai que ni les bijoux ni l'argent n'ont été volés ?

— Tout à fait vrai.

— Mais autre chose peut avoir disparu, quelque chose à quoi tenait particulièrement l'assassin. Une lettre, un testament, par exemple, souligna Louis.

— Encore exact, bien que les vêtements n'aient pas été abîmés, et les bagages paraissaient intacts. Nous avons câblé à Leeds pour avoir plus de renseignements sur cette Mathilda Courray. On attend la réponse, soupira Lochais en agitant sa fourchette.

— Téléphoner aurait fait gagner du temps.

— Le téléphone entre Paris et Londres ne fonctionne que depuis mars dernier et nous ne sommes pas à Paris. Nous venons tout juste d'étrenner notre réseau téléphonique municipal, nous sommes loin d'être reliés à l'Angleterre !

Louis pesta en silence contre la lenteur du progrès. C'était rageant de savoir que tout était possible, mais que ça prenait tant de temps !

— Et l'arme du crime ? reprit-il.

— À première vue, on pourrait croire qu'elle a été démembrée à la hache, fit Lochais, écœuré. En vingt ans de carrière, j'ai rarement vu quelque chose d'aussi moche, et je ne suis pas un tendre, croyez-moi.

— Une hache, c'est quand même un peu encombrant, objecta Louis.

— Une hachette, un fendoir... quelque chose d'extrêmement tranchant. Il me serait difficile de vous couper la jambe avec ça ! dit Lochais en montrant son couteau de table. Et n'oublions pas que le tueur a dû agir vite, dans la crainte d'être découvert. À mon avis, il a procédé à la manière d'un boucher désossant sa volaille, à coups violents et rapides. Faut attendre les conclusions du médecin légiste. Vu la gravité du crime, le patron a requis l'aide du professeur Lacassagne, de Lyon.

— Le Lacassagne de la malle sanglante ?

Lochais acquiesça.

— Il a rendez-vous demain chez le procureur, pour un rapport d'expertise. Du coup, il a promis de passer auparavant au dépôt mortuaire examiner le corps. Je crois que Bourgoin lui est allié au troisième degré par sa femme. C'est un as, ce type-là ! ajouta-t-il en se tapant du poing dans la paume.

Louis opina. Comme tout le monde, il avait entendu parler du brillant praticien à l'occasion de l'affaire de

« la Malle à Gouffé », survenue deux ans plus tôt. Le 13 août 1889, on avait trouvé une malle contenant un cadavre en piteux état. Une première autopsie n'avait abouti à rien. Alexandre Lacassagne, reprenant l'affaire, avait fait exhumer le corps, avait soigneusement examiné les restes pourrissants et était arrivé à la déduction qu'il s'agissait d'un homme de cinquante ans, aux cheveux châtains, dont il avait ensuite déterminé le poids et la taille. Ces éléments avaient permis d'établir un lien avec un huissier parisien porté disparu, du nom de Toussaint-Augustin Gouffé.

L'identification avait été confirmée par la présence chez la victime d'une blessure au genou et une molaire manquante.

À partir de là, on avait retrouvé ses assassins : un couple d'aigrefins dont la femme avait séduit sciemment Gouffé afin que son amant puisse le tuer et le voler. Les journaux avaient rivalisé de finesse avec des manchettes du genre : « De l'art de couper les cheveux en quatre » ou « De l'art de se faire la malle ». Louis, jeune débutant voué aux chiens écrasés, avait terriblement regretté de ne pas être envoyé sur l'affaire.

Il se réjouissait donc d'avoir l'occasion de rencontrer le médecin et de profiter de ses remarquables facultés d'observation et de déduction.

— Et les lieux du crime ? demanda-t-il. Pourquoi ne pas les avoir laissés en l'état, selon toutes les recommandations en vigueur ?

Lochais soupira.

— Parce que cette andouille de Bourgoin a oublié de le mentionner expressément et que le chef de gare, une autre andouille de belle taille, obsédé par l'hygiène et le commerce, a diligenté son équipe de nettoyage dès qu'on a eu tourné les talons. Heureusement, nous avions procédé à toutes les constatations d'usage. Une copie par malle expresse a été adressée au professeur.

Lochais, qui paraissait épuisé, fit signe à la patronne de remettre une carafe de vin. Louis nota ses yeux profondément cernés, ses joues creuses, ses dents gâtées. L'inspecteur n'avait pas bonne mine. L'opium et l'alcool le rongeaient peu à peu, ne laissant que l'enveloppe sans âme de l'excellent flic qu'il avait été d'après Gillières.

— Bourgoin est furieux, commenta Lochais. À un an de la retraite, il n'aspire qu'à la tranquillité. En plus, il ne peut pas blairer les Angliches. Comme si cette malheureuse était venue se faire assassiner chez nous pour l'emmouscailler ! Faut dire que le dernier Anglais dont on a eu à s'occuper ne nous a pas réussi.

— Que voulez-vous dire ?

— L'année dernière, à peu près à la même époque, le mardi 16 septembre pour être précis, un gus a disparu dans l'express pour Paris. On est punis ? On n'a pas droit au dessert ? lança-t-il sans transition à la patronne qui gloussa et leur fit porter deux belles parts de tarte aux myrtilles.

La salle enfumée s'était remplie et bruissait de conversations et de rires. Près d'eux, deux hommes en paletots usés, coiffés de casquettes, parlaient à voix basse au-dessus de leurs bols de potage fumant. Des ouvriers venus se réchauffer, se dit Louis tout en reportant son attention sur Lochais qui torchait d'un coup son verre de rouge.

— Vous parliez d'une disparition ? dit-il pour relancer la conversation.

— Oui-da ! Un artiste peintre franco-anglais, venu de Leeds lui aussi, tiens, c'est marrant ! Il est monté dans l'express pour Paris, ici à Dijon, et il n'est jamais arrivé.

Louis fronça les sourcils, sa curiosité piquée au vif.
— Il est tombé sur la voie ?
— On n'en sait rien, vous dis-je ! On n'a retrouvé ni le corps ni les bagages. Un mystère, un vrai !
— Comment s'appelait-il ?
— Louis Aimé Augustin Leprince, né à Metz en 1842. D'après sa femme – qui vit en Amérique, notez bien –, il avait inventé une sorte de chronophotographe révolutionnaire. Mieux que celui de Marey. Paraît que son appareil projetait les images sur un mur et qu'on voyait les gens bouger comme s'ils étaient vivants. Vous imaginez ça, vous ? En tout cas, il a disparu corps et biens, le pauvre !
— Quelle drôle d'histoire ! commenta Louis, intrigué. Mais comment savez-vous qu'il est bien monté dans le train ?
— Par le témoignage de son frère, Albert, qui l'a accompagné au direct de 2 h 37 de l'après-midi. Après ça, pfuiit ! Plus personne ! Et maintenant, cette Anglaise…

Louis imagina un instant un mystérieux complot visant les sujets de Sa Majesté en provenance de Leeds et voyageant par le train entre Dijon et Paris, mais c'était un peu tiré par les cheveux, se dit-il. Une simple et malheureuse coïncidence, voilà tout. Mais tout de même…

Lochais, qui avait vidé la seconde carafe, demanda l'addition. Louis sortit son portefeuille. L'homme était fort utile, contrairement à Bourgoin qui refusait de causer aux « plumitifs », et Gillières avait recommandé d'en prendre soin.

— À quelle heure demain, l'autopsie ? questionna-t-il en réglant l'addition.
— 8 heures au dépôt mortuaire de l'Hôpital général, bredouilla Lochais. Bon, je vais me rentrer.

Ils se levèrent et sortirent.

— Mon hôtel est de ce côté, dit Louis en désignant le Vieux-Dijon.

— Je vais de l'autre, dit Lochais en montrant le boulevard. Bien le bonsoir !

Il commençait à s'éloigner quand Louis le rattrapa.

— Et les yeux ? Pourquoi lui avoir crevé les yeux ? Ça n'a pas de sens !

— Découper une femme en morceaux, ça vous semble sensé, vous ? Allez, bonne nuit, mon vieux, à demain.

Il s'éloigna, légèrement vacillant.

Louis décida de couper par le lacis de vieilles ruelles, se guidant au besoin sur les étoiles comme le capitaine le lui avait appris. Son hôtel était à 10° au nord-nord-ouest.

Pourquoi crevait-on les yeux des gens ? Pour qu'ils ne voient plus rien. Qu'est-ce que l'assassin ne voulait pas que Mathilda Courray voie ? Sa propre mort ?

Il haussa les épaules. Le gars n'était sans doute qu'un pauvre fêlé du cabochon qui s'était acharné sur sa victime sans raison.

Il tourna sur la droite dans une venelle malodorante et eut l'impression d'entendre l'écho de ses pas sur le pavé. Curieux. Il accéléra et l'écho accéléra. Puis il vira soudain à angle droit et l'écho trébucha.

On le suivait.

Louis fit volte-face, les poings serrés.

Un homme s'avançait vers lui, courbé, les bras écartés, menaçant. Il vit luire le couteau au bout de sa main droite. Un cliquètement sur sa gauche. Un autre homme sortait de l'ombre, armé lui aussi. Louis ne distinguait pas leurs visages, mais il les reconnut soudain à leurs paletots : les deux ouvriers du restaurant. Ils avaient dû le suivre pour le voler.

— J'ai pas d'argent, les copains ! lança-t-il en reculant vers un mur.

Mais le plus petit des deux lui coupait la retraite. Il était pris en tenaille. Leurs lames brillaient dans la nuit, promesse de caresses mortelles.

Louis se raidit. Il n'était pas venu ici pour crever comme un rat dans une ruelle encombrée d'immondices ! Demain, il devait rencontrer Alexandre Lacassagne, après-demain trouver l'assassin de l'Anglaise... « Las, tous les défunts avaient quelque chose à faire, avant qu'on les tue », se dit-il, découragé. Il allait se battre, mais il n'était pas de taille contre deux rôdeurs armés de couteaux.

Il ôta sa veste sans cesser de tourner sur lui-même pour surveiller leur approche, l'enroula autour de son poing droit.

— Impressionnant ! fit le petit râblé.

— Ouais, y nous foutrait presque les jetons, le chicard ! se moqua l'autre, grand et lourd. Aboule plutôt ton larfeuille !

— Allez donc vous faire voir chez les Grecs ! répliqua Louis en agitant sa casquette comme la muleta d'un toréador.

— Tu veux jouer à la corrida ? ironisa le petit teigneux. Y a bon ! Bébert, t'y coupes les oreilles, moi j'y coupe les roustons !

Le nommé Bébert hocha la tête et bondit soudain, mais Louis l'avait vu venir et il esquiva. Si seulement il avait une arme, se dit-il, il aurait mis en pratique les leçons d'escrime du régiment.

— À toi, Michel ! lança Bébert tout en revenant à l'attaque.

S'aidant de sa veste, Louis réussit à accrocher son couteau et à l'envoyer valser sur les pavés. Le grand Bébert jura et se précipita à sa poursuite tandis que Michel contournait Louis pour lui enfoncer son poignard dans le dos.

Louis se laissa tomber à genoux et son agresseur bascula par-dessus lui. Il sauta sur ses pieds pour s'enfuir, mais fut soudain cueilli à l'entrejambe par un formidable coup de pied. Ce pourri de Michel avait de l'allonge, eut-il le temps de penser en se pliant en deux, le souffle coupé, tétanisé par la douleur, voyant du coin de l'œil les deux hommes se rapprocher pour l'hallali. Il était foutu.

Déjà, Michel se penchait sur lui, lui soufflant sa mauvaise haleine au visage, fouillait sa veste, vidant ses poches, puis posait le fil aiguisé de sa lame contre sa gorge.

Un bruit de pas. Quelqu'un venait. Un innocent qui allait se faire estourbir par les deux saligauds !

— Attention ! hurla Louis en faisant un soudain écart tandis que la lame de Michel, déviée, lui cisaillait la poitrine.

Les pas s'étaient soudain accélérés et un homme déboucha dans la ruelle, les poings dressés.

— Fous le camp, l'bourgeois, ou tu vas saigner ! lui jeta Bébert qui avait ramassé son coutelas.

L'homme s'immobilisa. De taille moyenne, mais de large carrure, coiffé d'un calot, il portait une capote militaire sur un pantalon civil.

— Je vous laisse le choix, dit calmement le nouveau venu. Ou vous tournez les talons ou je vous démolis.

Il avait la voix grave d'un homme dans la quarantaine, sûr de lui.

— Arrête, tu vas nous faire braire ! ricana Michel.

— C'est toi qui vas dévisser ton billard ! appuya Bébert.

Et, mauvais, les deux assaillants foncèrent sur l'inconnu, non sans que Michel ait asséné à Louis un deuxième coup de godillot à l'entrejambe, qui le fit s'effondrer, paralysé, la bouche ouverte comme un poisson.

L'homme s'était mis en garde, les poings levés protégeant son visage. Et soudain sa jambe se détendit à une vitesse surprenante, fauchant d'un coup de pied bas celle de Bébert qui poussa un cri de surprise et s'écroula. Continuant son mouvement, la plante de son pied vint percuter Michel en pleine poitrine. Celui-ci en lâcha son couteau que Louis, du bout de sa chaussure, réussit à envoyer dans le caniveau.

Déjà Bébert s'était relevé, s'ébrouait et plongeait vers l'inconnu dont le bras se détendit comme un ressort et dont le poing serré frappa de toutes ses forces entre les deux yeux. Bébert, sonné, recula en titubant, tandis que ses paupières gonflaient instantanément, lui brouillant la vue.

Michel, qui avait perdu son arme, avait empoigné l'homme aux revers pour lui filer un bon coup de boule, mais celui-ci, le devançant, lui saisit violemment la nuque à deux mains et lui fracassa le nez avec son front.

Pissant le sang, Michel s'écarta en jurant, cherchant son couteau à tâtons tandis que Bébert se jetait de nouveau sur l'homme qui laissa échapper un sifflement excédé en lui attrapant la tête.

Plaquant sa main droite sur l'oreille et sa main gauche sous le menton, il imprima à la nuque une brusque et puissante torsion. On entendit un craquement.

Bébert tomba à terre, inerte, les yeux grands ouverts et stupéfaits. Louis se mordit les lèvres.

Michel, hagard, contemplait le cadavre de son acolyte. Puis il tourna les talons et s'enfuit en courant.

À peine essoufflé, l'homme se pencha sur Louis et l'aida à se relever.

— Je suis désolé, s'excusa celui-ci, vous m'avez sauvé la vie pendant que j'étais là, comme un bon à rien...

Un volet claqua au-dessus d'eux.

— Il faut battre en retraite, chuchota l'homme en empoignant Louis par le bras, filons !

Ils se jetèrent dans l'ombre dense d'une venelle tandis qu'une voix aiguë de femme appelait à l'aide et que des portes s'ouvraient.

L'homme lui fit franchir un pont, grimper des escaliers, traverser une courette avant de ralentir. Il épousseta Louis et désigna sa chemise barbouillée de sang.

— C'est profond ?

Louis tâta avec précaution l'estafilade.

— Non, superficiel.

— Tant mieux. Fermez votre veste : le sang, ça la fout mal, fit l'homme en examinant ses propres vêtements. C'est bon, on y va.

Ils débouchèrent tranquillement sur un vaste boulevard bordé de cafés et de commerces.

— Allons boire quelque chose, proposa l'inconnu, tout ça m'a donné soif.

Intrigué par le personnage et sous le choc de la bataille, Louis le suivit volontiers et ils s'installèrent dans l'angle d'une vieille brasserie décorée de stucs et de lambris dorés.

— Émile Germain, se présenta l'homme en ôtant son calot, révélant d'épais cheveux châtains, assortis à sa moustache en guidon de vélo.

Louis se présenta à son tour et ils commandèrent deux bocks de bière bien fraîche, de la brasserie Georges à Lyon.

Massif, le teint pâle, les traits mâles et classiques, son vis-à-vis ressemblait un peu à l'imposant Guy de

Maupassant, se dit Louis en l'observant sortir une pipe en écume et une blague à tabac.

Pris lui aussi de l'envie de fumer après toutes ces émotions, Louis chercha son étui à cigarettes et se figea. Son précieux carnet avait disparu ! Cessant de fourrager dans le fourneau de sa bouffarde, son compagnon le dévisagea :

— Que vous ont-ils volé, ces bougres-là ?

— Mes notes ! Mes notes pour mon article. Je suis journaliste, expliqua-t-il.

— Vraiment ? C'est une espèce que je ne porte pas dans mon cœur. Une bande de planqués, toujours à colporter des commérages et des allégations inexactes.

— Vous vous montrez blessant, monsieur, dit Louis en essayant de se relever. Et j'ai eu mon compte de jean-foutre pour ce soir.

— Tout doux ! répliqua Émile Germain en lui appuyant fermement sur le bras, une lueur amusée dans les yeux. N'oubliez pas que nous sommes complices de meurtre.

— Parlez pour vous ! chuchota Louis. Je ne vous ai jamais demandé d'estourbir ce malheureux !

— Un ennemi averti en vaut deux ! se défendit Germain en agitant une de ses énormes mains. Et puis, ces saligauds-là vous auraient fait votre affaire sans même battre des cils.

— Tout de même... protesta mollement Louis.

Comme tous les hommes de son temps et malgré le raffinement apparent de la société, il était habitué à la mort brutale, à la violence, au sang et à une certaine rudesse morale qui impliquait des châtiments rigoureux pour des peccadilles. Ainsi que le préconisaient les frères Leclerc, « dans une lutte avec un rôdeur on risque sa vie et il n'y a pas de ménagements à garder avec ces gentlemen-là », expliquant comment faire, du pouce, sauter les yeux hors des orbites.

— Vous savez, j'ai tué des hommes pendant vingt-cinq ans, disait Émile Germain, le regard soudain las.

— Les aléas du métier ?

— Hum, hum. Sergent dans le Génie. Sapeur Émile Germain pour vous servir. Et pour servir la patrie. Qui m'a renvoyé dans mes foyers. J'ai été gravement blessé au Tonkin, expliqua-t-il, un gros trou dans le crâne. Depuis je n'ai plus toute ma tête ! plaisanta-t-il.

Il écarta ses cheveux pour montrer une épaisse cicatrice qui courait d'une oreille à l'autre.

— On m'a rapatrié avec un convoi sanitaire. Et voilà ! Après trente ans à bouffer du rata, je me retrouve en pékin ! Ça me fait tout drôle. J'ai jamais connu autre chose que la caserne. À dix ans, j'étais enfant de troupe. Je battais du tambour, fallait voir ça ! dit-il en tambourinant le début du *Régiment de Sambre et Meuse* sur le guéridon.

Les autres consommateurs tournèrent la tête vers eux. Louis murmura :

— Arrêtez ça, vous nous faites remarquer !

— Baste ! Qu'ils aillent tous se faire voir ! protesta Germain, mais il ramena ses grosses pattes autour de son bock.

— Qu'allez-vous faire à présent ? demanda Louis, intéressé malgré lui par le bonhomme.

— Professeur de boxe française. Je suis assez bon là-dedans. Je donne déjà des cours à de jeunes rupins, ça m'assure la tambouille. Mais je compte remonter bientôt sur Pantruche, il y a plus d'opportunités. Et vous, c'est sur quel sujet, votre papier ?

— Je ne peux rien vous dire, s'excusa Louis, soucieux de garder l'exclusivité de son reportage, ses confrères n'ayant semblait-il pas été encore alertés grâce à la complicité de Lochais, qui avait retenu l'information sous le coude le plus longtemps possible.

— Ç'a un rapport avec les deux corniauds de tout à l'heure ? voulut savoir Germain en lissant sa moustache.

— Non, aucun.

— Dans ce cas, pourquoi l'ennemi a-t-il barboté votre carnet ?

Louis resta pensif. En effet, le nommé Michel aurait dû se saisir du portefeuille, or celui-ci était encore dans la poche arrière de son pantalon. Curieux. D'un autre côté, pourquoi diable deux minables aigrefins en auraient-ils eu après son précieux carnet ?

— Je vois que ça bouillonne dans la cantine ! fit Germain en réclamant une autre tournée d'un signe de la main. La vapeur vous fuse par les oreilles.

Louis sourit. L'homme lui plaisait, il aimait sa simplicité bourrue, son air carré et tranquille. Dangereux, certes, mais paradoxalement reposant. Et il avait bien envie de tâter de la boxe. Il avait assisté à une démonstration du célèbre Joseph Charlemont qui l'avait emballé. Louis, mince et musclé, habitué par le capitaine Denfert aux rudes efforts des marins, puis aux courses en montagne avec son peloton alpin, affectionnait l'exercice physique.

— Si vous vous installez à Paris, accepteriez-vous de me donner quelques cours ?

— Pourquoi pas ? Vous avez une adresse ? Vous semblez solide, à peu près la stature de Fitzsimmons.

Louis se rengorgea en silence. L'Anglais Bob Fitzsimmons, 1,83 mètre, 76 kilos, avait gagné son titre de champion du monde des poids moyens le 14 janvier dernier à La Nouvelle-Orléans après avoir envoyé son adversaire treize fois à terre. Il tendit sa carte de visite en songeant que Camille désapprouverait qu'il se mette à la pratique de la boxe. Trop violent. Trop peuple. Déjà, elle se moquait de lui quand il proférait un « Mille bombes ! » emprunté aux journaux anarchistes et dont il avait fait son juron préféré. « Arrête de vouloir jouer le populo, mon p'tit tsar ! » lui lançait-elle en lui ébouriffant les cheveux.

Elle le surnommait « mon p'tit tsar » ou « mon joli Ruskoff » à cause de ses cheveux blonds et de ses traits slaves, mais surtout de ses yeux d'un bleu si pâle qu'ils en semblaient presque transparents, comme ceux des chiens de traîneau, jurait-elle en l'embrassant avec fièvre.

Camille… Pourvu qu'elle ait reçu son message !

Il revint à Émile Germain qui buvait paisiblement sa bière. Dire que ces deux grosses pattes-là avaient brisé la nuque d'un homme une demi-heure auparavant.

La porte s'ouvrit et un client entra. Dans la cinquantaine, en habit et haut-de-forme, de grande taille, comme Louis. Très maigre, une barbe d'un noir de jais, des yeux sombres et tourmentés. Il gagna la table la plus reculée et commanda un cognac d'une voix à l'accent étranger. Un Allemand ? se demanda mollement Louis en réprimant une soudaine envie de bâiller. Non, plutôt un Anglais.

Il regarda l'heure à sa montre de gousset en argent dont le couvercle s'ornait d'un gramophone, un cadeau de Camille. Bientôt minuit ! Il devait être frais pour le lendemain matin. Il éclusa sa bière.

— Je vais y aller, dit-il. Merci pour votre aide.

— Bassinez votre entaille avec de l'eau vinaigrée, lui conseilla Germain en se levant aussi. Et prenez ça, ajouta-t-il en lui fourrant dans la main un petit pistolet à broche, un cinq coups de poche.

— Mais je ne peux pas accepter !

— Vous me devrez un gueuleton avant votre départ. J'ai mes quartiers à la pension Duclos, rue de la Tannerie.

— Marché conclu ! dit Louis en empochant l'arme. Je vous fais signe dès que possible.

Dehors, il respira longuement l'air frais et humide de la nuit. Les nuages occultaient les étoiles. La pluie n'était pas loin. Il regagna rapidement son hôtel, sans s'écarter des boulevards.

Une fois dans sa chambre, il se laissa tomber sur le lit, alluma une cigarette et fuma tranquillement, un bras sous la nuque, en se repassant les événements de la journée. Puis il s'endormit comme un enfant, sans même avoir pris la peine de se déshabiller.

CHAPITRE III

Louis se réveilla en sursaut, la bouche sèche. Il faisait encore nuit, mais les oiseaux chantaient. Il se redressa et sa blessure se rappela à lui. Il tâta avec précaution la longue croûte de sang coagulé. Il y avait un broc d'eau, une cuvette et un morceau de toile élimée sur la commode. Il ôta ses vêtements et se nettoya le mieux qu'il put. L'estafilade lui barrait la poitrine mais ne semblait pas profonde.

Il se rasa, redessinant soigneusement son bouc, peigna ses cheveux indisciplinés et se rinça la bouche à la poudre dentifrice. Il voulait faire bonne impression devant le célèbre Lacassagne. Il chercha quelque chose pour se curer les ongles. Qu'avait-il fait de son canif ? Ah oui, il l'avait donné à La Glu, se promettant d'en acheter un autre, de meilleure facture. Il se rabattit sur la clé du remontoir de sa montre. Puis il enfila une chemise propre, boutonna son gilet, lustra ses chaussures avec la manche de sa veste, épousseta sa casquette et ouvrit enfin la porte, fin prêt à en découdre avec tous les mystères de l'univers.

Dans l'escalier, il croisa une servante, chargée d'un seau et d'une serpillière, qui lui dit que les patrons avaient rentré le charbon et préparé du café.

Derrière le petit comptoir, une femme bien en chair, les cheveux teints au henné noués en un chignon lâche, un châle ramené sur ses épaules grassouillettes, lui en servit un pot fumant accompagné d'une tranche de pain bis.

— Va encore pleuvoir, fit-elle en scrutant le ciel à travers la vitre de la porte. Saleté d'humidité. J'aurais jamais dû quitter Alger !

Louis, qui en d'autres circonstances l'aurait pressée de questions sur la vie des colonies, se contenta d'approuver distraitement en lui demandant l'adresse du dépôt mortuaire. La femme indiqua comment se rendre à l'Hôpital général en se signant, avec le regard fasciné et compatissant qu'on réserve aux personnes en deuil, mais sans rien oser demander. Il la remercia et partit en sifflotant, sous son regard médusé par tant d'insouciance.

L'aube s'était levée. Avançant de sa longue foulée élastique, Louis consulta sa montre : 7 heures. Il aimait être en avance. Se donner le temps de prendre ses marques. De penser. Depuis qu'un ami médecin lui avait expliqué comment fonctionnait le cerveau humain, il s'amusait de l'idée de ce globe de matière grise avec ses hémisphères et ses territoires en forme de lobes. Et dire que ce chou-fleur spongieux parcouru de secousses électriques avait été capable de concevoir Dieu !

Il traversa bientôt le parc planté d'arbres centenaires de l'Hôpital général, l'ancien hôpital du Saint-Esprit, et arriva en vue de la chapelle Sainte-Croix-de-Jérusalem qui servait de lieu d'exposition avant les inhumations. Le dépôt mortuaire et la salle d'autopsie se trouvaient près de l'École de médecine et de pharmacie. En contrebas, un petit pont enjambait l'Ouche. Des volutes de brume s'accrochaient aux rives. Bondissant, un lapin traversa devant lui, lui décochant des coups d'œil curieux. Louis enfouit ses mains dans ses poches pour les réchauffer, hésitant à gagner les bâtiments principaux.

Émergeant du brouillard bas, une barque s'approchait, menée par un marinier en vareuse. Louis se pencha et distingua ses passagers. Un homme et une enfant, allongés dans le fond. Il fronça les sourcils, puis comprit. L'homme, en costume noir usé, le visage rasé, dégoulinait d'eau. Il était d'une pâleur bleutée. La petite fille, de longs cheveux châtains répandus sur ses frêles épaules, les narines pincées, portait une longue blouse grise, aussi grise que ses pieds nus.

Elle semblait dormir, la bouche ouverte, mais des algues vertes s'échappaient de ses lèvres décolorées et les yeux ouverts de l'homme fixaient le jour nouveau d'un regard à jamais arrêté à hier.

— Z'ont dû se jeter du Pont Vieux, expliqua le marinier en s'amarrant. L'père et sa fille à mon avis. Pauvres diables ! J'espère qu'y z'iront pas en enfer, ajouta-t-il. Vous y croyez, vous, à l'enfer ?

Surpris par cette question eschatologique dès potron-minet, Louis se contenta de hausser les épaules et de proposer une cigarette au marin, un gaillard trapu aux muscles noueux, qui secoua la tête.

— Bien l'merci, mais j'ai ma blague à tabac. Et pis faut que j'les décharge. Ça pèse lourd, les noyés, z'avez pas idée ! C'est p'têt' toute l'eau qu'y z'avalent, j'sais pas.

Louis se sentit obligé de proposer son aide, bien que l'idée de toucher les deux corps glacés lui répugnât. Ils commencèrent par l'homme. C'était vrai qu'il pesait son poids, le malheureux ! De l'eau vaseuse à l'odeur fétide ruisselait de ses vêtements et Louis essaya de ne pas se tacher. Un portefeuille tomba d'une poche, plat et fripé. Louis le ramassa tout en écoutant le marinier dégoiser.

— Mon oncle, dans sa jeunesse, y travaillait pour la morgue, à Paris. Les gens y venaient voir les noyés allongés par terre, c'était la promenade, l'attraction locale. Y détaillaient les cadavres, y faisaient des commentaires. Paraît même que les proprios dont les fenêtres donnaient sur le spectacle, y z'avaient augmenté les loyers.

Le portefeuille contenait la photographie d'une femme aux cheveux bruns bouclés, maigre, les yeux brillants, l'air malade. Et un avis de décès, délavé, où on pouvait encore lire « Antoinette-Renée... ».

Un veuf resté seul avec sa fille. Comme le capitaine Denfert. Mais au lieu de lutter, d'essayer de rebâtir leur vie, il avait choisi de partir, d'emmener son enfant avec lui dans les limbes. Et c'était l'enfant surtout qui faisait impression à Louis, pauvre gosse flanquée à l'eau comme un paquet, jetée en pâture aux bras avides de la rivière.

Ce fut pire quand il empoigna deux minces chevilles froides comme du marbre, que deux pieds gris – si froids ! – s'appuyèrent un instant contre ses cuisses, comme si la Mort elle-même, dans sa terrible cruauté, venait de poser sa marque sur lui.

Ils déposèrent les corps dans la charrette prévue à cet effet et le marinier, toujours grommelant, entreprit de les rouler vers la morgue avant de prévenir la police.

Et si ces gens avaient été assassinés ? se demanda brièvement Louis. On ne le saurait jamais, parce que le marinier et lui-même les avaient touchés, remués, dérangeant l'ordonnance des éventuels indices. Il chercha par réflexe son carnet et se rappela soudain qu'il ne l'avait plus. Vite, se procurer du papier et un crayon !

Il dépassa le funèbre convoi et déboula dans le bâtiment principal, indifférent à l'odeur ambiante de phénol, en quête du greffier du dépôt qu'il dénicha dans un petit bureau, abrité derrière sa lampe à abat-jour, en train d'aligner des chiffres avec une règle en acier. Un bristol devant lui indiquait son nom : « Augustin Dumas. »

— Vous pourriez frapper ! s'exclama l'homme en se redressant.

— Excusez-moi, je viens pour l'autopsie de 8 heures, avec le commissaire Bourgoin.

M. Dumas, un petit maigre pète-sec d'une cinquantaine d'années, doté d'une moustache en balai-brosse, consulta sa grosse montre, une Régulateur, du format chef de gare.

— Il est 7 h 43, laissa-t-il tomber avant d'en rabattre sèchement le couvercle, et Louis s'attendit presque à l'entendre coasser « c'est l'heure du thé », à l'instar du Chapelier Fou.

— J'aurais besoin d'une feuille de papier et de quoi écrire, dit Louis poliment.

— D'une feuille de papier de l'administration ? fit Dumas d'un ton sévère.

— Ce serait très aimable. On m'a attaqué hier soir et on m'a volé mon carnet.

— Ne vous croyez pas obligé d'inventer n'importe quoi pour me soutirer du papier, papier de l'utilisation duquel je suis obligé de rendre compte chaque mois, ainsi que de l'encre, sans parler bien sûr de la gomme.

— Juste une feuille et un crayon. Je vous les rendrai.

— Encore un mensonge ! Où va la France affublée d'une jeunesse aussi fainéante que menteuse ?! Sachez, monsieur, que de mon temps, si on oubliait son écritoire, on loupait son examen, ni plus ni moins.

— Du mien, monsieur, on bondit en train, en automobile, en transatlantique, on câble, on téléphone, et parfois, hélas, on se fait voler !

— Un bouffon, monsieur, voilà ce que vous êtes. Quand j'étais surveillant, je vous aurais collé une bonne retenue.

— Vous étiez surveillant ? s'enquit Louis tout en s'emparant prestement de la feuille quadrillée et du crayon neuf que lui tendait l'acariâtre bonhomme.

— Au lycée Duplessis. J'en ai vu défiler des garnements, croyez-moi ! Allez, filez !

Louis se retrouva dans le couloir, plaignant les pauvres cancres qui avaient eu affaire au sieur Dumas. Une discussion lui parvenait d'une porte entrouverte.

— Et la petiote, où ce que tu l'as mis ? interrogeait une femme à la voix aigrelette.

— Ben, sur la dalle. Pourquoi ? T'as peur qu'elle prenne froid ? gouaillait un homme, du genre bourru.

— T'es bête ! Fallait-y pas la mettre sur une table de dissection ?

— Dis donc, tu crois qu'y vont tous les ouvrir pour te faire plaisir ? Ça se voit pas qu'elle a bu la grande tasse ?

Louis jeta un coup d'œil et entrevit une longue pièce carrelée où s'alignaient des tables noires sur lesquelles reposaient des corps, face à une galerie vitrée. Un type blond, avec de grosses joues de hamster, serviette autour du cou, était attablé dans un coin devant une assiette de soupe, tandis qu'une femme maigre et sèche s'activait autour des corps allongés sur les grandes dalles de marbre noir, triant les habits et les papiers.

La salle d'exposition. Ouverte au public qui pouvait circuler dans la galerie, derrière la vitre, pour identifier les disparus ou plus simplement passer un bon moment. Louis se rappela les mots de

Maxime Du Camp évoquant les gamins qui hantaient les couloirs de la morgue de Paris et avaient affublé les cadavres du surnom d'« artistes », se plaignant, lorsque la salle était vide, qu'il « y avait relâche ». Il faillit sursauter en reconnaissant Bébert, couché de tout son long, la tête penchée sur le côté. Ses yeux globuleux semblaient lui adresser un reproche.

— Faudra vérifier les réserves de produit, y en a presque plus chez les inconnus qui commencent à être trop faits... lâcha la femme tout en suspendant la blouse de la petite fille. Et pis, dépêche-toi un peu ! Y vont arriver !

Louis referma la porte, gêné par la vue du corps du voyou et écœuré qu'on se sustente à côté de cadavres en putréfaction. Derrière lui, le greffier houspillait un malheureux gardien de la paix venu faire les premières constatations de noyade.

Puis les portes s'ouvrirent sur Lochais précédant trois hommes. Louis reconnut Bourgoin à sa moustache blanche et à sa redingote, très correcte mais un peu lustrée. À ses côtés, l'homme imposant à l'épaisse moustache en croc, qui s'avançait d'un pas sûr, déboutonnant son manteau de bonne coupe, était sans aucun doute le grand Alexandre Lacassagne, dont il avait déjà vu des photographies. Derrière eux, un petit jeune homme, très mince, aux traits fins, les yeux gris derrière des lunettes rondes, vêtu d'un complet-veston anthracite et coiffé d'un chapeau melon, portait deux épaisses mallettes en cuir.

— Allons, allons, disait le savant au regard pénétrant, je dois être chez le procureur à 10 heures, et ensuite me rendre à la réception du préfet, toujours ces fichus salamalecs ! J'ai quand même réussi à lui coller un abonnement à notre excellente revue, les

Archives de l'anthropologie criminelle. Au fait, et vous-même, commissaire, continua-t-il en se tournant avec malice vers Bourgoin, vous êtes sans doute un de nos fidèles lecteurs ?

— Évidemment, marmonna le commissaire, évidemment !

Le greffier se matérialisa devant eux en multipliant soudain les courbettes.

— Par ici, monsieur le professeur, monsieur le commissaire… le garçon de salle a tout préparé.

Louis leur emboîta le pas comme s'il faisait partie de l'équipe et Lochais lui adressa un clin d'œil.

— Quel dommage que le Dr Raynaud soit souffrant ! s'excusa le greffier, faisant allusion au médecin légiste en titre qui s'était brisé une jambe en tombant de cheval.

Lacassagne ne répondit pas. Arrivé dans la salle d'autopsie, son attention s'était focalisée vers le corps nu étendu sur la table de dissection.

L'homme aux joues de hamster aperçu plus tôt avait ceint un tablier noir et se tenait près du grand évier.

— Henri, notre morgueur, indiqua le greffier.

Lacassagne lui adressa un bref signe de tête.

— Mon assistant, Albert Féclas, se contenta-t-il de dire en désignant le jeune homme en veston. Mettez-vous à sa disposition. Bien, merci, monsieur le greffier, si vous voulez bien nous laisser maintenant, voilà, au plaisir !

Il avait déjà refermé la porte.

Féclas ôta sa veste et la suspendit à la patère prévue à cet effet et Lacassagne l'imita. Henri leur tendit deux grands tabliers d'autopsie en cuir. Bourgoin fronça le nez et se tourna vers Lochais, s'apercevant du coup de la présence de Louis qui se tenait en retrait, priant pour devenir invisible.

— Que faites-vous là, monsieur ? lui chuchota-t-il.

— Je suis un des élèves du professeur, chuchota Louis en retour, un de ses fervents admirateurs.

Bourgoin arqua les sourcils.

— Il ne vous a même pas présenté !

Louis haussa les épaules.

— Savez-vous combien nous sommes en amphithéâtre ? Il ne va pas nous appeler par nos petits noms !

— Hum.

— Commissaire ! appela Lacassagne. J'ai quelques questions à vous poser.

Bourgoin et Lochais se précipitèrent. Louis suivit le mouvement, toujours un peu en arrière.

— Il est vraiment regrettable que la scène du crime n'ait pas été préservée. Certes, votre état des lieux est très complet, mais…

Le cadavre avait été disposé de façon à reconstituer une silhouette complète, tête, torse, bras et jambes à leurs places respectives. Les membres raides, la peau marbrée, les orbites remplies de sang séché, les veines et les tendons saillant des moignons, le ventre béant sur les viscères, tout contribuait à provoquer une profonde répulsion.

Louis avala sa salive. Ce n'était pas pire que lorsque Dumont avait été déchiqueté par l'explosion inopinée d'une forte charge de poudre, se raisonna-t-il, se rappelant l'horrible fin d'un de ses camarades des Alpins.

Mais il s'agissait d'une femme. Nue. Démembrée. De morceaux de femme. Sectionnés comme de la viande chez le boucher. Et dont la tête tranchée, grimaçante, semblable à la Gorgone du Caravage, s'ornait d'une abondante chevelure rousse, du même roux que Camille, hélas.

Il se força à faire taire ses émotions pour écouter le professeur.

— Albert, inscrivez donc la date et l'heure, je vous prie. Mercredi 11 novembre 1891, 8 h 02 du matin. Tiens donc ! il y a deux ans jour pour jour, j'étais commis au réexamen du corps de Gouffé.

Bourgoin opina, servile :

— Une étonnante coïncidence !

— N'est-ce pas ? Maintenant, voyons cela d'un peu plus près.

Il retroussa les manches de sa chemise, imité par Féclas, se pencha sur le corps martyrisé.

— Est-on sûr de son identité, commissaire ?

— Oui, c'est une gouvernante anglaise, du nom de Mathilda Courray. Elle venait d'être embauchée ici à Dijon chez les de Bellay et devait commencer son service la semaine prochaine. En attendant, elle avait prévu de séjourner chez une cousine. Laquelle a reconnu le corps hier après-midi.

Une cousine ! fulmina Louis. Cet imbécile de Lochais ne lui en avait pas parlé. Elle avait dû éprouver un sacré choc, la cousine, en découvrant l'état de Mathilda.

— Bien, bien. On a donc trouvé le corps dans le train.

Le professeur se fit répéter les circonstances exactes de la découverte et de la levée du corps, la disposition du cadavre, l'état des vêtements, le nombre et la direction des taches de sang, non sans cesser de marmonner à l'intention d'Albert Féclas qui prenait des notes sur des petites fiches rectangulaires.

— Merci, messieurs. Passons à l'examen proprement dit. Veuillez noter, Féclas, l'état de grande rigidité du corps, qui nous indiquerait, si nous l'ignorions, que la mort ne remonte pas à plus de quarante-huit heures.

Puis le professeur tira une loupe de sa poche et commença à inspecter la peau de la morte.

— Pas de lésions particulières, pas de trace de dermatites ni de scrofules, pas de blessures antérieures, pas de tatouages, pas de cicatrices, sauf celle-ci, le long du péroné, sans doute une ancienne fracture, la peau est saine, un peu épaisse, la pilosité importante aux endroits non épilés.

Il indiqua les aisselles et l'aine.

— Pas de traces de liens ou de bâillon. Voyons le cuir chevelu...

Il enfonça les doigts dans les cheveux roux dénoués, et la tête sans cou ballotta de façon assez déplaisante.

— Rien de particulier ici non plus. Les cheveux ne semblent pas teints, mais une mèche plongée dans l'acide chlorhydrique nous le confirmera, dit-il en cisaillant une poignée de cheveux. Il n'y a pas de signes d'empoisonnement...

Henri ouvrit de grands yeux.

— Eh oui, mon garçon, il arrive que, dans le dessein de dissimuler le vrai *modus operandi* du meurtre, l'on recoure à des simulacres. On poignarde pour dissimuler qu'on a empoisonné. Ou alors on croit tuer quand un autre l'a déjà fait et on révolvérise un cadavre. Lisez notre revue, vous serez étonné. Le sujet n'a pas subi d'interventions crâniennes, reprit-il.

Bourgoin réprima un bâillement et eut le malheur d'être vu.

— Je sais que tout cela peut paraître fastidieux, commissaire, mais la recherche de la vérité l'est par essence. *Amicus Plato, sed magis amica veritas*[1]. Nous devons nous assurer que rien dans les antécédents de cette femme ne soit de nature à avoir provoqué son meurtre. Il est donc de mon domaine de reconstituer au plus près son passé médical comme il est du vôtre de vous occuper de son passé social.

Bourgoin acquiesça tout en lançant un regard furieux à Lochais qui commença à évoquer en vrac Leeds, câbles, Scotland Yard, références... Lacassagne leva une grande main blanche et poilue.

— Très bien !

Il ouvrit la bouche de la morte qui exhalait une odeur fétide, y promena l'index. La vision de ce doigt d'homme fouillant la bouche d'une décapitée avait quelque chose d'obscène, se dit Louis.

— Les dents sont en assez bon état, un peu de gingivite, deux caries, une seule dent de sagesse, la langue est parcheminée, signe de déshydratation... Et maintenant, passons aux blessures proprement dites. Féclas, ma pince.

Féclas avait déjà dégainé l'objet, anticipant la demande. Louis eut l'impression qu'il lui jetait des coups d'œil furtifs, sous ses cils blond vénitien, aussi longs que ceux d'une fille.

— Nous avons donc un corps dépecé en quatre parties : tête, tronc, bras, jambes, exposait Lacassagne. Observons les caractères des plaies, leur forme et leurs dimensions pour en déduire l'instrument utilisé, ainsi que la direction des coupures afin de déterminer si l'auteur est droitier ou gaucher.

Le professeur se mit à triturer les plaies, les sondant à petits coups précis, et se pencha sur le cou tranché comme s'il allait y plonger la tête, tout en marmonnant à l'intention de Féclas ses commen-

---

1. « Platon m'est cher, mais la vérité m'est encore plus chère » (Aristote).

taires à propos de la violence et du nombre de blessures.

— Il n'y a rien de bien mystérieux dans tout ça, finit-il par lâcher en se redressant. Le sujet a été démembré à l'aide d'une feuille de boucher, la découpe est caractéristique. La manière, elle-même, suggère que le meurtrier a l'habitude de manier ce genre d'instrument, comme Avinain, le boucher assassin, ou Prévost, le gardien de la paix qui avait réussi à dépecer sa victime en quatre-vingts morceaux. On parle alors de déchiquetage. À propos de Prévost, j'en ai une bien bonne. Alors qu'il se promenait la nuit avec un panier contenant les restes de sa victime afin de les éparpiller dans les égouts, un collègue lui demanda ce qu'il faisait et il eut l'aplomb de répondre en riant : « Je déménage un ami. » Ce genre de tueur n'a pas d'état d'âme, il associe la perversion à l'excitation de l'instinct destructeur.

Il pointa son scalpel vers les épaules sectionnées laissant apparaître les os.

— Dans notre cas, il pourrait même s'agir d'un médecin, les désarticulations sont régulières, les incisions nettes.

Bourgoin le regarda d'un air las. La seule idée qu'il puisse s'agir d'un notable semblait lui flanquer mal à la tête.

— Vous rappelez-vous, Féclas, disait Lacassagne, l'infanticide de Tarare et la façon dont cette femme avait désarticulé le membre supérieur droit du fœtus de même qu'on désarticule une aile de volaille ?

— Le procédé du cuisinier ! lança Louis, lecteur boulimique tant des faits divers que des commentaires scientifiques.

— Tout à fait, approuva Lacassagne. Chaque crime a sa signature, conclut-il. Dans notre cas, la mort résulte bien sûr de la décapitation qui a tranché l'artère carotide, le larynx et la veine jugulaire interne, provoquant une hémorragie foudroyante.

« Au vu de l'état des tissus, je dirais, citant le *Si-Yuen-Lu* de nos amis chinois : "Si c'est un cadavre qui a été coupé en morceaux, les tissus ne changent pas d'aspect." Autrement dit, notre sujet était décédé quand on l'a éventré et qu'on lui a coupé les bras et les jambes.

« Pour sûr, sinon ses hurlements auraient rameuté tout le train », songea Louis.

— À ce propos, savez-vous, messieurs, que, sur tous les cas étudiés de dépeçage post-mortem, il a été constaté que l'assassin commence toujours par sectionner la tête, puis enlève les membres inférieurs et enfin, éventuellement, les membres supérieurs ?

— Peut-être veut-il se débarrasser de la partie la plus accusatrice, dit Louis.

Lacassagne lui adressa un regard perçant.

— C'est aussi mon opinion. D'autre part, la quantité de sang répandu indique que les artères ont gardé quelques dixièmes de seconde leur contractilité. Le dépeçage a immédiatement suivi la mise à mort, avant que se forment des caillots. Ah, j'oubliais ! La direction des incisions nous indique banalement un droitier.

Le professeur reprit son souffle en contemplant l'ouverture béante de l'abdomen. Féclas le regardait avec déférence, le portemine levé. Bourgoin avait les yeux mi-clos, les sourcils froncés. Lochais se balançait d'avant en arrière, les mains dans le dos, la bouche pincée. Louis, suspendu aux lèvres de l'homme de l'art, attendait passionnément la suite.

— La cavité abdominale, reprit le professeur, est ouverte depuis le bassin jusqu'au sternum. L'estomac et le foie sont à nu. La vessie et l'utérus ont été découpés, mais laissés à l'intérieur du corps.

— Cela n'indique-t-il pas une préoccupation... heu... sexuelle ? ne put s'empêcher de demander Louis.

— Nous allons voir ça après. Les intestins ont été ôtés. Où sont-ils, d'ailleurs ?

— Ici, professeur, répondit Henri en tendant avec empressement une cuvette remplie de ce qui ressemblait à des tripes.

Lacassagne fouilla le tas malodorant avec sa pince, émit un « hum » peu concluant et rendit le tout au garçon de salle qui le déposa sur la paillasse. Louis desserra un peu son col qui semblait avoir rétréci tandis que l'éminent praticien observait maintenant les organes génitaux de la victime.

— C'est curieux, dit le professeur en se retournant, cette femme a été mutilée, et – comme vous l'avez fait remarquer, monsieur – on lui a découpé l'utérus, mais il n'y a pas trace de viol. Pas de déchirures ni d'abrasion des muqueuses vaginales ou anales, pas de trace de sperme.

— Un impuissant... ? hasarda Bourgoin, les sourcils froncés.

— C'est une remarque intéressante, notez, Féclas, notez. Un individu ne pouvant satisfaire ses envies et sacrifiant l'objet inaccessible de ses désirs dans un violent accès de rage. Mais il peut aussi s'agir d'un être souffrant de crises pathologiques. Le criminel est un anachronisme, un sauvage en pays civilisé, comme j'ai coutume de dire. Et n'oublions pas que le dépeçage était très répandu dans les sociétés primitives. « Ce procédé bestial est pour ainsi dire la marque la plus nette de la satisfaction cherchée par l'instinct destructeur », énonça-t-il en se citant lui-même. Cette éventration me rappelle quelque chose, mais ça ne me revient pas, ajouta-t-il en aparté. Féclas, faites-moi penser à y penser.

Féclas opina, sans cesser d'écrire avec l'application d'un écolier modèle. Louis prenait des notes lui aussi, et la feuille quadrillée chichement accordée était presque pleine.

— Les yeux ont été crevés par un objet pointu, enchaînait Lacassagne qui continuait son examen. Mmm, mmm… voilà qui est intéressant. Féclas, regardez ces minuscules particules noires… là et là…

Il lui tendit sa loupe. Louis essaya de se rapprocher, contournant Bourgoin qui s'efforçait, lui, de ne pas regarder. Il eut beau écarquiller les yeux, il ne voyait rien que des orbites pleines de glaires vitrifiées et de sang caillé.

À l'aide d'un fin scalpel, le professeur ramassa un des points noirs, le déposa sur un linge tendu par Féclas et l'y écrasa, faisant apparaître une trace noire. Puis, avec sa pince, il extirpa quelque chose de sous ce qui avait été une paupière et le déposa à son tour sur le linge, avant de reprendre sa loupe.

— Messieurs, annonça-t-il finalement en se redressant, veuillez noter la présence d'encre. De l'encre noire. Ainsi que d'un infime éclat métallique. De l'encre et du métal. On a crevé les yeux du sujet avec un stylo plume à réservoir.

Bourgoin parut se réveiller.

— Un stylo à réservoir ? Un de ces Waterman ?

— C'est possible. Il faudra vérifier. Féclas, prélevez les yeux et mettez-les dans une glacière, nous les emportons à Lyon, à la faculté.

— Un stylo à réservoir… ça désignerait plutôt un homme de la bonne société, remarqua spontanément Louis. Et peut-être même un étranger. Un Américain. Ou un Anglais…

— Un compatriote de la victime ? releva Lacassagne avec intérêt. Rappelez-moi votre nom, monsieur...

— Denfert, Louis Denfert, répondit Louis avec l'impression que Féclas lui décochait cette fois un regard venimeux.

— Un Anglais... reprit Lacassagne. Est-on sûr qu'elle voyageait seule ?

— D'après le contrôleur, oui, précisa Lochais. Elle avait d'ailleurs réservé un coupé-lit pour une personne.

— Communiquait-il avec le compartiment voisin ?

— Non.

— Hum. Il faut examiner avec soin tous les détails. N'oubliez jamais l'hexamètre de Quintilien : *Quis, quid, ubi, quibus auxiliis, cur, quomodo, quando.*

« Qui, quoi, où, par quels moyens, pourquoi, comment, quand ? » traduisit intérieurement Louis. La bible de l'instruction criminelle.

— Où sont ses effets personnels ? disait Lacassagne.

— Dans cette malle, professeur, répondit Henri.

Bourgoin ne semblait pas se formaliser de ce que Lacassagne empiétât sur son domaine. Le professeur était connu pour sa vive intelligence et son inépuisable curiosité. Pour l'heure, il ramenait de la malle un petit agenda en vachette et une enveloppe contenant quelques lettres.

— La correspondance avec sa cousine, leur apprit Lochais qui avait tout de même fait son travail. Des potins de femmes. Rien d'intéressant.

— Du papier, inspecteur, c'est du papier ! Avec un peu de chance, notre tueur y aura touché.

Bourgoin le considéra avec perplexité, mais Louis, qui se tenait au courant de toutes les innovations, lança :

— Des empreintes !

— Exactement, mon cher. Les dernières expériences de mon ami Forgeot nous apprennent comment récolter de belles empreintes sur papier et même comment les photographier. Ça vaut le coup d'essayer. Je vous les rapporterai ensuite.

Il tendit les lettres et l'agenda à Féclas qui les enveloppa d'un tissu propre et les rangea dans une des mallettes. Puis il dénoua le tablier dont Henri le débarrassa et alla se laver soigneusement les mains à l'eau phéniquée.

— S'il y avait moyen de connaître la marque de l'encre, dit Louis, on pourrait interroger le fournisseur.

— Excellente suggestion, monsieur Denfert. Déterminer avec quoi le réservoir a été rempli, quand et où. *Hic jacet lepus*, vous avez soulevé un lièvre et nous avez montré aujourd'hui que vous avez l'esprit d'analyse.

Louis se rengorgea sous le regard amusé de Lochais, peu amène de Féclas et tranquillisé de Bourgoin : c'était donc bien un des étudiants du professeur.

Lacassagne prit aimablement congé de tous et ils le suivirent dans le hall d'entrée.

— Malgré l'atrocité du crime, nous n'avons pas forcément affaire à un aliéné criminel, lança-t-il avant de sortir. Fouillez son passé, commissaire, cherchez un amant éconduit ou jaloux.

Louis se précipita derrière lui.

— C'était une leçon magnifique, professeur ! s'écriat-il, impétueux, tandis que Lacassagne et son assistant grimpaient dans le fiacre qui les attendait.

— À bon auditoire, bon orateur, répondit le professeur en souriant, et la voiture s'ébranla tandis qu'Albert Féclas, comme un gamin, tirait la langue à un Louis stupéfait.

Haussant les épaules, il retourna dans la morgue. Que lui importait les humeurs de l'assistant en regard des compliments du maître ? Que Camille vienne encore lui dire qu'il était brouillon et poseur ! Esprit d'analyse. C'était tout lui.

Il évita Bourgoin qui conférait avec le greffier à propos des corps exposés et des noyés du petit matin et adressa un signe discret à Lochais qui reniflait et se grattait nerveusement le creux du coude.

— Le père Dumas se plaint de ce que la cousine de Miss Courray veut savoir quand elle pourra faire procéder à l'inhumation. Maintenant que l'autopsie est terminée, plus rien ne s'y oppose, l'informa ce dernier.

— Vous ne m'aviez rien dit de cette cousine.

— Boh ! Une jeune femme bien tranquille qui vit avec sa mère. Le père était teinturier et elles ont repris sa petite affaire.

— Son nom ?

— Léonie Leclerc, 34, rue du Beffroi.

Louis mémorisa l'adresse tout en se dirigeant vers la salle d'autopsie. Il voulait revoir le corps, seul, dans le calme. Se remémorant les observations de Lacassagne et se livrant aux siennes propres, il découvrirait peut-être quelque nouveau détail. « Le discours de ma méthode, se dit-il, écouter, apprendre, et frotter le fil des informations à la pierre à aiguiser de mon raisonnement. »

Henri était occupé à raser la pitoyable dépouille. De longues mèches jonchaient le sol, qu'il ramassait et mettait dans un panier. Il leva la tête, surpris, et parut embarrassé.

— Ça servira à rien ni à personne de l'enterrer avec, se justifia-t-il. On peut en faire des perruques, des postiches. À la fabrique, y sont preneurs de tous les poils.

Il attaqua les aisselles, puis, d'un geste rapide, la toison pubienne. S'immobilisa, le rasoir-sabre en l'air.

— Ben, ça alors !

Louis se précipita.

Sur la chair livide mise à nu se révélait un petit tatouage à l'encre bleue. Un œil à hélice inscrit dans un triangle. Louis pensa tout de suite à l'Œil dans le Delta, l'œil de la connaissance, ce symbole millénaire perpétué entre autres par les francs-maçons.

Mathilda Courray appartenait-elle à une loge ? En principe, les femmes n'y étaient pas admises. Ou alors fallait-il croire les terribles accusations de Léo Taxil ?

Taxil, ancien anticatholique féroce, auteur des *Maîtresses du pape*, avait connu une conversion soudaine après la faillite de sa Librairie anticléricale. Relayé par le journal *La Croix*, il s'était transformé en grand pourfendeur des francs-maçons. Il avait commencé par des allusions à leur moralité douteuse, à l'initiation malsaine des femmes, pour en venir tout récemment au fond du problème : les affiliés s'adonnaient en fait à un culte satanique, le palladisme. Leurs rituels dévoyés associaient crimes et orgies les plus débridées, sous les ordres de la grande prêtresse Sophia Sapho, alias Sophie Walder, aussi lesbienne que démoniaque.

Louis n'avait jamais prêté foi à ce qu'il considérait comme des élucubrations haineuses, mais sa découverte le gênait. Car n'était-ce pas blasphématoire de placer le symbole du Grand Architecte de l'Univers à cet endroit précis ? De le dissimuler sous une touffe de poils pubiens ?

À bien le regarder, l'œil était le centre d'une sorte d'hélice elle-même au centre du triangle. Cela avait-il une signification particulière ?

Il fallait informer Lacassagne au plus vite, d'autant que le médecin avait publié plusieurs articles sur les tatouages.

— Attendez-moi sans rien toucher, lança le jeune homme, je reviens !

Lochais traînait encore dans le hall, avalant en loucedé une gorgée à sa flasque. On entendait les voix de Bourgoin et du greffier.

— Le patron examine les registres, c'est qu'il y en a, un va-et-vient, ici ! Vous avez joliment fait votre pelote ce matin, auprès du professeur, ajouta-t-il avec un sourire ironique parfumé à l'eau-de-vie.

— Disposez-vous d'un appareil photographique ? le coupa Louis.

— Pardon ?

— Clic, clic ! mima Louis.

— Vous voulez emporter un cliché de la victime ? demanda Lochais d'un air écœuré. Ne me dites pas que c'est votre type de beauté !

— Ne soyez pas stupide ! Venez voir !

Il le traîna dans la salle où Henri avait commencé à laver le sol à grandes eaux et Lochais pesta, marchant sur la pointe des pieds par égard pour ses bottines déjà éculées.

— Bon sang ! lâcha-t-il quand Louis lui eut désigné le tatouage.

Et se tournant vers Henri :

— Vous avez un appareil photographique ici ?

L'autre lui retourna un regard affolé.

— Ben, je sais pas, faut voir avec M. Dumas, c'est lui qu'est responsable. Mais les cheveux et les poils, y nous les laisse toujours prendre !

— Il s'agit bien de capillaires ! marmonna Lochais en sortant rapidement.

Il revint peu après, suivi de Bourgoin et du greffier, M. Dumas. Les deux hommes prirent connaissance avec étonnement du tatouage.

— Il faut prévenir le professeur, soupira Bourgoin qu'une deuxième rencontre avec l'impétueux et autoritaire praticien n'enchantait guère.

Comme l'avait souligné Lochais, Bourgoin, à un an de la retraite et désabusé par trente années de violences diverses mais toujours épouvantables, n'aspirait plus qu'à la tranquillité et à des repas soignés à heure régulière.

— Avez-vous un appareil photographique ? redemanda Lochais pendant que Louis copiait au mieux le symbole sur sa feuille déjà surchargée.

M. Dumas, abandonnant ses ronchonneries, finit par admettre que oui, on disposait d'un appareil photographique depuis peu, celui d'un « Inconnu » retrouvé au coin d'une rue, la tête fracassée et délesté de son portefeuille. Personne n'ayant réclamé le corps, M. Dumas avait pris sur lui de faire ranger l'objet dans la remise. Entomologiste amateur épris d'ordre et de méthode, il caressait une idée intéressante : photographier ses morts non identifiés comme ses spécimens de larves de papillons, puis exposer lesdits clichés dans les commissariats.

— Et pourquoi pas en faire des typogravures pour les reproduire dans les journaux ? s'enthousiasma Louis. Décidément, vous n'êtes pas le vieil épouvantail que vous affectez de paraître !

— Comment ?

— Vous avez une idée fort ingénieuse, intervint Bourgoin. En attendant, allez donc nous chercher cet appareil.

Peu après, M. Dumas rapportait un petit appareil à soufflet de chez Lancaster and Son, Birmingham, surmonté d'une plaque en cuivre précisant : « Instatograph ».

Louis, qui s'y connaissait un peu, prit quelques vues du tatouage, tandis que les autres détournaient la tête, gênés. Les photographies de femmes nues étaient certes banales, mais s'agissant d'une morte…

— Il faut rappeler le professeur ! insista Louis.

— On ne peut pas le déranger chez le procureur, voyons ! répliqua Bourgoin d'un ton définitif. Lochais, vous irez le rejoindre à la réception de la préfecture.

— Il me faut un ordre écrit, sinon les cerbères ne me laisseront pas entrer…

Une fois les détails réglés, Lochais, suivi de Louis, se rendit à la station d'omnibus la plus proche. Louis, surexcité, ne cessait de sautiller.

— Vous me donnez le tournis ! protesta Lochais, qui, lui, ne cessait de cligner des yeux.

— Accusez donc la débauche, pas la jeunesse innocente ! persifla Louis en exécutant un entrechat.

Lochais soupira, il tremblait comme s'il avait froid.

— Allez donc vous réconforter un peu avec un remède à votre façon, lui proposa aimablement Louis, j'irai à votre place quérir le professeur. Bourgoin n'en saura rien.

— Ne faites pas passer votre ambition pour un geste de bon garçon, riposta Lochais qui claquait des dents. Vous frémissiez des babines devant le professeur comme un chien devant un os à moelle ! Mais vous avez raison, je fumerais bien une pipe ! lança-t-il sur un ton de défi.

Louis haussa les épaules en tendant la main et Lochais lui remit la recommandation du commissaire.

— Essayez de bien vous tenir, lui conseilla-t-il, il y aura du beau linge !

— N'ayez pas peur, inspecteur, je suis un vrai caméléon ! Tenez, ne suis-je pas ressemblant ? ajouta-t-il, et il se voûta outrageusement, se grattant comme un forcené en roulant des yeux.

— J'espère que les années ne vous abîmeront pas trop et que vous rirez encore à mon âge ! lui jeta Lochais en grimpant dans une voiture.

Louis sauta sur le marchepied tandis que l'inspecteur gagnait l'intérieur. Les années à venir, il en faisait son affaire. C'était un combat comme un autre.

CHAPITRE IV

La réception chez M. le préfet battait son plein. Devant le fronton néoclassique de l'hôtel Bouhier de Lantenay, d'élégantes calèches déversaient de non moins élégants personnages qui grimpaient le perron avec la mine fière et satisfaite de ceux qui savent appartenir à l'élite de la société et se réveillent chaque matin devant de pleins compotiers de brioches et de cartons d'invitation.

Louis, à l'abri d'un bosquet du parterre à la française, s'épousseta du mieux possible. Il sentait un brin le formol et le chien mouillé, mais baste ! Après tout, il était censé n'être qu'un policier, un élément de la vile soldatesque dont tous ces grands personnages étaient en quelque sorte les généraux.

Il tendit son ordre de mission aux deux valets en livrée postés à l'entrée, à l'air aussi fat que les invités, et le plus âgé, doté d'imposantes rouflaquettes, lui fit signe d'avancer avec la moue dégoûtée de qui voit un étron sur son paillasson.

— Larbin ! lança Louis à haute voix en le dépassant.

Une fois dans le grand hall de réception, il s'immobilisa, observant les lieux. Il n'avait pas souvent l'occasion de se rendre dans les raouts de ce genre, c'était Bertonneau qui était chargé de la rubrique « politique intérieure » et se goinfrait de petits-fours.

Hommes et femmes tourbillonnaient avec avidité autour de longs buffets surchargés de mets fins, ballet de chapeaux emplumés, d'étoles en fourrure, de ventres bedonnants, de décorations astiquées de frais, d'uniformes empestant la naphtaline, de huit-reflets et de monocles dans le tintement incessant des flûtes de champagne.

« Un bâton de dynamite, et la fine fleur des notables bourguignons partirait en fumée », se dit Louis, cherchant des yeux les policiers en civil.

Il en repéra quatre, deux par deux, épaule contre épaule, costumes propres mais de piètre qualité, mains dans le dos, sourcils froncés. En ces temps d'agitation sociale, la prudence était de mise, se dit-il en se rappelant les paroles du *Casseur de gueules* de Bruant :

> *Aussi, rich's, nobl's eq caetera,*
> *l'faut leur-z-y casser la gueule...*
> *Et pis après... on partag'ra !*

Raymond-Théodore-Louis Michel, le préfet, serrait force mains, immobile au milieu du flot mouvant des invités. À voir l'empressement avec lequel des dizaines de bouches du meilleur monde s'appliquaient à mâcher avec persévérance l'excellente chère, on eût pu croire à une nichée d'oisillons affamés.

Louis, bien décidé à défendre l'estomac du prolétariat, réussit à mettre la main sur un canapé au pâté de foie gras avant de s'emparer d'un buisson de crustacés, âprement disputé à une douairière dont il esquiva de peu le coup de fourchette dans le dos de la main.

Tout en dégustant son bouquet de crevettes, fraîches et goûteuses, il se mit en quête du professeur et l'aperçut enfin en conversation avec un ascétique barbu et un monsieur d'un certain âge, à la panse rebondie, près du piano à queue où une jeune et sévère demoiselle plaquait des arpèges, la tête renversée et les yeux clos, tout à l'extase de la musique.

Louis, qui préférait aux grands classiques les ritournelles à la mode, crut cependant reconnaître *Rosamunde*, un impromptu de Schubert. En s'approchant, il entendit le monsieur d'un certain âge dire d'un air faussement humble au barbu : « Ma fille, oui, Donatienne, l'artiste… » et le barbu répondre : « Et tes vignobles ? Ce satané phylloxéra ! Comment se portent les plants greffés ? Te rends-tu compte que le monde entier ne boira bientôt que du vin américain ? » tandis que le professeur paraissait résigné à subir l'offensive mélomane.

Profitant d'une pause musicale, Donatienne, presque pâmée, acceptant un rafraîchissement, il parvint à capter l'attention de Lacassagne qui lui lança un regard de reconnaissance éperdue.

— Mon cher Denfert ! Excusez-moi, messieurs, les obligations de ma charge…

Il entraîna Louis en hâte loin du petit groupe.

— Donatienne a un enthousiasme immense, lâcha-t-il, mais pardieu ! un peu de silence me fera du bien. Son père a le mérite d'être un grand amateur de criminologie, hélas sourd à l'assassinat de cet impromptu. Je ne savais pas que vous étiez invité…

— Aussi bien, je ne le suis pas. Je suis ici sur ordre de l'inspecteur Lochais pour vous informer d'un fait nouveau concernant Miss Courray.

Lacassagne regarda autour de lui et l'attira dans un recoin.

— Je vous écoute, mon garçon.

Louis lui exposa les détails de sa découverte fortuite, puis lui montra son croquis, en précisant que la photographie serait bientôt développée.

— Excellente initiative ! le complimenta le professeur. Féclas ! héla-t-il, apercevant le mince jeune homme. Prenez donc exemple sur M. Denfert ! Regardez ce qu'il nous a trouvé !

Féclas, qui buvait un verre d'eau de Vichy, s'approcha, les lèvres retroussées comme s'il rêvait de mordre un bon coup.

Louis réitéra ses explications et le jeune homme esquissa une moue. « Pour un étudiant de médecine légale, il se montre bien délicat ! » songea Louis.

— Un tatouage maçonnique sur le pubis d'une respectable gouvernante, ça pose plus de questions que ça n'en résout, chuchota le professeur.

— Il ne s'agit donc peut-être pas d'une respectable gouvernante, émit Féclas, se départant de son habituelle réserve. Beaucoup de gens mènent des doubles vies.

Et disant cela, il décocha à Louis un regard singulier qui lui fit craindre d'avoir été démasqué.

— Hum... fit le professeur. Et pourquoi dissimuler ce symbole à cet endroit ?

— Par dérision ? L'Œil de la Connaissance au plus près de *L'Origine du monde* ? s'exclama Louis à qui Edmond de Goncourt avait parlé du fameux tableau, aperçu par hasard chez un marchand fin juin 89.

— Ah, monsieur est amateur d'art ! répliqua Lacassagne. C'est pourtant un tableau peu connu. J'ai eu personnellement la chance de l'apercevoir chez l'antiquaire Antoine de la Narde il y a une vingtaine d'années.

« M. Courbet aurait sans doute apprécié la métaphore. M. Taxil y verrait, lui, la confirmation de ses thèses antimaçonniques, continua-t-il, en écho aux pensées de Louis. L'affaire est embarrassante. Il nous faut plus de renseignements sur tout cela, ajouta le professeur en claquant des doigts. Féclas, accompagnez Denfert à la morgue. Je suis coincé ici pour une bonne heure encore. Retrouvons-nous à la gare. Nous ne pouvons pas louper le train du retour, j'ai une réunion d'anthropologie criminelle ce soir.

Les deux jeunes gens prirent congé tandis qu'une Donatienne au mieux avec sa muse modulait de longs vibratos extatiques.

Il fut décidé que Féclas irait récupérer la photographie tandis que Louis fouillerait la malle contenant les affaires de Miss Courray. Par chance, le commissaire était parti déjeuner.

Louis se faufila dans la salle d'autopsie où Henri achevait de recoudre avec du solide fil noir les différentes parties du corps, afin de pouvoir l'inhumer convenablement, selon la volonté de Mlle Leclerc, expliqua-t-il en lançant un regard vers le jardin qu'on apercevait à travers la lucarne. Louis y colla le visage et vit une jeune femme de petite taille, enveloppée dans un châle noir, chapeautée et gantée de gris, qui déambulait entre les parterres de fleurs sans vraiment les voir.

Il avait été bien avisé de revenir examiner les affaires de Miss Courray au plus vite avant que sa cousine les réclame. Il déversa le contenu de la malle sur la paillasse : un réticule en soie, de la menue monnaie et des billets de banque ; une paire de gants bleu foncé en chevreau ; un flacon de sels. Il jeta un coup d'œil aux vêtements, soigneusement pliés : robes, corsages, chemises. Aucun document dissimulé entre les plis ou dans les ourlets.

— La jeune dame s'impatiente ! vint le prévenir Henri qui avait fini sa macabre couture. Elle doit retourner ensuite au magasin.

— Ouat ! Juste cinq minutes ! Où est cet olibrius de Féclas ?

— L'gars qu'y ressemble à une fille ? Y bavarde avec m'sieu Dumas.

— Dites-lui d'aller se présenter à Mlle Leclerc, pour la faire patienter.

Henri soupira ostensiblement avant de sortir.

Épingles à cheveux, nécessaire de toilette. Une lotion à la lavande. De l'extrait de marijuana à usage antispasmodique. Un flacon de laudanum pour les douleurs diverses. Une petite trousse de couture. Un étui à lunettes brodé main. L'étui contenait une paire de petites jumelles nacrées et trois cigarettes de haschisch soigneusement roulées. Cet âne bâté de Lochais ne les avait pas vues ! Hop, dans la poche, rayon indices potentiels.

On frappa à la porte et Louis n'eut que le temps de refermer la valise. Henri entra, précédant la jeune femme aperçue par la fenêtre. Un visage quelconque, plutôt poupin, de beaux yeux noisette, des cheveux blonds, le teint rose, on eût dit une petite fermière en habits de ville. Elle se figea en voyant le jeune homme.

— Louis Denfert, un des collaborateurs du professeur Lacassagne, se présenta-t-il en essayant par décence de lui masquer le corps.

— Ah, vous aussi !

Elle se tourna vers Albert Féclas qui la suivait.

— Décidément, beaucoup de monde s'intéresse à ma pauvre Mathilda !

— Il est du devoir de la justice de retrouver son assassin, madame, fit observer Albert de sa voix flûtée.

— Et il est de mon devoir de lui organiser des funérailles décentes, lui renvoya-t-elle.

— Lui reste-t-il de la famille ? s'enquit Louis.

— Son frère aîné, à Leeds. Je l'ai fait prévenir, mais il ne peut pas s'absenter de son travail. Il est assistant chez Rhodes Bros et il doit terminer une commande urgente pour un gros client. Et le voyage coûte cher.

« Hum, un grippe-sou peu attaché à sa sœur cadette », songea Louis. Comme si elle avait lu dans ses pensées, la jeune femme ajouta :

— Desmond est le fils d'un premier mariage de mon oncle. Il est beaucoup plus âgé que Mathilda. Ils n'ont jamais été très proches.

— Votre cousine était-elle affiliée à un cercle, une association ? demanda Albert.

— Pas à ma connaissance. Pourquoi cette question ?

— S'intéressait-elle à la franc-maçonnerie ? demanda Louis à son tour.

— Ma cousine était bonne chrétienne ! s'emporta Mlle Leclerc, dévoilant ses préjugés. Imaginez-vous qu'elle aurait prêté serment à Baphomet ?! Et puis il suffit, j'ai déjà répondu aux questions de cet inspecteur qui sentait l'alcool... Maman m'attend au magasin, je ne peux pas la laisser toute seule.

— Nous allons vous raccompagner, décréta Louis en la saisissant par le coude. Féclas, prenez donc la malle ! Ne vous inquiétez pas, M. Henri s'occupera de préparer l'inhumation au mieux.

— Mais...

— Il ne faut pas rester ici, ajouta-t-il plus doucement, c'est trop triste.

Soudain docile, Léonie Leclerc renifla et rabattit sa voilette. Ils sortirent dans la lumière froide et grise de l'après-midi.

— Ça sent la neige, observa Louis.

— Elle ne devrait pas tarder, en effet. Ce n'est pas bon pour les affaires, les gens n'aiment pas effectuer leurs achats en pataugeant dans la gadoue.

Une petite demoiselle industrieuse.

Albert, qui les suivait en ahanant sous le poids de la lourde malle, héla un fiacre.

Pendant le trajet, Léonie leur apprit que Mr. Courray était son oncle par alliance, ayant épousé en deuxièmes noces une sœur de sa mère, sœur aujourd'hui décédée. Mathilda, qui n'avait que dix ans au décès de sa mère, avait donc été élevée par un père plutôt distant, mais surtout par la cuisinière, une brave femme. Les deux cousines avaient toujours correspondu, Mathilda pour rompre sa solitude et Léonie poussée par le devoir familial, et elles avaient appris à s'apprécier pendant les rares vacances passées chez l'une ou l'autre.

Léonie avait été enchantée quand Mathilda lui avait demandé de prospecter pour elle sur Dijon, car au fil du temps leurs relations s'étaient distendues et la jeune femme semblait assez perturbée ces derniers temps, changeant fréquemment d'employeurs et séjournant très souvent à Londres, capitale de la perdition, comme disait Maman.

Non, elle ne lui connaissait pas de soucis particuliers, sinon pécuniaires, comme tout le monde. Pas d'amoureux non plus. Il avait bien été fait mention un moment d'un jeune précepteur, mais ça n'avait pas abouti.

Quel choc d'apprendre sa fin horrible ! Et de devoir reconnaître ce corps martyrisé. Quel monstre dégénéré avait pu commettre un tel crime ?

Louis et Albert la réconfortèrent de leur mieux, puis, en ayant tiré toutes les informations utiles, la laissèrent devant son négoce, un beau magasin qui annonçait « Machine à vapeur » sur la vitrine encadrée de deux rideaux noirs indiquant qu'on était spécialisé dans la teinturerie de deuil, ce qui était hélas de circonstance. Derrière la pancarte qui précisait d'ailleurs « Grand choix de deuil à l'intérieur », on apercevait une matrone d'un certain âge face à une cliente qui examinait un manteau.

Une fois à la gare, ils s'installèrent au buffet pour attendre le professeur avec deux verres de vin chaud et des brioches.

Albert Féclas grignotait délicatement, du bout des doigts, et Louis remarqua qu'il avait de longues mains et des ongles soignés. Il jeta un coup d'œil à ses propres ongles en deuil, un peu gêné, mais pas assez pour ne pas mordre à belles dents dans la brioche chaude.

Le professeur arriva bientôt, de son pas vif, consulta la grande horloge murale et s'assit près d'eux.

— J'ai les billets, professeur, dit Féclas.
— Bien, bien. Alors, cette photographie ?
— La voici.

Le professeur l'examina soigneusement avant de la tendre à Albert qui la rangea dans une enveloppe.

— Un œil inscrit dans un triskel, lui-même inscrit dans un triangle, commenta-t-il.
— Un triskel ?
— Oui, ce motif giratoire ternaire qui ressemble à une hélice. Symbolisme mégalithique et celte. Il serait censé symboliser les trois états du monde, ou les trois âges de la vie, ou tout ce qu'il vous plaira d'y voir. L'altération d'un emblème maçonnique ? Ça ne me plaît pas, ça ne me plaît pas du tout ! grommela-t-il. Une femme coupée en morceaux, un tatouage ésotérique scandaleusement placé... Si ces vautours de la presse s'emparent de l'affaire, ça va être du sensationnalisme à tout crin ! Je me demande d'ailleurs comment il se fait que ces charognards ne soient pas encore là !

Louis fit mine de s'absorber dans son vin chaud. Difficile d'expliquer que c'était parce que Gillières, pour avoir vingt-quatre heures de priorité, avait grassement rémunéré un des inspecteurs en charge de l'affaire !

— La victime n'était en France que depuis deux jours et on ne lui a apparemment rien volé, reprit le professeur. Donc soit elle est tombée sur un aliéné, soit elle connaissait son meurtrier.

— Un Anglais, répéta Louis.

— Oui, il faut chercher en amont du crime. Comprendre le sens de ce tatouage. Quel dommage que nous soyons pris par ce Congrès ! ajouta-t-il en tapant sur le petit guéridon tandis que Féclas retenait leurs boissons de justesse. Scotland Yard ne bougera pas le petit doigt pour un crime commis en France et nous n'avons pas les moyens ni la possibilité d'envoyer notre police chez eux. Il faudrait créer une force de police internationale ! Nos *Archives de l'anthropologie* réunissent les plus grands experts de tous les domaines liés au crime, mais, dans les faits, on se heurte constamment à la bureaucratie tatillonne.

— Je peux y aller, moi, à Leeds, dit Louis.

— Vous ?

— Oui.

— Mais... vous n'êtes pas tenu par la hiérarchie ?...

Manifestement, le professeur, comme Féclas, croyait qu'il faisait partie des forces de police. Louis eut un geste vague de la main en marmonnant : « Peux me débrouiller... disponibilité... », ce qui eut l'air de satisfaire son interlocuteur.

— Vous accepteriez d'y être nos yeux, nos oreilles, que dis-je, notre limier ?

— Tout à fait.

Le professeur parut examiner la question en se grattant le lobe de l'oreille.

— C'est bien ! trancha-t-il. Vous êtes notre homme !

Il sortit une feuille de papier à lettres à son en-tête, y griffonna quelques lignes, identifiant Louis comme étant chargé de mission pour le Bureau d'anthropologie criminelle, signa et la lui tendit.

— Féclas vous rejoindra si nécessaire.

— Mais… professeur… mes examens…

— Pressons, le train arrive ! Féclas, donnez ma carte à M. Denfert, depêchez-vous. Tenez-moi au courant et notez soigneusement vos dépenses, pour vos défraiements. À bientôt !

Louis resta sur le quai, tandis que les deux hommes se hâtaient vers leur train, Féclas se dandinant avec les mallettes.

Dans sa main, la carte du professeur, avec son adresse et son numéro de téléphone, et la lettre de recommandation. On l'envoyait en Angleterre au service de l'anthropologie criminelle. Une mission officieuse, certes.

Restait donc à convaincre Gillières. C'était jouable. « Notre envoyé spécial sur les traces du Dépeceur des Trains. » « La perfide Albion livrera-t-elle son terrible secret ? » « La gouvernante était-elle une adepte de Baphomet ? » L'enquête pouvait prendre tant de directions que tous les titres étaient imaginables. Avec sa signature en gros caractères.

La tête un peu tournoyante de la succession rapide des événements, il décida d'aller tout d'abord acheter un nouveau et indispensable carnet ainsi qu'un portemine, puis de se renseigner sur les divers moyens de gagner l'Angleterre avant de se mettre en quête de la Poste.

Là, dans la cabine publique tout récemment installée, il demanda successivement à l'opératrice de lui passer André Gillières, puis la Comédie-Française.

Le Grand Dédé, peu généreux en compliments, admit cependant du bout des lèvres que Louis avait fait du bon boulot et que suivre la piste anglaise s'imposait, avec la perspective de river leur clou au *Petit Journal* et consorts grâce à une manchette fracassante. Pour ce qui était des affaires courantes : Robert Charvay avait fait au *Clou* la connaissance d'un jeune avocat à la plume acérée, un certain Gaston Leroux, qui allait prendre la rubrique mondaine, mais qui, dans l'intermédiaire, pouvait assurer incognito la chronique de Louis sur les « inventions nouvelles ». La Glu, présentement collé à l'appareil, lui envoyait son bonjour. Enfin, pour la dépense, il fallait se montrer raisonnable : voyage en troisième et pas de gueuletons. Un certain ascétisme allait de pair avec la rigueur journalistique.

— Mais, patron, protesta Louis, l'affaire réclame de la rapidité, et vous savez bien que certains express ne comportent que des premières classes. M'envoyer là-bas en omnibus ! Autant téléphoner aux concurrents de reprendre l'enquête !

Gillières grommela que oui bon, hum dans ce cas... mais bien garder à l'esprit que le porte-monnaie du journal n'était pas extensible. On lui retiendrait tout excès sur sa paie.

Louis acquiesça et prit congé, à la fois enchanté de découvrir bientôt l'autre rivage de la Manche et un peu inquiet de se savoir si aisément remplaçable.

Avec Camille, que le secrétaire du théâtre voulut bien aller chercher en pleine répétition, ce fut une autre paire de manches. Ah ! Monsieur partait en balade impromptu et la faisait prévenir par un coursier comme une vulgaire cocotte ! Et leur dîner, alors ? Et la revue, et tous les petits et grands plaisirs qu'ils avaient prévus pour son jour de repos ? Passés en pertes et profits. Et maintenant Monsieur allait baguenauder chez la mère Victoria ! Savait-il qu'elle avait toujours rêvé d'aller parader à Londres ? Eh bien, bon voyage et bon vent ! Pour sa part, elle avait rencontré un jeune auteur très intéressant, M. Edmond Rostand, qui l'avait conviée à un cercle littéraire plein de gens intelligents, s'il voyait ce qu'elle voulait dire.

Louis l'assura de son amour dévoué et intarissable, promit mille consolations à son prompt retour et raccrocha, frustré et en proie à une vive jalousie. Quelle tête avait-il, ce Rostand ? Bien pleine et bien faite, comme la sienne ? Bah, il l'étranglerait proprement la semaine prochaine. Pour l'instant, passer à la banque où Gillières avait dû câbler l'ordre de lui faire préparer quelques liquidités, puis acheter ses billets, récupérer son bagage, dîner et filer, cap sur l'aventure !

Une fois muni des précieux sésames qui lui permettraient de prendre le train puis le bateau, la poche garnie d'une fine liasse de billets de banque, Louis, incapable de tenir en place, décida d'aller rendre visite à Émile Germain, son secourable sauveur de la veille.

Par chance, celui-ci se trouvait dans son petit logement, occupé, torse nu, à soulever plusieurs fois d'affilée un sac de charbon de cinquante kilos. Ses muscles puissants saillaient. Son biceps gauche était tatoué d'un drapeau, sans doute celui de son régiment. Sur son poignet droit, une paire de gants de boxe au-dessus de deux sabres entrecroisés, et sur son cœur une devise : « Toujours Brave ».

Pour garder la bonne forme nécessaire à la pratique du noble art, il était indispensable d'entretenir sa force musculaire, surtout celle des muscles dorsaux et des deltoïdes, expliqua-t-il en essuyant la sueur qui lui coulait dans les yeux. Il convia amicalement Louis à prendre place dans l'unique fauteuil bancal pendant qu'il allait se rincer dans l'arrière-cour.

Dès qu'il fut sorti, Louis se releva, examinant les lieux. Un lit soigneusement fait, l'inévitable commode, une patère où étaient accrochés un chapeau melon, une capote militaire, un manteau noir. Un petit poêle à charbon qui faisait aussi office de fourneau. Une bouilloire émaillée. Du thé en vrac dans une boîte d'une firme de Hanoi. Un manuel de construction de tranchées, redoutes et fortins, passablement écorné. Une baïonnette bien aiguisée. Un havresac d'infanterie plus que fatigué, l'As de carreau réglementaire de trente kilos, aussi appelé Azor car recouvert de peau de chien. Un journal de la veille dont les pages arrachées avaient dû servir à allumer le poêle. Un médaillon avec la photographie d'une jeune Annamite...

Louis se pencha pour l'examiner avec plus d'attention.

— Ce n'est rien, un souvenir ! lança la voix bourrue de l'ex-sapeur dans son dos, sa large main escamotant prestement l'objet.

Hum hum.

— Alors, quelles sont les nouvelles ? demanda son hôte, rhabillé d'une chemise propre, en mettant la bouilloire sur le feu. Combien de fois a-t-on essayé de vous assassiner aujourd'hui ?

— J'ai eu de la chance : pas une seule ! Et, de toute façon, j'avais votre pistolet pour me défendre. À ce propos, je vous dois un dîner. Laissez-moi vous l'offrir tantôt, car je prends le train de nuit de 11 h 37 pour Paris, puis celui de 7 h 45 demain matin pour Dieppe et la Grande-Bretagne.

Émile Germain le dévisagea, sa boule à thé à la main.

— Mazette ! Vous avez la bougeotte, vous !

— Service commandé. J'enquête sur un meurtre, ne put s'empêcher de dire Louis, en baissant la voix.

— Laissez-moi deviner... celui-ci ? répliqua Émile en brandissant le journal local du soir où, sous les dernières nouvelles militaires des colonies, s'étalait sur deux colonnes : « Le Train sanglant : une gouvernante coupée en morceaux dans l'express Paris-Marseille. »

Louis s'empara prestement de la feuille. L'article, signé d'un certain Goujon, précisait que ce crime horrible, découvert en gare de Dijon, avait été commis dans la nuit du 9 au 10 novembre. La police assurait suivre toutes les pistes possibles et se refusait pour l'instant au moindre commentaire. Le journaliste avait rencontré Mlle Léonie Leclerc, la cousine de la victime, qui n'avait pas de révélation particulière à faire, et concluait en appelant à la prudence : un monstre muni d'une hache rôdait en liberté, à l'affût des femmes imprudemment seules.

« La concurrence est donc sur le coup », se dit-il en reposant le journal sous le regard inquisiteur d'Émile.

— Alors, j'ai tapé juste ? s'enquit celui-ci en versant l'eau frémissante dans deux quarts de soldat.

— Tout à fait, admit Louis. Mais j'ai une bonne longueur d'avance. J'ai assisté à l'autopsie…

Il lui raconta l'affaire en buvant le thé noir et âpre rapporté du Tonkin et Émile l'écouta attentivement sans l'interrompre, se contentant de hausser les sourcils çà et là.

Puis Louis consulta sa montre et se leva d'un bond.

— Allons dîner !

Chemin faisant, Louis s'aperçut avec plaisir qu'Émile Germain marchait aussi vite que lui. Il détestait se déplacer en lambinant, ça lui donnait l'impression que ses genoux se déboîtaient, disait-il souvent à Camille qui grognait qu'on la houspillait et qu'une promenade n'était pas une compétition sportive.

Ils gagnèrent le quartier de la gare et la *Grande Taverne*, d'excellente réputation. Louis choisit un potage crème d'Argenteuil suivi d'une andouillette à la dijonnaise avec ses petits palets de pomme de terre, tandis que son commensal optait pour un potage à la lyonnaise et une galantine de poularde de Bresse truffée, le tout arrosé d'un excellent ruchottes-chambertin.

— Si je comprends bien, dit Émile en reposant sa cuillère, l'enquête s'oriente vers l'idée que l'ennemi connaissait sa victime et l'aurait suivie en France, en embuscade.

— Cela semble plus probable que la thèse d'un aliéné criminel surgissant d'on ne sait où, armé d'une feuille de boucher et attaquant n'importe quelle femme, et ce de surcroît dans un train bondé de témoins potentiels.

— Mais personne ne l'a vu.

— Exact. Cependant, il courait le risque d'être aperçu.

— Découper une donzelle en quartiers dans un train chargé de pékins… Cela suggère une certaine urgence à commettre le crime, fit observer Émile en attaquant la galantine.

— Bien vu, fit Louis en piquant l'andouillette avec sa fourchette. Une dispute qui tourne mal ?

— On ne dépèce pas une femme, même la pire des mégères, pour un simple différend ! protesta Émile.

— Un amant éconduit, fou de rage ?

— La piste de l'amant anglais, celle que vous allez suivre ?

— Pour l'instant, je n'en vois pas d'autre.

— Tout de même, ce gus a pris de sacrés risques en montant à l'assaut sans camouflage ! Et pourquoi s'acharner à ce point sur l'objectif ? Vous ne m'enlèverez pas de l'idée qu'il a une araignée dans la casemate.

— Je vous concède ce point, acquiesça Louis, la bouche pleine. Mais il y a aussi la question du tatouage.

— Qui renvoie aux francs-maçons.

— Peut-être. Ou à une secte d'une autre obédience.

— Les billevesées du père Taxil sur les pratiques démoniaques ?

Louis hocha la tête.

— S'il y a quelque chose de vrai là-dedans, on pourrait envisager que ce crime soit une sorte de sacrifice rituel.

— Ou que les gus qui vénèrent le Grand Fourchu sont capables de tout, quand leur vient le désir d'honorer leur Maître.

Les deux hommes restèrent pensifs, le temps du dessert, deux babas au rhum.

Émile alluma sa pipe et Louis une de ses Londrès finement roulées.

Il sortit son portefeuille, miraculeusement épargné, et y puisa l'argent pour régler l'addition.

— C'est une batterie de campagne que vous avez là ! se moqua Émile en examinant les différents compartiments où l'on pouvait ranger cartes de visite, monnaie, billets, timbres-poste, sans oublier la petite montre détachable enchâssée dans le rabat.

Louis se rengorgea :

— Peau de serpent doublée de chevreau ! Fabriqué à Boston par Bigelow, Kennard and Co. Un cadeau.

Camille le lui avait offert pour son anniversaire, en mars dernier. Avant de lui offrir son corps pour une nuit inoubliable.

Il toussota et revint à la conversation.

— Une belle pièce, disait Émile, c'est vraiment étrange que nos deux chourineurs ne vous l'aient pas tirée ! À la place, ils ont pris une poignée de papiers sans intérêt.

— Mes notes ! La bible du reporter ! protesta Louis.

— Hum. Vous ne trouvez pas ça bizarre ? Vous débarquez ici pour enquêter sur un meurtre et le soir même on vous dérobe vos notes. Si cette Miss Courray faisait partie d'une secte et qu'elle a été trucidée par un haschischin brandissant un portrait de Satan, il a tout un régiment derrière lui. Nos deux belligérants en étaient peut-être les éclaireurs. Je regrette de ne pas avoir fouillé le macchabée.

— Moi aussi, soupira Louis en songeant à l'opportunité qu'il aurait eue de le faire à la morgue.

Ce que disait Émile Germain était sensé. Quels voleurs auraient négligé un élégant portefeuille au profit d'un carnet sans valeur marchande ? À moins que ledit Michel, dans le noir, se soit trompé.

— Il faut avoir à l'esprit, reprit Émile, carré sur sa chaise, qu'en poursuivant vos investigations à marche forcée, vous pouvez être exposé au feu de l'ennemi.

— C'est-à-dire ?

— C'est-à-dire tomber vous-même dans une embuscade et être décimé par les sabres de leur cavalerie.

— Vous êtes un optimiste, vous !

— Non, un vieux briscard qui a roulé sa bosse sous toutes les latitudes et qui regarde à deux fois avant de mettre un pied devant l'autre. Vous avez besoin d'un équipier.

Louis arqua les sourcils.

— Mais encore ?

— Je ne peux pas vous laisser monter seul au front.

— Mais je n'ai pas les moyens de vous rétribuer !

— Qui parle d'argent au champ d'honneur ?

— Belle formule, permettez, je la note. Il n'empêche : vous ne pouvez pas vous embarquer là-dedans sans biscuits.

— Je suis en permission permanente, maintenant ! lança l'ancien sous-off avec une pointe de vif regret.

Un professeur de boxe est libre de ses mouvements et j'ai très envie de visiter un pays en paix, pour changer.

— Je ne peux pas accepter sans vous dédommager, s'obstina Louis.

— Vous me mettrez sur votre note de frais. Baste ! si nous remportons la bataille, tout le monde voudra nous décorer ! Dans combien de temps, le train ?

— Une demi-heure.

— Je file chercher mon barda et je vous rejoins.

Aussitôt dit, il s'éclipsa. Louis alla l'attendre sur le quai, sous la grande marquise, près de l'affiche qui stipulait, selon la recommandation du ministère des Travaux publics : « La marche des trains est fixée sur l'heure légale avec un retard de cinq minutes. » Cela afin d'épargner aux voyageurs peu habitués à la régularité, somme toute récente, des horaires de rater leur train pour quelques secondes de retard.

La neige s'était mise de la partie, une neige fine qui fondait en touchant les rails. Pourvu qu'elle ne se mette pas à tomber trop dru, bloquant leur convoi. C'était une des principales causes de retard dans la saison d'hiver, nécessitant d'attendre l'arrivée d'une machine pilote pour une double traction du convoi. Un obstacle de taille, même pour la PLM qui se félicitait d'avoir plus de 92 % des trains grandes lignes à l'heure.

Il n'était pas mécontent de se faire accompagner d'un solide gaillard de la trempe d'Émile Germain, mais il avait des scrupules ; il doutait fort que Gillières ou même le professeur acceptent de prendre les frais de voyage à leur charge.

Il n'eut pas le temps de s'inquiéter davantage car déjà Émile arrivait, à peine essoufflé, le pardessus déboutonné, son havresac sur le dos, la couverture et la capote réglementairement arrimées aux sangles. Il s'éventa avec son chapeau melon tandis qu'on achevait de remplir d'eau la locomotive.

Puis l'on ouvrit les portières et les deux hommes s'engouffrèrent dans le train. Il y avait peu de voyageurs et personne dans leur compartiment.

— Mazette ! Des fauteuils-lits ! s'enthousiasma Émile en manipulant le dossier qui, renversé, formait avec le siège une banquette bien rembourrée.

— On voit que ça fait longtemps que vous ne voyagez plus en France, se moqua Louis. En tout cas, pas d'ours en vue ! ajouta-t-il en prenant ses aises.

Son compagnon l'interrogea du regard et il entreprit de lui raconter l'anecdote du montreur d'ours et de son animal, qu'un aimable contrôleur avait placé dans un compartiment vide pour s'apercevoir un peu plus tard que l'ours n'était en fait qu'un comparse déguisé, ayant usé de ce subterfuge pour éviter de payer sa place.

Ils s'allongèrent. Émile, la tête sur son havresac, Louis, un bras passé autour de sa valise. Il sentait ses paupières s'alourdir, les dernières quarante-huit heures avaient été bien remplies et, malgré le froid ambiant que n'arrivait pas à vaincre le chauffage par bouillottes, il s'endormit presque aussitôt.

CHAPITRE V

Le convoi était arrêté et Louis se réveilla en sursaut, pensant : « La neige ! », mais ce n'était que l'arrivée à Paris à l'heure prévue, 5 h 35 du matin, et ils se traînèrent sur les quais de la gare de Lyon, frissonnant dans la nuit glacée.

— Mille bombes ! On se pèle !
— J'en regretterais la jungle et ses sales pièges.

Il y avait du givre sur les hautes structures métalliques. La marchande de fleurs installait son étal, aidée de sa fille, un petit bout de chou d'une huitaine d'années. Deux vieux balayeurs arpentaient lentement les quais, voûtés, silencieux. Un peu plus loin, la vendeuse de menus articles pour fumeur, les yeux encore gonflés de sommeil, tapait du pied pour se réchauffer. L'heure, juste avant l'aube, appartenait encore au silence de la nuit. Bientôt, la gare fourmillerait de gens affairés, résonnerait de vociférations, d'échos de cris, de rires, de pas. Pour l'instant, comme un être humain, elle s'éveillait lentement, prenait la mesure du froid et du brouillard, s'étirait entre ses draps de nuit avec l'envie de rester pelotonnée sous sa couverture de givre, mais sachant déjà que le réveil était inéluctable et qu'il fallait se secouer et affronter le jour naissant.

Ils se trimballèrent jusqu'à l'arrêt de l'omnibus pour Saint-Lazare.

— Pourquoi pas la gare du Nord ? demanda Émile. J'ai vu leurs réclames, le trajet est plus court.

— Oui, mais plus cher ! Mon patron a le porte-monnaie plus serré que les fesses d'une mère abbesse. Nous ne sommes pas à deux heures près.

— Ce que ça a changé ! observa Émile en entrant dans la salle des pas perdus et découvrant les importantes transformations de 1888 dues à l'architecte Lisch. C'est plus une gare, c'est un palais !

— Le Palais des courants d'air ! répliqua Louis en éternuant.

Des soldats, de rudes gaillards du 60ᵉ d'infanterie de Besançon, attendaient sagement, au repos. L'un d'eux, un petit brun râblé d'une vingtaine d'années, semblait ronger son frein, et le sergent lui jeta : « Du calme, Vacher ! Tu pars en congé demain ! »

— Veinard ! lui dit cordialement Émile en passant à sa hauteur.

Les premiers voyageurs montraient le bout de leur nez, rougi par le froid. Louis et Émile se rabattirent dans la salle d'attente des troisièmes, chichement éclairée et presque pas chauffée, et quand Émile entreprit de taper du pied en entonnant « L'air est pur, la route est large, le clairon sonne la charge... » Louis proposa d'aller prendre un grog au buffet.

Avec leurs boissons fumantes, ils s'octroyèrent un petit pain tout chaud qu'ils dégustèrent sans parler, plongés dans la lecture des journaux qui venaient d'être livrés.

« Le Train sanglant » s'étalait sur toutes les premières pages en lettres dégoulinantes. L'enquête piétinait. L'assassin pouvait être monté n'importe où entre Paris et Dijon, on interrogeait les chefs de gare, on cherchait l'arme du crime le long des voies. En illustration : une hache rouge de sang brandie par une sorte de monstre simiesque, le criminel-né cher aux théories du dottore Cesare Lombroso, un autre as de la criminologie. Le commissaire Bourgoin penchait pour le crime impulsif d'un aliéné, une de ces « bêtes à tuer » qui pullulaient dans les bas-fonds. L'éminent professeur Lacassagne, qui avait pratiqué l'autopsie, aidé de son jeune assistant, Albert Féclas, attendait d'importantes informations d'Angleterre. L'illustration, qui montrait les deux hommes penchés sur une civière ensanglantée, donnait à Albert l'air d'un loulou de Poméranie en complet-veston.

Émile et lui avaient donc toujours une longueur d'avance. Cela le rasséréna un peu, car un coup de spleen l'avait saisi en songeant plus tôt qu'il aurait pu profiter de l'escale à Paris pour filer surprendre Camille à potron-minet, lui offrir des croissants et des baisers et se rassasier de son corps doux et chaud. Mais cela aurait retardé l'heure du départ et ils devaient garder leur avantage sur leurs éventuels rivaux.

Une déplaisante vision lui poigna soudain l'estomac, comme la vrille acérée d'un kriss malais. Il ouvrait la porte de la chambre de Camille, s'avançait sur la pointe des pieds, un bouquet de violettes à la main, et découvrait sur l'oreiller sa chère tête rousse voisinant avec la tête immonde de ce Rostand dont elle lui avait rebattu les oreilles.

Il se leva d'un coup sous le regard surpris d'Émile plongé dans un article de la revue *La Nature* décrivant la flotte de guerre chinoise. Il passa alors la main sur ses joues pas rasées pour se donner une contenance. Un détour par les commodités s'imposait. Émile l'y suivit.

La petite souris qui régnait sur les lieux d'aisances leur tendit une main menue et gelée où ils déposèrent chacun une pièce. Les vespasiennes étaient assez propres, et devant les lavabos ils purent se raser et se bassiner le visage d'eau si fraîche qu'elle semblait jaillir d'un torrent.

Le jour se levait enfin, après avoir pris son temps. La gare avait l'allure d'un tableau de Monet que Louis appréciait : fantôme lumineux traversé de suie noire où gémissaient de longs convois.

Émile alla causer un peu avec les gars du 60e tandis que, de son côté, Louis achetait un paquet de Hongroises Levant Supérieur. Le jeune Vacher[1] faisait étalage de son exceptionnelle musculature en soulevant à bout de bras une lourde brouette sous les lazzis de ses camarades. « Ce garçon a besoin de se sentir reconnu », se dit Émile qui lui offrit un crapulos, un cigare à un sou.

La haute charpente s'emplit de bruit, de vie, d'agitation, de malles et d'excitation, et à 7 h 40, ce fut l'heure de grimper dans le train.

De nouveau la course et la pagaille pour arriver à se caser près d'une fenêtre. Une paysanne avec ses poules se faisait engueuler par tout le monde car elle gênait le passage. Sûre de son droit, elle se contentait de répondre par des invectives dans son patois sans bouger d'un pouce, cramponnée à sa caisse.

Le paysage défilait, arbres, taillis, bosquets, et Louis, dodelinant, ne tarda pas à se rendormir, tandis qu'Émile travaillait ses muscles mine de rien : abdominaux, biceps, quadriceps, tout ce qu'on pouvait contracter sans trop se trémousser.

À 11 h 31, ils entraient à Dieppe. La pluie avait remplacé la neige. Émile, qui revenait du WC tout nouvellement installé dans le train, indiqua à Louis le

---

1. Émile Vacher, dit l'Éventreur du Sud-Est. Après sa sortie de l'armée en 1893, il fit au moins onze victimes jusqu'à son arrestation en 1897. Son mode opératoire (égorgement puis éventration, lacérations, mutilation des parties génitales…) était très proche de celui de Jack l'Éventreur.

bâtiment voyageurs de la gare qu'ils dépassaient à petite vitesse. Louis colla son front à la vitre. Une voie reliait la gare à l'avant-port.

Le convoi s'engagea au pas sur le quai Duquesne, dépassa successivement la chambre de commerce, la caserne de pompiers et le Syndicat des pêches, puis le train vira à droite à la poissonnerie pour rejoindre le quai Henri-IV et la gare maritime. Deux voies de chaque côté d'un bâtiment en brique. Des grues à vapeur pour charger les navires. La gare de marchandises un peu plus loin. Les interjections des dockers. Le cri lancinant des mouettes. La pluie nimbait les manœuvres de son gris perlé.

Il songea un moment à sa sœur adoptive, Nicette, qui vivait avec son mari et ses enfants dans une ferme à une cinquantaine de kilomètres de là. Il y avait bien six mois qu'il ne lui avait pas rendu visite. Décidément, ce matin, il ne faisait que traverser les villes où se tenaient les deux femmes chères à son cœur.

Une partie du train devait embarquer dans le ferry-boat, permettant aux heureux passagers de première de ne pas quitter leur confort.

Le chauffeur, au titre singulier de « marin-chauffeur au Chemin de fer de l'Ouest », dirigeait les manœuvres, aidé de quelques autres employés « maritimo-ferroviaires ».

On annonçait du mauvais temps et les voyageurs, inquiets, ne cessaient de consulter le ciel nuageux.

— Au fait, lança soudain Émile en tirant sur sa pipe, ça se trouve où, Leeds ?

— Excellente question ! Allons voir.

Ils s'engagèrent dans le bâtiment principal où l'on avait eu la bonne idée d'afficher une carte de la Manche, sur laquelle une ligne droite passant par Dieppe et Newhaven reliait Paris à Londres. Ils dénichèrent enfin Leeds au nord-ouest de Londres.

— Ça fait une petite trotte, observa paisiblement Émile.

— Qui nous donnera l'occasion d'essayer le chemin de fer britannique, depuis le temps qu'on nous le vante !

Et ce disant, Louis fit halte au kiosque à journaux pour acheter le *Guide Joanne du Royaume-Uni*, la bible du voyageur français.

Ils regagnèrent le bord, la marée était là, on donnait le signal du départ.

La mer était houleuse, les passagers anxieux, le capitaine serein. Les 76 mètres de son paquebot à aubes de 760 tonneaux, lancé en 1888, en avait connu d'autres, comme il le précisa à Louis, qui, indifférent au tangage, avait demandé à visiter le poste des commandes.

L'année précédente, au printemps 1890, raconta le capitaine en souriant, ils avaient été pris dans une violente tempête. L'avarie des roues conjuguée au blizzard les avait entraînés dans les parages du cap Gris-Nez, les superstructures couvertes de glace. Ils avaient pu réparer sans aide et regagner enfin Douvres au bout de trente-six heures au lieu des trois heures trente habituelles !

Le navire avait atteint sa vitesse de croisière de dix-neuf nœuds, la pluie cinglait bâbord. Louis se baladait sur le pont, trempé, ravi, retrouvant l'odeur si particulière des vagues et de l'écume, l'odeur du large qu'il avait appris à apprécier sur la goélette du capitaine Denfert lorsque celui-ci l'emmenait à la pêche en haute mer.

Condamné aux études, il n'avait longtemps pas eu le droit de partir avec son père adoptif et les autres « Banquais » à Terre-Neuve chasser autour du Grand-Banc. Avec son inconscience d'enfant, il enviait les gamins de son âge, les malheureux mousses qui se retrouvaient « graviers », se déchirant les mains à sécher la morue sur les graves, ou errant dans les doris qui sillonnaient la mer toute la journée. Ils ne regagnaient la goélette que le soir venu, à condition qu'elle soit toujours là, que le mauvais temps ne les ait pas fait chavirer ou encore qu'un grand navire surgi de la brume ne les ait pas éventrés.

Le capitaine ne perdait cependant jamais une occasion de l'embarquer pour de courtes virées, histoire de l'amariner, et Louis utilisait compas, boussole, sextant, filets, harpon avec dextérité et enthousiasme. À partir de ses quinze ans, il avait vu son vœu enfin exaucé et il eut la permission de se joindre à eux pour les deux mois d'été.

Il avait eu peur, il avait eu froid, il avait vu l'ivresse, la violence, le sang, les cris dans la brume, les corps ensevelis dans l'eau grise, les bancs de morues, leur odeur de chair morte, éventrée, sur les ponts, dans les cales, la brûlure du sel sur les innombrables blessures, et les baleines, au loin, crachant leurs geysers d'écume, leurs énormes flancs écailleux dansant entre les paquets de mer.

Et il avait chanté avec les autres à pleins poumons le *Chant de Notre-Dame de Bonne-Nouvelle* :

> *Gardez bien notre nacelle*
> *Contre la fureur des flots.*
> *Contre la fureur des flots,*
> *Gardez bien les matelots.*

S'arrachant à ses souvenirs, il revint à tribord et rejoignit sous la coursive Émile en conversation avec un des marins-chauffeurs qui avait été soutier sur les paquebots traversant le canal de Suez et avouait préférer les frimas de la Manche aux températures infernales de leurs cales.

— La plupart des Blancs ne résistent pas à cette fournaise, disait le matelot, un athlétique et volubile gaillard. On est obligé d'embaucher des Nègres, des types capables de tordre une barre de fer à mains nues. C'est pitié comme on les traite.

Il s'interrompit pour cracher par-dessus le bastingage.

— Je m'étais fait un aminche, reprit-il, il s'appelait Mango dans son jargon. Il m'a raconté que son grand-père avait été roi de leur bled et que toute sa famille avait été razziée par les marchands d'esclaves. Lui, il avait été sauvé parce que sa mère l'avait mis à la rivière dans un panier. Comme Moïse, vous vous rendez compte ? Un moricaud ! Sacrée histoire !

— Moïse était égyptien, fit observer Louis, il ne devait pas avoir un teint de porcelaine.

Le marin lui décocha un regard perplexe, mais déjà Émile lui posait une main apaisante sur le bras.

— Les Nègres peuvent être de sacrés combattants. J'ai connu des Dahoméens plus dangereux que des tigres.

— C'est rien à côté des Danakils d'Éthiopie !

Les laissant à leurs échanges guerriers, Louis regagna les salons, quasiment vides à cause du roulis. Quel drôle de destin que celui de ce Mango, sauvé de l'esclavage pour tomber sous la coupe des compagnies maritimes et dont l'un des frères, aujourd'hui libre, un Jack ou un Joe, servait peut-être les cocktails sur le pont supérieur !

Il se sécha près du poêle en jetant quelques notes dans son carnet, puis potassa son guide.

Ils seraient bientôt arrivés. De là, le train repartirait vers Victoria Station. Ensuite, il leur faudrait changer de gare afin d'attraper un express pour Leeds. Voyons, fallait-il se rendre à Euston Station, terminus de la London and Western Railway, à St Pancras, siège de la Midland Railway, ou à King's Cross, fief de la

Great Northern Railway ? Mille bombes, combien de gares y avait-il donc à Londres ? Il feuilleta fébrilement son guide. Apparemment, les trains partant de King's Cross étaient plus directs et desservaient Leeds-Central en quatre heures et demie contre cinq heures et demie pour St Pancras et six heures et demie pour Euston.

Ce point réglé, il revint à sa préoccupation principale. Il avait hâte de rencontrer Desmond Courray. Il fallait que leur périple débouche sur quelque chose. Ce tatouage était trop intrigant. Et ce meurtre trop barbare pour rester impuni.

Louis, dont l'insatiable curiosité avait un appétit d'ogre, n'était jamais rassasié de comprendre. Et il se faisait fort de faire fi de ce défi !

Le tatouage évoquait une secte. On en revenait à Léo Taxil et consorts. Louis avait parcouru dans *La Revue mensuelle* le début d'un ouvrage monumental sur *Le Diable au XIXe siècle*, signé d'un certain Dr Bataille. Il reprenait les mêmes thèses et divulguait les confessions ahurissantes de Diana Vaughan, autre grande prêtresse maçonnique, repassée aujourd'hui du « bon côté », laquelle dénonçait à tour de plume trempée dans le soufre les pratiques maléfiques de ses ex-frères.

Que fallait-il retenir de ces offensives à boulets rouges ? Louis restait perplexe. Il avait admiré en professionnel la faconde de la charge, mais les volte-face successives de Taxil le gênaient. Toute cette prose croustillante passionnait les foules avides de sensations et faisait marcher le commerce.

Cela étant, il y avait ce tatouage mal placé, qui apportait de l'eau sulfureuse au moulin des rites orgiaques.

Il passa la main dans ses cheveux, un geste familier qui lui donnait toujours un air ébouriffé, tira pensivement sur son bouc. Bouc. Lucifer. Baphomet. Baste ! N'était-il pas l'heure de déjeuner ?

Il alla quérir Émile, penché sur une gravure détaillée de la salle des machines, et ils se retrouvèrent bientôt attablés devant une omelette baveuse dans le restaurant déserté.

La conversation roula successivement sur les conditions météorologiques, la vie quotidienne en campagne, les indigènes, le transport jusqu'à Leeds et les francs-maçons, sujet sur lequel Émile s'avoua incompétent.

— Vous dites que ce Léo Taxil était un bouffeur de curés et que maintenant il embrasse le pape sur les deux joues et voue les frères trois points au peloton ? Hum ! Ce genre d'agent double est le plus souvent motivé par l'appât du gain.

— C'est bien mon avis. Attendons d'en savoir plus, conclut Louis en savourant son calvados, pendant qu'un de leurs rares voisins, un bourgeois parisien dont la petite famille était confinée dans sa cabine, se ruait à l'air libre pour rendre son déjeuner.

Le roulis s'apaisa comme ils approchaient des côtes anglaises, la pluie se fit moins dense et tout le monde débarqua avec bonne humeur, ravi d'être délivré de la menace des flots.

Le train continuait sur Victoria Station et les deux voyageurs, reposés par le bateau et revigorés par leur repas, reprirent leur place.

Une fois à Londres, ils décidèrent d'un commun accord, malgré l'heure déjà avancée, d'essayer de continuer sur Leeds. Craignant de perdre trop de temps à comprendre l'usage du chemin de fer souterrain, ils hélèrent un cab qui, pour une somme qu'ils trouvèrent exorbitante, les déposa à vive allure à King's Cross. Sans s'attarder devant la façade sobre et fonctionnelle, ils foncèrent sous l'immense toiture et réussirent à attraper le dernier express de cette fin d'après-midi.

— Pour ce que nous avons vu de la capitale rosbif, on aurait aussi bien pu débarquer à Pékin, commenta Émile en dénouant ses lacets.

En mouvement depuis près de vingt-quatre heures, Louis avait l'impression d'osciller comme un pendule, sans hélas indiquer aucune direction. Émile, qui avait connu des campagnes autrement harassantes, mettait un point d'honneur à paraître dispos. Leurs compagnons de voyage conversaient dans leur langue en leur glissant parfois des regards discrets. Émile n'entendait pas un mot d'anglais, Louis en avait pour sa part quelques notions, apprises auprès des terre-neuvas, et plus tard en écoutant Camille et sa répétitrice, une petite dame anglaise devenue costumière. Camille était persuadée que l'avenir appartiendrait aux artistes internationaux et se voyait déjà jouant Lady Macbeth dans le texte devant un parterre royal. Cependant, si Louis pouvait se dépatouiller pour le quotidien, comment allaient-ils se débrouiller pour mener leurs investigations ? Il faudrait engager un interprète, encore de la dépense, Gillières allait fulminer.

Enfin ce fut l'arrivée, le souci de trouver un hôtel et de se restaurer avant de prendre un repos bien mérité.

Près de Victoria Square, le *King George*, modeste établissement au confort familial, leur tendait les bras en la personne de Mrs. Galway, sa robuste propriétaire qui, malgré l'heure tardive, accueillit chaleureusement les *Frenchies*. Elle les conduisit à leurs chambres, deux petites pièces mansardées, puis au pub attenant où on leur servit d'office deux belles assiettes de bœuf bouilli, accompagné de pommes de terre, et deux pintes d'une bière brune au goût puissant.

Louis, qui n'en avait jamais goûté d'aussi forte, la trouva agréablement amère. Émile, pour sa part, regrettait qu'on ne pût avoir du vin et ne savait comment demander du rab de pain.

Tout en dînant, ils se renseignèrent avec difficulté sur la ville. Louis écrivait l'adresse de Desmond Courray, Mrs. Galway dessinait une sorte de plan. Sentant qu'elle était une femme simple et honnête qui n'essaierait pas de les truander, il lui demanda dans son anglais malhabile si elle pouvait leur fournir un interprète. Elle réfléchit un court moment avant de leur faire signe d'attendre et ils en profitèrent pour saucer leurs assiettes en écoutant le tic-tac sonore de la grande horloge de parquet en noyer.

Mrs. Galway revint bientôt, accompagnée d'un jeune garçon efflanqué d'une quinzaine d'années, doté d'un nez en bec d'aigle, ses cheveux bruns séparés par une raie au cordeau. « Un petit monsieur à l'air bien prétentieux ! » se dit Louis en notant la lavallière, la redingote de drap gris et les trois poils de moustache soigneusement brossés.

— Robinson ! annonça Mrs. Galway en poussant le garçon. Le mien... heu... fils mon frère.

Le neveu se planta devant leur table, les dévisageant avec froideur, sans les saluer. Émile secoua la tête.

— M'est avis que ce troubade-là aurait besoin d'un bon coup de godillot dans le...

Louis lui coupa la parole, s'adressant directement au garçon :

— Tu parles français ?

— Je parler un peu, répondit Robinson d'un air de profond ennui.

— Lui, Dieppe ! intervint Mrs. Galway.

— Tu as travaillé à Dieppe ?

Le garçon soupira.

— Maison Litten, quai Duquesne.
— Comme domestique ?
— *No !* Maison Litten *English grocery*, épicerie ! laissa-t-il tomber d'un ton excédé. Je livrer bons produits anglais à bonnes maisons anglaises : Pale Ale Basset, Guinness Stout, Ginger Beer, biscuits, jambons, chutney...
— D'accord, on a compris ! lança Émile que les mauvaises manières du jeune Robinson énervaient. Nous travaillons pour la police française. Nous avons des questions à poser à certaines personnes et pour ce faire nous avons besoin d'un interprète.
— Combien de temps ?
— Une journée ou deux.
— Je repartir semaine prochaine. Je apprendre majordome chez le consul.
— Pauvre consul. Donc demain matin huit heures ?
Robinson eut un sourire rusé.
— Nous discuter l'argent.
S'ensuivit un âpre marchandage, puis Mrs. Galway qui s'agitait en retrait lâcha une phrase volubile.
— Ma tante vouloir savoir sur votre enquête.
— Il s'agit d'une jeune dame de Leeds, Miss Mathilda Courray, expliqua Louis. Elle a... heu... disparu, voilà, disparu. Nous devons contacter son frère, Desmond Courray.
Au nom de Mathilda, le visage de Mrs. Galway s'était rembruni. Elle dit quelque chose à Robinson qui traduisit.
— Elle espère vous la retrouver. Mathilda toujours avoir des problèmes.
Il afficha un air narquois.
— Je l'avoir vue à Dieppe, chez les Sickert. Très jolie. Beaucoup de gentlemen lui tournent autour. Elle roule des yeux, comme ça.

113

Il imita une jeune femme jetant des regards langoureux excessivement soulignés.

— Une coquette, soupira Émile. Pour ne pas dire une grue.

— Émile ! protesta Louis. Toutes les jeunes femmes aiment séduire.

— Oui, mais elles ne se font pas tatouer un œil sur la boîte à ouvrage.

Louis toussa. Offrit une tournée qui fut acceptée avec plaisir. Posa quelques questions à Mrs. Galway par le truchement de l'arrogant Robinson, d'où il ressortit que Mathilda Courray avait bien été élevée à Leeds par son père et la cuisinière de celui-ci, une brave femme mais qui lui passait tous ses caprices. Que tous les deux étaient hélas décédés à peu d'intervalle, laissant la jeune femme livrée à elle-même. Elle avait trouvé du travail comme répétitrice, puis comme gouvernante chez un notaire, avait ensuite commencé à faire les saisons en France dans les familles anglaises installées à Dieppe, et passait souvent une partie de l'hiver à Londres. Elle semblait ne manquer de rien, toujours bien vêtue, sa maison bien chauffée, souriante. Un peu trop agitée et exubérante pour une ville industrieuse comme Leeds. Par l'intermédiaire de sa cousine française, elle venait de se faire embaucher à Dijon.

Louis remercia abondamment Mrs. Galway et Robinson, qui paraissait épuisé et dont le long corps se tortillait sur sa chaise comme un serpent pressé de retourner se lover sous sa pierre, et tout le monde se sépara pour la nuit.

Dans sa petite chambre, sous l'épais édredon garni de plumes, Louis récapitula tout ce qu'ils avaient appris depuis la veille avant de sombrer dans un sommeil sans rêves dont il émergea au chant du coq, revigoré. S'approchant de la lucarne, il distingua un poulailler en contrebas dont le chef, campé sur ses ergots, s'égosillait tandis que son harem s'affairait autour du grain que venait de jeter une petite servante.

La perspective de beaux œufs frais le poussa à se débarbouiller à toute allure. Il ne lui restait qu'une chemise propre, il l'enfila, roula le reste en boule pour le porter à la logeuse. Il entendait Émile chantonner *En r'venant d'la revue* dans la chambre voisine et il cogna trois petits coups à la cloison auxquels il fut répondu de même.

Mrs. Galway, qui était à la barre du *King George* de 5 h 30 du matin à 11 heures du soir tous les jours de l'année sauf le Vendredi saint, unique jour de fermeture, leur fit servir des œufs et des saucisses, sur de petites crêpes épaisses, le tout arrosé d'un thé noir des Indes. Louis, la bouche pleine, guignant une saucisse supplémentaire, décida de convertir Camille à ces roboratifs breakfasts, les petits déjeuners parisiens lui semblant soudain de pâles snobs anémiés.

Après leur collation, ils déplièrent une carte de la ville, fournie par la précieuse Mrs. Galway, et y tracèrent leur trajet jusqu'au domicile de Mathilda d'une part, et à l'entreprise de son frère ensuite. Robinson étant arrivé sur ces entrefaites dans la même tenue impeccable que la veille – à croire qu'il avait dormi debout comme les chevaux –, Louis nota également l'adresse de l'ex-employeur de Mathilda, le notaire, ainsi que celle du pasteur de l'église qu'elle fréquentait. Robinson pouffa et fut dûment taloché par Mrs. Galway.

— M'a tout l'air du candidat au bataillon disciplinaire, ce tire-au-flanc, ronchonna Émile par-devers lui.

— On ne va pas en faire notre ordonnance, répliqua Louis. Allez, en route.

Pour une fois, il ne pleuvait pas et on apercevait même des coins de ciel bleu. L'air était vif, le givre craquait sous les pas. Les cheminées des usines avoisinantes crachaient leurs épaisses volutes grises ; on sentait l'odeur du soufre, de la houille, du textile, l'odeur âcre de l'industrie en marche. Ils dépassèrent l'hôtel de ville, remontèrent Calverley Street et Inner Ring avant d'arriver à Woodhouse Lane, où la famille Courray avait vécu, au n° 142.

La maison était fermée, les volets clos. Pas de fumée. Pas de courrier devant la porte. Une voisine, sortie sur son perron, leur lança un regard inquisiteur. Robinson lui expliqua que Mathilda avait disparu en France et que ces messieurs de la police venaient enquêter. La matrone joufflue haussa des sourcils étonnés de ce que la police franchisse maintenant le *Channel* pour une femme disparue. Ils auraient mieux fait de la chercher à Paris dans l'un de leurs bouges à cancan.

Elle prononça « can-can » en accentuant le « an » et en remuant une cheville.

Sur quoi, Émile la reprit, corrigeant sa prononciation, et exécuta durant quelques secondes une gigue effrénée sous le regard stupéfait de l'assistance.

— On avait l'habitude des pantomimes, le soir au camp, lâcha-t-il, en reprenant une position martiale.

Louis voulut savoir pourquoi elle insinuait de telles choses et Mrs. Lauderdale, c'était son nom, aboya que Mathilda Courray n'avait d'autre ambition que de mener la grande vie dans des lieux de perdition, Dieu merci son honorable père n'était plus là pour voir ça.

Pouvait-elle préciser ? La jeune femme fréquentait-elle quelqu'un en particulier ?

Mrs. Lauderdale plissa son vilain groin. Mathilda ne fréquentait personne en particulier, tout le monde était le bienvenu, du moment que le galant en question avait du bien et était prêt à satisfaire ses caprices.

Du temps où son frère travaillait pour Mr. Leprince à Dixon's Chambers, tout à côté au 160, Mathilda ne cessait d'aller lui rendre visite, comme si elle ignorait que Mr. Leprince, qui était marié et devait rejoindre son épouse et sa famille en Amérique, ne pensait qu'à ses inventions !

Quant au notaire chez qui elle avait travaillé, voulut savoir Louis, est-ce que hum hum… ?

Mrs. Lauderdale les considéra tous les trois tour à tour, l'air à la fois sévère et concupiscent.

Le bruit courait que… mais maître Harmant était un homme marié, on ne badinait pas avec ces choses-là, pas ici à Leeds en tout cas. Maître Harmant, notaire de père en fils, était membre du conseil municipal et un généreux donateur pour les bonnes œuvres, ajouta spontanément Robinson.

Bref, intouchable, traduisit Louis. Ils prirent congé de la matrone qui les regarda s'éloigner, campée devant sa porte, les mains sur les hanches.

Louis songea à Mathilda Courray, à ses jolis vêtements, son coquet sac de voyage, son impudent tatouage. Elle avait dû étouffer dans cette ville austère vouée à l'industrie. Sans savoir pourquoi, il l'imaginait vive et impétueuse comme Camille, le genre de femmes dont la beauté et l'énergie ne supportaient pas l'enfermement, même dans une cage dorée.

En passant devant le n° 160, Louis jeta un coup d'œil à ce qui semblait un atelier, apparemment fermé. Leprince… il avait déjà entendu ce nom. Mais où et quand ?

Brusquement, cela lui revint, alors qu'ils arrivaient devant le siège de la firme Rhodes Bros. Engineers, qui employait Desmond Courray.

C'était Lochais qui l'avait mentionné, dans la conversation. Le nom d'un Franco-Anglais disparu dans le train Dijon-Paris. Un homme qui habitait Leeds et pour lequel avait travaillé le frère de Mathilda... Pouvait-il s'agir d'une simple coïncidence ?

Robinson, toujours aussi nonchalant, les présenta à un contremaître bourru, répétant sa petite histoire, et celui-ci accepta d'aller quérir Desmond, bien qu'il fût occupé sur une commande urgente, souligna-t-il.

Desmond Courray ne ressemblait en rien à sa sœur. Large et massif, légèrement prognathe, le cheveu blond clairsemé, la panse d'un buveur de bière, il accusait son âge, une bonne quarantaine. Il les salua et resta à se dandiner sur place, méfiant.

— Il pas trop malin, souffla Robinson en français. Il toujours rester assistant.

Louis et Émile lui présentèrent leurs condoléances, exhibèrent la lettre de mission et, par le truchement de Robinson, l'invitèrent à leur parler de sa malheureuse sœur.

— Demi-sœur, rectifia Desmond en clignant des yeux. On n'avait pas la même mère. Maman est morte l'année de mes quinze ans. Papa s'était remariée avec celle-là. Ils ont eu la gamine quand je suis parti en apprentissage.

Il avait dit la « gamine » avec une moue qui trahissait ses sentiments pour Mathilda.

Il ajouta qu'il la voyait peu, il s'était marié sur le tard et s'occupait de sa famille, dans un cottage hérité d'une tante. Sa sœur vivait sa vie de son côté, elle était tout le temps fourrée en France ou à Londres, on se demandait bien où elle trouvait l'argent pour tous ces voyages, faut croire que faire le larbin pour les riches payait bien. Parce qu'une gouvernante, c'était qu'une sorte de femme de chambre en chef, après tout.

À qui allait revenir la maison ? Mais à lui bien sûr, il était le seul héritier, la seconde femme de son père n'avait pas d'autre descendance.

Il leur donna le nom du notaire qui gérait la succession, maître Harmant, et, devant leur mine étonnée, confirma que c'était bien celui-là même qui avait eu la bonté d'employer Mathilda après le décès de Père.

Pouvaient-ils visiter la maison pour y chercher un éventuel indice sur l'assassin ? S'ils le souhaitaient... Sa sœur cachait habituellement la clé sous un pot de tulipes, près de l'entrée.

Non, il ne lui connaissait pas de prétendant attitré.

Oui, il avait travaillé avec Mr. Edgar Rhodes et Mr. J. W. Longley pour le compte de Mr. Leprince, à l'atelier de Dixon's Chambers. Comment le savaient-ils et quel était le rapport ? Il aidait à transporter et installer le matériel, un sacré fourbi qui faisait un potin d'enfer, une machine pour projeter des images animées.

— Sans doute un chronophotographe comme celui du professeur Marey, dit Émile en aparté.

Le célèbre savant, Jules-Étienne Marey, fondateur de la station physiologique du Parc des Princes, avait mis au point, dans le cadre de ses recherches sur la locomotion, un fusil photographique puis un chronophotographe à bande mobile permettant d'enregistrer jusqu'à vingt images par seconde, décomposant de manière spectaculaire le mouvement musculaire animal ou humain.

— Mais je ne saisis pas en quoi ça nous intéresse... ajouta-t-il.

Louis le lui expliqua à mi-voix.

— Ah, je vois. Interrogeons donc Mr. Rhodes.

— Mr. Rhodes absent, business à Liverpool, lâcha Robinson de son ton suffisant.

— Dans ce cas, demandons à l'aimable Desmond l'adresse de ce J. W. Longley et tentons une percée, proposa Émile qui commençait à s'ennuyer ferme.

Desmond Courray leur indiqua que Longley logeait au 53, Whitehall Road.

La petite troupe se remit en route et se retrouva un quart d'heure plus tard devant le domicile de James William Longley.

Par chance, il était chez lui, à travailler à son établi dans la remise, et il voulut bien les recevoir. Il les invita même à s'asseoir et leur proposa du thé et du sherry. Émile et Louis optèrent pour le thé, Robinson pour le sherry. Louis demanda si l'on pouvait fumer et offrit des cigarettes à la ronde. Robinson accepta avec empressement, sirotant son sherry avachi dans son fauteuil, sous le regard furieux d'Émile.

J. W. Longley, un homme calme et aimable, mécanicien d'excellente réputation comme le leur confia Robinson entre deux ronds de fumée, ne connaissait pas vraiment Mathilda Courray. Il l'avait aperçue une ou deux fois venir porter son déjeuner à son frère, pendant qu'ils travaillaient ensemble à l'atelier de Mr. Leprince.

Non, il ne savait pas que Mathilda était décédée, assassinée dans un train. Desmond n'en avait rien dit. Et oui, il savait bien sûr que Mr. Leprince avait disparu l'année précédente, lors de son voyage en France, il en avait été l'un des premiers informés. Une triste affaire qui l'intéressait visiblement plus que la disparition de Mathilda.

Longley se carra sur son siège et entreprit de la leur narrer, en homme qui en a souvent retourné tous les détails dans sa tête.

En 1869, Louis Aimé Augustin Leprince avait épousé la fille de Joseph Whitley qui dirigeait un atelier de fonderie et constructions mécaniques, commença-t-il. Louis opina poliment. À ce train-là, on arriverait à 1890 dans plusieurs heures !

Augustin – c'était son prénom usuel – et son épouse avaient par la suite ouvert une école d'arts appliqués et Augustin avait successivement mis au point un procédé de cuisson de peinture sur céramique – ses assiettes décorées de miniatures avaient été admirées par le duc d'Édimbourg lui-même –, puis un procédé de reproduction de photographies sur ces mêmes émaux et céramiques. Il avait ensuite suivi son beau-frère à New York où il avait rencontré un compatriote : Théodore Poilpot, le célèbre auteur de panoramas, ces immenses peintures circulaires peintes en trompe l'œil qui faisaient fureur.

Louis et Émile l'assurèrent qu'ils connaissaient, le pressant de poursuivre.

Leprince était devenu l'un des collaborateurs de Poilpot et avait même été son « manager » sur le fameux panorama du *Combat du Merrimac et du Monitor*, montrant l'affrontement de deux vaisseaux de la guerre de Sécession, que la foule pouvait admirer à l'angle de la 59ᵉ Rue et de Madison Avenue.

Louis prenait des notes, Émile du thé, Robinson du sherry.

C'était vers cette époque, les années 85, que Leprince avait conçu sa grande passion pour la production d'images animées et en 86 il avait déposé son premier brevet : *Method of and apparatus for producing animated pictures of natural scenery and life*. Dans la foulée, il avait déposé des brevets à Londres et à Paris. Il était revenu assister sa mère malade à Paris jusqu'à son décès, puis s'était installé ici chez ses beaux-parents à Roundhay Cottage, parce qu'il pouvait profiter des outils et des matériaux de son beau-père pour peaufiner son invention. C'était ainsi que lui, Longley, s'était trouvé à travailler à ses côtés. Une grande aventure !

Louis consulta discrètement sa montre tandis que Robinson pêchait une autre cigarette.

— Et en septembre de l'an dernier, donc ?

En septembre 90, Augustin s'était rendu en France avec ses amis les Wilson. Après quelques jours en Bretagne, ils s'étaient séparés : Leprince voulait rendre visite à son frère Albert à Dijon avant de remonter sur Paris rejoindre les Wilson afin de retourner avec eux à Leeds et s'embarquer enfin pour New York où l'attendait sa famille.

Longley fit une pause, un doigt levé, avant de reprendre son récit.

Leprince ne s'était jamais présenté au rendez-vous gare du Nord. Les Wilson, pensant qu'il avait été retenu chez son frère, étaient rentrés à Leeds. C'était sa femme, Lizzie, qui, ne le voyant pas débarquer du transatlantique, ni du suivant, ni d'aucun autre, avait câblé à Dijon et appris que son époux en était reparti le mardi 16 septembre par le direct de 2 h 37 de l'après-midi.

Et voilà ! Plus de nouvelles, plus rien ! Leprince s'était évanoui dans cette France de malheur, excusez-moi, messieurs.

— C'est bien triste pour sa famille et pour la science, ajouta Longley, car Mr. Leprince avait mis au point cet appareil formidable, capable de projeter sur un écran des images animées de scènes de la vie !

— J'ai entendu dire qu'Edison vient de déposer un brevet semblable, dit Louis, le portemine en l'air.

— Pas du tout ! s'emporta Longley, manquant renverser son thé. Avec le prototype d'Edison et Dickson, ce kinétoscope que vous évoquez, un seul spectateur peut voir les images, au travers d'un œilleton. Avec l'appareil de Mr. Leprince, une assemblée entière pouvait les regarder en même temps !

— Mmmouais... et ça fonctionnait ? fit Émile, dubitatif.

— Parfaitement ! Nous y avons travaillé pendant près de trois ans. Il y avait deux appareils distincts : une caméra pour prendre les vues et un projecteur pour les restituer.

Il s'empara d'une feuille et du crayon de Louis et traça de rapides croquis auxquels ils ne comprirent goutte.

— Comme ça, vous voyez ? Nous avons procédé à de nombreux essais sur une feuille de papier, et enfin sur un grand écran blanc. On y a projeté des images du pont de Leeds sur lequel des chevaux tiraient un tram. Aussi vrai que si vous y étiez ! On voyait même la fumée sortir de la pipe d'un promeneur ! Et aussi des images du fils d'Augustin, Adolphe, jouant de l'accordéon et encore de membres de sa famille dansant dans les jardins de leur maison, à Roundhay Cottage.

Il tapa dans ses mains avec l'enthousiasme d'un enfant dont le rêve s'est concrétisé, puis parut se tasser.

— Il avait réalisé les prises de vues de Roundhay Cottage à l'automne 88, juste avant que sa belle-mère décède, mais c'était la projection qui n'était pas au point. Trop bruyante, trop saccadée. Et maintenant qu'on avait réussi à améliorer le projecteur, il était enfin prêt à dévoiler son appareil au public. Quel gâchis que sa disparition !

— Avait-il des ennemis ?

— Pas à ma connaissance. C'était un homme très aimable, toujours poli, passionné par ses travaux. Il y consacrait tout son temps, jour et nuit. Tenez, j'ai une photographie ici.

Il leur montra une vue prise dans un petit jardin, devant un établi surchargé d'outils et de plans. Longley, en bras de chemise, souriait, à côté d'un Desmond à l'expression boudeuse et d'un bel homme de haute taille, à la longue moustache brune. En chemise et gilet, l'air totalement absorbé par sa tâche, l'homme était penché sur une sorte de boîte pourvue de plusieurs objectifs.

— Seize objectifs ! lança Longley. Seize condensateurs. Des obturateurs automatiques. Quand on tourne la manivelle, les séries d'images prennent leur place pour être projetées au travers des objectifs sur l'écran, vous saisissez ?

— Mais pourquoi tous ces objectifs ?

— Pour assurer une projection continue, sans flou, sans interruption. C'était le but : arriver à projeter le reflet de la vie, la vraie vie ! Nous avons essayé aussi d'autres modèles, à un objectif, à trois objectifs... nous nous heurtions au même problème du défilement des images...

Il allait se lancer dans une longue explication quand Louis se permit de l'interrompre : hélas, ils n'avaient pas le temps aujourd'hui d'en apprendre plus sur ce sujet passionnant, ils devaient encore se rendre chez le notaire. Pouvait-on revenir quelques secondes sur la disparition de Mr. Leprince ?

Longley expliqua que la dernière personne à avoir vu Augustin Leprince était son frère Albert, architecte à Dijon, qui l'avait accompagné à la gare prendre le direct de 2 h 37 pour Paris. Depuis, nul ne l'avait revu. Les recherches de la police française n'avaient rien donné. Son ami, le banquier Richard Wilson, avait envoyé la plupart du matériel de l'inventeur à la veuve, ne conservant que quelques pièces trop fragiles ou trop volumineuses pour être expédiées. Augustin s'était évaporé.

— Peut-être souhaitait-il disparaître ? fit observer Émile, les sourcils froncés. Recommencer une autre vie avec une autre femme ?

L'ombre de Mathilda plana sur la petite pièce.

Longley secoua vigoureusement la tête.

— Passionné comme il l'était par ses travaux, je peux vous assurer que les charmes féminins étaient le cadet de ses soucis.

— Des problèmes financiers auraient pu le pousser au suicide, remarqua à son tour Louis, cela se produit souvent.

— Il ne roulait pas sur l'or, c'est exact, mais nous étions sur le point d'aboutir ! Il avait travaillé des années sur ces machines, c'était sa raison de vivre, et il avait réussi ! Connaissez-vous un inventeur qui se donnerait la mort au moment de dévoiler son invention au monde ? Qui n'attendrait pas au moins la première présentation publique de son labeur, la consécration de son génie ? Cela vous semble plausible ?

Unanimes, ils convinrent que non, en effet. Le mystère restait donc entier, et sur cette constatation, ils prirent congé pour se rendre chez le notaire.

L'étude de maître Harmant semblait prospère. La plaque gravée à l'entrée étincelait. La salle d'attente offrait de solides fauteuils, un beau tapis et une grande bibliothèque d'ouvrages de droit cadenassés derrière leur vitrine. Maître Harmant, un grand type au nez rouge pourvu de longues pattes maigres et d'un ventre en œuf de pigeon, les pria d'entrer un bref instant, prétextant qu'il attendait un client.

Robinson, qui ne cessait de bâiller suite à sa consommation conséquente de sherry, leur fit une transcription plus que sommaire de ses propos, que Louis complétait par ses maigres connaissances et l'observation des gestes et mimiques, regrettant la vivacité et la bonne volonté de La Glu.

Maître Harmant avait bien connu le père de Mathilda, un brave homme, et quand il avait su que sa fille connaissait une situation délicate, il lui avait tout naturellement proposé de s'occuper de ses petits diables, Lizzie et Arnold.

Lorsqu'il avait envoyé Lizzie parfaire son éducation à Dieppe, dans la pension pour jeunes Anglaises de Miss Gordon, Gordie pour les intimes, Mathilda avait accompagné l'enfant afin de superviser son installation. Elle avait fait la connaissance des nombreuses familles britanniques expatriées là-bas et avait vite déniché un employeur. Tout le monde y avait trouvé son compte : maître Harmant qui avait fait preuve de bonté mais n'avait pas vraiment besoin d'une gouvernante, et Mathilda qui avait l'opportunité de fréquenter la brillante société dont elle avait toujours rêvé, où se côtoyaient bourgeois aisés, militaires anglais à la retraite, médecins, artistes, intellectuels. Elle avait ainsi fait la rencontre de Whistler et de ses jeunes amis, dont un peintre plus que prometteur, avait-elle écrit, un certain Walter Sickert, chez des amis duquel elle avait occupé sa dernière place.

Louis consigna soigneusement les renseignements fournis par le notaire. Autant de pistes à explorer en France.

Maître Harmant ayant ostensiblement regardé sa belle horloge dorée à plusieurs reprises, ils se retirèrent et Robinson en profita pour déclarer qu'il était temps de se sustenter, faisant claquer ses mâchoires et roulant des yeux affamés.

— Ce petit tire-au-flanc est une honte pour la troupe ! grommela Émile, résistant manifestement à l'envie de lui botter le derrière.

— Mais manger un morceau ne nous fera pas de mal. Nous irons ensuite visiter la maison de Mathilda, puis rencontrer ces Wilson qui avaient accompagné Leprince en France.

Ils s'installèrent dans un pub envahi d'ouvriers et d'employés profitant de leur brève pause.

— Et si ce Leprince et Mathilda avaient eu une liaison ? demanda Émile qui contemplait avec sympathie sa tourte aux rognons.

Ses nombreuses campagnes lui avaient donné le goût des nourritures étrangères. Il avait découvert que sous toutes les latitudes les gens aimaient le bon rata.

Louis, préoccupé par leur enquête, mangeait la sienne sans même y prêter attention. Robinson, quant à lui, en avait déjà demandé une autre portion.

— En tout cas, ça ne lui engraisse pas le cerveau, observa perfidement Émile en dégustant sa Guinness. Alors, Leprince et Mathilda ?

— Il a disparu depuis plus d'un an ! objecta Louis. Vous croyez qu'il serait resté caché en France à attendre sa maîtresse, pour, lorsqu'elle arrive enfin, lui tomber dessus avec une feuille de boucher et la couper en morceaux ?

Émile haussa ses massives épaules.

— Elle l'avait peut-être éconduit. Un homme dégradé peut devenir dangereux.

— Vous avez entendu Longley. Leprince ne vivait que pour son projecteur. Je le crois volontiers. D'ailleurs, la voisine a dit la même chose.

— Mais Mathilda était une intrigante. Et s'il s'était caché à Dieppe et avait entretenu une liaison avec elle à l'insu de tous ? Et vlan, elle décide de le quitter, pour, ironie ! aller vivre à Dijon, là où il ne peut la suivre sous peine d'y être aperçu par son frère, conclut Émile en tapant du poing sur la table.

— Vous devriez écrire des feuilletons ! admira Louis. Décidément, dans cette histoire, plus on avance, plus on recule !

Robinson, les yeux mi-clos, émit un rot sonore.

— Bon sang, je vais te le mornifler, ce bougre de sagouin ! gronda Émile.

Louis le retint tandis que Robinson faisait vaguement mine de se redresser sur sa chaise et vérifiait dans un miroir de poche le bon ordonnancement de sa coiffure. Puis il se leva en annonçant « *toilets* » et disparut dans l'arrière-salle.

— C'est ça, va à la feuillée et essaie de ne pas tomber dans le trou !

— Émile, je vous sens une certaine hostilité envers notre interprète.

— J'ai la tête en charpie et leur fichue bière donne envie de pisser ! grogna Émile.

— Vous irez dans cinq minutes, lui intima Louis. Il est hors de question que nous rouvrions les hostilités avec le Royaume-Uni à cause du meurtre par strangulation de Mr. Robinson.

— Ce dort-dans-l'auge ! Ma théorie se tient, reprit Émile, bourru, après quelques secondes de silence.

— Toutes les théories se tiennent tant qu'on ne les confronte pas aux faits, rétorqua Louis, se souvenant des leçons de Gillières.

Il se poussa pour laisser se rasseoir Robinson.

— Allez donc soulager votre conscience dans un bel urinoir britannique, ajouta-t-il, pendant que j'écluse le fond de votre chope et que je règle la douloureuse.

CHAPITRE VI

Un crachin cinglant avait remplacé le ciel pommelé. L'air empestait les produits chimiques dont le vent charriait les odeurs. Tout en marchant courbé sous la pluie, précédé d'un Robinson qui s'était coiffé d'un tuyau de poêle et avait soigneusement boutonné sa redingote en laine grise, Louis réfléchissait à l'hypothèse d'Émile.

Certes, ils se trouvaient là pour résoudre le mystère du meurtre de Mathilda Courray, pas pour élucubrer sur la disparition d'un inventeur franco-anglais qui peut-être se la coulait douce à Panamá au bras d'une jolie autochtone. Cependant on ne pouvait négliger aucune piste. Les ramifications de l'enquête se révélaient nombreuses : il fallait visiter la maison, interroger les Wilson, se rendre à Dieppe, creuser les liens éventuels entre Augustin Leprince et Mathilda Courray, et enfin aller voir le frère de Leprince. En bref, mener deux enquêtes de front en essayant de déterminer si elles étaient reliées.

Et câbler des nouvelles au professeur et à Gillières. Et à Camille.

Ils trouvèrent la clé sous le pot de fleurs, se glissèrent dans un vestibule sombre qui sentait le renfermé. La maison, sur deux étages, n'avait rien de particulier. Une vaste cuisine. Une salle à manger encombrée de lourds meubles de famille. Un petit salon qui servait visiblement de bureau. Trois chambres à l'étage. Tous les meubles étaient recouverts de drap, les bibelots bien rangés.

Des portraits encadrés de personnages dans leurs habits du dimanche. Des daguerréotypes sous verre, dont celui du remariage de Mr. Courray. Quelques photographies. Mathilda, en tenue habillée, posant près d'un piano. Mathilda, chapeautée et gantée, la main posée sur l'épaule d'une petite fille aux longs cheveux bouclés. Un livre de comptes ménager, soigneusement tenu. Les dépenses étaient raisonnables.

Dans la chambre de Mathilda, la seule qui eût l'air d'avoir été récemment habitée, ils ne trouvèrent que de vieux vêtements, une robe de chambre reprisée, des pantoufles, une bible dont la plupart des pages n'avaient pas été coupées, un carton d'aquarelles de piètre facture, des partitions, une robe de baptême dans sa boîte en satin, une poupée de porcelaine à qui il manquait une jambe, un cahier de fleurs séchées. Les tiroirs étaient vides. Pas de liasse de lettres entourées d'une faveur mauve. Mathilda avait dû emporter avec elle ce qui lui était cher.

Louis retourna dans la pièce qui faisait office de bureau. Là encore, il n'y avait que des paperasses sans grand intérêt, titres, anciens emprunts, factures, le tout bien rangé et étiqueté. De l'encre et de quoi écrire. Du papier à lettres masculin et féminin. Tout le bric-à-brac d'une vie quotidienne, épingles, étiquettes, colle, ficelle, menus souvenirs.

Pendant qu'Émile soulevait les carpettes, regardait derrière les rayonnages de livres, fourrageait dans le poêle vide sous l'œil ichtyoïde de Robinson vautré sur une méridienne, Louis ôta les tiroirs du bureau et les renversa, puis enfonça la main sous le plateau central. Rien. Il se mit à plat ventre pour regarder sous le meuble, à l'affût d'un double fond. Toujours rien. Exaspéré, il sauta sur ses pieds, heurtant de l'épaule une fade gravure du Pont de Londres qu'il rattrapa au vol.

— Que se passe-t-il ? persifla Émile en voyant Louis immobile, la gravure à la main. Vous venez de découvrir notre prochain but d'excursion ?

— Vous ne croyez pas si bien dire, répondit Louis en lui tendant la piètre reproduction. Regardez !

Au dos du cadre, on avait soigneusement agrafé une toile, une petite huile dans les tons rouge et gris, représentant une chambre étroite. Garnie d'un paravent sur lequel pendouillait un pantalon d'homme tirebouchonné, d'une bassine en émail remplie d'un liquide trouble, d'un grand miroir et d'un lit aux draps défaits sur lequel était étendue une femme nue, les jambes impudiquement écartées. Sous son loup en satin noir, son seul vêtement, on aurait dit que la femme riait, les lèvres barbouillées de rouge, une pipe d'opium à la main.

Mathilda Courray. Même si on ne voyait pas ses yeux, on pouvait reconnaître sa grande bouche, sa dentition régulière et la masse de ses cheveux roux, du même roux que Camille. Impossible à oublier.

— Eh bien ! siffla Émile entre ses dents. Voilà de quoi redonner le moral aux troupes !

— C'est elle, Mathilda, lui souffla Louis, ce qui ne manqua pas de ranimer Robinson.

— Vous rigolez ? Cette lorette dans cette chambre minable ?

— Je vous dis que c'est elle !

Ils se penchèrent de nouveau sur la toile, la scrutant comme deux entomologistes.

— Hilldrop Crescent ! triompha soudain Louis, en désignant la minuscule inscription en filigrane dans l'angle inférieur gauche de la toile.

— La signature de l'auteur ? s'enquit Émile.

— Non, plutôt le nom d'une rue, répondit Louis.

— Eh bien, apparemment, c'est là que se trouve notre bordel de campagne ! fit Émile en se lissant les moustaches, soustrayant d'un geste rapide la toile à la vue de Robinson.

— Bordel ? répéta Robinson, l'œil un peu plus vif. À Dieppe, beau bordel. Je aller une fois avec Mr. Walter.

— Qui est Mr. Walter ?

— Un ami de Mathilda.

Louis et Émile échangèrent un regard plein de sous-entendus.

— Les Wilson, Hilldrop Crescent et Dieppe, résuma Louis.

— Impératif ! confirma Émile. Mais vu le nombre de boxons qu'il doit y avoir à Londres, je ne vois pas comment on va retrouver celui-là.

— Grâce au Chat du Cheshire, annonça Louis en se dirigeant vers la porte d'entrée.

— Pardon ?

— Vous n'avez jamais entendu parler d'*Alice au pays des merveilles* ?

— J'ai passé l'âge des contes pour fillettes.

— C'est un truc très amusant pondu par un pasteur anglais, Camille me l'a raconté. Une petite fille se retrouve dans un monde souterrain où…

— Au rapport ! intima Émile.

— Vous n'aimez pas trop qu'on vous taquine, hein, vieux lascar ? ! Regardez, là, dans le miroir.

Le peintre avait habilement figuré le reflet d'une enseigne rouge, qui se trouvait sans doute en face de la pièce et où l'on pouvait déchiffrer en lettres dorées « Cheshire ».

— Moi aussi, à votre âge, j'avais un œil de lynx, grommela Émile tout en poussant Robinson devant lui : Après toi, graine de déserteur.

Hélas, les Wilson n'étaient pas à leur domicile, situé à Westfield dans le quartier d'Armley, et là encore ce fut une commère du voisinage qui leur apprit qu'ils les trouveraient sans doute à la gare en partance pour visiter de la famille à Newcastle-upon-Tyne. Pestant contre les réunions familiales impromptues, ils remontèrent dans le cab qui les avait menés jusque-là et filèrent à la gare.

Ignorant à quoi pouvait ressembler les Wilson, que Robinson ne connaissait pas, Louis le chargea de courir le long des quais en criant leur nom à intervalles réguliers. Robinson, de fort mauvais gré, commença donc à longer la foule des voyageurs un peu plus vite qu'une tortue en jetant de temps en temps un « Mr. Wilson ? » assez peu tonitruant. Mais il faut croire que la chance était avec eux, car un gentleman en tenue de voyage, accompagné d'une dame longiligne, se retourna soudain l'air étonné en marmonnant :

— Que me veut-on ?

Louis et Émile, jouant des coudes, les rejoignirent pour leur expliquer. Wilson avoua son embarras, sa femme cramponnée à son bras.

— Vous tombez mal : nous prenons le train dans dix minutes !

Louis le pressa de leur en dire le plus possible en un si court laps de temps et Wilson se mit à parler à toute allure, sans cesser de jeter des coups d'œil nerveux à l'horloge de la gare.

— J'ai bien connu Augustin, c'était un grand ami, sa disparition a été un véritable choc. Nous étions partis ensemble en France, puis il s'est rendu chez son frère à Dijon. Nous devions nous retrouver à Paris à la gare du Nord. Nous l'avons attendu longtemps en vain et il a fallu partir, sous peine de rater le train pour Londres. Nous pensions qu'il avait été retenu chez son frère, mais pas que nous ne le reverrions jamais ! Il avait tellement travaillé sur son invention, il avait même rencontré à Paris le secrétaire de l'Opéra, M. Ferdinand Mobisson.

Wilson secoua tristement la tête.

— J'ai envoyé la plupart de ses affaires à la famille, je n'ai gardé que ce qui était compliqué à expédier. Une caméra, par exemple, avec un obturateur rotatif, ainsi que des séries de photographies rapides, qu'il appelait « films ». Et des assiettes en porcelaine, décorées selon son procédé de reproduction de photographies sur émaux et...

— Mais après sa disparition, que s'est-il passé ? coupa Louis.

— Rien. Lizzie, affolée, a câblé au frère qui lui a dit ce que je viens de vous dire. Elle s'est ensuite adressée à la police française, sans aucun résultat.

— Et vous-même, que pensez-vous ?

— Je ne sais pas. C'est vraiment incroyable. Il nous a servi de guide en Bretagne, il parlait de l'avenir, de la fin de ses ennuis... je ne comprends pas.

— Aurait-il pu avoir une liaison avec Mathilda Courray ?

Mrs. Wilson hoqueta, son mari s'empourpra.

— Vous parlez d'un de mes amis, monsieur. Un homme d'honneur dont je connais la famille. On devrait vous laver la bouche au savon.

— Mathilda était bien trop vulgaire pour lui, ajouta Mrs. Wilson. Augustin était un homme de passion et de goût. Il avait une excellente et ravissante épouse, que vouliez-vous qu'il fît d'une courtisane ?

« Ce que tous les hommes font : en user à sa guise en se sentant le maître », se dit Louis. Mais il penchait néanmoins pour l'opinion des Wilson.

— Voici le train ! s'écria Richard Wilson. Revenez la semaine prochaine, je vous montrerai la caméra, les films et les assiettes !

Ils opinèrent sans grande conviction tout en les saluant et en leur souhaitant « bon voyage » en français.

Puis, comme le train s'ébranlait, Louis, frappé d'une idée soudaine, courut à la portière où se tenait encore Wilson.

— Était-il franc-maçon ? lança-t-il tout en trottinant le long du quai.

Wilson lui jeta un regard surpris.

— Évidemment, laissa-t-il tomber. Comme tous les gentlemen. Nous sommes membres de la Leeds Fidelity Lodge.

Et il claqua la portière tandis que la locomotive prenait de la vitesse. Louis courut encore mécaniquement quelques secondes, puis s'arrêta et revint sur ses pas dans la gare pleine de vapeur.

— Wilson m'a confirmé que Leprince faisait partie d'une loge, la même que lui si j'ai bien compris.

Émile se tapa dans les mains.

— Pan dans le mille ! Et maintenant ?

— Maintenant ? Londres, *by Jove* !

Après qu'ils eurent consulté l'indicateur, ils décidèrent de partir le lendemain matin par le premier train. Arrivés à Londres, ils se rendraient aussitôt à Hilldrop Crescent, dans le quartier de Camden Town, pour découvrir où Mathilda Courray avait posé en tenue d'Ève. Et pour qui.

Une fois à l'auberge, ils durent raconter leur journée à une Mrs. Galway friande de détails, pressant et bousculant un Robinson redevenu amorphe et monosyllabique, sous le regard féroce d'Émile.

Mrs. Galway précisa pour sa part que tant les Wilson que Mr. Longley étaient des gens honorables et dignes de confiance. Maître Harmant, le notaire, gérait les biens de certaines familles installées à Dieppe et c'était par son entremise que Mathilda y avait trouvé si facilement à se placer. Certes, la vie dieppoise semblait fort extravagante et dissolue, et sans doute périlleuse pour une jeune femme au sens moral fragile. Quant aux fréquentations de Mathilda à Londres, elle n'en savait rien. Mathilda lui avait juste parlé une fois d'une dame chez qui elle était descendue, une lady dont elle avait hélas oublié le nom, une excentrique qui avait requis ses services pour l'accompagner faire des courses. Comme si quelqu'un l'aidait, elle, Mrs. Galway, à porter son panier ou choisir son poisson.

Émile en profita pour placer que les paquetages des fantassins avoisinaient les trente kilos et que bien des officiers auraient été incapables d'accomplir les marches forcées ainsi chargés.

Mrs. Galway, qui n'y avait entendu goutte mais qui était veuve et appréciait sa rude physionomie, lui décocha son plus beau sourire et leur offrit de la bonne bière pression qu'elle venait de mettre en perce.

Vint ensuite la question de régler Robinson. Le long stockfisch leva une main indolente :

— Vous payer moi après London, laissa-t-il royalement tomber de sa voix nasillarde.

— London ? Cet abruti se figure que nous allons l'emmener ? Je préfère le poteau d'exécution le plus proche.

— Du calme, Émile, ce garçon peut nous être utile.

— Vraiment ? Et en quoi, peut-on savoir ? Comme conseiller vestimentaire ?

— Il peut reconnaître des gens de Leeds, déclara Louis.

— Détaillez-moi le topo.

— Imaginez qu'au cours de nos investigations nous croisions des familiers de Mathilda ou de Leprince, qui ne tiendraient pas à nous le dire. Comment le saurions-nous ? Robinson connaît beaucoup de monde ici et à Dieppe. S'il y a une relation secrète entre Leeds, Londres et Dieppe, cet abruti est l'abruti dont nous avons besoin.

— Vous me gâchez cette excellente *ale*.

— Sa mollesse même peut nous être utile, continuait Louis, personne ne se défie d'une limace.

Robinson, qui avait compris qu'on parlait de lui, cependant trop vite pour qu'il saisisse le sens de la conversation, leur adressa un sourire de limace plein d'espoir.

— À vos ordres, mon capitaine, soupira Émile en enfouissant ses moustaches dans la mousse. Il nous servira au moins à porter les valises.

Le lendemain matin, après avoir embrassé sur les deux joues une Mrs. Galway rosissante, Louis et Émile, grelottants dans une aube plus qu'humide, se présentaient à l'express de Londres, lestés de leurs bagages, précédés d'un Robinson sifflotant, les mains dans les poches.

— Je guide, pas larbin, leur avait-il déclaré en saluant sa tante.

Pendant qu'ils attendaient sur le quai le train en direction de Londres, l'express Londres-Leeds s'arrêta en face et soudain, dans le flot de passagers qui s'en déversait, Louis repéra deux hommes qui s'interpellaient en français. Il les reconnut aussitôt. Le type avec le chapeau melon et le manteau boutonné jusqu'au cou, c'était Peillon, du *Petit Journal*. L'autre, en tweed et bandes molletières, c'était Vaugrenier, du *Courrier de l'Ouest*. Deux redoutables concurrents dans la course aux faits divers. Louis pivota vers Émile, cachant son visage.

— Les deux types qui gesticulent là-bas, Chapeau Melon et Bandes Molletières, ce sont des collègues à moi.

— Bah, ils ont vingt-quatre heures de retard et ils ignorent tout du lien Courray/Leprince. Voici notre train, allons-y.

Peu après, un sifflement retentit et le convoi s'ébranla, rempli de voyageurs, de journaux, de parapluies, de cannes et de l'odeur des vêtements humides.

Robinson s'étala dans un angle et entreprit de se reposer. Louis ouvrit son carnet, nota la date : 14 novembre 1891, et récapitula tout ce qu'ils avaient appris depuis leur arrivée en Grande-Bretagne. Les travaux de Leprince, comme ceux d'Edison, lui rappelaient ses enthousiasmes d'enfant à la lecture de Jules Verne ou de l'ami Robida qui décrivait en 1883 dans *Le Vingtième Siècle* : « une sublime invention... accueillie avec la plus grande ferveur », le téléphonoscope. Comme il avait pu en rêver de cette « simple plaque de cristal encastrée dans une cloison d'appartement » qui transmettait le dialogue, la musique et « la scène elle-même avec son éclairage, ses décors, ses acteurs... » ! Combien de fois il s'était imaginé dans la peau de M. Ponto, le héros, s'offrant chaque soir après dîner une représentation européenne au choix ! Quel chic !...

D'après son guide, Camden Town se situait pas très loin d'Euston Station ou de King's Cross. Une situation pratique pour des personnes en provenance de Leeds. Un endroit qu'aurait pu fréquenter Leprince ? Avec Mathilda ? Louis se frotta les yeux, puis les cheveux.

Comme en écho à ses pensées, Émile posa son vieux *Manuel des charges explosives* et se pencha vers lui.

— Ils fréquentaient la même société secrète. C'est sûrement comme cela qu'ils ont sympathisé.

— En exécutant quelque sacrifice de bébé, avant d'en boire le sang à l'apéro ?

— Tout à fait ! Vous voyez que vous n'êtes pas journaliste pour rien !

— Sérieusement, Émile, Leprince appartenait à une loge honorable, rassemblant l'élite intellectuelle de la ville. Que faites-vous du tatouage de Mathilda ?

Émile balaya l'objection d'un geste.

— Imaginez un peu que ce Leprince ait photographié des cérémonies interdites avec sa lanterne magique ? Hop, on profite de son voyage en France pour l'éliminer. Mais Mathilda, sa maîtresse, avait gardé quelques-unes de ses images. Et elle se rend en France pour les vendre à Léo Taxil ou un autre lécheur de curés. Hop, on la supprime aussi.

— Et qui accomplit le meurtre ?

— Un des conjurés. Qui ne veulent pas se voir démasqués, et accessoirement pendus. L'abbaye des Cinq-Pierres n'est pas en usage ici, on y préfère le *hanging*, la pendaison, ajouta-t-il du ton de l'homme qui a vécu.

— *Being stretched*[1] ! claironna Robinson.

— Et pourquoi ces assassinats doivent-ils avoir lieu en France ? demanda Louis, essayant de garder le fil du raisonnement.

— Pour passer inaperçus. La preuve : personne ne semble relier les deux affaires.

— Et pourquoi près de Dijon ? insista Louis qui commençait à être séduit par les hypothèses d'Émile.

---

1. « Être étiré », expression qui désigne la sentence de mort par pendaison.

— Parce que... parce que c'est là-bas que se trouve le correspondant de la secte démoniaque pour le territoire des Gaules.

— C'est vous qui êtes démoniaque, avec vos suggestions farfelues, Émile !

— On verra bien ! bougonna celui-ci en se rencoignant sur son siège.

Louis regardait le paysage sans le voir. Et si, en dehors d'une hypothétique et peu probable liaison avec Mathilda, Leprince avait effectué des prises de vues compromettantes pour les sujets capturés par son objectif ? Si on l'avait effectivement fait disparaître à cause de ça ?

Ils débarquèrent enfin à King's Cross, noire de monde, saturée de bruits. Fendant le tourbillon des allées et venues, ils se rendirent à l'hôtel indiqué par le guide. Le *Great Northern Hotel*, appartenant à la compagnie ferroviaire, jouxtait le terminus, et ils apprirent que les chambres y coûtaient tout de même quatorze shillings la nuit.

— *Very expensive*, laissa tomber Robinson. *Euston Hotel* moins cher, pas loin.

Ils ressortirent dans les rues encombrées, admirant au passage la magnifique façade « gothique » de St Pancras, dont le bâtiment central était constitué par le fameux *Midland Grand Hotel*, et suivirent Robinson jusqu'à Euston Station et l'*Euston Hotel*, doté d'un vaste hall garni de colonnades, pourvu de *coffee-rooms* et de *smoking-rooms*, et offrant des chambres au prix plus abordable de onze shillings et six pence.

Pour économiser, ils décidèrent de ne prendre que deux chambres pour trois et comme ni l'un ni l'autre ne voulait loger avec Robinson, Louis et Émile se retrouvèrent dans une étroite *twin*, une chambre double, et Robinson dans une douillette *single*.

Après s'être sommairement débarbouillé, Louis se rendit à la réception pour câbler des nouvelles à Lacassagne et à Gillières, et demander à ce dernier de les transmettre à Camille par l'intermédiaire de La Glu. Il rejoignit ensuite ses compagnons dans le hall imposant et ils décidèrent d'aller manger un morceau avant de se mettre en quête d'Hilldrop Crescent.

Dehors, ce n'était que tohu-bohu et embouteillages pires qu'à Paris. Un chassé-croisé de fiacres, d'omnibus, de tramways, de cyclistes et de cohortes de piétons, sans oublier les voitures de livraison, le tout abondamment garni de panneaux de réclames publicitaires, rétrécissant la vue des conducteurs et parfois la vie des passants. 4 211 056 Londoniens se disputaient les chaussées et les trottoirs.

Suivant un Robinson qui, nez au vent, humait avec délices l'air fétide de la capitale, s'arrêtait à tous les étals et dévisageait les demoiselles avec insolence, ils firent halte dans une petite taverne où on leur proposa les inévitables *potatoes* et des tourtes à la viande, le tout arrosé d'une bonne bière. Malgré le regard insistant de Robinson sur les cakes et les biscuits étalés sur le comptoir, ils ne s'attardèrent pas. La ville comptant 7 500 pubs, 1 700 *coffee-shops*, 2 800 boulangeries et 2 400 boucheries, on ne risquait pas de périr d'inanition, lança Louis en poussant la porte battante.

Il était pressé de poursuivre l'enquête. Il découvrirait Londres en touriste plus tard, se contentant de noter fugacement l'impression de mêlée virevoltante, de poussière, de suie, d'une ville de brique tout entière occupée à travailler ou à courir, dans des vapeurs délétères. Paris prenait soudain des allures de paresseuse, d'alanguie, avec ses terrasses de café, ses avenues plantées d'arbres, ses élégances. Sans doute se trouvaient-ils dans un faubourg plus industrieux que cossu et le voisinage des gares était propice à l'agitation.

Mais le contraste était saisissant entre les gamins blêmes en haillons malgré le froid perçant, les rupins bien emmitouflés balançant leurs sacoches de cuir, les élégants cabriolets à deux roues – les *gigs* – transportant les hommes d'affaires, les omnibus bondés, les marquises ouvragées devant les immeubles bourgeois, la puanteur des taudis dans les ruelles fangeuses, le fumet alléchant des vendeurs de *fish and chips* plantés au coin des rues et la sensation de respirer du charbon.

Une ville étrangère, en somme, résonnant de paroles incompréhensibles, où l'on essayait de trouver sa place sans se faire remarquer, tel un spectateur arrivant en retard au théâtre.

Et à propos de théâtre, Louis ressentit soudain une bouffée de fierté nationaliste en voyant une affiche de l'élégant *Savoy Hotel* faire la réclame de ses théâtrophones à pièce. Robinson, visiblement enchanté de sa promenade, baguenaudait de-ci de-là. Amateur de beaux attelages, il clamait à l'intention de Louis et Émile le nom de toutes les voitures qu'ils croisaient : « *Buggy ! Victoria ! Spider ! Tilbury ! Clarence ! Phaeton !* », apostrophant joyeusement les *cabmen* et les petits grooms juchés sur les marchepieds. Espérant mettre fin à cette litanie assourdissante, Louis déclara qu'il préférait les voitures sans chevaux et mentionna le fait qu'il avait eu l'occasion de conduire une Panhard-Levasseur, s'attirant du coup un déluge de questions.

Émile pour sa part ne cessait de houspiller leur guide : « Tu es sûr que c'est la bonne route ? », ce à quoi l'autre répondait en haussant les épaules sans négliger de se curer le nez que : « Oui, oui, par ici, je venir souvent avec mon oncle Bert. »

— Ne me dites pas que son oncle Bert emmenait cet enfant au bordel ! grommela Émile à l'oreille de Louis.

— Mon oncle Bert, il livrait la bière, expliqua Robinson, il emmenait moi sur le carriole, et hop, foueeette cocher ! glapit-il avec un certain ravissement. Sur Hilldrop, il est un très bon *chop-house*.

Et ainsi, relevant leur col sous la fine pluie glacée qui s'était mise à tomber – de la neige fondue, décréta Émile –, ils aboutirent à une taverne fermée à cette heure, dont l'enseigne annonçait en rouge et or : *Cheshire Cheese*. Une pancarte derrière la vitre biseautée précisait : « *Rump-steak pudding on Sunday afternoons.* » On n'était pas dimanche, mais samedi. Un samedi gris, pluvieux, froid et british.

CHAPITRE VII

De l'autre côté de la rue se trouvait le n° 39. Une maison de brique sombre, aux hautes fenêtres, à laquelle on accédait par un escalier encadré de piliers.

Des gosses jouaient aux billes sur le trottoir, leurs vestes crasseuses bourrées de vieux journaux, les mains bleuies et gercées. Ils fondirent sur le trio pour quémander quelques pièces et Émile, bougonnant, leur en lança une bonne poignée.

— À leur âge, je défilais au pas, mais j'étais nourri, logé, s'excusa-t-il.

Louis ne releva pas, il était concentré sur la maison. Un bâtiment de trois étages. Un jardinet mal entretenu devant l'entresol. Une fissure dans la façade. Des rideaux pas très propres aux fenêtres. Une bourgeoise décatie, encore respectable, mais sur la pente descendante.

Il se retourna vers Robinson, adossé à l'un des piliers, décochant de mols coups de pied aux marmots qui s'approchaient trop près, et lui fit signe de le suivre, ainsi qu'Émile qui avait allumé sa pipe.

Ils gravirent les marches. Louis tendit la main et actionna le heurtoir, une lourde tête de lion en bronze. Pas de cavalcade dans le couloir. Pas de rideau brusquement tiré. Il héla les enfants en contrebas.

— Qui habite là ? demanda-t-il en anglais, faisant ricaner Robinson.

Un des marmots, édenté et chafouin, le regard brillant, débita quelque chose d'incompréhensible à toute allure.

— Un peintre, traduisit Robinson, un dénommé Henry Rickets.

Émile et Louis échangèrent un regard.

— Il n'est pas toujours là, il va souvent rendre visite à un ami à lui, dans l'East End.

— Le nom de cet ami ?

Tous les gamins se mirent à parler en même temps.

— Rickets l'appelle Edward. Il a un atelier à Whitechapel.

Le gamin édenté se planta les mains sur les hanches, imitant l'accent de la haute :

— Mary ! Je sors, je vais chez mon ami Edward !

Puis il ajouta d'une grosse voix éraillée :

— Vous rentrez dîner ? Vous avez pris votre écharpe ?

Ils éclatèrent tous de rire, s'interrompirent en voyant un livreur remonter la rue pavée, sa charrette brinquebalante remplie de sacs et de tonneaux, et les gamins se ruèrent à sa suite, cherchant à s'agripper aux essieux.

— Apparemment, cette Mary non plus n'est pas à la maison, fit observer Émile.

À ce moment-là, trottinant sous un large parapluie noir, apparut une très grande femme chargée de paquets, d'allure aussi solide que revêche, son épaisse voilette baissée. Elle grimpait les marches, fouillant dans son réticule, et se figea en apercevant les trois hommes.

— Une belle plante ! murmura Émile, émoustillé.

— Heu... oui, bien charpentée ! acquiesça Louis, et ils convergèrent vers elle, tandis qu'elle essayait apparemment de mettre la main sur ses clés.

— Je peux vous aider ? proposa Émile tout sourire en tendant la main vers son sac à commissions.

— Touchez pas à ça ! lança la femme d'une voix grave. Au voleur !

— Du calme ! intervint Louis en exhibant prestement l'ordre de mission du professeur, qui faisait toujours son effet. Police française ! Nous désirons parler à Mr. Rickets.

La femme s'immobilisa. Sous sa voilette grise, on distinguait des traits anguleux, des yeux noirs perçants, une grande bouche à l'expression vulgaire et le sillon d'une profonde cicatrice courant de la lèvre gauche à l'oreille. Une femme peu avenante, sur la défensive, et que la vie avait dû malmener, se dit Louis.

Robinson répéta les propos de Louis et la femme soupira.

— Mr. Rickets est absent, lâcha-t-elle, avec ce drôle d'accent à la fois guttural et sifflant.

— *Cockney*, lui souffla Robinson.

Le terme désignait les basses classes sociales de l'East End, vivant à l'origine près de St Mary-le-Bow, et, partant, l'accent populaire, se rappela Louis.

— Demande-lui si nous pouvons entrer au lieu de rester sous la pluie, dit-il.

La femme soupira, parut jauger la situation – trois contre une, la rue déserte –, puis ouvrit la porte et leur fit signe de la suivre. Il faisait très sombre. Elle marmonna quelque chose où il était question de pommes et de poires, et Robinson eut à peine le temps de dire « Attention à… » qu'Émile ratait les trois petites marches et dégringolait dans le vestibule, faisant pouffer leur hôtesse.

— Pourquoi a-t-elle parlé de pommes ? demanda Louis tandis qu'Émile se redressait, très digne bien qu'un peu cramoisi.

— *Rhyming slang*, laissa tomber Robinson. Argot rimé. Plutôt compliqué à expliquer. *Stairs* rime avec *apple and pears*, vous voyez ? Pomme et poires : escaliers.

Louis qui ne voyait rien du tout, au propre comme au figuré, fut content de pénétrer dans un petit salon de velours bordeaux où le jour entrait chichement par une fenêtre donnant sur l'arrière-cour. La cheminée était éteinte et la femme ne fit pas mine d'allumer le feu, malgré le froid ambiant. Debout près de la bibliothèque, son sac plein de petits paquets posé à ses pieds, elle les regardait avec animosité.

Louis, traduit par Robinson, engagea la conversation.

— Êtes-vous Miss Mary ?

Elle haussa les épaules, ce qui pouvait passer pour un acquiescement.

— Nous souhaiterions rencontrer Mr. Rickets. Doit-il revenir bientôt ?

Nouveau haussement d'épaules.

— Il va et vient à sa guise, je suis pas sa...

Ici quelque chose d'incompréhensible.

— Sa femme, expliqua Robinson. *Struggle and strife* : *wife*, vous pigez ? Bagarre et querelles : femme.

Au tour de Louis de hausser les épaules. Un vrai cours de gymnastique !

— En fait, nous cherchons des renseignements sur une jeune femme, Miss Mathilda Courray.

Cette fois, Louis distingua nettement l'éclair rapide dans le regard fuyant de Miss Mary qui pinça les lèvres.

— Connais pas.

— C'est pas beau de mentir, ma p'tite dame ! lança Émile.

Miss Mary se tourna vers lui, belliqueuse, levant le poing et dévoilant par là même un tatouage bleu sur son poignet, dans lequel Louis crut reconnaître la queue d'un serpent. Elle rabaissa prestement sa manche, mais Émile fondait déjà sur elle, menaçant.

— Pas de ça avec moi, ma poulette ! Crois-moi, je peux être aussi méchant que n'importe quel maquereau !

Tandis que Robinson, hésitant, signifiait à Miss Mary qu'Émile était un dangereux hareng, Louis s'interposait.

— Enfin, Émile, quelle mouche vous pique ?

— C'est elle, la fine mouche ! Elle nous prend pour des blaireaux à leur première campagne ! Vous n'avez pas vu son tatouage, sa cicatrice ?

Comme si elle avait compris, Miss Mary porta les mains à son visage abîmé.

— Le sourire des Triades, lâcha Émile. Celui que l'on inflige à une fille qui a trop parlé. Cette femme est une ancienne prostituée qui a travaillé en Extrême-Orient et qu'on a défrimoussée. Le dragon sur son bras est la marque de son employeur.

Miss Mary leva un majeur choquant.

— *Fuck you !*

— Écoutez, Mary, dit Louis, conciliant, votre passé ne nous concerne pas. Nous voudrions simplement parler un peu de Mathilda Courray. Traduis, bourrique !

Robinson, qui semblait fasciné par la révélation du passé de Miss Mary, mâchouilla sa phrase en tortillant son embryon de moustache.

— Mathilda a été assassinée en France, reprit Louis, nous essayons de retrouver son meurtrier. Nous avons besoin de renseignements sur ses fréquentations. Et nous savons – il appuya sur le « nous savons » – qu'elle est déjà venue ici. Était-ce une amie de Mr. Rickets ?

— Si vous voulez des réponses, posez vos questions à Monsieur lui-même, répondit dignement Miss Mary de sa voix éraillée.

— Où peut-on le trouver ?

Elle haussa une fois de plus les épaules.

— Chez son ami Edward, c'est ça ? lança Émile. Lui aussi peint des femmes nues ?

— Les peintres ont besoin de modèles : Mathilda était payée pour poser, lâcha-t-elle soudain avec lassitude. Je n'ai rien d'autre à vous dire.

— On l'a coupée en morceaux, précisa Louis, les jambes, les bras, la tête, et on l'a éventrée. Ce n'était pas beau à voir.

Miss Mary serra les poings.

— *Jesus Christ !* Comme cette pauvre Mary Jane ! s'exclama-t-elle.

— Mary Jane ?

— Mary Jane Kelly. Une collègue, si l'on peut dire. Une des victimes du Ripper.

— Qui est le Ripper ? s'enquit Émile.

— Jack the Ripper, l'éventreur de prostituées, l'informa Louis. Il a sévi à Whitechapel à l'automne 88. On ne l'a jamais attrapé. Tous les journaux en ont parlé.

— Pas ceux du lac Tchad.

— Il a tué et mutilé onze femmes, précisa Miss Mary. La police a arrêté un type qui vivait dans Batty Street. Un Canadien, le Dr Tumblety, mais sa caution a été payée. Il a filé à New York, et pfuuit ! Il y en a qui disent que c'est le boucher juif, le coupable. D'autres que c'est un fou évadé d'un asile. Et maintenant, Mathilda assassinée en France… Toutes ces histoires me donnent la pépie !

Elle s'approcha du guéridon supportant l'armoire à liqueurs et Louis remarqua qu'elle se comportait plus avec la désinvolture d'une maîtresse de maison qu'avec la retenue d'une domestique. Était-elle la maîtresse de ce Rickets ? Un homme de la bonne société acoquiné avec une ancienne prostituée ?

— Rhum ? porto ? gin ? single malt ? *kiss me Hardy* ?
— Pardon ? sursauta Louis.
— Baccardi ! traduisit Robinson. *Rhyming slang !*
— Un peu de *kiss me Hardy* pour moi, dit Louis, et il crut voir Miss Mary esquisser un sourire pour autant que son visage défiguré le permettait.

Émile s'en tint au rhum, qu'il avait appris à apprécier dans les boxons de Marseille. Robinson se fit servir un plein gobelet de Glen Grant.

Ils burent un instant en silence, puis Miss Mary fit tourner son verre entre ses doigts, en murmurant :

— La dernière fois que j'ai vu Mathilda, elle était complètement *Brahms and Liszt* ! *Pissed*, bourrée ! ajouta-t-elle en voyant la perplexité de Robinson lui-même. À sa santé ! conclut-elle en s'envoyant son gin cul sec. La pauvre gosse !

Louis, qui tout en buvant examinait les lieux, avait aperçu au-dessus d'un petit secrétaire le portrait d'un homme d'une trentaine d'années, en habit noir, coiffé d'un haut-de-forme. Les traits aquilins, le nez busqué, arborant une épaisse barbe noire, la cravate soigneusement nouée, le haut du visage masqué par l'ombre du chapeau.

— C'est un autoportrait, dit Miss Mary qui avait suivi son regard.

— Hum, Henry Rickets en personne ? Il est plutôt doué, votre maître !

— C'est un bon peintre, admit-elle, il a étudié avec Mr. Whistler lui-même !

Voilà qui concordait avec les déclarations de maître Harmant sur les fréquentations de Mathilda à Dieppe. Robinson, qui s'était rapproché, chuchota :

— Il ressemble à quelqu'un…

— Pour sûr, déclara Miss Mary en reprenant une giclée de gin, il ressemble à Mr. Rickets.

— Et donc, Mathilda était son modèle ?

— Pour lui et quelques autres. Ça paie bien, de poser, quand vous avez un joli corps. Mathilda était réputée pour ses…

Bacon ? Louis se tourna vers Robinson qui tendait furtivement la main vers le carafon de whisky.

— Jambes. *Bacon and eggs* : *legs.*

Fichu argot rimé ! Sur ce, ils avaient l'explication des voyages de Mathilda à Londres. Grâce au microcosme dieppois, elle avait dû nouer des relations dans le milieu artistique londonien et venait régulièrement gagner de quoi ajouter un peu de beurre dans ses épinards.

— À votre connaissance, hum – Louis toussota –, Mathilda n'avait pas de relations plus intimes avec Mr. Rickets ?

— Qu'est-ce que ça peut vous foutre, mon petit monsieur ? Vous ne croyez tout de même pas qu'il l'aurait suivie en France pour la découper en morceaux ? ! D'ailleurs, ça s'est passé quand, cette affaire ?

— Dans la nuit du 9 au 10 novembre.

— Henry était ici ! s'exclama-t-elle, puis elle réalisa qu'elle l'avait appelé par son prénom et se rembrunit.

— Henry ? souligna Émile.

— Et alors ? Il n'est pas snob, il m'a demandé de l'appeler Mr. Henry. En tout cas, il a passé la soirée du 9 ici, j'vous dis.

— À peindre ?

151

— À peindre, dans sa pièce là-haut. C'est interdit ?
— On peut visiter ?
— Faudrait me passer sur le corps, non mais !
Émile ricana.
— Et payer, aussi ?
— Qu'est-ce qu'il a dit, le militaire ?
— Rien, rien. Écoutez, nous devons visiter la maison.

— Ah, mais ça va pas se passer comme ça, bande de charognes, je vais appeler les flics, moi ! Les vrais ! Je connais un inspecteur qui va vous faire passer un mauvais quart d'heure ! Fouiller la maison sans permission ! *Dog and bone !* grommela-t-elle. Chien et os ? *Dog and Bone...* Téléphone ! comprit Louis en la voyant se diriger vers l'appareil mural. Mais déjà Émile avait bondi et lui barrait le passage.

Miss Mary, incrédule, se retourna vers Louis qui grimpait l'escalier quatre à quatre.

— Au voleur ! se mit-elle à hurler d'une voix stridente. À l'assassin !

Robinson, tétanisé, se glissa vers la porte comme une couleuvre, non sans avoir vidé son verre d'un trait. Émile saisit Miss Mary et tenta de la bâillonner d'une main sur laquelle elle referma ses mâchoires d'un coup sec, le mordant cruellement.

— Saleté ! rugit-il. Tu vas m'lâcher, oui !
— *You can kiss it goodbye !* grogna Miss Mary sans desserrer sa prise.
— Heu... vous pouvoir toujours vous brosser... traduisit Robinson.
— Je vais finir par vous faire mal, Mary ! gronda Émile.
— Grmmpff.

Émile lui empoigna les cheveux et la tira violemment en arrière. Elle lui décocha un coup de pied dans le tibia.

— Bon Dieu de sale bique !

Ils tournoyaient dans le salon sous le regard médusé de Robinson.

À l'étage, Louis avait ouvert la porte d'une chambre, visiblement la chambre de maître, puis il se rua vers une deuxième pièce qu'il reconnut aussitôt comme la chambre du tableau. Il entendait les exclamations étouffées provenant d'en bas et essayait d'agir au plus vite.

Le lit une place n'offrait qu'un matelas nu. Il passa la main dessous sans rien trouver. Le paravent cachait une petite table, une chaise, un broc et une cuvette, la cuvette en émail de la peinture. Sur la commode, une élégante pendule à coupole biseautée de William Cribb, Southampton Row, contrastait avec la simplicité du reste de l'ameublement. Le tiroir de la table ne livra que de la menue monnaie, un crayon, des rogatons de bougie. La lampe à huile s'ornait d'un abat-jour rouge à glands dorés, qui faisait « cocotte ». Dans un angle, un chevalet, une boîte de couleurs, un pot de pinceaux, une palette toute barbouillée. La toile installée sur le chevalet ne montrait pour l'instant qu'un morceau de ciel gris, fumeux.

Il se tourna vers l'armoire, haute et étroite. Et fermée à clé. Il ne pouvait tout de même pas la fracturer ? Bah... Il sortit son nouveau canif de sa poche et se mit à tripatouiller la serrure qui céda soudain avec un léger crac.

Des vêtements. Des vêtements de femme. De courtisane, plus précisément, se dit-il en passant en revue la lingerie fine, les corsages en dentelle ajourée, les pantalons de soie fendus, les guêpières en satin ornées de ruché. Elle contenait aussi des perruques, posées sur leurs têtes à coiffer. Rousse, blonde, brune, en vrais cheveux. De quoi déguiser les modèles. Il tâta le fond de l'armoire, puis le socle. Rien. Il retourna jusqu'au chevalet, souleva la toile, examina la boîte de couleurs et son fouillis de pots, repéra un morceau de papier coincé sous le bleu de cobalt. Une simple carte de correspondance où l'on avait griffonné en rouge une adresse : « 86 St James's Street », et un nom : « Westcott ». Il l'empocha et se hâta de redescendre.

Émile et Miss Mary se faisaient face, essoufflés et furieux. Émile se tenait la main. Miss Mary, les poings sur les hanches, la cicatrice rougie par la lutte, déversait des paroles dans un langage incompréhensible auquel Émile répondait du tac au tac. De l'annamite ?

Ils se tournèrent vers lui avec ensemble.

— Elle a travaillé chez Ma Hong ! annonça Émile.

— Pardon ?

— Ma Hong, à Hanoi. Une des meilleures maisons de la ville. Mais comme elle a voulu quitter la triade pour suivre un officier anglais, ces salauds de bandits l'ont punie au couteau. Heureusement, une de nos patrouilles l'a ramassée à moitié morte dans le caniveau et le sergent, qui était bon bougre, l'a fait transporter à bord d'un cargo qui rejoignait Liverpool.

— Vous me voyez enchanté de cette heureuse conclusion, répondit Louis. Donc, si je comprends bien, vous voilà réconciliés ?

— On dirait. Imaginez-vous qu'elle parle le tonkinois mieux que moi !

— Stupéfiant !

— Vous ne croyez pas si bien dire, vu que Ma Hong faisait aussi fumerie d'opium !

Au mot « opium », Miss Mary lança une remarque et Émile hocha la tête.

— Paraît qu'y en a une fameuse à Whitechapel, derrière un tripot.

— Rickets se drogue-t-il ?

Émile posa la question et Miss Mary baissa les yeux, sans répondre.

— Hum. Demandez donc à votre nouvelle amie si elle connaît un certain Leprince, de Leeds.

Émile s'exécuta, tandis que Robinson, soulagé qu'on n'ait pas besoin de ses services, se rapprochait du single malt.

— Elle dit que Rickets fréquente beaucoup de gens d'un peu partout, des peintres, des artistes, des écrivains, des inventeurs, mais qu'il reçoit peu, il voit ses amis à l'extérieur. Ici, il lit, il peint. Il joue aux échecs.

— Avec qui ?

— Contre lui-même.

— Et Leprince, donc ?

— Ni prince ni marquis.

— Dommage que nous n'ayons pas son portrait. Interrogez-la un peu sur le fameux Edward.

Miss Mary n'en savait pas grand-chose et ne l'avait jamais vu. Un peintre, lui aussi, de grand talent d'après Mr. Henry. Un peu débauché sans doute, vu le quartier de taudis où il vivait. Il avait un drôle de nom, quelque chose comme Nark, précisa-t-elle.

— Edward Nark, répéta Louis. On est bien avancés avec ça.

Une fois, alors qu'elle était allée rendre visite à Alice McKenzie, une de ses anciennes coreligionnaires, elle avait demandé après l'atelier d'Edward, mais personne n'avait pu la renseigner.

Sur ce, Miss Mary avala une rasade de gin au goulot et se mit à se tamponner les yeux tout en dégoisant un long discours.

— C'est rapport à sa camarade, la femme McKenzie, expliqua Émile. Elle a été descendue, elle aussi.

— Comment ça, « descendue » ?

— Une embuscade en juillet 89 dans Castle Alley. On l'a égorgée.

— Encore une des victimes du Ripper ?

Émile posa la question. Nouveau flot de paroles indignées.

— Pas d'après la police, traduisit-il sobrement. Les blessures à l'abdomen n'étaient pas les mêmes, si j'ai bien compris. Pourquoi ?

— Comme ça. Ils n'ont jamais attrapé ce tueur. Il pourrait être venu se planquer chez nous, en France. Mais non, ça ne colle pas. Il n'aurait pas attendu deux ans la venue d'une Anglaise pour perpétrer un nouveau crime. Filez-moi encore une goutte de *kiss me Hardy* et puis allons manger. Miss Mary est notre invitée.

Elle esquissa un semblant de sourire et parla, en anglais, cette fois.

— Miss dit qu'il y avoir ragoût de mouton à le cuisine. Elle le faisant réchauffer. Nous mangeons à l'office.

La proposition fut acceptée et tout le monde s'attabla autour de la table en bois blanc, près de la large cuisinière en fonte.

Miss Mary expliqua que Rickets ne la tenait pas au courant de ses déplacements, il allait et venait sans crier gare et elle devait simplement veiller à ce que la maison soit prête à l'accueillir, bien qu'elle ne le voie parfois pas pendant plusieurs semaines. Aussi bien, il pouvait partir le matin comme pour une promenade et ne revenir qu'un mois plus tard, après s'être embarqué pour Dieppe, où il avait connu Mathilda et avait de bons amis dans la haute société anglaise et française. Il parlait souvent d'un certain Degas et d'un M. Blanche. Elle ignorait complètement s'il appartenait à une loge maçonnique ou tout autre ordre ésotérique. Et non, il n'avait pas les pieds fourchus !

Louis noircissait son carnet de notes en mastiquant son mouton un tout petit peu coriace tandis que

Robinson s'empiffrait de flageolets sans souci de fâcheuses conséquences. Émile et Miss Mary ne cessaient de faire des apartés dans leur charabia et Louis s'amusa à les imaginer en ménage.

Une fois le repas terminé sur un solide cake à la rhubarbe, ils levèrent le camp, se promettant de revenir dans la soirée voir si Rickets avait réapparu.

— Sacrée bonne femme, n'est-ce pas ? lança Émile dès qu'ils eurent tourné le coin de la rue. Une vraie pierreuse capable de tenir tête à un bataillon !

— Vous ne vous flattez pas un peu, là ? le taquina Louis. Robinson, direction 86 St James's Street, et que ça saute !

— Que ça saute ? répéta le garçon de son air le plus robinsonien. Comme cela ?

Il exécuta un bond de cabri en maintenant son haut-de-forme sur sa tête.

— Ce corniaud me rendra *mabhoûl* ! gronda Émile. Allez, en avant, maârche !

— Et si nous expérimentions l'Underground Railway ? suggéra Louis. Ça en boucherait un coin à Camille, ajouta-t-il pour lui-même.

Ils redescendirent donc jusqu'à King's Cross où ils découvrirent bientôt l'accès au train souterrain.

Après avoir descendu quelques marches, ils passèrent de la grisaille de l'après-midi à une relative obscurité, ébranlée par le grondement incessant des trains. Une cohorte de citoyens pressés les dépassait, avec l'air important de ceux qui savent où ils vont et doivent s'y rendre au plus vite. Robinson lançait des regards inquiets autour de lui. Émile, la main en porte-vue, cherchait le guichet des renseignements. Ayant aperçu un homme en uniforme, il envoya Robinson lui poser les questions adéquates.

Nos intrépides voyageurs suivirent le flot en direction de Victoria Station, non sans cesser de vérifier les rares indications et de surveiller leurs poches par crainte des pickpockets.

Un train arrivait, la cloche sonnait, et le temps qu'ils demandent à l'employé du quai où se trouvaient les secondes classes, le train était reparti.

— Plus vite qu'un boulet de canon ! commenta Émile en s'approchant résolument du bord, comme décidé à harponner le train suivant.

Qui arrivait déjà, émergeant de l'obscurité, énorme dans cet espace confiné. Ils se hâtèrent d'y grimper, moitié poussés par les habitués, s'affalèrent sur les étroites banquettes de deuxième classe, et déjà les portes se refermaient, on démarrait.

Le nez collé aux vitres, ils essayaient de voir les entrailles de la ville à travers lesquelles le train se déplaçait, et c'était étrange de s'imaginer frôlant les caves à charbon, les entrepôts, de penser que parfois de simples murs séparaient le train tout entier de maçons au travail dans d'autres galeries. L'obscurité alternait avec la lumière selon qu'ils entraient et sortaient des stations, laissant entrevoir des visages agglutinés, comme saisis par un photographe, des pancartes déchiffrées à la hâte, Wellingdon, Bishopsgate…

Après avoir consulté le plan, Émile, en explorateur aguerri, avait décrété que Charing Cross était la station la plus proche de St James's Street. Robinson, chargé de demander à leurs voisins de les prévenir quand ils y seraient, guettait chaque arrêt avec la vigilance d'un jeune chien de chasse. Et soudain, un vieux monsieur lui toqua sur l'épaule, le train ralentissait, jet de vapeur, crissement des freins, la cloche sonnait, les portes s'ouvraient et ils étaient dehors, un peu étourdis, sur le quai de Charing Cross.

— Bon Dieu, c'est rapide ! Si on avait ça pour nous acheminer les renforts ! constata Émile en retroussant les pointes de sa moustache.

— Paris sera bientôt équipé, déclara Louis, les plans sont enfin à l'étude. Un jour, le monde entier sera quadrillé de trains ultra-rapides et nous pourrons nous lever à Madrid et dîner à Saint-Pétersbourg. Parfaitement, assura-t-il à Robinson qui l'écoutait bouche bée. Et ce n'est pas tout ! Mon ami Octave Uzanne, utopiste scientifique de la plus grande rigueur, ne parle que d'aéronefs électrocâblés, d'aérocycles et de yachts sous-marins.

— Oui, mais si l'ennemi bénéficie des mêmes progrès, ça n'arrangera rien du tout, répliqua Émile. Bon, j'espère qu'on ne doit pas regagner la sortie en aérostat ?

— Arrêtez de râler, on dirait un vieux cheval sur le retour. N'oubliez pas que vous représentez la France, mon brave ! Un peu d'audace, de panache !

— La bleusaille faisant la morale à un vétéran ! En voilà un progrès !

Tout en se chamaillant tranquillement, ils avaient suivi le mouvement général et se retrouvèrent à l'air libre dans le chaos des abords de Charing Cross, un fouillis de piétons, d'omnibus, de fiacres et de bicyclettes. Là, aspirant un bon coup de *smog* sous le crachin, Louis et Émile échangèrent un sourire satisfait, celui du conquérant qui constate que sa petite entreprise avance convenablement. Sourire qui se figea, quand, levant la tête, les deux hommes s'aperçurent qu'ils se trouvaient au pied d'une imposante colonne surmontée d'une grande statue et que Robinson, de sa voix la plus agaçante, annonça avec déférence :

— *Lord Nelson's Column.*

— Quand je pense que notre marine porte encore une cravate noire en signe de deuil quatre-vingts ans après Trafalgar ! grogna Émile.

— Trafalgar, grande victoire ! souligna Robinson. La flotte *frenchie* se prendre une grand coup de pied dans le cul ! *Sorry !* ajouta-t-il hypocritement.

— Dites à ce moussaillon de la fermer avant que je lui file un coup de boulet dans la soute !

— Allons, allons, ne perdons pas de temps avec ces peccadilles !

— Peccadilles ? La défaite ? !

— Piccadilly de l'autre côté. Par là…

— Toi, ta gueule !

— Émile, nous ne sommes pas venus jouer à la bataille navale. Paix aux cendres de l'Empereur et de l'amiral Nelson. Revenons à notre expédition à nous.

— À vos ordres. Cela dit, c'est vrai que ce foutu Nelson était un grand soldat.

— Vous voyez !

Robinson demanda leur chemin à un gentleman pressé qui répondit sans même s'arrêter.

Sur Waterloo Place, une affiche pour le Théâtre de Sa Majesté promettait tous les fastes de l'art et de la beauté et Louis se plut à s'y représenter Camille sur scène, en Lady Macbeth blême et effondrée, assurant qu'« il y a toujours là une odeur de sang ». Quel curieux désir de ne rêver que de tragédies, quand elle était si mignonne dans les opérettes ! se dit-il, captivé par les boutiques, la mise des passants, les visages des femmes, les crieurs de journaux, l'intense circulation, tout le tapage et l'animation d'une grande capitale.

Ils longèrent ensuite Pall Mall. Au 106, Louis admira avec une pointe d'envie l'élégante façade Renaissance du Travellers Club, le club des gentlemen voyageurs dont Jules Verne était membre.

Voilà le genre de club qu'il aurait aimé honorer de sa présence ! « Messieurs, faisons bon accueil à notre infatigable correspondant international, l'intrépide Louis Denfert ! » Mais avant cela, il fallait satisfaire à la sévère règle n° 15 : avoir voyagé hors des îles Britanniques jusqu'à au moins 500 miles de Londres en ligne directe. Sur ce, si l'on avait été coopté, on devait ensuite s'acquitter des 42 livres de droit d'admission. Baste ! Ce serait pour plus tard.

Tout à ses pensées, il ne vit pas que les deux autres avaient stoppé et leur rentra dedans. Il s'excusa et se rappela soudain ce jeu du domino qu'ils pratiquaient dans les petites classes : le dernier à se mettre en rang venait percuter violemment le dos de son camarade, lequel tombait sur celui qui le précédait et ainsi de suite jusqu'à ébranler la file entière dans un concert de gloussements étouffés, s'attirant les vociférations du maître. Le bon temps des galoches et des taloches !

— On y est, annonça Émile en désignant la plaque. N° 86. Je commence à avoir l'impression de me transformer en facteur, ajouta-t-il dans ses moustaches.

— La messagerie n'est-elle pas un élément essentiel à la stratégie ? répliqua Louis. Combien de batailles perdues faute d'avoir reçu le bon signal ? Mark Mason's Hall, nous voilà ! Entrons.

— Rappelez-moi un peu ce que nous cherchons.

— Le monsieur Westcott dont Rickets a griffonné le nom sur un bout de papier.

— Hum, jolie piste, et qui devrait nous mener loin !

— Vous auriez dû rester faire la conversation à votre amie Mary, ça, ça aurait pu vous mener loin !

— Mauvais esprit !

Le vaste hall s'ornait de colonnades et d'un portier galonné qui les toisa de son air le plus revêche. Ces messieurs désiraient ? Ils avaient rendez-vous ?

— Mr. Westcott, aboya Émile de son ton de sergent-chef, et le portier glapit un : « Tout de suite, *sir* », en claquant des talons.

Il s'enfonça dans sa guérite, manipula un énorme téléphone en bakélite dans le cornet duquel il parla à demi courbé, puis revint leur annoncer que Mr. Westcott pouvait leur consacrer quelques-unes de ses précieuses minutes dans son bureau, au deuxième étage, si ces messieurs voulaient bien prendre l'ascenseur...

Le liftier, un gamin d'une douzaine d'années, manœuvra ses leviers en les regardant avec curiosité. Louis surprit Robinson en train de lui tirer la langue, ce à quoi le gamin répondit aussi sec en se cachant derrière son chapeau, un tambourin bleu et or.

La porte dudit bureau était ouverte, et Mr. Westcott les attendait, debout, sans doute pour les expédier au plus vite, tout en dictant à son secrétaire :

— « Mon cher Mahers, vous comprendrez que nous ne pourrons nous comprendre si vous adoptez une position aussi autoritaire. En effet... » Ah, bonjour, messieurs, entrez, vous avez demandé à me voir ?

William Wynn Westcott était un homme d'une quarantaine d'années, au regard intense, au visage sévère et marqué, les cheveux bruns plaqués en arrière, portant une barbe fournie et de longs favoris. Il dégageait une impression de rigueur et de fébrilité. Évitant de faire allusion à Mathilda, Louis se contenta de lui demander s'il avait vu récemment Henry Rickets, qu'ils recherchaient pour le compte de maître Germain, notaire à Dijon, France, dans le cadre d'un héritage.

Westcott, qui avait visiblement d'autres chats à fouetter, jeta à peine un coup d'œil sur la lettre de mission aussi vite exhibée que rangée et parut gober l'histoire.

— Rickets ? Heu, franchement, cela ne me dit rien. Pourquoi vous adresser à moi ?

— Eh bien, sa gouvernante, Miss Mary, nous a dit l'avoir entendu citer votre nom et votre adresse...

— Ah ! C'est important, votre affaire ?

— Très. Il s'agit d'un héritage plus que conséquent et si on ne peut le retrouver...

— George, regardez donc dans mon carnet d'adresses. Que fait donc ce Mr. Rickets ?

— Il est peintre, répondit Louis qui venait d'apercevoir derrière Westcott une affiche annonçant une conférence sur la Kabbale « pratique et spéculative » et un petit tableau où figurait une croix sculptée et une rose flamboyante. Et passionné d'ésotérisme, ajouta-t-il précipitamment.

Westcott les regarda avec plus d'attention.

— Réellement ?

— Tout à fait. La quête de la spiritualité est un des arcanes majeurs de son existence, assura Louis sans ciller sous le regard ébahi d'Émile.

— Bien, bien. Et vous-mêmes, messieurs, vous intéressez-vous à l'hermétisme et à la Quête de l'Illumination ?

— Passionnément ! Mais nous manquons de conseils avisés.

Westcott se mordilla les lèvres.

— Il est vrai que c'est un domaine où ne sévissent que trop les charlatans. Et donc votre ami a disparu... Hum. Bien que ce soit confidentiel, hum, nous pouvons faire une exception, s'agissant d'un cas de force majeure... George, consultez donc aussi la liste des nouveaux initiés.

Louis et Émile se regardèrent, interloqués, Émile frémissant comme une bouilloire en surchauffe.

— Initiés ?

— Oui, notre ordre est en pleine expansion. L'ordre hermétique de l'Aube dorée, ou Golden Dawn. Nous avons fondé il y a trois ans cette loge n° 3, Isis-Urania, que j'ai l'honneur de présider. Peut-être souhaitez-vous de plus amples renseignements sur notre quête théosophique ? Nous nous vouons à l'étude du symbolisme occulte, à la géomancie, à l'Arbre de Vie. Il y a tant de choses à apprendre et à comprendre, n'est-ce pas, tant de choses invisibles derrière ce monde visible ! *Sapere aude !* telle est ma devise : Ose être sage !

— La fortune sourit aux audacieux ! répliqua sans réfléchir Louis. Heu, je parle de la fortune philosophique, bien sûr.

— La pierre philosophale ! approuva Westcott. Tenez, j'ai ici quelques brochures explicatives et mes propres commentaires sur la Kabbale...

Ils se penchèrent poliment vers la table d'exposition jonchée de documents. Louis aperçut une feuille imprimée détaillant des tarifs : « Privilège : 10 shillings. Honoraires annuels : 2 shillings 6 pence. Ceinture de cérémonie : 2 shillings 6 pence. »

— Alors que je n'étais qu'un membre éminent de la Societas Rosicruciana in Anglia, j'ai eu le privilège de devenir le dépositaire de nos textes fondateurs, commença Westcott avec passion.

S'ensuivit un assez long récit de la découverte par un certain révérend Woodford de manuscrits en *cipher*, selon un code rosicrucien de la Renaissance. Lesdits manuscrits avaient dormi toutes ces années passées sur les rayonnages poussiéreux d'une petite librairie de Farrington Street, ici même à Londres, oui, oui. Lui, Westcott, avait réussi à en casser le code et ces documents contenaient de fulgurantes révélations sur une société secrète allemande, Lumière, Amour et Vie, dirigée par une certaine Fräulein Anna Sprengel.

Emporté par son sujet, il discourait à perdre haleine et fit une pause pour reprendre son souffle, tandis que Robinson en était à peine à traduire le début de l'histoire. Heureusement, au fur et à mesure de son séjour, les rudiments d'anglais de Louis retrouvaient de la vigueur. Mais déjà, Westcott, à l'évidence tourmenté et éprouvant le besoin de parler, reprenait son récit.

Après de longs mois de correspondance avec Anna Sprengel, Westcott et ses amis de la Societas Rosicruciana – Mahers à qui il écrivait tantôt et W. R. Woodman, hélas tout juste décédé – avaient obtenu la permission de fonder une fraternité au Royaume-Uni. Et tout cela avait abouti à la création de la Golden Dawn. Les réunions londoniennes avaient lieu ici, à Mark Mason's Hall, pour le moment. Mahers, de son côté, dirigeait la loge Ahatöor, n° 7, à Paris.

Chaque fois qu'il prononçait le nom de Mahers, il pinçait les lèvres et sa paupière gauche se contractait vivement. Louis en déduisit que les deux hommes étaient en litige.

Émile, qui avait déniché un document bilingue français-anglais – une copie de l'histoire de l'ordre, deux shillings seulement –, faisait mine de s'intéresser au voyage astral et à la magie énochienne. L'ultime arcane sur la voie étroite de l'ésotérisme, l'ordre de l'Étoile argentée, permettait de devenir – entre autres – Seigneur de l'Abîme. Il fourra le texte sous le nez de Louis, soulignant le terme de son ongle carré coupé ras.

À l'évidence, l'ordre se situait plus dans une démarche ésotérique que satanique, mais Westcott citait souvent la magie et l'art de la Kabbale d'un air enthousiaste, or la magie était bien l'une des portes ouvrant sur la sorcellerie, non ? Et, de toute façon, ils n'avaient pas d'autre piste. Louis força donc Robinson à continuer à poser des questions, le pinçant discrètement pour qu'il arrête de bâiller.

Cependant, le secrétaire revenait. Aucun Rickets, annonça-t-il, contrit, avant de se replonger dans ses papiers, la plume à la main. Il sentait le tabac et l'alcool, et Louis se dit qu'il avait dû profiter de sa recherche pour faire une petite pause roborative.

Déçus, Émile et Louis commencèrent à battre en retraite.

Westcott semblait prêt à les régaler d'innombrables développements sur la quête spirituelle de l'ordre. Hélas, ils ne pouvaient pas rester, ils devaient s'embarquer tantôt, quel dommage, c'était tellement passionnant et mentalement vivifiant... et ils se dirigèrent vers la sortie tandis qu'Émile grognait à Louis :

— On n'a plus qu'à se mettre à la recherche de ce foutu Edward Nark.

— Nark ? répéta Westcott qui les escortait poliment. Edward Nark ? répéta-t-il avec la prononciation correcte.

Ils s'immobilisèrent.

— Nous parlons bien d'Edward Nark de Batty Street ?

— Oui, certainement, nous allions lui rendre visite.

Il fallut à présent expliquer que Nark était un ami de Rickets et Westcott fit observer que tout s'expliquait : la gouvernante de Rickets avait entendu son maître évoquer l'ordre parce que Nark avait dû lui-même y faire allusion.

— Edward est un esprit fascinant, comme tous les artistes, doté de puissantes capacités sensitives, dit-il avec chaleur.

— Devons-nous comprendre qu'il fait partie de l'ordre ? demanda Louis en aparté.

Westcott toussota, embarrassé.

— C'est une question confidentielle, je vous l'ai dit. En nous engageant, nous prêtons serment de secret et d'obéissance.

— J'ai oublié mes bésicles, prétexta Émile pour retourner dans le bureau, et Louis s'empressa de lancer Westcott sur le sujet de l'organisation de l'ordre.

Louis avait apparemment mis dans le mille, car la torche de la discorde flambait entre Paris et Londres. Bien sûr, Westcott ne pouvait rien en dire, mais tout de même, alors que c'était lui, et lui seul, qui avait su décrypter les manuscrits en *cipher*, que Mahers ose prétendre aujourd'hui régenter...

Émile revint sur ces entrefaites, souriant.

— Nous sommes très en retard, mon cher Denfert, il faut y aller !

Ils serrèrent la main de Westcott qui disparut dans son bureau, les yeux fiévreux et les pommettes cramoisies, en vociférant : « Où en étions-nous ? Ce salaud de Mahers... »

Ils dévalèrent l'escalier sans se soucier de l'ascenseur, les poches bourrées de dépliants et d'affichettes, les oreilles bourdonnantes de révélations, rituels, quêtes, langages secrets, alchimie et chiromancie, et surtout de l'adresse de Nark : 22 Batty Street, comme le leur révéla Émile en tapotant sa poche de poitrine dont il sortit une fiche.

— Edward est Adeptus Minor de l'ordre de la Rose rubis et de la Croix d'or, le deuxième niveau, celui des rituels pratiques de magie, leur chuchota-t-il. Sa devise : *Ad augusta per angusta*.

— « Au rang suprême par les voies étroites. » Le mot de passe des conjurés d'*Hernani*. Dites-moi, j'espère que vous n'avez pas occis le secrétaire ?

— Comme vous y allez ! Une simple clé au bras et la menace de le casser, assorties d'un beau billet craquant. Un type qui boit en cachette est toujours prêt à trahir pour de l'argent.

— En tout cas, c'est du beau boulot !

— N'est-ce pas ? se rengorgea Émile. Un bien bel immeuble pour abriter cette bande de fondus ! ajouta-t-il. Ils ne manquent pas de moyens.

— Fondus, fondus, vous y allez un peu vite, mon vieux. Et la dimension spirituelle de l'existence, alors ? Attendez un peu qu'ils vous transforment en pourceau, pour l'exemple.

— Vous avez zieuté tout ce charabia sur les grades ? Et ce Seigneur de l'Abîme ? Ça n'a pas un petit côté Lucifer ?

— Vous avez oublié le langage secret, le *cipher*.

— Ben tiens !

— *Cipher*, ce signifier « chiffre », dit Robinson.

— Du langage chiffré, bien utile pour égarer l'ennemi, martela Émile tandis que Louis se demandait *in petto* si « Lucifer » n'était pas en fait un jeu de mots sur la Lumière du Chiffre, en opposition au Commencement du Verbe, ce qui lui donna illico le vertige. Question trop compliquée, à débattre ultérieurement.

— Je pense qu'il ne s'agit que d'une bande d'inoffensifs rêveurs, assura-t-il, mais je reconnais qu'il peut se glisser parmi des gens aussi crédules de dangereux éléments visant à manipuler pour de bon les forces supérieures.

— Un sous-ordre dans les sous-ordres ? avança Émile en tapant du pied sur une plaque de fonte.

Ils baissèrent machinalement les yeux vers le regard de rue qui avait une curieuse forme hélicoïdale.

— Un triskel… marmonna Louis.

— « Western Iron », déchiffra Émile penché sur la plaque.
— Acier de l'Ouest, traduisit Robinson.
— L'Ouest ! L'Irlande ? Vous croyez que c'est un signe, ce truc-machin celtique devant leur porte ?
— Je ne sais pas, je subodore ! répondit Louis.
— Un cercle secret au cœur du cercle... prononça Émile avec délectation. De foutues poupées russes ésotériques !
— Pour une fois, vous avez dit quelque chose d'intéressant ! s'étonna Louis.
— Quand nous étions stationnés au Tonkin, des types avaient formé une fraternité, reprit Émile tout à son idée. Ils avaient mêlé leur sang et tout le toutim. Ils voulaient débarrasser l'armée des « youtres », comme ils disaient.
— Vous plaisantez ?
— Je n'ai pas votre talent pour rester toujours superficiel, lui renvoya Émile. Quoi qu'il en soit, nos p'tits gars partaient en expédition la nuit pour cogner sur leurs souffre-douleur. Masqués, bien sûr. Ça a mal fini, quand une de leurs victimes est morte, le crâne fracturé. On les a débusqués parce que ces salauds s'étaient fait tatouer sur le bras : « Deux poings dans la gueule. »
— Et ça, ça venait de la Ligue antisémite de France ! s'exclama Louis. Fondée par mon confrère Drumont en 88. C'est le mot d'ordre d'un de ses séides, Guérin, un obsédé. Un poing dans la gueule des Juifs, l'autre dans celle des francs-maçons.
— Exact. Donc, un capitaine a fait le lien entre les agressions et les tatouages et on les a confondus.
— Et sévèrement punis ?
— Me faites pas rigoler. Ils ont été mutés, c'est tout. Quoi qu'il en soit, moi, les sociétés secrètes, je peux pas les renifler en peinture.

— Allons voir ce qu'en pense Mr. Nark, Adeptus Minor.

Et tels des voyageurs aguerris, ils retournèrent à Charing Cross s'embarquer pour Whitechapel Station, après s'être munis à un kiosque d'une *District Railway Miniature Map of London*.

CHAPITRE VIII

Une fois rendus, sans s'être égarés plus de deux fois, ils se trouvèrent sur une large avenue qui n'aurait pas déparé au centre-ville. Dans leur dos, l'immense panneau de façade de la station proclamait : « *Frequent trains, cheap fares and season tickets rates*[1] ». Face à eux, l'imposante masse du Royal London Hospital, flanqué de son célèbre collège médical, entouré de vastes jardins. Pas très loin, l'énorme marché de la viande d'Aldgate exhalait ses odeurs caractéristiques et Louis se revit soudain à peine quatre jours plus tôt à la Villette. L'enquête autour du monde en quatre-vingts heures !

Et un 14 novembre de surcroît. C'était le 14 novembre 1889 que Miss Nellie Bly, une rédactrice du *World* de New York, avait entamé son périple de l'ouest vers l'est, bouclant son voyage en soixante-douze jours et six heures, pendant que sa concurrente, Miss Elizabeth Bisland, attachée au *Cosmopolitan Magazine*, prenait le départ dans l'autre sens, d'est en ouest. Mais, ralentie par un paquebot lambinard, elle n'avait affiché qu'un médiocre soixante-seize jours.

---

1. Trains fréquents, prix bon marché et billets saisonniers à taux réduit.

Louis avait suivi leur progression avec passion et une certaine jalousie. Mille bombes ! Deux journalistes, deux femmes, et lui n'avait même jamais pris place sur un transatlantique ! L'an passé, c'était encore un Américain de Tacoma, George Francis Train – un nom prédestiné ! – qui avait réussi son voyage d'est en ouest, en soixante-sept jours et treize heures, pulvérisant le record de l'intrépide Miss Bly.

Si cette affaire-ci lui valait de l'avancement, il pourrait peut-être enfin s'offrir le voyage. Il paraissait que le coût en première classe n'excédait pas les 10 000 francs. Mais impossible de partir sans Camille, donc… revenir au présent.

En quête de Batty Street, ils longèrent Whitechapel High Street, s'attardant un instant devant la devanture du n° 259 qui présentait, entre autres, des effigies de cire grandeur nature des corps des victimes du Ripper. À croire qu'on en ferait bientôt une attraction touristique ! Ils dépassèrent un très vieux magasin de livres d'occasion, accompagnés par les sons étranges émanant de la fonderie de cloches de Mears and Stairbank. Une suffragette plantée sur le trottoir et revêtue d'un tablier portant l'inscription « *Votes for Women, You march from Victoria Embankment, Assemble 3 h 30 pm*[1] » leur proposa des tickets de soutien, et Louis se sentit moralement obligé d'en acheter un tandis que des bouquinistes maussades les renseignaient de mauvaise grâce sur la route à suivre.

Comme ils s'avançaient dans le quartier et son lacis de ruelles, l'odeur se fit plus âcre, le sol plus boueux, les boutiques plus étroites et les gens plus misérables. Une épaisse brume orangée, venue de la Tamise, envahissait à présent les rues. Le vent d'est

1. Marche pour le vote des femmes ! Départ de Victoria Embankment, rassemblement à 3 h 30.

apportait les exhalaisons nauséabondes des milliers de cheminées d'usine de l'Essex.

Robinson enfonça d'un air résolu son haut-de-forme jusqu'au ras de ses grandes oreilles en grommelant « *a pea-souper* ». De son côté, Émile tapa du pied sur le pavé comme pour en éprouver la solidité.

— Une vraie purée de pois. Ça va être pratique d'y dénicher Mr. Nark.

— Allons boire une pinte et avisons, proposa Louis.

La suggestion ayant été adoptée à l'unanimité, ils s'engouffrèrent dans un pub sombre et malodorant, aussi enfumé que les tunnels de l'Underground Railway, et se tassèrent autour d'une étroite table en bois, près de la vitre crasseuse.

— Je trouve étrange que ce Rickets fasse tant de mystère autour de son ami Edward, fit observer Émile, les moustaches blanches de mousse.

— Moi, c'est ce Rickets que je trouve étrange.

— Comment le savez-vous, que Mr. Rickets lui n'est pas Leprince ? dit soudain Robinson qui avait sifflé sa pinte sans reprendre sa respiration.

— Quoi ?

Les deux hommes s'étaient tournés vers lui.

— Ben, Leprince lui est disparu et Rickets personne sait qui c'est. Peut-être Leprince lui est venu s'installer ici à cause de Mathilda et ensuite elle partir et lui très, très fâché.

Ils réfléchirent quelques secondes à cette hypothèse que Louis reformula à voix haute :

— Leprince avait une liaison avec Mathilda et il a disparu volontairement pour s'établir sous un faux nom à Londres afin d'y entretenir sa maîtresse. Puis, celle-ci l'ayant quitté, fou de jalousie, il la suit en France et la tue. Ça me semble tiré par les cheveux, mais nous sommes vraiment stupides de ne pas avoir demandé à Longley de nous prêter sa photographie de Leprince ! conclut-il.

— En pensant au sujet de ça, Leprince, il pourrait aussi bien être Edward Nark ! ajouta Robinson, les pommettes rouges et le regard brillant.

— Par ma baïonnette, ce cloporte est soûl comme un cochon !

— *No, sir !* protesta Robinson. Je penser, c'est tout. Moi, ajouta-t-il négligemment.

— Leprince alias Rickets ou Leprince alias Edward Nark. Deux suppositions séduisantes. Mais Leprince n'était pas peintre... objecta Louis, pensif.

Puis, frappant sur la table :

— Mais si ! Rappelez-vous, Émile, les panoramas à New York, j'ai dû le noter, attendez, voilà : il a travaillé avec Théodore Poilpot, le célèbre peintre de panoramas. Leprince était un inventeur, certes, mais avant tout un artiste peintre.

— Simple coïncidence.

— Et franc-maçon.

— Là encore...

— Excusez-moi, le coupa Louis, mais hier à peine vous vouliez que nous ayons affaire à un complot satanique liant Leprince et Mathilda et maintenant que nous trouvons de vrais indices...

— Quels vrais indices ? La vague supposition que Leprince pourrait avoir refait sa vie ici à Londres sous un faux nom ?

— Pas seulement. Que faites-vous de la toile trouvée dans la chambre de Mathilda qui nous a menés à la chambre d'Hilldrop Crescent et au dénommé Rickets ? Ce Rickets nous a menés à une société occulte d'inspiration rosicrucienne. Et enfin cette société occulte nous conduit à Edward Nark, qui se révèle en être un des membres éminents. C'est tout de même un faisceau de présomptions concordantes qui nous confirme l'existence d'un lien entre les différents protagonistes et l'ésotérisme.

Émile resta songeur.

— Les faits, toujours les faits, mon cher ! argua Louis en dépliant lentement ses doigts. Un : Mathilda posait pour Nark. Deux : Nark est membre d'une secte. Trois a : Leprince a été éliminé en septembre 90 ; trois b : il a simulé sa disparition. Dans le cas d'école trois a, Mathilda a été épargnée jusqu'en novembre 91. Pourquoi ?

— Parce qu'en novembre 91 elle décide de quitter Nark et devient de ce fait une source de danger ! s'exclama Émile, faisant sursauter un vieil homme en haillons qui somnolait, accroché à la barre de cuivre du comptoir.

— Vous voulez dire qu'elle décide de quitter le vrai Nark ou Leprince déguisé en Nark ?

— Foutredieu, vous êtes pire qu'un feu d'artillerie !

— Un franc-maçon, un tatouage en forme d'œil, des rosicruciens, une disparition, un meurtre, Leeds, Camden Town, Whitechapel, Dieppe et Dijon... énuméra de nouveau Louis, on dirait une ritournelle.

— M'est avis que le brouillard obscurcit le champ de bataille.

— Mille bombes ! Essayez de raisonner un peu autrement que par la force des baïonnettes ! Je vous résume : soit Leprince est simplement Leprince, un Leprince que nous supposons avoir photographié des choses interdites, et il a été éliminé pour cela. Thèse du complot. Soit Leprince est Nark et il a eu une liaison avec Mathilda jusqu'à ce que celle-ci le quitte. Thèse du crime passionnel. Vous me suivez ?

— Affirmatif.

— Tout ce beau monde est lié...

— Par la franc-maçonnerie ou ces polichinelles de la Golden Dawn ! beugla Émile.

Un homme roux, barbu et vêtu de sombre, qui se tenait dans un recoin, tourna la tête dans leur direction. Sous le rebord de son chapeau, on ne distinguait que le reflet bleuté de ses lunettes rondes.

— Chuut ! fit Louis. On ne sait qui peut nous écouter.

Le rouquin s'était levé et jetait une pièce sur la table avant de se diriger vers la sortie. De la taille de Louis, très droit, massif et rigide comme s'il portait un corset, il était vêtu d'une redingote au col relevé, boutonnée de haut en bas, d'un haut-de-forme en castor lustré, ganté de chevreau gris et tenait une canne au pommeau sculpté en forme de tête de loup. Ses petites lunettes scintillèrent brièvement sous la suspension à pétrole. Il les frôla, sans s'excuser, et referma lentement la porte derrière lui tandis que le tenancier lançait un tonitruant : « Bien le merci, Mr. Hyde ! »

Louis se figea sur son tabouret. Camille, avec force trémolos, lui avait fait le récit détaillé de l'effroyable aventure du *Docteur Jekyll et de M. Hyde*, le chef-d'œuvre, clamait-elle, de Louis Robert Stevenson paru à Londres voici cinq ans. Mais partant du fait qu'il y avait à Londres même un Hyde Park, on pouvait supposer que c'était un nom ou un terme courant, se dit-il. Il ne fallait pas voir des coïncidences ou des signes partout, sous peine de sombrer à son tour dans le mélodrame de l'ésotérisme et des mondes invisibles.

Il se frotta les cheveux. À force de ratiociner, on se noyait dans les détails. Tout d'abord, retrouver Nark.

Ils payèrent leurs pintes et sortirent, estourbis d'hypothèses.

Robinson, qui lançait des œillades aux dames de petite vertu, les faisant glousser et lancer des jurons variés, semblait errer au hasard. Ils longèrent Fournier Street, admirèrent Christ Church bâtie en 1714 et longtemps fréquentée par les huguenots français réfugiés à Londres. Juste à côté, le *Ten Bells Pub* que Robinson lorgna avec insistance. Le quartier présentait un fascinant mélange d'échoppes, de fabriques, d'églises, de magasins juifs, de music-halls, de brasseries et de tavernes, et de nombreuses femmes semblaient s'adonner à la prostitution, se dit Louis en longeant Handbury Street.

Soudain, un petit vieux maigre et sale surgit d'un porche. Les yeux caves, la barbe broussailleuse, il était coiffé d'une casquette déchirée, d'une sorte de manteau en loques et puait le gin. Il les apostropha à voix basse, en lançant des regards en coin.

— Par ici, mes beaux messieurs, par ici la bonne marchandise !

Écartant les pans de son manteau crasseux, il leur dévoila tout un assortiment de cartes postales licencieuses avec un sourire entendu.

— Non merci, dit Émile tout en saisissant au collet un Robinson qui louchait déjà sur les affriolantes nudités.

— Belles petites poupées, gin de contrebande, boulettes d'opium, faites votre choix ! Old Dirty Spicy a de tout !

Il indiquait successivement ses poches bien remplies.

— Non merci, répéta Émile un peu plus fort.

L'homme, dont les effluves piquants justifiaient le surnom, le saisit par le bras avec un sourire scabreux :

— Les chansons du Ripper !

Il se mit à fredonner des mots qu'ils ne comprirent pas.

— Chansons rigolotes sur les meurtres de Whitechapel, expliqua Robinson. Interdit par la police.

Émile libéra son bras d'une secousse. Old Dirty Spicy expectora un glaviot marron foncé et revint à la charge.

— Je connais ce coin comme ma poche, leur assura-t-il. Vous voulez voir les lieux des meurtres ? Là où le monstre a sauvagement joué du *drum and fife* ?

— Du tambour et du pipeau ? Il est sénile ? demanda Louis.

— Du couteau ! *Drum and fife* : *knife*.

— Saleté d'argot rimé !

— Castle Alley... Les flaques de sang de la pauvre Alice McKenzie... débitait Old Dirty Spicy.

— Trois ans plus tard, il a dû sécher, ricana Louis.

— Ne riez pas, jeune homme, et venez voir les lieux où elles ont cessé de rire pour toujours. La chambre de Miller's Court où Mary Jane a été démembrée, tenez, la chanson qu'elle chantait juste avant qu'on lui coupe les seins, un farthing.

Il se mit à chantonner d'une voix aiguë :

— *Only a violet I picked from my mother's grave...*

— Si vous continuez à nous casser les oreilles, c'est votre tombe que l'on ira fleurir, vieux crabe ! s'écria Louis.

Mais Dirty Spicy était lancé :

— Mitre Square et le portail en bois où le monstre a laissé ses empreintes...

— Foutez-nous la paix ! s'emporta Émile.

— Buck's Row ousque Polly Nichols a eu la tête détachée du corps, tout ça pasqu'elle avait pas son *doss money* pour se payer une chambre...

— *Doss* être argot pour *sleep* : dormir, les filles payer le chambre à la nuit.

— Là, juste derrière vous, au n° 29, dans cette petite cour, est morte Annie Chapman, ouverte comme un cochon, les intestins entièrement sortis, le vagin arraché, chuchota Dirty Spicy. Venez voir, venez toucher les pavés noirs de terreur ! Tenez, pas cher, un morceau du jupon de Catherine Eddowes, ramassé dans Goulston Street encore souillé de ses intestins !

Il exhiba un vieux morceau de tissu décoloré, taché de rouille.

— Encore plus beau : un bouton de manchette du Ripper, attention, ça vaut de l'or, on l'a trouvé entre les cuisses de Catherine, enfoncé dans son bouton d'rose !

Il ricana d'une façon particulièrement répugnante, dévoilant ses chicots.

— Ai-je la permission de charger un peu l'adversaire ? demanda Émile en repoussant fermement le vieux colporteur.

— Tant qu'il ne se rompt pas le cou sur le pavé. Quel immonde commerce ! Hé, regardez, là-bas !

Le rouquin, entrevu au pub, venait d'apparaître au coin de la rue, avant de se fondre de nouveau dans la brume.

— Vous connaissez cet homme ? demanda impulsivement Louis.

Old Dirty Spicy lécha ses lèvres sèches et craquelées, l'air malin, en marmonnant quelque chose à propos de *bees and honey*.

Des abeilles et du miel ? « *Money* », susurra Robinson, et Louis sortit quelques pièces de sa poche que le vieux escamota vivement.

— Un drôle de paroissien, dit-il. Il se promène tout le temps dans le coin. Y fait le circuit, comme moi.

— Le circuit ?

— Ben oui, le circuit des meurtres du Ripper ! Mais j'ai pas eu besoin d'y montrer, oh, non ! Il y est allé tout droit, comme s'il flairait encore l'odeur du sang.

— Mr. Hyde, c'est ça ?

— On se demande bien ce qu'il a à cacher ! ricana Old Dirty Spicy. Y fout les j'tons à tout l'monde. Aucune des filles aime aller avec lui.

— Il les brutalise ?

— Ch'ais pas. Ch'ais juste qu'y leur fout la trouille. C'est une sorte de charognard, c'type-là !

— Vous savez où il habite ?

— *Buy me a pig !*

Un cochon ? Old Dirty Spicy désigna le pub derrière eux en répétant : *Pig !*

— *Pig's ear* : *beer*, la vieille débris vouloir qu'on lui paye à boire, expliqua Robinson qui considérait le vieux avec dégoût.

Louis sortit de nouveau quelques farthings. Old Dirty Spicy prit un air entendu.

— Paraît qu'il loge pas loin de l'hôpital. Paraît qu'il serait docteur. Avant, y venait parfois avec une femme. Une sorte de poule de luxe. Josuah Herman, le boucher, m'a dit qu'y les avait vus entrer dans la maison de passe de Mrs. Doherty, à côté de Christ Church.

— À quoi la reconnaît-on, cette maison ?

— À Fatty Nathan qui monte la garde à l'entrée. Vous pouvez pas l'rater, y ressemble à un taureau du Yorkshire à qui on vient d'couper les boules.

— Et Mr. Nark, le peintre, ça vous dit quelque chose ? demanda encore Louis en raclant ses fonds de poche.

Ce genre d'argotier connaissait généralement son territoire sur le bout des doigts.

— Çui de Batty Street ? Je l'connais de nom, mais j'l'ai jamais vu. J'fricote pas avec lui. Y recherche d'la marchandise trop chère pour moi. Du genre qu'on déterre la nuit dans les cimetières.

— Des cadavres ?

Le vieux cracha par terre en opinant.

— Entiers ou en morceaux, ouais, pour les peindre. Des natures mortes, quoi ! gloussa-t-il, s'étranglant presque.

Un pas lourd résonna soudain derrière eux et le vieux blêmit puis s'enfonça dans l'ombre tandis qu'apparaissait un solide policeman. Le *peeler*, comme on les surnommait, porta poliment deux doigts à son casque tandis que son autre main restait négligemment posée sur la poignée de son *truncheon*, la courte et redoutable matraque en bois gravée à ses initiales. Dès qu'il se fut éloigné, Émile se tourna vers Louis, les yeux brillants.

— Nark est notre homme ! chuchota-t-il. Un malade qui peint des cadavres !

— De nombreux artistes ont fait de même. Au nom de la vérité artistique…

— Et l'autre, ce Hyde qui va au bordel avec une femme de la bonne société…

— Nark d'abord ! trancha Louis en envoyant Robinson demander leur chemin à l'agent de police.

Ils se remirent en route, pensifs. Au milieu d'une ruelle, un petit attroupement s'était formé aux pieds d'un jeune garçon dépenaillé qui exhibait un gros rat blanc. À l'aide d'un simple carré de chiffon, il le déguisait en un tour de main en vieille dame, en moine ou encore en cadavre rigide. Robinson en resta bouche bée. Les badauds riaient à la vue de ce surprenant comédien aux moustaches frémissantes, mais ils s'éparpillèrent dès que le jeune garçon entreprit de faire la quête. Émile déposa quelques piécettes de cuivre dans le chapeau et caressa le rat du bout des doigts.

— Une bête intelligente. Comme nos pigeons voyageurs.

— J'espère que ce brave rat ne finira pas dans la marmite d'un Old Dirty Spicy quelconque, fit observer Louis. Ah ! Batty Street, enfin !

Au n° 22, une maison sombre et étroite encastrée entre d'autres masures, une femme aux traits las étendait sa lessive. Elle se tourna vers eux, sans s'interrompre.

— Nous sommes venus voir Mr. Nark, dit Louis avec son meilleur accent.

La femme les considéra froidement.

— Et alors ?

— Eh bien, est-il chez lui ?

— J'suis pas la concierge, milord ! Allez-y voir vous-même !

Elle désigna de la tête un rez-de-chaussée sur sa gauche.

Ils avancèrent dans la petite cour remplie d'immondices. Une porte en bois massif. Des volets clos. Pas de carte épinglée sur la porte. Pas de heurtoir.

— Pourquoi un respectable gentleman louerait-il ce bouge ? dit Émile.

— Pour avoir accès à la société qu'il désire portraiturer : prostituées, ivrognes, cadavres...

Émile fit la grimace. Une bande de gosses déboula soudain d'un corridor proche, les bousculant au passage, riant et se chamaillant, et il en saisit un au collet. Le môme, un petit blondinet de six ou sept ans, se tortillait comme un ver au bout de la solide poigne de l'ex-sergent-chef.

— Demandez-lui donc quand notre bon Mr. Nark doit rentrer, ordonna-t-il à Robinson.

Celui-ci s'exécuta et le gamin glapit un tas de choses à toute allure.

— Qu'est-ce qu'il dit ?

— Il dit : « Allez vous faire foutre ! », soupira Robinson. Lui pas très poli.

— Dis donc, moussaillon, lança Émile en resserrant sa prise, tu veux que je te lave la bouche au savon ?

— Mr. Nark, intervint Louis en faisant jouer une pièce entre son pouce et son index. Il revient quand ?

Le gamin essaya d'attraper la pièce, mais Louis recula. Ses frères et sœurs s'étaient égaillés dans la rue, frappant les pavés de leurs galoches trouées sans plus s'occuper de lui. La femme avait fini d'étendre sa lessive et était rentrée dans la pièce unique qui hébergeait les huit personnes de la famille.

— *Rabbit !* ordonna Robinson.

Le gamin, surpris d'entendre parler argot, examina les lieux, déserts, la physionomie d'Émile, peu aimable, la pièce entre les doigts de Louis, brillante, et lâcha quelques mots que son accent cockney rendait incompréhensibles.

— Mr. Nark s'est absenté depuis plusieurs jours. Il a fermé l'atelier. On ne sait pas quand il reviendra.

Louis lui tendit la pièce et en exhiba une seconde. L'enfant parla de nouveau.

— Il s'absente souvent. Il n'habite pas ici. Il vient juste peindre.

La seconde pièce disparut dans un petit poing serré.

— A-t-il déjà travaillé pour lui ? L'a-t-il déjà accompagné au cimetière ?

Les yeux de l'enfant se fermèrent soudain quand on lui eut traduit la question et il secoua violemment la tête.

— Connaît-il Mr. Hyde ?

De nouveau un fort mouvement de dénégation.

— A-t-il déjà vu une grande jeune dame rousse venir ici ?

L'enfant considéra la troisième pièce, un peu plus grosse. Ses yeux brillaient. Il hocha vigoureusement la tête.

— Demande-lui s'il connaît son nom.

— Mathilda ! lâcha le gamin en tendant la main.

Louis lui donna la pièce et Émile le reposa à terre, rouge et furieux. Il fila à toutes jambes sans attendre son reste.

— Pourquoi l'as-tu traité de *rabbit*, de lapin ? demanda Louis à Robinson.

— *Rabbit and pork* : *talk !* expliqua celui-ci, tout faraud.

— Et maintenant, nous voilà bien avancés ! fit remarquer Émile.

— Inutile de s'obstiner ce soir, rentrons à l'hôtel nous reposer.

— Heu, je pense qu'il serait judicieux de retourner chez Rickets vérifier qu'il n'a pas réapparu, dit Émile en évitant de regarder Louis en face.

— Allez donc passer la soirée avec Miss Mary, vieux séducteur, moi, je rentre. J'ai besoin de mettre mes notes au propre. Prenez Robinson si vous avez peur de vous perdre.

— Merci bien, je préfère errer dans les égouts de Londres jusqu'à ce que mort s'ensuive. Gardez donc ce cloporte avec vous.

À la fois fatigués et énervés de leurs recherches infructueuses, ils se séparèrent à la station de Liverpool Street où Émile emprunta une autre ligne pour Camden Town.

La nuit, lasse de tomber, s'était étendue sur la ville, l'étreignant de ses doigts détrempés, et ce fut un soulagement de réintégrer la chaleur de l'hôtel et ses lumières colorées. Tandis que Robinson se dirigeait vers l'ascenseur, le concierge héla Louis.

— Votre ami vous attend dans sa chambre, monsieur, énonça-t-il dans un excellent français.

Émile avait donc changé d'avis ?

— N° 43, quatrième étage.

Mais non, leur chambre portait le numéro 38, au troisième, répliqua-t-il en montrant sa clé.

L'homme consulta son registre.

— Désolé, monsieur, mais M. Jolimond a bien insisté : chambre n° 43, quatrième étage.

— Jolimond ? Mais qui est M. Jolimond ?

— Je ne sais pas, monsieur. C'est, hum, votre ami, pas le mien, hum.

Qu'était-ce encore que cet imbroglio ? Louis se dirigea à son tour vers les ascenseurs, à grands pas. Il ne rêvait que de s'allonger sur son lit et de retirer ses souliers. Au lieu de quoi, il se retrouva à frapper à la porte du 43 qui s'ouvrit instantanément.

Sur Albert Féclas, le servile et sournois assistant du professeur Lacassagne.

— Mais... qu'est-ce que vous fichez là ?

— Chuut ! Entrez ! murmura Albert en le tirant vivement à l'intérieur d'une chambre beaucoup plus confortable que la leur.

Louis se dégagea avec humeur, considérant son vis-à-vis, drapé dans une robe de chambre en soie chamarrée.

— Féclas, je suis assez fatigué, donc je vous conseille...

— Le professeur m'a envoyé vous rejoindre en renfort, lâcha Albert, asseyez-vous donc. Une coupe de champagne ?

— Je suis gorgé de bière, merci bien. Venons-en au fait.

— Le fait est que je suis venu vous prêter main-forte.

— Mais... vos examens ?

— Passés et réussis, bien sûr. Il se trouve que je devais me rendre à Londres pour des raisons personnelles, donc nous avons pensé faire d'une pierre deux coups.

— Nous ?

— Le professeur et moi. Vous m'écoutez ou non ?

— J'ai la tête plus farcie qu'une panse de brebis.
— D'où l'intérêt de ma présence. Je maîtrise parfaitement la langue et je connais bien la ville.

L'insipide jeune homme avait quelque chose de changé, une sorte d'assurance insolente absolument surprenante. On eût dit un autre homme. Louis se carra dans son fauteuil.

— Donnez-moi donc cette coupe de champagne, capitula-t-il.
— Tenez. Ensuite, il faudra vous habiller.
— Pardon ?
— Nous sommes attendus à 8 h 30.
— Féclas, je vous ai dit que j'avais le crâne en compote ! Je n'ai pas envie de mondanités.
— Il ne s'agit pas de mondanités. Avez-vous quelque chose de convenable à vous mettre ?
— Et vous-même ?
— Moi ? Mais je suis habillé, voyons.

Louis cligna des paupières.

— Pour aller où ?
— À l'Egyptian Hall.
— Et pourquoi vous y rendez-vous en robe de chambre, si je puis me permettre ?
— Ce n'est pas une robe de chambre, mais un caftan, ignare ! Le grand magicien Philibert Jolimond va donner ce soir une représentation.
— Et vous lui servez d'assistant ?
— Louis, triple cornichon, JE SUIS Philibert Jolimond !
— Avez-vous drogué ce champagne ?
— Je suis magicien à mes heures, répliqua Albert avec patience. J'ai étudié la prestidigitation avec les plus grands, Maskelyne à Londres, mon ami Georges Méliès à Paris...
— Le Méliès du théâtre Robert-Houdin ? Ses automates sont formidables.

— Celui-là même. Vous le connaissez peut-être mieux sous la signature de Géo Smile, le caricaturiste du journal satirique *La Griffe*.

— Mince, je n'avais jamais fait le rapprochement !

— Voilà pourquoi je vais vous être utile, répondit perfidement Féclas en arrangeant les plis de son caftan. Pour en revenir à la magie, c'est une passion innocente, mais dont bien sûr je ne me vante pas sur les bancs de la faculté. D'où ce pseudonyme. Et la nécessité de donner mes spectacles loin de Paris.

— Et donc ce soir, vous passez à l'Egyptian Hall.

— Vos étonnantes facultés de déduction sont semble-t-il intactes, monsieur le reporter.

Louis faillit laisser passer la remarque, puis se souvint brusquement que pour le professeur et Féclas il était un policier en disponibilité.

— Que diable... commença-t-il.

— Oh, la barbe ! le coupa Albert. Je me suis renseigné sur vous. Vous êtes l'envoyé spécial du *Petit Éclaireur*. Je connais votre secret, vous connaissez le mien, restons-en là sur ces ennuyeuses questions d'identité.

Décidément transformé, se dit Louis. Comme si une personnalité aussi acerbe qu'autoritaire prenait soudain la place de la créature falote qu'il avait connue.

— Nous nous rendrons ensuite à une soirée déguisée, reprit Albert-Philibert.

— Un bal masqué ? Certainement pas.

— C'est une invitation qui ne se refuse pas. Tout le gotha sera là. Nous pourrions apprendre des choses utiles sur Mathilda Courray.

— J'ai déjà appris pas mal de choses sur Mathilda, répondit Louis d'un ton modeste en entreprenant de les lui narrer.

Albert l'écouta avec attention, ne l'interrompant que pour préciser des points de détail.

— Formidable ! Vous avez singulièrement progressé, dit-il quand Louis se tut pour avaler une deuxième coupe de champagne. Il se peut qu'à ce bal masqué nous croisions la lady auprès de laquelle Miss Courray faisait parfois office de dame de compagnie, et même Henry Rickets ou Edward Nark. C'est une soirée donnée en l'honneur d'un cher ami à moi, le romancier et poète Oscar Wilde, pour fêter la nouvelle édition de son livre *Le Portrait de Dorian Gray*.

Louis soupira.

— Désolé, je ne l'ai pas lu. Il faut que je fasse prévenir Émile et Robinson.

— Émile ? Qui est Émile ?

— Tiens, quelque chose que vous ignorez ? Cela me surprend, monsieur le devin.

Sans tenir compte du regard noir que lui lança Albert, Louis sonna un chasseur tout en expliquant à Féclas sa rencontre avec le vaillant sapeur et comment ils avaient embauché le jeune garçon.

— Au fait, excusez-moi de poser une question toute bête, mais votre Leprince, il avait quel âge ? demanda Albert.

— Il est né en 41, répondit Louis après avoir hâtivement consulté ses notes.

— Donc, ça lui faisait quarante-neuf ans l'an dernier. Et Rickets, d'après le portrait que vous en avez vu, il a quel âge ?

— Entre trente et cinquante, bougonna Louis.

— Hum, fit Albert, demandez donc à Miss Mary l'âge de son patron, cela nous fera gagner un tour de manège !

Voilà que cet avorton se piquait de diriger l'enquête ! Cependant, il avait raison.

Les deux jeunes gens continuèrent à discuter un moment, puis Louis se retira pour aller se changer, muni d'un habit de soirée prêté par Féclas.

— Vous êtes un peu plus gros que moi, mais la veste est large, ça devrait faire l'affaire.

— Je ne suis pas gros, c'est vous qui êtes maigre, protesta Louis face à la porte qui se refermait.

Incroyable ce que ce petit blanc-bec était devenu insolent.

Il fallait aussi penser à louer une tenue pour Émile et pour Robinson, se dit-il en gagnant la réception.

À 8 heures tapantes, Louis, Émile et Robinson, très élégants dans leurs fracs, se tenaient dans le hall de l'hôtel, attendant Albert qui arriva majestueusement, drapé dans ses soieries et coiffé d'un superbe turban turquoise, les yeux outrageusement cerclés de khôl. Émile déglutit devant l'apparition, Louis fit les présentations, le portier siffla un cab et les aida à prendre place avec force courbettes.

Au détour d'une rue, Louis avisa une affiche détrempée qui annonçait en lettres flamboyantes les deux exceptionnelles représentations de l'incomparable Philibert Jolimond. Albert se rengorgea, en lissant son turban.

— J'ai vu de sacrés magiciens au Soudan, laissa tomber Émile de sa voix la plus bourrue. D'authentiques sorciers. Capables de faire pleuvoir !

— Pff, superstitions, rituels religieux, miracles... la vraie magie est ennuyeuse, sergent, tout le plaisir est dans l'illusion, le trucage !

— La lanterne magique et ses innombrables avatars, dit Émile.

— Tout à fait. Reproduire la réalité ne l'embellit pas, regardez la photographie. Tout au plus un art de concierge ou de policier. Ce qui est intéressant, c'est de donner aux choses un autre sens que celui que nous leur connaissons. Interpréter, voilà le secret.

— Vous me faites penser à Camille, Camille De Saens, mon amie, dit Louis. Elle est pensionnaire à la Comédie-Française et n'a que l'Art à la bouche.

— Vous avez une vue d'elle ?

— Je croyais que la photographie n'était qu'une technique insipide...

— Ne faites pas votre tête de cochon.

« Tête de cochon, cœur de lion. » Louis fouilla dans la poche intérieure du frac et tendit le petit portrait à Féclas-Jolimond qui l'étudia avec attention.

— Ravissante, apprécia-t-il. Une beauté ardente au regard ensorceleur. Ça ne m'étonne pas que vous soyez sous le charme.

Leur cab cahota une dernière fois et s'immobilisa brusquement sur Piccadilly Circus, devant deux hautes colonnes encadrées de deux réverbères. Ils mirent pied à terre en prenant garde de ne pas se faire écraser.

CHAPITRE IX

Sous une large frise décorée de hiéroglyphes, le Mystery Egyptian Hall arborait un imposant fronton sculpté à l'égyptienne et orné de pilastres inclinés. Les lignes géométriques évoquaient l'entrée trapézoïdale d'un temple, égyptien ou aztèque ou peut-être même grec, bref du classique, du solide et de l'exotique pourtant. Une foule bruyante se déversait des cabs au ballet incessant, envahissant le hall intérieur qui offrait un superbe pavement aux motifs colorés, ceint d'une majestueuse enfilade de colonnes d'albâtre.

Albert, qui s'était éclipsé par une entrée latérale pour gagner sa loge, leur avait enjoint d'attendre que l'on vienne les chercher de sa part et ils firent le tour des lieux. Robinson se pavanait dans son habit, prenant des airs avantageux chaque fois qu'il croisait une donzelle.

— On est loin de la cantine des sous-offs, chuchota Émile en désignant une plaque de cuivre commémorant la création des lieux sous l'égide de Mr. G. F. Robinson en 1812, pour la modique somme de 16 000 livres.

Plus loin, un panneau encadré expliquait que, conçu initialement comme un muséum d'histoire naturelle pour exposer la collection de curiosités d'Amérique centrale d'un certain William Bullock, l'Egyptian Hall était vite devenu un lieu d'expositions, de concerts et de spectacles populaires.

En témoignaient d'ailleurs des gravures encadrées qui montraient quelques-unes des attractions passées. « *The Living Skeleton, a Frenchman of the Champagne district in France* » en 1825…

— Mince alors, dit Émile, un pays, je suis né à Reims !

… les « *Siamese Twins* », unies par l'estomac, en 1829…

— *Terrific !* s'exclama Robinson.

« … *General Tom Thumb* », de son vrai nom Charles S. Stratton, quatre-vingt-quatre centimètres à vingt-cinq ans, une des gloires du cirque Barnum, sans parler du « monstre à deux têtes », les sœurs noires siamoises Millie-Christine.

Ils se reposaient les yeux devant une photographie d'Albert Smith campé sur le mont Blanc quand un jeune ouvreur les intercepta et se présenta comme « Gussie, au service de ces messieurs ».

Gussie, jeune homme gracieux sanglé dans un superbe uniforme rouge sombre galonné d'or, leur offrit des rafraîchissements au bar du foyer avant de les conduire à leur loge, la loge des invités de marque, précisa-t-il en souriant, tout en tortillant des hanches. Les amis de M. Jolimond étaient toujours les bienvenus. Il les laissa confortablement installés sur leurs chaises en velours bordeaux, une coupe de sherry à la main.

La salle bruissait de conversations, de rires, du froissement des éventails. Les lumières baissèrent et l'aboyeur vint annoncer le début de la représentation. Louis se pencha en avant.

Albert, dans sa tenue orientale, apparut sous un tonnerre d'applaudissements et de lazzis bon enfant.

Le silence se fit peu à peu tandis que des volutes de fumée envahissaient la scène.

Une musique lancinante ponctuée de sourds battements de grosse caisse suivait les mouvements virevoltants de l'illusionniste. Après une classique, mais parfaitement réussie, démonstration d'ombromanie, Albert exécuta quelques numéros de prestidigitation, anneaux, colombes, foulards, avant de convoquer les « spectres vivants » dont le public était toujours friand et qui semblaient évoluer sur scène à ses côtés, ectoplasmes lumineux mimant une folle sarabande. Puis Albert se livra à quelques passes d'armes avec des ombres apparues sur une grande toile tendue au milieu de la scène, ombres dont on ne savait si elles étaient dues à un ombromane ou à l'utilisation d'un phénakisticope de projection.

Ombres de danseuses orientales, gracieuses et lascives, vers lesquelles se dirigeait Jolimond, une cigarette à la main. Commença alors un échange entre les ombres et le mage, le briquet animé donnant du vrai feu, le foulard dessiné devenant un vrai foulard entre les mains d'Albert et ainsi de suite, jusqu'à ce qu'Albert passe soudain sur l'écran, à son tour en deux dimensions, tandis que les deux jeunes danseuses se matérialisaient sur la scène et qu'on relevait prestement l'écran, découvrant le vide. Albert s'était volatilisé.

Le public applaudissait, les jeunes femmes ondulaient savamment, les cymbales se déchaînaient et Albert réapparaissait pour le numéro final, le clou du spectacle : sa propre décapitation.

Dans une lumière violente, la guillotine amenée sur scène tranchait d'abord une citrouille, un billot de bois, tout objet proposé par les spectateurs. « Pas de trucage ! » hurlait l'aboyeur, tandis qu'Albert s'allongeait à plat ventre, souriant, face à la salle.

Crescendo de percussions. Halètements nerveux des spectatrices. Roulement de tambour. Philibert Jolimond fit un petit signe d'adieu au public, le couperet tomba, la tête roula, on criait, l'aboyeur la ramassa et la montra à la foule et la tête fit un ultime clin d'œil, avant que l'aboyeur ne la lance à Jolimond remis sur pied qui la saisit au vol, la plaqua sur son cou dégoulinant de sang et salua la foule qui l'acclamait.

Noir. Déluge d'applaudissements. Le public faisait claquer les sièges et tapait des pieds, Philibert Jolimond saluait, les mains jointes, l'air modeste.

Robinson, les yeux écarquillés, en avait oublié de siffler son sherry.

— Mazette, il est balèze, votre poteau ! lâcha Émile.

Louis approuva, amusé. À coup sûr, Albert se servait de lumière noire ou d'un automate, aussi perfectionné que ceux du théâtre Robert-Houdin. Mais il fallait reconnaître que c'était sacrément fortiche. Qui aurait cru ça de ce blanc-bec maniéré ?

Ils attendirent un moment dans le hall au milieu d'une foule jacassante et ravie et Gussie vint bientôt les chercher pour les mener à la loge du maestro.

Les bouquets s'y entassaient dans une odeur de fleurs, de sueur, de crèmes et de lotions. Philibert Jolimond, à moitié démaquillé, s'entretenait avec une femme, la trentaine marquée, l'air malade, accompagnée de deux bambins. Le plus petit, un joli brun bouclé qui devait avoir deux ans, jouait avec une chaussette qu'il roulait en boule et lançait sur son grand frère.

— Hannah Chaplin, dit Albert en montrant la femme qui s'apprêtait à partir. Une des chanteuses de la revue. Son nom de scène est Lily Harley. Des amis venus de France.

— Je vous laisse, Philibert, merci pour vos conseils, dit Hannah Chaplin en serrant son châle de mauvaise qualité sur ses épaules osseuses. Charles ! Cela suffit, à la fin !

Elle empoigna le marmot qui riait aux éclats et s'en alla, voûtée, l'air épuisée.

— Santé fragile, neurasthénie et mari alcoolique, dit Albert en poursuivant ses ablutions. Je lui ai donné un peu d'argent pour acheter quelque chose aux enfants. Le petit Charles Spencer Chaplin est vraiment intelligent, j'espère qu'il se sortira de toute cette misère.

Il frappa dans ses mains.

— Bien, il faut vous trouver des déguisements.

— Nous avons déjà les loups noirs, objecta Louis.

— On peut faire mieux. Allez donc avec Gussie voir dans la malle à costumes de *Willie au Far-West*.

— Qu'est-ce que *Willie au Far-West* ? s'enquit Émile, méfiant.

— L'histoire d'un jeune imbécile de Piccadilly fait prisonnier par les Indiens. Une opérette qui n'est plus jouée, on doit pouvoir vous y trouver quelque chose.

— Piccadilly, *Pick-a-Willie*, ricana Robinson en chantonnant, faisant allusion aux messieurs qui traînaient sur la place à la recherche d'autres messieurs.

— Je verrais bien le jeune Robinson en Mohican et M. Émile en colonel yankee, continua Albert sans tenir compte des grimaces de Robinson. Et vous, Louis, vous pourriez faire l'esclave en fuite.

— C'est-à-dire ?

— Pantalon déchiré, chaîne au pied, le visage passé au cirage, vous savez, quelque chose d'un peu dramatique.

— Disons plutôt d'un peu ridicule. C'est non, catégoriquement.

— Ne soyez pas toujours catégoriquement rabat-joie. Gussie, emmène-les, je vous rejoins.

Une demi-heure plus tard, une mince femme brune vêtue à l'andalouse, outrageusement fardée, coiffée d'une mantille et faisant sèchement claquer son éventail, émergeait d'un couloir encombré de décors en carton-pâte, face à un jeune Indien en costume mité brandissant mollement un tomahawk, un esclave en haillons, au visage noir mais aux mollets blancs, et un colonel prêt à faire craquer les coutures de son costume.

Tout en se faisant la réflexion que Robinson ne ressemblait pas vraiment aux farouches guerriers du *Wild West Show* de Buffalo Bill qu'il était allé applaudir avec Camille porte Maillot en 89, Louis salua poliment la Carmencita : sans doute une figurante pour les attractions de fin de soirée. Émile pestait parce que, faute de retrouver les bottes de son uniforme poussiéreux de colonel yankee, Gussie lui avait dégotté celles du prince de Barataria.

— *The Gondoliers*, de Gilbert et Sullivan, avait-il soufflé avec respect.

Il souleva également son galurin de colonel pour la saluer tout en s'adressant à Louis avec une certaine froideur.

— Je ne vous remercierai jamais assez de me traîner à ce bal costumé. Dire que j'aurais pu rester à discuter avec Miss Mary…

— Vous la verrez demain. Et puis Féclas a raison, on peut faire des rencontres utiles à cette réception. C'est dommage, ces bottes de damoiseau vénitien avec votre bel uniforme.

— C'est le derrière de votre fichu Féclas que je botterais volontiers.

— Faites donc, sergent, si ça peut vous faire plaisir, dit l'Espagnole en tendant la croupe.

Les trois hommes se retournèrent d'un coup.

— Albert ? demanda Louis avec précaution.

— Pour vous servir. En route, messieurs, il se fait tard.

— Vous ne comptez pas sortir déguisée en femme ? s'indigna Émile.

— Carmen n'est pas une femme, Carmen est un archétype. Vous avez quelque chose contre les archétypes ? déclama Albert, puis il entonna : « L'amour est enfant de bohème, il n'a jamais, jamais connu de lois… la la la la. »

Il ne restait qu'à suivre.

Leur calèche les déposa devant un élégant porche à colonnades. Des gens costumés montaient l'escalier en papotant. Pirates, Colombines, zèbres, pages, princesses, ours, hindous, tout l'habituelle bigarrure des panoplies les plus diverses. Les chevaux renâclaient, les cochers s'interpellaient.

Un gentleman se tailla un certain succès en arrivant à bicyclette. De taille moyenne, brun, vêtu d'un costume en lin blanc sale et froissé dont le revers s'ornait d'une petite palette de peintre et coiffé d'un canotier sur le ruban duquel était accroché un verre empli de gelée verte. Son visage aux traits avenants n'avait rien d'exceptionnel, mais il dégageait une impression d'enthousiasme, de jeunesse.

— Lord Alfred Douglas, dit Bosie, chuchota Albert. Le fils du marquis de Queensbury. Le roi de cœur ! ajouta-t-il mystérieusement. Bosie, en quoi donc êtes-vous déguisé ?

— En impressionniste, voyons ! répliqua le jeune lord. Et vous-même, ma vieille ? Laissez-moi deviner.

Il toisa Albert de la tête aux pieds avant de lancer : « La reine des cigarières ! » et d'entonner « la la la la, il n'a jamais connu de loi… » en grimpant les marches quatre à quatre.

— Bondissant… fut le seul commentaire d'Émile.

197

Ils se mêlèrent au flot des invités, dont beaucoup saluaient Albert avec jovialité, et se retrouvèrent dans une salle de réception de belles dimensions, garnie de deux grands buffets et d'une estrade où officiait un quatuor à cordes exécutant du Offenbach, *La Belle Hélène*.

Un Albert jouant de l'éventail avec maestria les présenta à son ami Oscar Wilde, tout simplement déguisé en lui-même. Un homme dans la trentaine aux cheveux mi-longs, qui correspondait à la description qu'en avait faite leur ami Marcel Schwob : « Grand, glabre, gras de face, sanguin de joues, l'œil ironique. » Appuyé sur un jonc à pomme d'or, il fumait une cigarette d'Égypte qui empestait l'opium. Près de lui se tenait le gentleman vélocipédiste, Lord Douglas, qui saisit familièrement Mr. Wilde par les épaules en portant un toast élégiaque à son œuvre.

Émile, Louis et Robinson déambulèrent ensuite au sein de l'assistance. Du beau monde et du beau linge, souligna Émile que sa tunique bleue serrait au col, tandis que Robinson bombait le torse et balançait hardiment les plumes de sa coiffure.

Ils burent du whiskey single malt, du champagne français, du vin de Malaga et de la vodka polonaise tout en dégustant des sandwiches au jambon d'York et au foie gras des Landes, de la *Sachertorte* et du plum-pudding. On dansait peu, mais on parlait beaucoup littérature, art, édition, commerce. On assenait des opinions avec la férocité d'assauts d'escrime, on s'observait sans aménité, chacun se haussant du col pour se gausser d'autrui.

Un homme d'une trentaine d'années, au regard bleu pénétrant, le nez fin, la mâchoire large, arborant une superbe moustache châtain, arpentait le parquet ciré sans regarder personne. Les mains dans le dos, il était vêtu d'un curieux costume en tweed au chapeau cloche assorti, une loupe suspendue autour du cou, l'air à la fois maussade et inquisiteur.

— Un flic ou un médecin, chuchota Louis à Albert.

Celui-ci répliqua en soulevant sa mantille :

— Vous avez raison et vous avez tort, c'est Conan Doyle, le père de Sherlock Holmes.

Louis fronça les sourcils :

— Je suis censé connaître cet Holmes ?

— Et dire que ce sont les journalistes qui font les critiques d'art ! Sherlock Holmes, cher analphabète, est un héros de feuilleton. Un détective créé par Mr. Doyle en 87. Et un farouche partisan de la logique dont vous feriez bien de vous inspirer si vous voulez arriver à un quelconque résultat. Venez, je vais vous présenter !

Un quart d'heure plus tard, Louis se trouvait nanti d'un exemplaire dédicacé du *Lippincott's Magazine* où avait paru *Le Signe des quatre*, qu'il enfouit dans une des poches de son pantalon troué d'esclave. De fait, Doyle n'avait revêtu le costume abhorré de son personnage que sur l'insistance de ses amis soucieux de sa réussite, et lui avait déclaré sans ambages être plus intéressé par la chevalerie que par les enquêtes policières. Il se voyait assez bien doter le royaume d'un nouvel Ivanhoé. Mais las, on ne l'aimait que pour son détective. Comme Camille qui voulait jouer la tragédie, Mr. Doyle voulait écrire des œuvres épiques.

« On ne voit que ce que l'on cherche », avait écrit Doyle avant de signer. Effectivement, l'évidence ne crevait pas toujours les yeux, tout dépendait du rideau de fumée qui la masquait. Ainsi de la magie de Philibert Jolimond. De même un assassin cherchait-il souvent à masquer son identité en supprimant les indices essentiels. Encore une mise en scène. D'ailleurs ne parlait-on pas de scène du crime ?

Des yeux crevés. L'image douloureuse du visage mutilé de Mathilda lui serra le cœur. Tout à leur chasse, il en avait presque oublié la victime, cet être de chair et de sang injustement arraché à la vie.

Il retrouva Robinson en grande discussion avec une Salomé d'une vingtaine d'années, qui semblait apprécier l'humour à plumes. Pouvait-il, entre deux coupes de punch et trois traits d'esprit étincelants, voir s'il connaissait quelqu'un dans l'assistance ? s'enquit Louis barbouillé de cirage. Robinson acquiesça avec obséquiosité et reprit aussitôt tranquillement sa conversation.

Émile conversait pour sa part avec une femme élancée portant un masque de chouette confectionné de plumes blanches. Une aigrette en saphirs rehaussait sa chevelure de jais. Elle se retourna comme Louis les rejoignait.

— Oncle Tom, vous avez donc pu quitter votre case ? s'exclama-t-elle en souriant, découvrant de petites dents blanches bien plantées.

— Ah ! Louis, je vous présente Lady Fisher-Brown, qui parle parfaitement notre langue. Louis Denfert, éminent reporter au *Petit Éclaireur*.

— Actuellement en fuite, comme vous avez pu le constater, Milady. Vous êtes poétesse ?

— Absolument pas. Je suis riche, oisive et curieuse.

— C'est une profession de foi qui en vaut bien d'autres. De quoi discutiez-vous, si je ne suis pas indiscret ?

— Lady Fisher-Brown me disait son amour de la France et de Dieppe, déclara Émile avec un clin d'œil appuyé.

— Ma sœur vit non loin de Dieppe. Une superbe région, et une villégiature des plus agréables, commenta Louis. Elle m'a parlé d'un peintre de talent, nommé je crois Rickets...

Le regard de Lady Fisher-Brown brilla derrière les plumes chatoyantes.

— Ce nom ne me dit rien. Mais les noms, n'est-ce pas, ne sont que des étiquettes que l'on change à sa guise.

Avant que Louis ait pu l'interroger sur cette étrange affirmation, Lady Fisher-Brown s'écartait pour laisser passer un homme de haute taille, droit comme un I, vêtu d'un costume noir usé déchiré aux coudes et dont le visage était barré de fausses cicatrices luisantes, les yeux cachés derrière un loup noir. Cette raideur, ce maintien... on aurait juré le Hyde du pub de Whitechapel.

Lady Fisher-Brown avait posé la main sur le bras de l'homme pour l'intercepter.

— Oncle Tom, je vous présente la Créature de Frankenstein, dit-elle en souriant. Vous joindrez-vous à notre partie de cartes, cher ami ?

L'homme secoua la tête sans répondre, mimant l'hébétude, et continua son chemin. Lady Fisher-Brown revint à Émile et Louis.

— Qui est donc ce silencieux personnage ? demanda celui-ci.

— Une connaissance sans importance. Et vous, messieurs, êtes-vous partants ? J'organise à l'étage une partie très privée de stud poker. Mises élevées, émotions fortes.

Émile leva la main :

— Je passe ! Je ne suis pas doué pour les cartes, je me suis fait copieusement plumer aux Philippines.

— Oncle Tom ?

— Je partage avec vous, madame, le vice de la curiosité. Pourquoi ne pas m'initier à celui de ce poker ?

— Fort bien, dans ce cas rendez-vous au salon bleu à minuit.

— Je ne savais pas que les esclaves en fuite avaient leurs braies bourrées de billets de banque, fit observer Émile dès qu'elle se fut éloignée. Vous allez jouer l'argent de votre patron ? Cette femelle a l'air redoutable.

— Émile, ne prononcez jamais le mot de femelle dans notre Europe pleine de féministes, merci. Je jouerai peu, juste pour voir.

— J'espère que leurs usuriers sont moins féroces que les nôtres. Nous pourrons toujours gager notre chef indien.

Albert, battant des cils dans un froufrou de jupons, leur tapa sur l'épaule.

— Alors ? Ne vous avais-je pas dit que ce serait intéressant ?

— Qui est le type déguisé en Créature de Frankenstein ?

— Voyons… je ne sais pas, je vais demander à Millie, elle connaît tout le monde.

Louis examinait l'assistance bigarrée, à la recherche du beau visage de Leprince, ou des traits impérieux de Rickets, mais les déguisements et le maquillage ne facilitaient pas les choses. Tout ce qu'il repéra fut une brève mais un peu trop intense accolade entre Lord Douglas et Oscar Wilde et le regard dénué d'aménité que leur lançait un gentleman déguisé en attorney.

Il s'avéra que Millie était la jeune Salomé en grande conversation avec Robinson. Dernière enfant d'un comte quasi sénile, Millicent jouissait d'une grande liberté d'action et de moyens assortis. Dotée d'une plume habile et acerbe malgré son tout jeune âge, elle caricaturait à longueur de journaux sur tous les sujets à la mode.

— Une remarquable satiriste, leur dit Albert, digne de Caran d'Ache ou de mon ami Géo Smile. Et qui sort les griffes sous le nom de Kat.

Pour corroborer ses dires, Millie-Kat s'empara de la serviette immaculée d'un serveur et exécuta sur-le-champ à l'aide d'un superbe stylo-encre un portrait assez ravageur d'Émile en colonel vénitien qu'elle signa d'un Kat vigoureux dont le « t » se terminait en queue de chat.

— J'ai toujours préféré les chiens, laissa tomber Émile en souriant dans sa moustache.

Millie, accrochée au bras de Robinson, exécuta une petite révérence. Et non, elle ne connaissait pas personnellement le type aux cicatrices boursouflées. Elle avait entendu dire qu'il était médecin et habitait près de Hyde Park. Une connaissance de Lady Fisher-Brown.

Des regards lourds de sous-entendus s'échangèrent.

— Vous en faites, des têtes ! s'écria la petite Millie. On dirait une conférence d'espions !

Louis se fit la réflexion que Millie et Robinson étaient peut-être mieux assortis qu'on n'en avait l'impression.

Un médecin habitant Hyde Park. Après Mr. Hyde le médecin et Mr. Nark le peintre. Bien. On nageait dans le n'importe quoi. Il entreprit de questionner Millie sur Rickets.

« Sickert ? » répéta-t-elle, oui, bien sûr, elle le connaissait, c'était un excellent peintre, très expressif, qui rencontrait un certain succès d'estime.

— Non, pas Sickert, Rickets, corrigea Albert dont les yeux s'arrondirent soudain tandis que Louis se tapait du poing dans la paume.

— Bougre d'âne bâté !

— Je vous en prie, Denfert, restez poli.

— Je me parlais à moi-même : Rickets est l'anagramme de Sickert. Qui est ce type ?

Millie lui lança un regard amusé.

— Un peintre. Walter Richard Sickert. Un ancien élève de Whistler. Très ami avec votre compatriote Degas. Il vit moitié ici, à New Hampstead, et moitié à Dieppe.

— C'est là que je l'ai vu ! s'écria soudain Robinson. Le gars du portrait ! Chez un médecin français, le Dr Blanc ou quelque chose comme ça.

— Pourquoi louerait-il une maison sous le nom de Rickets ?

— C'est un excentrique, assura Millie. Et un provocateur. Il aime se déguiser, choquer. Une fois, il s'est rendu à une garden-party à Buckingham Palace dans une jaquette à carreaux, avec un haut-de-forme de clown et une ombrelle blanche doublée de vert. Il fréquente beaucoup les music-halls. On prétend qu'il loue des ateliers un peu partout sous des faux noms et aime à se déplacer incognito.

Était-il là ce soir ?

Non, il ne lui semblait pas l'avoir aperçu. Quant à Nark, elle n'en avait jamais entendu parler. D'ailleurs, quel gentleman sensé aurait l'idée saugrenue de louer un atelier à Whitechapel ? Ha, ha, ha !

En ce qui concernait Augustin Leprince – un très bel homme, imposant, charmant –, elle ne l'avait aperçu qu'une fois, à l'automne 1888, à une matinée où Sickert était présent, d'ailleurs. Ils avaient l'air de se connaître. C'était une ennuyeuse réception dans les appartements royaux à laquelle son père l'avait traînée. Elle était gamine à l'époque, à peine seize ans, mais déjà passionnée par le dessin, et elle se souvenait de Leprince parce qu'il s'était intéressé à ses essais de caricaturiste.

Il avait été peintre lui-même, lui avait-il appris avant de s'éloigner pour causer avec Son Altesse royale, le prince Albert Victor de Galles. M. Leprince parlait au prince, ha, ha ! d'un appareil qu'il était en train de mettre au point et proposait d'en faire la démonstration à Son Altesse. Il avait avec lui une sorte de grosse boîte contenant ce qu'il appelait un projecteur et les deux hommes s'étaient isolés dans un cabinet particulier pour discuter. Elle ignorait qu'il avait disparu.

Louis se retint d'embrasser la jeune fille sur les deux joues. Après la preuve du lien entre Mathilda et Rickets, ils avaient enfin la preuve du lien entre Rickets et Leprince. Ou plus exactement entre Leprince et Sickert, un artiste peintre connu. La soirée avait été loin d'être inutile ! Albert fit virevolter ses volants tout en s'éventant.

— Je vous avais dit de me faire confiance, je connais le Tout-Londres sur le bout de ma baguette magique. Si j'avais su qu'en fait vous cherchiez Sickert ! C'est un de mes admirateurs. En tout bien tout honneur, évidemment.

Louis se demanda un instant pourquoi Albert avait besoin d'ajouter cette précision et revint à ce qui le tracassait.

— Pourrait-il être notre homme ? Je veux dire Nark ? ou Hyde ?

— Nark, je ne sais pas. Quant à ce Hyde, vous m'avez bien dit qu'il était à peu près de votre taille ? Or vous êtes déjà très grand. Sickert est nettement plus petit que vous. Voilà qui répond déjà à une question. D'autre part, nous savons maintenant avec certitude qu'il n'est pas Leprince. Cela fait deux points élucidés. Gussie aurait pu vous passer les cheveux à la teinture de noix, votre tignasse platine jure par trop avec votre visage charbonneux, ajouta-t-il, réprobateur.

— Ce n'est guère le moment de se préoccuper de déguisements ! Sickert était en relation avec Mathilda et avec Leprince.

— Si elle posait pour des peintres, c'est normal, surtout s'il l'avait connue à Dieppe.

— On a trouvé l'adresse de l'Aube dorée chez lui, lança Émile.

— Quel artiste un peu sensible ne s'intéresse pas à l'hermétisme ? répliqua Albert. Votre Leprince était maçon, non ?

— Foutus artistes ! grommela Émile en cherchant du regard un verre plein.

— Il faut que l'on ait une entrevue avec le prince de Galles, décréta Louis en vidant le sien.

— Il n'a que cela à faire, recevoir de parfaits inconnus ! persifla Albert.

— Faites jouer vos relations, Jolimond, c'est le moment.

— Le professeur serait sans doute surpris d'apprendre qu'il a une cigarière pour assistante, renchérit Émile.

— Inutile de sortir la grosse artillerie, monsieur le balourd ! Qu'en pensez-vous, Millie ?

— À cause de notre différence d'âge, je ne suis pas assez intime avec Albert Victor pour lui imposer votre visite.

— Je vais voir ce que peut Lady Fisher-Brown, déclara Albert.

— Elle est introduite à la Cour ?

— Lady Fisher-Brown a ses entrées partout, mon cher Louis, ne me demandez pas pourquoi ni comment, je l'ignore.

— On dit qu'elle a hérité d'un maharadjah qui s'est fait sauter la cervelle pour elle, assura Millie en riant. Qu'elle a ruiné des princes, tourné la tête à des rois.

— D'où vient-elle ?

— Nul ne le sait. Certains parlent d'Europe orientale, de la Bohême.

— Mais son titre ? Elle ne l'a pas acheté dans un grand magasin, insista Louis.

— Ha, ha, ha ! Elle est apparue vêtue, titrée, et merveilleusement riche. Vénus sortant des ondes en cape de fourrure et diadème de diamants. Veuve d'un Lord Fisher-Brown opportunément décédé au fin fond de son ennuyeux manoir gallois. Et voilà ! Le tour est joué ! conclut-elle en français en agitant les mains. J'ai très envie de danser, Big Chief Robinson, ajouta-t-elle alors que l'orchestre enchaînait les mazurkas.

Un léger tumulte les fit se retourner. Un homme grand et sévère, apparemment déguisé en lord d'un certain âge, parlait d'un air fort courroucé à Bosie qui le défiait du regard. Ils distinguèrent les mots « honteux » et « inadmissible ». Puis l'homme âgé tourna les talons et s'en fut, les mâchoires serrées, et Bosie soupira, les joues marbrées de rouge.

— Qui était ce type déguisé en vieux lord ? demanda Émile.

— Un vieux lord, lui renvoya Albert. Le marquis de Queensbury, le père de Lord Douglas. Il n'apprécie pas l'amitié qui lie son fils à Wilde.

— À sa place, je ne l'apprécierais pas non plus, commenta Émile.

Sous le khôl, le regard d'Albert se voila imperceptiblement, mais il ne dit rien.

Un mouvement de foule se produisait, des hommes montaient l'escalier de marbre blanc, on chuchotait.

— La partie de cartes, dit Louis. J'y vais.

Ses compagnons le suivirent du regard d'un air désolé.

Le salon bleu était tendu de velours bleu roi, du sol au plafond. Une grande table ronde, recouverte d'un tapis de feutre vert, en occupait le centre. Lady Fisher-Brown faisait asseoir les joueurs sur d'élégantes chaises dorées. Les spectateurs se massaient contre les murs, un serveur passait avec des boissons fortes, on chuchotait.

Lady Fisher-Brown s'assit et l'aigrette oscilla, envoyant des reflets chatoyants. Elle saisit un paquet de cartes posé devant elle et le battit à une vitesse prodigieuse avant de le tendre à l'homme à sa gauche, déguisé en pirate borgne. L'homme ôta son bandeau et sa fausse barbe, coupa et se mit à distribuer, l'air concentré.

— Stud poker à huit joueurs, annonça Lady Fisher-Brown. Pas de contrainte de cave. Pas de pitié. Oncle Tom, mettez-vous derrière moi pour apprendre, vous entrerez au tour suivant.

Louis s'exécuta. Les cartes circulaient, les jetons s'empilaient, dans un silence juste interrompu par de brèves interjections : « Parole », « Je passe ». Un Pierrot adipeux remporta la partie avec satisfaction et Louis prit place autour de la table. Après tout, ce n'était pas très différent du draw poker qui se jouait dans la salle de rédaction pendant la pause. Haut les cœurs ! s'encouragea-t-il.

Bas les bourses, constata-t-il une heure plus tard en quittant la partie. Après les avoir mis en confiance en perdant une ou deux fois, Lady Fisher-Brown avait gagné toutes les manches. Trichait-elle ? Si Albert-Philibert était capable de se faire décapiter sur scène, Lady Fisher-Brown pouvait certes monter une arnaque au poker.

Il retrouva ses compagnons vautrés sur une méridienne. Émile avait dégrafé son col et s'entraînait à suivre le rythme de l'orchestre en entrechoquant des couverts en argent. Albert étouffait des bâillements derrière son éventail. Robinson et Millie, appuyés contre un pilier, ricanaient de concert.

— Au moins, vous n'avez pas perdu votre chemise, fit Émile.

— Frankenstein ne s'est plus montré, dit Albert. Nous interrogerons Lady Fisher-Brown demain à son sujet. Rentrons, voulez-vous ?

Ils récupérèrent Robinson et convinrent de téléphoner à Millie dans la matinée, puis, hébétés de fatigue, rentrèrent se coucher.

CHAPITRE X

Le lendemain matin, dans la vaste chambre d'Albert, attablé devant une copieuse assiette de bacon, de saucisses, de *black pudding* et d'œufs brouillés, arrosée d'un thé noir corsé, Louis se sentait les idées plus claires.

— Il nous faut établir un plan de campagne, dit-il en avalant une exquise petite *sausage* bien grillée.

Émile, qui engloutissait son *black pudding* avec application, opina du chef.

— Définir l'objectif et les moyens d'y parvenir.

— Le fait est que nous avons tous les éléments du « truc » sous les yeux, sans en percevoir le schéma d'ensemble, déclara Albert-Philibert, des traces de khôl autour des yeux.

Drapé dans une élégante robe de chambre bleu lavande, il était assis en tailleur dans un volumineux fauteuil Chesterfield et absorbait son thé à petites gorgées en picorant un bol de mûres à la crème fraîche.

Robinson, à moitié endormi, enfournait d'énormes portions de saumon fumé et de *potatoe scones* comme un automate.

— Tempête de cerveaux, lâcha-t-il. On secouer et la lumière venir !

— Eh bien, secouons, messieurs, fit Louis, secouons. Albert, puisque vous ne mangez rien, notez !

— Un instant ! dit celui-ci en allant chercher une boîte d'une quarantaine de centimètres de long sur vingt de large, qu'il installa sur ses genoux et dont il souleva le couvercle, découvrant une machine à écrire.

— Un de nos colonels avait un vélographe de Mr. Eggis, il en était fou ! dit Émile. Il nous pondait dix directives par jour rien que pour le plaisir d'actionner son disque rotatif ! C'est quelle école, votre engin ?

— C'est une portative américaine, une Hall, cinq kilogrammes à peine ! répondit Albert en époussetant le chariot.

— Gillières a une Merritt, dit Louis, mais aucune ne va aussi vite que la main.

— Certes, mais l'écriture en est lisible par tous, répliqua Albert. Allons-y, je suis prêt.

Accompagné du cliquettement des touches, Louis entreprit son récapitulatif.

Il commença par les grandes lignes de l'affaire, le meurtre de Mathilda, la découverte de son lien avec Leprince lui-même disparu, l'invention de Leprince, une machine capable de restituer des images animées...

— À voir ! lança Émile.

— Émile Reynaud a présenté un appareil similaire à l'Exposition universelle il y a deux ans, précisa Albert, une amélioration de son praxinoscope, en vue de projections de saynètes dessinées auxquelles il arrive à donner l'illusion du mouvement. Je m'intéresse à ces questions, car la magie y trouverait un intérêt de trucages inouïs.

— Si nous avons bien compris Mr. Longley, il ne s'agit pas de dessins mais de prises de vues réelles.

Projetées sur un mur ou une grande toile blanche. Mais laissons cela pour l'instant.

Il revint à leur localisation de Rickets, au mystérieux Nark…

— Robinson, si vous pouviez cesser de bâiller la bouche pleine de crêpe fourrée à la confiture, ce serait agréable, merci. Où en étais-je ?

— Les révélations de Miss Mary, dit Albert, le nez sur sa machine.

— Oui… Ensuite l'ordre de l'Aube dorée. Edward Nark est un des adeptes de cet ordre et a une adresse, 22 Batty Street. Nous nous y rendons, mais trouvons porte close. Entre-temps nous avons entendu parler d'un certain Mr. Hyde qui rôde dans Whitechapel et fréquente les bordels en compagnie d'une jeune femme chic et appris que Nark a la mauvaise réputation de peindre des cadavres.

— C'est là que ça commence à s'embrouiller un peu, fit observer Émile. Comme qui dirait que la patrouille tourne en rond. Toutes ces coïncidences qui ne mènent nulle part, ça sent le piège à tigres.

— Et la poudre aux yeux, ajouta Albert.

— Je finis, dit fermement Louis. Grâce à Albert, qui se révèle – aussi invraisemblable que cela puisse paraître – autre chose qu'un jeune lèche-bottes…

Albert lui assena une tape sur le genou.

— … qui se révèle être, disais-je, un magicien célèbre, nous sommes invités à un bal costumé où nous espérons repérer Rickets ou Nark. Chou blanc. Mais nous faisons la connaissance de Lady Fisher-Brown, une aventurière argentée, et de Millie, nom de plume Kat, qui nous apprend que si Rickets est inconnu au bataillon il existe un Sickert peintre renommé, que Leprince et lui se connaissaient, qu'elle a vu Leprince présenter au prince de Galles l'appareil qu'il avait apporté. Voilà où nous en sommes, sauf erreur, gentlemen !

Robinson, qui s'était redressé au nom de Millie, avait repris sa position quasi fœtale sur la méridienne d'angle de la chambre d'Albert. Celui-ci, les mains jointes, semblait se concentrer pour un tour particulièrement difficile.

— Quelle est votre théorie ? finit-il par demander.

Louis fourragea dans ses cheveux.

— Notre théorie, à Émile et moi-même, c'est que Mathilda faisait partie de la même secte qu'Edward Nark, peut-être l'Aube dorée, peut-être quelque chose de plus clandestin et inavouable. Qu'il s'y passait des choses malsaines et qu'Augustin Leprince a peut-être capté avec sa machine des images qu'il n'aurait pas dû. Qu'on l'a fait disparaître pour récupérer lesdites images et la machine. Que Mathilda a essayé de fuir la secte en question, mais qu'on l'a rattrapée et tuée.

— Edward Nark ?

— Ou Sickert, ou n'importe lequel de la bande.

— Vous aviez envisagé au départ que Leprince soit Rickets et qu'il ait simulé sa disparition pour venir vivre ici sa liaison avec Mathilda, commença Albert, les sourcils froncés. Nous savons maintenant que ce n'est pas le cas, poursuivit-il, puisque Rickets est en fait Sickert, une personnalité publique. Mais cela n'empêche pas que Sickert ait pu être, lui, l'amant de Miss Courray.

— C'est une option possible, mais qui n'explique pas la suite des événements, à savoir le meurtre de Mathilda.

— Crime passionnel ?

— À coups de feuille de boucher ? Décapitation, amputation, éventration, énucléation... ce n'est plus de la passion, c'est du cannibalisme !

— La haine est souvent le corollaire de la jalousie, dit Albert. De toute façon, il faut mettre la main sur Sickert, nous avons des tas de questions à lui poser.

— C'est bien notre but, mais le bougre joue les Arlésiennes.

— Comme moi les Carmen, s'amusa Albert en papillotant des yeux.

— Une femme est morte mutilée, lâcha Émile.

— Tout doux, le gaillard ! Bien, nous devons définir un plan d'attaque, c'est cela ? Vous avez une idée, Louis ?

— Émile devrait retourner chez Miss Mary, avec laquelle il a une certaine affinité, et la questionner un peu sérieusement, n'est-ce pas, Émile ?

Émile marmonna quelque chose entre ses dents.

— Millie, accompagnée de Robinson, sera chargée d'interroger Lady Fisher-Brown sur le type déguisé en monstre de Frankenstein et sur les possibilités de nous faire rencontrer très rapidement le prince de Galles, reprit Louis. Moi-même, je vais retourner à Whitechapel, vérifier que Nark n'est pas réapparu, puis me rendre au bordel de Christ Church, pour déterminer si on y a vu Mathilda.

— Si Miss Courray fréquentait les maisons de plaisir, nous nous trouvons devant quelque chose de plus gros qu'un simple meurtre. On passe dans le domaine de la luxure effrénée, remarqua Albert.

— Vous pensez aux tristes orgies décrites par Léo Taxil ? demanda Louis.

Albert opina.

— Ça me ferait mal au ventre, ajouta-t-il, que l'obscurantisme réactionnaire se révèle être dans le vrai. Pour le reste, je suis d'accord avec votre programme, Louis. Je dois être au théâtre ce soir à 8 heures, mais je peux vous accompagner auparavant.

Il résuma la situation à Robinson dans un excellent anglais et celui-ci se leva précipitamment, ravi d'être envoyé en mission avec Millie et de devoir user du téléphone de la réception pour l'appeler, comme un petit milord.

— Avant de nous rendre à Whitechapel, il faut que je passe au bureau téléphonique central de Londres pour appeler le correspondant du professeur à Paris et le tenir au courant des derniers développements, fit observer Albert. Lyon n'est pas encore relié à la capitale.

— J'en profiterai pour essayer de joindre Gillières, dit Louis en se levant. On se retrouve dans le hall dans une demi-heure.

La communication avec Paris était excellente, d'une netteté et d'une intensité surprenantes si l'on considérait que l'on communiquait par l'intermédiaire d'un câble sous-marin. Louis raccrocha le téléphone Gower-Bell fort satisfait de cette prouesse technique qui comblait son appétit de vitesse et de performances, moins satisfait toutefois des remontrances de Gillières – « À quoi ça rime de perdre ainsi du temps sur cette enquête ? Les autres reporters ont laissé tomber après s'être cassé le nez à Leeds ! » – et surtout des vitupérations sournoises de Camille qui s'estimait délaissée au profit d'une morte. Heureusement, la communication était coupée automatiquement au bout de trois minutes. Il fallait rappeler et la conversation morcelée – et coûteuse – se limitait donc *de facto* à l'essentiel.

Prendre l'Underground Railway lui rendit sa bonne humeur, et ils débarquèrent à Whitechapel tout à fait d'attaque. Le 22 Batty Street était toujours clos. La logeuse du 24, qui fumait sa pipe devant sa porte, pourrait peut-être leur en apprendre plus sur Nark. La bonne femme, une virago qui du prénom de Rose n'avait hélas que les épines, leur souffla des bouffées de tabac bon marché au visage, les yeux plissés, jusqu'à ce que Louis mette la main à la poche et qu'elle retrouve la mémoire.

Pour sûr qu'elle connaissait Edward Nark, vu que le 22 c'était aussi chez elle. Son défunt mari avait acheté les deux masures au vieux maréchal-ferrant chez qui il était employé. Il n'était plus là pour boire les loyers, mais elle avait bien du tracas avec tous ces filous de locataires loqueteux qui ne cessaient de déménager à la cloche de bois. Et les dégâts, et la saleté ! Pour se protéger et encaisser ce qu'on lui devait, elle était obligée d'employer un commis, un gars solide comme son gourdin. Fallait tout surveiller, sinon ces salopards piquaient jusqu'aux briques et aux tuyaux de poêle pour les revendre. C'était comme ça qu'elle avait trouvé la chemise pleine de sang de ce type, l'année des sales meurtres. Un Canadien sodomite, siffla-t-elle en se signant. Évidemment, la police l'avait laissé filer, comme les autres suspects, le coiffeur juif et le fou russe. Tous des pourris, les flics.

Pour en revenir à Nark, c'était un drôle de singe, celui-là. Toujours bien mis, très poli, mais qui recevait des visites bizarres. Des femmes, pour sa peinture, qu'il disait. Et des types louches qui venaient à l'aube porter des sacs qu'avaient l'air lourd. Du matériel nécessaire à ses expériences, prétendait-il, et qui venait des docks. Mais les livreurs, c'étaient pas des dockers, ils étaient pas assez costauds. Enfin, Nark au moins il payait un bon prix et rubis sur l'ongle, alors elle allait pas l'emmouscailler, hein ?

Jeter un coup d'œil dans sa piaule ? Oh, ça c'était pas possible, vraiment pas, qu'est-ce qu'il dirait s'il savait qu'elle ouvrait à n'importe qui, d'ailleurs elle avait même pas la clé. Ah ! Monsieur savait ouvrir toutes les serrures, Monsieur était cambrioleur, peut-être ? Prestidigitateur ? C'était pas mieux, ça cherchait qu'à tromper l'pauvre monde.

Inutile d'insister, c'était non. Quoi ? Bien sûr qu'elle avait soif, ils faisaient que la faire parler et pis elle était debout depuis 5 heures ce matin et elle avait même pas encore becqueté. Aller s'offrir une bière au pub ? Ben tiens, et pendant ce temps, le prestidigitateur allait « prestidigiter » la porte de Mr. Nark, pas question.

Un fût de bière et un bon repas ? Et un beau billet craquant ? Juste pour aller se reposer les pieds dans ce fichu pub ? Pas question. Deux billets ? Trois peut-être ? Ah, le portefeuille était vide. Dommage pour eux. Cette belle montre en prime ? Une vraie, pas une tocante en fer-blanc ? Bon d'accord, mais cinq minutes pas plus.

Elle s'éloigna à pas vifs, ses jupons traînant dans la fange, environnée de fumée, secouant la montre qu'Albert avait ôtée de son gousset.

— Dépêchons-nous, dit-il en se glissant devant la porte de Nark, la montre ne marchera pas plus de dix minutes, c'est une attrape qui lance de l'encre quand on touche le remontoir.

— Bon Dieu, Albert, vous allez nous faire tuer à coups de gourdin !

— Montez la garde pendant que je travaille, dit-il en exhibant un petit instrument métallique.

La porte s'entrouvrit avec un léger déclic et Albert remit son rossignol dans sa poche.

— C'est celui dont je me sers pour les numéros d'évasion, expliqua-t-il. C'est un jeune confrère qui me l'a donné, Harry Houdini, un Américain de Bucarest. Bienvenue dans l'antre de Mr. Nark, ajouta-t-il en laissant passer Louis.

Avisant un trognon de chandelle, celui-ci l'alluma pour les éclairer un peu.

L'atelier ne comportait qu'une pièce, remplie de toiles. Un paravent isolait un grand lit au cadre de fer, au sommier dénudé. Une malle-cabine contenait du linge de dessous et deux costumes sombres de bonne coupe.

Ils s'approchèrent des toiles, en retournèrent quelques-unes. Des femmes. Nues ou à demi devêtues dans des postures alanguies, souvent exsangues, et dont on ne savait au fond si elles étaient endormies ou mortes.

Des études d'écorché, criantes de réalisme. Une tête d'homme à divers stades de décomposition. La dernière toile montrait les asticots à l'œuvre.

— Ce type a un sacré talent, fit observer Albert.

Louis dégagea une série de petites huiles. Plusieurs portraits de Mathilda, dont un avec le loup rouge.

— Lui et Rickets sont certainement de la même école, dit-il. Après l'impressionnisme, le morbidisme !

— Vous n'avez pas l'âge de jouer les vieux ronchons, laissez ça à Émile, lui renvoya Albert tout en examinant les lieux. Attention ! Plus que quatre minutes avant que la charmante Rose ne se prenne une giclée d'encre noire entre les deux yeux.

— Mon instinct me souffle que Nark cache quelque chose, marmonna Louis.

Il se faufila sous le lit, regarda à l'intérieur du poêle.

— Les lattes du plancher ! Soulevons celles qui semblent dépasser un peu.

Ils s'agenouillèrent pour en déclouer une, puis une seconde. De la terre battue. Albert y enfonça son rossignol.

— Il y a quelque chose là-dessous, dit-il en creusant à mains nues.

Ils dégagèrent une blague en cuir fermée par un cordon. Louis en fit rouler le contenu dans sa main. De petits objets jaunâtres. Et des mèches de cheveux, grossièrement coupées, de couleurs diverses.

Ils se penchèrent sur les petits objets jaunâtres et Louis faillit les lâcher.

— Des dents ! Des saletés de dents ! Ce cinglé collectionne des dents arrachées !

Il remit le tout dans la bourse en cuir et celle-ci dans une de ses poches. Un dernier coup d'œil avant de filer. Rien de particulier sur l'étagère : un gobelet en étain, une boîte de thé, des couverts, une bouteille de gin, un paquet de biscuits moisis. Rien dans la bouilloire, ni sous la pile de petit bois. Il se tourna vers Albert qui soulevait une caisse cylindrique en bois munie d'une lanière en cuir.

— Tiens, une glacière portative, Mr. Nark a des goûts de luxe, chuchota Albert en faisant sauter le cadenas, révélant un vase en plomb rempli de glace entourant une cuve en matériau isolant hermétiquement close.

Albert fit jouer le cliquet du couvercle.

Ils entendirent jurer à l'extérieur. Une voix de femme.

— Joshua ! Bougre d'âne, ramène-toi avec ta barre à mine !

Mais Louis et Albert ne l'entendaient pas. Ils contemplaient avec stupeur l'intérieur nauséabond de la glacière.

Qui ne contenait ni saucisses ni jambon.

Juste des membres coupés surnageant dans de la glace fondue.

Une jambe, un pied, deux mains, des yeux, des viscères…

— Ah, les petits drôles ! Ah, les plaisantins ! Ah, on va y plaisanter sur leurs abattis à ces voyous-là !

Des pas précipités.

— La fenêtre ! souffla Louis en filant vers un vasistas obturé par un volet qu'il libéra, dévoilant une étroite ouverture à travers laquelle ils se faufilèrent en se tortillant.

Derrière eux, la porte rebondit violemment contre le mur et des pas lourds ébranlèrent le plancher tandis que les vociférations de Rose s'intensifiaient.

— Rattrape-les, fends-y-leur la caboche ! Se moquer d'une pauvre vieille femme dans le besoin ! Salauds de riches !

« Le Père Peinard serait content de l'entendre », se dit Louis en courant à toute vitesse dans une ruelle malodorante, talonné par Albert. Ils ralentirent après une série de zigzags, convaincus que le dédale de masures, de cours et d'arrière-cours les avait mis à l'abri. Louis s'arrêta pour souffler et s'aperçut, atterré, qu'Albert serrait la maudite boîte en plomb entre ses bras.

— Vous trouvez qu'on n'est pas assez bien nourris ? persifla-t-il. Ou vous pensez vous en servir sur scène ce soir lors du numéro du décapité ?

— On ne pouvait pas laisser ça là-bas. Ça concerne la police ! Ce sont des morceaux de corps humains !

— Des bouts de cadavres. Il y a un cimetière juif derrière l'hôpital. Nark récupère peut-être ce dont il a besoin pour ses études anatomiques, avança Louis.

— Des dents, des cheveux, de la chair, ça ne vous évoque rien ?

— Un rituel !

— Le rituel maléfique de leur secte. Nark pratique la sorcellerie. Mathilda a voulu le quitter. Il l'a tuée.

— Preuve que les philtres d'amour ne sont pas très efficaces, ne put s'empêcher de plaisanter Louis. Qu'est-ce que nous allons faire de ça ?

— Le déposer près du poste de police le plus proche. Ils en tireront les conclusions qu'ils veulent.

— Retirons-nous sous ce porche et examinons encore une fois ces... choses. C'est le moment de vous rappeler les enseignements du professeur.

Ils s'accagnardèrent dans l'ombre et entreprirent leur macabre inventaire.

— Nous avons là un pied gauche et un pied droit, masculins, de taille différente, commença Albert. Une demi-jambe d'homme, velue, coupée sous le genou. Une main de femme, taille 6. Une paire d'yeux bleus. Un foie en mauvais état. Une membrane qui pourrait être un utérus. Un rein, énuméra Albert tandis que Louis notait. Les membres ont été grossièrement tranchés à l'aide d'un couperet ou d'une hache. Les sujets étaient déjà morts quand on a pratiqué les amputations. Pour les viscères, ça a été fait plus délicatement, par une lame aiguisée. Je ne peux dire s'il s'agit d'organes intérieurs masculins ou féminins, sauf pour l'utérus, bien sûr. Compte tenu de l'état des échantillons et de leur conservation au froid, j'estime qu'ils ont été prélevés sur des personnes décédées il y a au plus une huitaine de jours et au moins soixante-douze heures.

— Fichtre ! Vous ne pouvez pas être plus précis ?

— Le froid a ralenti et perturbé les processus naturels. De plus, les... morceaux ont été rincés. Nous n'avons pas de larves d'insectes, pas de champignons, pas de sang, pas de saletés. C'est ennuyeux.

Ils contemplèrent encore une fois le contenu de la boîte avant de la refermer, puis ils se relevèrent et sortirent d'un air innocent sous le crachin. Au détour d'une cour, ils croisèrent un constable accompagné d'un mince gentleman d'une cinquantaine d'années, abrité sous un large parapluie. Le gentleman les salua distraitement, tout à la planchette qu'il noircissait de croquis. Le policeman, lui, les détailla plus longuement, avant de leur demander s'ils étaient égarés.

— Nous, Français, répondit Louis avec son sourire le plus niais, celui qu'il prenait quand il faisait mine de ne pas comprendre une remontrance de Camille. Promener... visiter. Touristes.

— Ah ! *Tourists* ! Whitechapel pas pour *tourists*, *very* beaucoup *pickpockets*, baragouina le constable.

Le gentleman leva le nez, semblant les découvrir.

— Le constable James a raison, hélas, messieurs, dit-il en français. Je me présente : Charles Booth.

Ils se présentèrent à leur tour, et Mr. Booth leur expliqua qu'il accompagnait le constable dans ses tournées car il prévoyait de dresser une nouvelle carte de la pauvreté dans Londres, quartier par quartier, rue par rue. Un travail fastidieux mais passionnant et nécessaire, qu'il espérait achever d'ici deux ou trois ans.

— Vous vous trouvez ici – il appuya sur le « ici » en désignant les ruelles environnantes – dans une zone noire, absolument noire, messieurs, une zone déshéritée où se flétrit notre jeunesse, dans les vapeurs délétères de l'alcool, de l'opium, du charbon, et la fâcheuse promiscuité du commerce des sens.

— Impressionnant. Mais ne pensez-vous pas que les gens de la bonne société qui viennent ici s'encanailler contribuent à leur manière au prolongement de cette terrible situation ? demanda Louis, déjà prêt à écrire un article fulminatoire.

— Tout à fait, monsieur Denfert, la dépravation des classes supérieures s'épanouit sur la paupérisation des classes inférieures. Les fleurs du vice réclament le fumier de la nécessité.

— Bien observé et bien exprimé ! Connaissez-vous par hasard Mr. Hyde ? s'enquit soudain Louis.

— Le triste héros de Mr. Stevenson ?

— Non, non, un gentleman bien réel qui, paraît-il, fréquente les lieux de débauche du quartier, un bien triste exemple en rapport avec la misère morale que vous évoquiez.

Charles Booth se tourna vers le constable James pour lui poser la question en anglais puis revint vers eux.

— Non, cela ne nous dit rien. Peut-être use-t-il d'un autre nom.

— Et Edward Nark ?

Là encore, les deux hommes hochèrent la tête négativement.

— Il loue un atelier à Batty Street, mais semble habiter vers Hyde Park.

Le constable qui avait suivi leur échange sourit soudain en lâchant une rafale de mots.

— Plaît-il ? s'enquit Louis, toujours un peu inquiet, sachant ce qu'Albert tenait à bout de bras.

— Le constable James disait simplement que *Hyde Park* égale *nark*, dans l'argot local.

— Quoi ? ! lancèrent deux jeunes gosiers à l'unisson.

— Oui, *Hyde Park* : *nark*. C'est-à-dire mettre en rogne.

Un cri de femme les interrompit et ils entrevirent dans la brume une silhouette se débattre contre une autre, plus lourde, qui gueulait des insultes. Le constable porta deux doigts à sa tempe et s'élança vers les belligérants, suivi du sociologue qui leur lança au passage :

— Au fait, dans le roman de Stevenson, Edward est le prénom de Mr. Hyde.

Albert se tourna vers Louis.

— J'ai le pressentiment que nous nous sommes fait berner.

— Je dirais même qu'on nous a roulés dans la farine ! Nark est Hyde et Hyde est Nark !

— Et qui donc habite Hyde Park ? termina Albert sur un air de comptine. Débarrassons-nous de ceci et filons sur Christ Church.

Ils avisèrent un tas d'ordures flanquant une clôture branlante. Le brouillard s'était épaissi. Personne en vue. Albert déposa la macabre glacière dans une flaque de lisier et ils décampèrent.

— Que faisons-nous maintenant ? demanda Albert en s'essuyant les mains sur les basques de sa gabardine Burberry.

— Je pensais que votre don de divination nous aurait aidés, ricana Louis.

— Gageons plutôt sur mon art du travestissement, répliqua Albert.

Il retourna son vêtement qui, de gris, devint noir et sortit de ses vastes poches deux perruques, l'une grise et l'autre brune, une paire de bésicles, un monocle, des moustaches grises et un chapeau melon. Louis se retrouva affublé des lunettes, de la perruque brune et du melon, et Albert se para de la perruque grise, des moustaches assorties et du monocle, sans oublier les gants, gris pour lui, noirs pour Louis.

— Dans quel but nous déguiser de la sorte ? demanda Louis en ajustant ses gants.

— Dans le but de ne pas être reconnus par Mr. Hyde-Nark qui nous a certainement déjà repérés, lui.

— Dites surtout que ça vous amuse, vous êtes pire qu'un gosse.

Le toisant de derrière son monocle, Albert prit une voix pincée pour répondre :

— Savez-vous, jeune ignare, que lorsque j'étudiais les œuvres de Charcot l'Imperator, on m'a parlé d'un confrère autrichien, un certain Sigmund Freud, qui prétend que tous les enfants sont cruels et pervers de naissance ?

— Dans ce cas, la plupart des hommes ne sont que de grands enfants ! Maintenant, taisez-vous un peu : si nous continuons à pérorer en français, nous allons vite nous faire repérer.

Ils remontèrent Middlesex Street. Les commerces se suivaient, serrés les uns contre les autres, et Louis, curieux, déchiffrait les enseignes : au 4, Edward Taylor, *writer on glass*, au 26, John Green, *boot manufacturer* – il aurait bien eu besoin d'une paire de bottes neuves –, *tobacconist*, tailleur, *fish and chips*, boucherie, fournitures dentaires, magasin de marine… toute la vie d'une ville, d'une société. Ils avançaient sous une fine pluie glacée qui s'insinuait sous le col et Louis se demanda pourquoi l'usage du parapluie n'était pas plus répandu sous un climat aussi ingrat. Puis il se souvint de son enfance sous les embruns et les ondées de la mer du Nord et des gens du village habitués à courber la tête sous la pluie fréquente, à l'odeur de vêtements mouillés qui imprégnait tout, les salles de classe, les cafés, les fermes. Comme il était vite devenu parisien !

Ils passèrent devant Christ Church et le *Ten Bells Pub*, s'engagèrent dans Fournier Street et s'immobilisèrent soudain en apercevant un énorme type au nez bulbeux planté les jambes écartées devant une porte peinte en rouge. L'obèse, vêtu comme un portier d'hôtel, chiquait d'un air farouche, les bras croisés sur son imposante poitrine.

— Fatty ! souffla Louis à Albert qui opina.

Ils s'approchèrent à pas mesurés, regardant autour d'eux, comme deux messieurs un peu honteux venus s'encanailler.

Fatty fit glisser sa chique d'une joue à l'autre et se pencha vers eux, sans amabilité excessive.

— C't'une maison privée, ici, laissa-t-il tomber d'une voix grasseyante.

— Nous l'espérons bien, mon ami, répliqua Albert avec assurance. Allez donc chercher votre maîtresse.

— Et ça coûte cher, ajouta Fatty en roulant des yeux.

— Ça nous regarde, mon bon. Allez-vous nous faire entrer à la fin ?

Fatty s'écarta en maugréant, poussant la porte de son battoir gauche, le droit jouant avec la lourde matraque qu'il portait à la ceinture.

— Le message me semble clair, chuchota Louis à Albert. N'essayons pas de nous esbigner sans payer !

Une vieille femme outrageusement fardée et qui dégageait une odeur suffocante de parfum et de poudre de riz s'avançait à leur rencontre dans le couloir sombre éclairé par une lampe à pétrole.

— Avancez, avancez, chers messieurs, minauda-t-elle, quoi que vous cherchiez, vous l'avez trouvé ! Chez Mrs. Doherty le client est roi et la marchandise princière ! Venez, venez admirer mes petites beautés !

Elle les entraîna dans le lourd sillage de ses jupes jusqu'à un boudoir où se tenaient avachies sur des canapés une demi-douzaine de filles, plus ou moins dévêtues dans une débauche de dentelles et de rubans, dont deux ne devaient pas avoir plus de quatorze ans.

— Aussi douces et obéissantes que des esclaves de harem, déclama la maquerelle, à moins que vous ne préfériez une pouliche un peu rétive… continua-t-elle d'un air enjôleur tandis que les filles se dandinaient avec une coquetterie effrontée, montrant leur poitrine et lançant des œillades.

Louis vit qu'Albert refrénait une grimace de dégoût. Il est vrai que le spectacle, comme dans toutes les maisons de passe, était assez pathétique, si l'on considérait que ces jeunes femmes ne se couchaient que pour autant que vous allongiez la monnaie et que la plupart d'entre elles étaient atteintes de syphilis. Le goût de la conquête allié à la répulsion de copuler avec un cercueil sur pattes avait toujours dissuadé Louis de goûter aux délices des amours vénales. Cependant, Mrs. Doherty les dévisageait avec insistance sans cesser ses grimaces encourageantes de sorcière lubrique.

— Vous avez vu ces taches de gras ? murmura Albert en désignant les coussins de velours. Et l'état des carpettes ? Je frémis en songeant aux courtepointes et aux draps.

— Mon petit Albert, nous ne sommes pas venus faire une inspection d'hygiène.

— Tout de même ! Je n'engagerais pas sa bonne.

— Personne ne vous le demande.

— Ces messieurs ont fait leur choix ? insistait la vieille, tous chicots dévoilés. Ma blonde Anne-Rose, ma pulpeuse Alice, ma sauvage Dolly ?

— Hum, je ne sais pas trop. Nous souhaiterions la préférée de Mr. Nark, lui glissa Louis avec un clin d'œil.

La femme recula d'un pas, sans cesser de sourire, mais il avait vu son regard se voiler.

— Rebecca ? Elle n'est pas libre, déclara-t-elle, mais les autres sont tout aussi fameuses, n'est-ce pas, mes belles petites cailles ?

Les belles petites cailles bêlèrent de concert, l'indifférence et la fatigue pointant sous leurs rictus.

— Rebecca, répéta Louis d'un ton ferme.

— Je crains malheureusement que…

— Nous attendrons en buvant quelque chose.

— Vite, du whisky pour nos invités, mesdemoiselles ! glapit-elle. Et du bon ! À moins que vous ne préfériez du gin ou du porto ?

— Le whisky sera parfait.

Il fit signe à Albert qui exhiba une copieuse liasse de billets de banque dont il en détacha un avec soin.

— Merci, messeigneurs. Dolly, remue-toi, va chercher à boire.

— Combien de temps avant que ce beau billet se transforme en confettis, mon bon Albert ? chuchota Louis.

— Oh… tant qu'elle ne le mouille pas, il tiendra le coup. Après, certes, je ne peux garantir que l'encre…

Dolly, une grande brune drapée dans une toge transparente, revenait avec un plateau supportant un carafon et deux verres.

Louis renifla le whisky tandis qu'elle les servait avec une œillade suggestive. Du blend coupé d'eau. Bah, ça ne les tuerait pas ! Il observa Albert avaler une minuscule gorgée, tout crispé, laissant resurgir le petit jeune homme maniéré sous le déguisement d'homme mûr.

La vieille revenait vers eux, enjôleuse.

— Rebecca ne sera pas libre aujourd'hui, je suis désolée, mais elle a été réservée pour tout l'après-midi… Je vous garantis que Dolly…

Louis balaya Dolly et sa toge en tulle d'un geste.

— Dans ce cas, tant pis. Nous reviendrons demain.

La maquerelle se tordit les mains.

— Je vous assure que…

— Il suffit. Mais dites-moi, est-elle en compagnie de notre ami Edward ? demanda-t-il en se penchant vers elle tandis qu'Albert tendait prestement deux nouveaux billets.

— En effet...

Les billets avaient disparu dans les profondeurs du décolleté fripé.

— Dans ce cas, ça ne pose pas de problème, nous allons nous joindre à lui ! conclut-il en tapant jovialement sur l'épaule de la vieille femme. N'est-ce pas, Phil ?

« Phil » hocha la tête en sortant deux billets supplémentaires.

— C'est-à-dire que... je vais faire prévenir Mr. Nark...

— Non, non, laissez-nous lui faire la surprise ! Nous sommes de bons amis de Batty Street. Des Initiés, ajouta-t-il.

— Heu... dans ce cas... eh bien...

— Phil, demandez donc à notre amie à quelle chambre nous devons nous rendre.

Albert sortit un nouveau billet tout en avançant :

— N° 1 ?

— Au 6, lâcha Mrs. Doherty, les yeux brillants de convoitise et du regret de ne pas avoir loué la chambre 12. Ils sont au 6, à l'étage, au fond du couloir.

Ils grimpaient déjà l'escalier tandis qu'elle houspillait ses filles en recomptant son butin.

— Cette fois, on le tient ! souffla Albert.

— Méfiance ! Ce type est une anguille.

Longeant un étroit couloir tapissé d'un papier fleuri décoloré, ils dépassèrent plusieurs portes d'où s'échappaient gloussements et gémissements. Louis fit observer à Albert que les portes s'ouvraient vers l'extérieur, ce qui les rendait difficiles à enfoncer. Ils s'arrêtèrent en silence devant le n° 6, isolée des autres dans un recoin sombre.

Louis avança la main et tourna tout doucement la poignée. Fermée à clé. Albert, un doigt sur les lèvres, tira son rossignol. Au léger déclic, ils s'apprêtaient à foncer quand la porte s'ouvrit à la volée, cognant Albert en plein front. Il s'affala en arrière sur Louis qui trébucha à son tour, tandis qu'une ombre en manteau noir, le col relevé sur le visage, les bousculait violemment et filait comme une flèche.

Louis, reprenant tant bien que mal son équilibre, s'élança à sa suite, mais l'homme avait sauté la rampe, atterri au rez-de-chaussée et bondi vers une porte en fer qu'il claqua derrière lui. Louis, sur ses talons, s'escrima en vain contre la porte avant de remonter en courant.

— Dedieu ! fit Albert dont l'arcade sourcilière gauche pissait le sang. Ce sagouin m'a défiguré ! Et on n'a même pas pu distinguer ses traits !

Furieux de s'être fait jouer, Louis avança dans la chambre et se figea.

Enfoncée dans les draps froissés, une jeune femme rousse aux traits durs le regardait fixement de ses yeux noisette. Sa chemise de nuit rouge flottait autour d'elle, s'agrandissant de seconde en seconde. *Rouge... s'agrandissant.*

Louis courut au pied du lit. La jeune femme, émaciée, gisait dans une flaque pourpre. Le sang, sourdant à hauteur de l'aine semblait-il, avait inondé les draps. Albert se précipita, posa deux doigts sur la carotide, puis secoua la tête.

— Trop tard, lâcha-t-il.

— Ô mon Dieu ! hurla une voix stridente. Ma pauvre Rebbie a fait une fausse couche ! Vite, allez chercher Grand'Ma' Douglas !

Mrs. Doherty s'était glissée derrière eux sans qu'ils l'entendent.

— Votre rebouteuse ne servira à rien, dit Louis en lui saisissant le bras. Elle est morte. Monsieur est docteur, il va examiner le corps pendant que vous prévenez la police.

— La police ? couina la harpie.

Puis, se reprenant :

— Oui, oui, bien sûr... mais vous ne souhaitez certainement pas que l'on vous trouve ici.

— C'est Nark qui a quelque chose à craindre, pas nous.

— Nark ? Je ne connais pas de Nark. C'est vous qui avez demandé Rebecca, ajouta-t-elle avec un mauvais rictus.

— Vieille toupie ! Dégage avant que je t'assomme ! gronda Louis.

Elle recula prudemment, mais sans se départir de son expression de triomphe sournois.

— Partons, Albert, la sale ogresse va nous attirer des ennuis.

— Juste un instant.

Albert avait remonté la chemise de la jeune femme à la taille, dévoilant son bas-ventre trempé de sang, et plongé ses mains dans son intimité. Louis grimaça.

— Quel dommage que je n'aie pas ma lampe de mineur ! souffla Albert en se redressant, les mains rougies jusqu'au poignet.

Louis déglutit.

— Ce n'est pas une fausse couche, reprit Albert en s'essuyant sur un coin de drap à peu près propre. Elle a été assassinée.

— En êtes-vous sûr ?

— Certain. Il n'y a aucune trace de fœtus et voyez cette humeur brune... On lui a perforé le péritoine avec un objet long et pointu, comme...

— Comme ce tisonnier ! termina Louis à sa place en bondissant vers la cheminée où rougeoyait une bûche. Un tisonnier dont Nark aura nettoyé le sang dans les braises !

— Mais pourquoi la tuer ?

— Son pubis ! Est-elle tatouée ?

Ils retournèrent auprès du corps et après un bref examen Albert confirma que la pauvre Rebecca arborait le même tatouage que Mathilda Courray.

— Il faut retrouver Nark à tout prix, dit Louis. Filons de ce cloaque !

Ils descendirent l'escalier en courant, bousculèrent les filles attroupées dans un coin et débouchèrent sur le palier obstrué par la masse de Fatty.

— On n'aime pas les problèmes, ici, fit celui-ci de sa grosse voix.

— Nous non plus, et la mort d'une fille enceinte ne nous intéresse en rien, assura Louis d'un ton ferme.

— Madame, elle dit qu'faut payer le supplément pour le blanchisseur et pis l'cercueil, reprit Fatty en faisant tournoyer sa matraque.

— Aucun problème, mon bon, déclara Albert en lui tendant sa liasse de billets factices, tenez, servez-vous et poussez-vous de là, nous sommes attendus.

Persuadé d'avoir flanqué la trouille à deux petits-bourgeois en goguette, Fatty s'écarta en ricanant, froissant les billets dans sa grosse pogne, et ils retrouvèrent avec plaisir le froid vif de la rue et même la pluie, cinglante, comme si elle pouvait les laver de ce qu'ils avaient vu.

Ils marchèrent un moment en silence, secoués par le spectacle de la mort violente.

Dès qu'ils furent à l'abri d'un mur de briques à demi descellées, ils ôtèrent leurs déguisements qui regagnèrent les vastes poches du Burberry réversible d'Albert.

— Vous voyez que ces babioles nous ont aidés. Ni Nark ni la vieille ogresse ne pourront nous identifier, dit Albert avec un enthousiasme forcé.

— Pour une fois que vous aviez raison ! répondit Louis sur le même ton. Nous voici donc avec Nark-Hyde en fuite et une pauvre fille morte de plus, continua-t-il.

— Cela nous prouve que nous avions raison de nous défier du bonhomme, mais ne nous explique pas pourquoi il a commis ce meurtre quasiment sous notre nez, dit Albert tout en rajustant son couvre-chef.

— Il l'a tuée justement parce que nous étions sur place ! s'écria Louis. Il avait peur qu'elle ne nous révèle quelque chose. Il nous a entendus ou a été prévenu de quelque manière par la maquerelle et il a décidé de la tuer avec ce qu'il avait sous la main.

— Ce genre d'homme a toujours une arme sur lui, objecta Albert, un couteau, une canne-épée, un pistolet…

— Inutile d'énumérer toutes les armes de la Création ! Il a choisi le tisonnier pour faire croire qu'elle avait succombé à une fausse couche, ce qui rendait sa disparition précipitée tout à fait logique. Quel homme respectable voudrait se voir mêlé à une telle affaire ? Sans votre sagacité, mon petit Albert, il réussissait son coup ! conclut Louis en tapant sur l'épaule de son camarade.

— Oui, mais cela implique que Nark nous savait sur ses traces. Et comment le retrouver maintenant ? demanda Albert en frottant la partie endolorie par l'enthousiaste claque de Louis.

— Je ne sais pas, par contre je sens que l'eau me dégouline jusque dans les chaussettes. Rentrons à l'hôtel et faisons le point avec Émile.

— Un bon bain chaud et un bon *brainstorming*, approuva Albert en pressant son mouchoir sur son arcade sourcilière fendue.

Ils se mirent à courir sous la pluie qui hachait les rues de ses ongles effilés, sans voir la haute silhouette en manteau noir qui les observait, fondue dans le brouillard, tel un morceau de crépuscule.

CHAPITRE XI

Une surprise les attendait dans le hall de l'hôtel en la personne de Miss Mary et d'Émile, assis à une table en acajou de l'élégant bar style « Retour des Indes ».

— Blessé au combat ? demanda Émile tout en faisant signe au serveur.

— Nous avons failli démasquer Nark. C'est bel et bien un assassin ! lança Albert, survolté.

Il entreprit de raconter leur aventure et la mort tragique de la jeune Rebecca, ce qui convulsa Miss Mary de colère.

— Il faudra faire payer ce salaud ! lâcha-t-elle.

— Saviez-vous que « Rickets » était une fausse identité ? lui demanda abruptement Louis.

Miss Mary se trémoussa sur sa chaise.

— Le fait est qu'elle avait des soupçons, intervint Émile. La casbah de Camden Town servait pour des rendez-vous galants et pour les portraits un peu spéciaux de jeunes femmes un peu spéciales. D'après Millie, on dit que Sickert a du mal à supporter d'être devenu un personnage public et aime à changer d'identité.

— Comme le prince de Galles se déguise pour ses virées nocturnes, commenta Albert en pêchant un morceau de glace dans le seau posé sur la table et en tamponnant sa blessure.

— En tout cas, Sickert n'est pas notre homme, annonça Émile pendant que Louis commandait une pinte de Guinness et Albert une eau citronnée. Miss Mary a reçu ce matin d'« Henry Rickets » un câble en provenance de Dieppe, l'avertissant qu'il serait absent encore une semaine. À moins d'être doué d'ubiquité…

— A-t-on la preuve qu'il ait personnellement adressé ce câble ?

— Il précisait qu'en cas d'urgence on pouvait téléphoner chez ses amis, M. et Mme Blanche. Nous nous sommes donc rendus au bureau central et j'ai appelé en prétendant être Edward Nark.

— Un coup de bluff dangereux ! s'exclama Albert.

— Je suis tombé sur un certain Jacques-Émile Blanche, un ami de Sickert, à qui j'ai parlé français avec l'accent anglais. Le problème est qu'il m'a répondu dans un british impeccable. Heureusement, Miss Mary qui était à mes côtés m'a traduit ! Ce Blanche a dit que Sickert était sorti peindre dans le quartier Saint-Jacques, mais qu'il lui transmettrait mon appel. Apparemment, il n'avait jamais entendu parler de Nark.

— Beau travail ! approuva Louis.

— Blanche a aussi ajouté qu'il serait à Londres demain soir et ravi de me rencontrer. Les amis de Sickert, etc.

— Qu'est-ce que vous avez fait ?

— J'ai raccroché.

Robinson et Millie firent leur apparition. La jeune femme rayonnait dans une robe vert jade, ses cheveux blonds relevés en chignon, son chapeau de travers. Robinson semblait tout aussi niais que d'habitude, mais plus aimable, et il sentait l'eau de Cologne. Ils prirent place autour de la table.

— Nous voyons Son Altesse ce soir, annonça Millie, très satisfaite.

— Comment avez-vous réussi ce tour ? demanda Albert, ébahi.

— En l'invitant à venir voir les vôtres ! répliqua Millie en riant. Je me suis présentée chez la Fisher-Brown sous le prétexte de faire la caricature de ses affreux yorkshires pour le supplément de l'édition de dimanche et nous avons bavardé pendant que Robinson – regard attendri – jouait avec les chiens. Il s'est avéré qu'elle mourait d'envie de voir votre spectacle, monsieur Jolimond, mais que tout est complet depuis quinze jours.

Albert se rengorgea discrètement.

— Je lui ai dit que je pouvais lui avoir de bonnes places pour ce soir et elle m'a remerciée et puis, coup de théâtre, elle a reçu une visite, et devinez qui ? C'était notre cher Albert Victor plus souffreteux que jamais, qui venait prendre le thé. Il a eu l'air ennuyé en me voyant, comme s'ils avaient des choses à se dire qui ne souffraient pas d'être entendues par des tiers. Je me demande s'ils ne partagent pas la passion du thé au laudanum, ajouta-t-elle, pensive. Quoi qu'il en soit, elle lui a fait part de ma proposition et il a sauté dessus en disant que ce serait formidable, justement il n'avait aucune envie d'assister à l'insipide réception de l'ambassade de Bavière. Il se fera porter pâle et viendra avec nous incognito.

— Mon Dieu, mon Dieu, ira-t-on souper ensuite ? lança Albert tout excité.

— Très certainement. J'ai pris la liberté de réserver au *Monico*, Père dit que c'est plutôt correct, et si c'est correct pour Père, c'est correct pour Son Altesse elle-même. Ce n'est pas tout, ajouta-t-elle en levant la main. Avant l'arrivée du prince, nous avons bavardé un moment entre dames, shopping, peinture, etc., et j'ai réussi, assez habilement je dois dire, à mettre le nom de Miss Courray sur le tapis, prétendant l'avoir connue par l'intermédiaire de W. R. Sickert.

Elle s'interrompit, espiègle, et but une grande gorgée de sherry avant de poursuivre.

— Lady Fisher-Brown a bel et bien connu Mathilda, qui lui a quelquefois servi de « compagne de courses », comme elle dit. Elle savait qu'elle posait pour Sickert et pour votre Nark.

— Elle connaît Nark ? s'exclama Louis.

— Hélas, non. Mais elle sait qu'il a mauvaise réputation, et quand j'ai évoqué mon idée d'une série de portraits des peintres londoniens, elle m'a vivement déconseillé de lui rendre visite. « Les gentilles filles sont faites pour les gentils garçons, m'a-t-elle dit. Il y a à Londres de pires prédateurs que dans la jungle, évitez de vous trouver sur leur chemin. »

— Une mise en garde sans ambiguïté, fit observer Émile.

— Mais qui pourrait avoir une visée dissuasive pour nous détourner de notre enquête, remarqua Louis, pensif. Apparemment, Lady Fisher-Brown sait beaucoup de choses et ne s'en porte pas plus mal.

— Vous croyez qu'elle est acoquinée à Nark ? demanda Albert.

— Au fait, j'oubliais ! lança Millie. Le type déguisé en Créature de Frankenstein, c'était un certain Robert Hyde, un médecin aliéniste.

— Vous auriez pu le dire plus tôt ! s'écria Louis. Bon Dieu, on le tient !

— Qui ça ? Mr. Hyde ?

— Edward Nark ! Dans cette histoire-ci qui n'est pas un conte, Robert Hyde joue les Dr Jekyll, ajouta Louis, avant de compléter devant la mine perplexe de ses compagnons : Robert Hyde est le visage connu et respectable de notre assassin.

— Vous êtes donc persuadé que Nark ou Hyde ou quel que soit son foutu nom est le meurtrier de Mathilda ? demanda Émile.

— Et comment ! Nous savons qu'il a odieusement assassiné la pauvre Rebecca...

Millie écarquilla les yeux et Robinson leva le nez de sa tranche de pudding. Il fallut donc leur raconter les derniers événements. Après quoi tout le monde se perdit en cogitations personnelles pendant quelques minutes de silence, durant lesquelles on termina les consommations et on en commanda de nouvelles.

— Les faits, reprit Louis, examinons tout d'abord les faits : Nark a tué Rebecca ; Nark appartient à une société secrète ; Mathilda et Rebecca portaient un tatouage d'inspiration ésotérique.

— Nark est un ami de Sickert ! intervint Émile. Comme vous nous l'avez dit, Mary.

— Sans doute Sickert ne connaît-il pas la face cachée de sa personnalité, avança-t-elle. Quand je pense que c'est peut-être Nark qui a zigouillé Elizabeth, Mary Jane, Alice et les copines !

— Ne nous emballons pas, riposta Émile, il n'avait aucune raison de tuer ces autres femmes.

— Ah ! parce que vous savez pourquoi il a tué Mathilda et Rebecca, vous ? lui renvoya Miss Mary, la cicatrice enflammée par la colère.

— Bonne question ! dit Louis. Nous avons forgé l'hypothèse que cela peut être lié à leur appartenance à cette secte. Elles auraient été témoins de quelque chose d'indicible. Et donc dangereuses. N'oublions pas les dents, les cheveux et les morceaux de cadavres trouvés chez Nark.

— De la sorcellerie, souffla Miss Mary. Elles ont été sacrifiées !

— Qui sait ?

— Le rapport avec Mr. Leprince ? voulut savoir Millie.

Louis le lui expliqua brièvement.

— Zut ! Il faut que je file me préparer ! lança Albert en sautant sur ses pieds. Au fait, je vous ai réservé une chambre plus confortable, Émile, au cas où Miss Mary voudrait s'y rafraîchir, on a dû y porter vos bagages, voyez avec le concierge.

Ils se levèrent tous, Émile et Miss Mary un peu embarrassés, les autres feignant de ne rien avoir entendu.

— Tiens, pendant que j'y pense, Robert, c'est le prénom de Stevenson, non ? ajouta Albert. Ce dégénéré se moque vraiment du monde ! Rendez-vous dans le hall à 8 heures ! lança-t-il avant de courir vers l'ascenseur.

— Admettons que nous arrivions à coincer ce Nark-Hyde, on en fait quoi ? dit soudain Émile. Que je sache, un reporter français n'a aucun pouvoir sur le territoire britannique. On devra alerter la police londonienne et déballer notre barda. M'est avis qu'il faudra être sacrément convaincant pour leur ôter l'étoupe des oreilles, surtout si le petit père Hyde est honorablement connu.

— Nous aviserons le moment venu, fit sobrement Louis. Montons nous préparer pour la soirée.

Mais tout en ôtant ses vêtements humides et froissés dans la chambre qu'il occupait enfin seul, il repensait à ce qu'avait dit Émile. Certes, il aurait la satisfaction de découvrir la vérité et de démasquer un tueur impitoyable, mais qui le mettrait sous les verrous ? Pouvait-on laisser un tel homme en liberté ? Si la police restait sourde à leur récit, devrait-on s'en remettre à la justice immanente des battoirs d'Émile ?

« Sale affaire », conclut-il en se frictionnant à l'eau froide et en s'examinant machinalement dans le miroir. Sa blessure avait bien cicatrisé. Dire que quelques jours à peine le séparaient de cette soirée à Dijon. Comme Camille aurait été enchantée de se trouver là, pour parader au théâtre et à dîner avec Son Altesse royale, même si tout le monde jugeait le prince un peu lourdaud et passablement dégénéré !

Il s'imagina sortant du cabinet de toilette et elle serait là, dans la chambre, lui tendant les bras...

Il se retourna pour chercher une chemise propre et se figea, bouche bée.

— C'est tout l'effet que je te fais ? lança Camille, les mains sur les hanches, sa chevelure rousse flamboyant sous le lustre électrique, sa redingote en velours bleuet sur le bras.

— Mais... qu'est-ce que tu fais là ? balbutia Louis, légèrement hagard.

— Toi, tu sais parler aux femmes... Pas de « Bienvenue, mon bel amour » ou « Quelle joie de te voir ici ! ». Tu n'as pas reçu mon câble ?

— Non, quel câble ?

— Celui que je ne t'ai pas envoyé ! dit-elle, mutine, en lissant sa robe péplum en voile gris clair. Je voulais te faire la surprise.

— C'est réussi, admit Louis en s'avançant pour la prendre dans ses bras. Tu m'expliques quand même un peu ?

— Nous faisons relâche pendant trois jours, Fernand a une extinction de voix carabinée. Alors je me suis dit que ce serait faire une bonne action que de venir soutenir mon petit tsar tout seul face aux méchants Rosbifs. J'ai sauté dans le premier train ce matin et me voilà ! Ça te fait plaisir au moins ?

— Mais oui, c'est juste que je ne m'y attendais pas.

— Comment est-ce que je peux être amoureuse d'un mufle comme toi ? Tiens, aide-moi à délacer ma robe, je n'en peux plus.

— Il faut être prêt à 8 heures, dit Louis en sentant son souffle s'accélérer tandis qu'il passait derrière elle.

— Tu m'as déjà vue être en retard ? répliqua Camille en envoyant valser ses chaussures.

— L'Éternel Féminin ne saurait se plier aux contingences d'une simple montre, murmura Louis en l'embrassant dans le cou. Tu sens diablement bon, tu sais ? continua-t-il en la faisant chavirer sur le lit.

— Et toi, tu me sembles diablement empressé !

Une demi-heure plus tard, Louis enfilait enfin sa chemise propre tandis que Camille, en déshabillé, sortait une tenue de soirée de sa malle-cabine.

— Ne me dis pas que tu as pris cette énorme malle juste pour trois jours ? s'étonna Louis en ajustant ses boutons de manchette en os de baleine, souvenir de son père adoptif.

— Mon petit Louis, occupe-toi donc de tes scabreuses affaires, tu ne connais rien aux impérieuses nécessités de la vie mondaine. Tu préfères le corsage en mousseline de soie glaïeul ou bleu roi ?

— Le bleu roi. Il met tes cheveux et ton teint en valeur.

— Ah ? Et le glaïeul, il me donne un teint de navet ?

Louis sourit. Ça faisait du bien de retrouver Camille.

— Au fait, lança-t-il en nouant sa cravate, nous soupons avec le prince de Galles, ce soir.

— Albert Victor ? Le prince Bique-et-bouc ? Oh là là, tu aurais dû me le dire avant, il faut que je me change.

— Pourquoi le traites-tu de bique-et-bouc ? demanda Louis pendant que Camille tirait de sa malle une jupe de satin blanc avec des volants vert d'eau et une dégringolade de roses de toutes teintes.

— Si tu t'assois sur mon étole, je te tue. Le corsage dahlia avec la ceinture de satin blanc ?

Louis hocha la tête.

— Souviens-toi, reprit-elle en farfouillant dans les cartons à chapeaux. Le scandale de Cleveland Street, ici à Londres, il y a deux ans... cette maison close pour messieurs où la police a bêtement fait une descente. Son nom a été prononcé. La Cour a démenti, bien sûr. Tout Paris en a fait des gorges chaudes.

Louis se rappelait vaguement en effet ledit « scandale ». Les vicissitudes mondaines l'intéressaient moins que les progrès techniques, et il n'écoutait souvent que d'une oreille Camille lui narrer les potins croustillants tandis qu'il lisait le dernier numéro de *La Nature*, une revue qui comblait son appétence de comprendre les rouages des nouvelles inventions qui surgissaient jour après jour. La vie sexuelle d'un prince n'avait que peu d'intérêt par rapport au tunnel sous la Manche ou aux nouveaux pneumatiques démontables des frères Michelin, sans parler bien évidemment de son domaine de prédilection : les faits divers sanglants. Il était né pour être chien de chasse, pistant les fauteurs de troubles en tout genre, pas pour renifler les basques des messieurs de la jaquette flottante.

— Mon ami Charles Conder m'a dit qu'il le plaignait de tout son cœur car tout Londres critique le prince pour sa vie dissipée. Il n'y a pas que les hommes, on parle de prostituées, de drogue... Sa grand-mère essaie de lui arranger un mariage en ce moment même avec la princesse Mary de Teck.

— Qui est Charles Conder ?

— C'est tout ce qui t'intéresse ! Mettre un visage sur tous les pantalons que je fréquente.

— Modère tes expressions, ma caille, tu me fais frémir.

— Imbécile ! Charles Conder, le jeune peintre australien alcoolique, tu sais bien, celui qui t'a laissé son logement quand il est parti à Dieppe.

Louis sursauta comme si on l'avait piqué, non pas tant parce qu'il se rappelait soudain son soulagement que Conder parte avant de mettre à exécution son idée de faire le dessin de Camille dans son atelier-foutoir de la rue de l'Abreuvoir, mais parce que le trop séduisant pochard se trouvait maintenant à Dieppe, qui semblait décidément occuper une place stratégique dans son enquête.

— Passe-moi ma brosse, tu veux bien ? reprit Camille. Celle en écaille, merci. Le pauvre n'est pas très bien considéré là-bas. Il m'a écrit…

— Il t'écrit régulièrement ?

— Eh oui, je sais lire, je reçois du courrier. Tu vas me faire donner le knout, mon petit tsar ?

— Continue.

— Il m'a écrit que la colonie anglaise lui battait froid. Il paraît qu'il a une conduite trop dissolue. Il est dans le collimateur de Sickert, un ami de Jacques-Émile Blanche, tu te souviens de Jacques-Émile, le fils de l'aliéniste ?

Sickert, Blanche, Dieppe, ce ne pouvait pas être une simple coïncidence si Camille déboulait soudain à Londres et citait ces noms ! C'était un signe. Les lignes de faille convergeaient toutes vers un imminent séisme.

— On l'a rencontré à la soirée d'anniversaire d'Oscar, continua-t-elle.

Oscar Méténier, un ex-policier devenu auteur dramatique, connu pour ses pièces naturalistes qui choquaient souvent par leurs situations crues et l'emploi de l'argot. Camille avait joué dans *Monsieur Betsy*, qu'il avait écrit avec Paul Alexis, l'ami de Zola. Louis se souvenait de cette soirée d'anniversaire. Les deux Goncourt étaient là, toujours aussi malveillants, ainsi que Liane de Pougy, hiératique, Léon Daudet qui commençait à puer l'antisémite, Jean Lorrain et ses mignons, la grande Sarah et une flopée de gens de théâtre, de lettres et du demi-monde. Prévenu par Daudet, Louis avait passé la soirée à éviter le maître de maison, un intarissable bavard qui vous gardait des heures en otage pour vous lire sa prose.

Il fouilla dans sa mémoire afin de retrouver Jacques-Émile Blanche. Ah oui, le jeune dandy aux yeux un peu tombants qu'il avait au premier abord pris pour un Anglais. Écrivain et portraitiste mondain. Mirbeau, qui se piquait de s'y connaître en tableaux, le trouvait plutôt médiocre.

Qui aurait pu imaginer ce soir-là que l'année suivante Louis serait sur les traces d'un meurtrier lié à ce petit monde ?

Il se tourna vers Camille et fut une fois de plus frappé au cœur par sa beauté radieuse et épanouie. Il voulut l'enlacer, mais elle le repoussa tout en fixant les peignes de sa coiffure.

— À partir de maintenant et jusqu'à notre retour, interdiction absolue de mettre la main sur la marchandise, mon coco. Je ne veux ni traces de gros doigts sur la soie, ni mèches décoiffées, encore moins d'étoffe froissée, sans parler d'une garniture de poils de barbe sur mon corsage.

— Je me souviens de ce Blanche, dit Louis, en saisissant son frac. Un garçon sympathique.

— Tout à fait. Un peu falot, mais bon... Il connaît tout le monde à Paris, Dieppe et Londres. C'est une mine d'informations ! Il avait d'ailleurs suivi avec attention l'affaire du prince de Galles. Il m'a promis de faire mon portrait cet hiver.

Bah, le dandy n'avait pas l'air trop dangereux, autant que Camille se fasse portraiturer par un type qui n'était pas son genre.

— Connais-tu son ami Sickert ?
— Je l'ai rencontré une fois, au *Moulin-Rouge*.
— Qu'est-ce que tu faisais au *Moulin-Rouge* sans moi ?
— Tu étais en reportage sur tes satanés chasseurs alpins et leurs fabuleuses raquettes de neige, mon petit tsar. Nous sommes allés nous rafraîchir avec la troupe après le spectacle, ça te va ?
— Très moyennement. Je préférerais que tu m'attendes en lisant au coin du feu.
— Compte là-dessus et bois de l'eau fraîche, mon tout beau ! Bref, ton Sickert avait l'air d'un drôle de lascar, un blond aux traits énergiques, avec une petite moustache dorée, il n'arrêtait pas de plaisanter. Les filles lui tournaient toutes autour.

Louis se dit qu'il détestait absolument Sickert. Quel dommage qu'il ne pût être Nark ! À moins que Blanche n'ait menti pour le couvrir ?

— Je suis prête ! lança Camille.
— Allons-y, il est 8 heures ! dit-il en lui prenant le bras.
— Ça te ferait mal à la langue de me dire que ma tenue est potable ?
— Potable n'est pas le mot, tu es tout simplement époustouflante, mon ange. En route ! Je te raconterai où nous en sommes pendant le trajet.

CHAPITRE XII

L'Egyptian Hall fourmillait de monde et c'est un Albert nerveux qui se dépêcha de gagner les coulisses pour se transformer en Philibert. Louis avait présenté Camille à ses compagnons, noté le sourire narquois d'Émile, la curiosité de Miss Mary, l'embarras de Robinson. Camille avait aussitôt testé son anglais sur Millie. Laquelle Millie, très à l'aise, saluait à présent à la ronde les gens les plus chic. Robinson, dans son sillage, bayait aux corneilles d'un air satisfait. Émile et Miss Mary échangeaient des remarques à voix basse en annamite. Camille observait les lieux, les toilettes des femmes, la physionomie des hommes, attentive à tous les détails. Elle tapota le poignet de Louis.

— Tu connais ce type, là-bas ?
— Lequel ?
— Zut, il a disparu derrière le pilier.
— Qu'cst-cc qu'il avait de spécial ?
— Il me regardait d'une façon bizarre. Fixement.
— Il pensait peut-être à ce qu'il allait commander au bar.
— Idiot !

Gussie vint les chercher en leur disant qu'on les attendait au foyer.

Une grande femme brune vêtue d'une somptueuse robe grenat jouait de l'éventail près d'une tenture en velours rouge. Millie courut la saluer.

— Lady Fisher-Brown !

La femme se retourna, lentement, posément. Louis reconnaissait la haute taille, la silhouette mince, découvrait le visage qu'il n'avait qu'entraperçu sous le masque de chouette blanche. Un visage d'une grande beauté, classique, aux traits fermes. Des lèvres bien dessinées sans être pulpeuses. Un nez droit, grec. Les yeux, immenses et d'un noir profond, légèrement étirés en amande, lui donnaient un air abyssin. Il sentit Camille se raidir à ses côtés comme si elle avait identifié une rivale potentielle. Il eut envie de la rassurer. Il était peu sensible à ce genre de beauté froide, aux formes trop peu marquées. Il préférait la bouche sensuelle de Camille, ses yeux verts pétillants, son petit nez de lionceau, son buste généreux. Il lui caressa furtivement la main.

Millie faisait les présentations.

— Oui, bien sûr, je reconnais l'Oncle Tom, disait Lady Fisher-Brown. Et voici notre colonel, et le jeune homme bien pommadé doit être notre grand chef sioux.

Elle s'interrompit avec une charmante petite moue en regardant Miss Mary et Camille d'un air interrogateur.

— Miss Mary Campbell, de Camden Town, et Mlle Camille De Saens, de Paris, dit Millie. Mlle De Saens est une actrice en vue.

— Vraiment ? J'adore le théâtre. Dans quoi peut-on vous applaudir ? s'enquit Lady Fisher-Brown avec l'amabilité joyeuse d'un félin guettant un colibri.

Camille répondit poliment, mais le roux doré de ses cheveux sembla à Louis soudain plus flamboyant.

— Parlez-vous français ? s'enquit-elle.

— Un peu. J'ai beaucoup voyagé, je parle également un peu allemand, italien, turc, russe... répondit Lady Fisher-Brown en français et sans aucun accent.

— Son Altesse est arrivée ? coupa Millie à voix basse.

— Oui, l'ouvreur a conduit le prince à la loge par un couloir dérobé, pour éviter qu'on le voie et qu'on l'importune. Allons le rejoindre, il doit se morfondre, tout seul !

— Et comment va la princesse May ? Toujours prête à devenir duchesse de Clarence ? demanda Millie tout en montant le grand escalier.

Elle faisait allusion à la princesse Mary de Teck, la fiancée du prince et duc de Clarence, surnommée May par la famille, et qu'elle avait connue lors de matinées enfantines.

— Elle se porte comme un charme. L'affaire se présente bien. Le duc a l'air très enthousiaste.

Millie fit la moue. Albert Victor était sans doute un aimable garçon, mais on le disait généralement plus résigné qu'enthousiaste quant aux projets qu'entretenait sa redoutable grand-mère à son égard.

Ils le trouvèrent installé au fond de la loge, devant une bouteille de champagne français, en civil : frac noir et chapeau gris. Il avait le nez long, les yeux clairs un peu saillants, le menton un peu mou. Il les salua en tortillant les petites pointes retroussées de sa moustache et Camille s'inclina avec déférence devant sa première Altesse Royale. Mais bon, il n'était pas franchement beau et avait l'air fatigué...

Le jeune prince – ou duc, Louis ne savait pas quel titre il fallait utiliser – leur offrit de trinquer avec lui et semblait impatient de voir démarrer le spectacle. Bien qu'il fût l'aîné de Louis de plus de cinq ans, il lui faisait l'effet d'un enfant, ravi d'échapper pour un soir aux lourdeurs de sa charge.

Ils eurent à peine le temps de boire une coupe de Krugg 84 que le crieur annonça le début du spectacle et que les lumières baissèrent.

Pendant qu'Albert enchaînait les tours de passe-passe, Louis nota l'amusement du prince, le ravissement de Camille, l'étonnement de Mary et les ricanements complices de Millie et Robinson. Surplombant la salle, il prenait plaisir à observer les réactions des spectateurs, entre rires et frissons, quand il repéra une sombre silhouette, debout dans un renfoncement, adossée au mur. L'homme portait un manteau noir et avait gardé son haut-de-forme. Il s'appuyait sur le pommeau de sa canne. Ce qui retint son attention ne fut pas tant sa posture, assez raide, ni sa haute stature, mais le fait qu'il ne regardât pas la scène.

En effet, à l'instant où Louis prit conscience de sa présence, l'homme avait la tête levée et le regardait !

Il se pencha un peu plus et Camille lui murmura d'arrêter de gigoter. L'homme en noir s'éloignait, remontait l'allée latérale, se dirigeant vers la sortie. Et au moment de gagner la porte, il se retourna, lentement, et, ôtant son chapeau, salua Louis d'un grand geste moqueur.

Se levant d'un bond, celui-ci se rua hors de la loge, laissant sans doute croire ses amis à un besoin plus que pressant, et dévala le grand escalier quatre à quatre, manquant se rompre le cou. Il sauta les dernières marches sous le nez ahuri d'un huissier somnolent, balaya le grand hall du regard : vide.

— Avez-vous vu passer un monsieur en manteau noir ? cria-t-il au jeune portier.

— Personne n'est sorti, monsieur.

Impossible. À moins que l'inconnu ait bifurqué vers les toilettes ou le foyer. Non, pour atteindre le foyer, il fallait traverser le hall. Donc, les toilettes. Ou le fumoir. Sapristi, le fumoir ! Louis se remit à courir, enfila le couloir lambrissé qui menait au fumoir. Vide. Il ressortit, croisa un ouvreur qu'il faillit renverser, s'enquit frénétiquement des *lavatories*. Avec une grimace de compassion pour un homme affligé si jeune d'une prostate défaillante, l'ouvreur lui indiqua un petit couloir sur la gauche.

Louis poussa la porte tapissée de vert sombre. Trois urinoirs en faïence. Un crachoir à colonne sur pied. Une soucoupe remplie d'eau chlorurée. Un WC fermé par une porte en bois. Une haute et étroite fenêtre à guillotine. Il prit une profonde inspiration, ouvrit à la volée la porte du WC : personne. Il réussit à faire coulisser la fenêtre, se pencha par l'ouverture. Elle donnait sur une ruelle déserte, hormis l'arrière d'un cab qui s'éloignait à vive allure en brinquebalant.

Il l'avait perdu. Il regagna la salle, maussade. C'était Hyde-Nark qui s'était tenu là, il en était sûr, Hyde-Nark qui l'avait défié ! L'idée affreuse lui vint soudain que ce salopard n'avait peut-être pas usé du tisonnier pour occire Rebecca, mais de sa canne, plus longue et tout aussi mortelle qu'un pal. Cette canne sur laquelle il s'appuyait en toisant Louis, goguenard. Il ne s'agissait pas là d'un simple fou, non, l'homme était machiavélique, organisé dans ses meurtres, un sadique sans conteste, et qui aimait exciter la meute après lui, comme le Ripper trois ans auparavant.

Il rentra dans la loge à l'instant où Philibert Jolimond rattrapait sa tête au vol et la remettait en place. Ce fut le délire. Camille applaudit à s'en faire mal aux mains, Millie trépignait comme une gamine, Mary avait saisi la main d'Émile, Son Altesse criait bravo ! et Lady Fisher-Brown souriait avec satisfaction, comme si elle était responsable de ce succès.

Ou bien se gaussait-elle de Louis et de sa poursuite ratée ? Si Hyde – il fallait s'habituer à l'appeler Hyde –, si Hyde faisait bien partie d'une secte, il n'en était pas le seul membre. N'importe qui pouvait être un de ses coaffidés. C'était un élément qu'ils avaient négligé, mais qui le frappait maintenant. Lady Fisher-Brown pouvait fort bien être de ses complices, tout comme Miss Mary ou Millie elle-même. Et pourquoi pas Albert, si opportunément survenu et spécialiste du travestissement, tant qu'on y était ? L'idée vertigineuse qu'Albert pût être Hyde fit une petite percée dans ses supputations, mais il la rejeta aussitôt.

Mais les autres... Miss Mary était peut-être payée pour leur conter des craques, Millie pour les mener en bateau sur les traces de Leprince et Lady Fisher-Brown se révéler la perverse grande prêtresse évoquée par Léo Taxil dans ses ouvrages antimaçonniques.

Il l'observa plus attentivement. Les lèvres étirées en un demi-sourire aussi aimable qu'ambigu, les yeux moqueurs, elle donnait constamment l'impression d'être en représentation et qu'il fallait entendre d'autres mots sous ses propos anodins. Dissimulation et danger, voilà ce qu'elle lui évoquait. Mais sans doute n'était-ce qu'une courtisane intrigante, une aventurière sans scrupules, changeant d'identité comme d'autres de chaussettes.

Quand le « bertillonnage » anthropométrique se serait répandu dans tous les bureaux de police de la planète, il deviendrait plus difficile de s'inventer des personnages, se dit-il, imaginant une société où chacun pourrait être dûment identifié à partir de son portrait signalétique étiqueté. Sans compter la théorie biométrique de sir Francis Galton, concernant les crêtes papillaires, ces « empreintes digitales » utilisées par l'administration anglaise au Bengale pour dépister les faux pensionnés de l'Armée, et dont on disait qu'aucun individu au monde n'avait les mêmes. Après avoir lu un article là-dessus, un soir, au *Chat Noir*, il s'était amusé avec Camille et leurs amis à comparer les leurs, se maculant les doigts d'encre pour les appliquer sur une feuille de papier, et tout avait très vite dégénéré en course-poursuite et barbouillage généralisé, à la grande joie de la corporation des teinturiers.

Les dermoglyphes de Hyde devaient grouiller sur la peau de Rebecca et de Mathilda comme des araignées venimeuses, mais hélas indécelables.

Il fut tiré de ses réflexions par le mouvement général de la petite bande qu'Albert avait rejointe, très chaudement félicité, et qui empruntait la sortie des artistes pour gagner le restaurant tout proche. Le prince – duc ? –, soucieux d'incognito, avait jeté une cape sur ses épaules, remonté le col de son habit, enfoncé son chapeau sur les yeux et masqué son visage d'une écharpe. Un homme dissimulant son identité. Comme Nark se cachant derrière Hyde.

Si le bonhomme était médecin, il avait une adresse. Il faudrait s'y présenter dès le lendemain matin.

— Vous avez l'air du type qui voit un cafard dans son rata, dit Émile.

— Je me demandais comment avoir la certitude que Robert Hyde est bien Edward Nark, comment être sûr que nous n'avons pas échafaudé toute une théorie délirante.

— Il faut le voir en face, assura Émile. Quand nous le regarderons entre quatre yeux, nous saurons. J'ai déjà vu des hommes qui tuaient pour le plaisir. Ils ont la même absence de regard que les requins.

— Vous avez souvent échangé un clin d'œil avec un requin ?

— J'ai failli périr boulotté par un de ces salopards en mer de Chine. On s'était mis à la flotte avec quelques collègues, les rares qui savaient nager, pour se débarrasser un peu de cette foutue sueur et de la boue. On barbotait comme des pachas dans l'eau transparente quand y en a un qui a poussé un cri. Le grand Séverin.

Émile se tut, soudain grave.

— C'était même pas un cri, continua-t-il à voix basse, c'était pire. Le pire hurlement que j'ai jamais entendu, même sur un lit de torture. Le Séverin, il a semblé sauter en l'air comme un bouchon porté par une ombre gris métal, et puis il est retombé, coupé en deux à la taille. On voyait ses tripes qui se déroulaient dans l'eau comme des rubans. Il nous regardait. Il nous regardait, la bouche ouverte, les yeux écarquillés, il nous a dit « au secours ! », il a tendu les bras vers nous et il est mort. Vous pouvez pas vous imaginer, ce pauvre Séverin, cette moitié de Séverin, encore vivant, ses mains tendues vers les miennes...

Émile secoua la tête. Louis prenait des notes dans sa tête.

— Où j'en étais ? Ah, oui ! La panique générale. Tout le monde essayait de se débiner le plus vite possible, on battait des pieds, des mains, on essayait de nager, et on le voyait, le monstre, on le voyait comme je vous vois, énorme, vert-gris comme un obus, la gueule ouverte sur une rangée de crocs gigantesques.

— Comment avez-vous fait ?

— Comme on a pu. En pataugeant et en priant pour toucher terre le premier. Comme pendant un assaut, une deux, une deux ou tu crèves. Gaston m'a doublé, il bavait de trouille, et puis *il* l'a rattrapé, *il* lui a arraché la jambe, *il* est passé tout à côté de moi, la jambe dans la gueule. Et c'est là que j'ai croisé son regard. Un trou noir. Opaque. Vide. Qui m'a révélé une créature viscéralement différente de nous.

« C'est ce même regard que j'ai retrouvé chez un de nos gars qui s'était mis à tuer des enfants, là-bas, à Hué. Il les violait, les étranglait et les démembrait avant de jeter les morceaux dans le fleuve. J'ai fait partie de la patrouille qui l'a intercepté, les morceaux encore chauds du corps d'une gamine à la main. Il avait ce regard. Ce regard mort. Noir. Opaque. Il disait : "Quoi ! les gars, soyez pas bêtes, c'est pas moi, je viens de la trouver comme ça !" Il souriait, il avait l'accent parigot, l'air d'un brave type. Mais je savais que sous sa peau d'homme, sous son déguisement d'homme, y avait ce foutu squale. »

Émile se tut, comme vidé. Louis ne l'avait jamais entendu parler aussi longtemps. Ils rejoignirent le reste du groupe qui s'engouffrait au *Monico*.

La salle donnant sur la rue étant réservée aux messieurs, on les introduisit dans celle qui acceptait les dîneurs des deux sexes et on les conduisit avec déférence jusqu'à un cabinet privé, réservé pour les convives de M. Jolimond.

Une fois qu'ils furent installés à la grande table ovale surchargée d'argenterie et de cristal, le prince se plongea aussitôt dans l'étude du menu, scrupuleusement imité en cela par Robinson. « Ce garçon a décidément une étoffe princière », glissa Louis dans le creux de l'oreille d'Émile qui ricana. Camille lui adressa un regard courroucé signifiant : Pas de messes basses devant Son Altesse, et, en retour, Louis lui caressa la cuisse sous la table, manquant de peu s'attirer un planté de fourchette dans la main.

La commande passée et les apéritifs servis, la conversation s'engagea, portant naturellement sur les exploits de Philibert Jolimond qui essayait de garder l'air modeste, rose de plaisir. Ils en étaient à l'entrée, un subtil consommé Monte-Carlo, quand un jeune homme maigre avec des yeux brillants et un grand nez passa la tête par l'embrasure de la porte. Avec son visage ascétique, ses cheveux bruns coupés ras et son épaisse barbe brune, il avait l'air d'un rabbin exalté. Philibert Jolimond se leva pour l'accueillir.

— Robert ! Entre, entre donc !

— Je voulais juste te saluer, je dîne à côté avec David Devant.

— Attention ! Tu m'as promis ta prochaine invention ! le gourmanda Albert en riant. Devant est un de mes concurrents, expliqua-t-il avant de présenter le jeune homme à la ronde : Robert William Paul, mon conseiller personnel en trucages. C'est un électricien et un inventeur de génie, ajouta-t-il. À vingt-deux ans, il vient d'ouvrir son propre établissement d'instruments électriques au 44 Hatton Garden.

— Je connais ! s'écria Millie. J'ai vu votre réclame dans les journaux.

— Tout à fait, répondit Robert William Paul. Le commerce n'est cependant pas mon activité essentielle. Je m'intéresse aux inventions. D'aujourd'hui, certes, mais surtout aux inventions de demain.

— Joliment dit ! s'exclama Lady Fisher-Brown. Ne sommes-nous pas tous amoureux du futur ? N'est-ce pas, Eddie ?

Le prince tiqua en s'entendant appeler par son surnom et faillit se cacher derrière sa serviette en marmonnant : « Bien sûr, bien sûr. »

— Il paraît que vous allez commercialiser un fer à repasser électrique ! s'enthousiasma Millie.

— Le brevet en a été déposé par Henry W. Seeley à New York. Je travaille à l'améliorer.

— Il m'en faudra absolument un ! décréta Lady Fisher-Brown.

— N'ose même pas m'imaginer en train de repasser ton linge ! intima Camille à Louis à mi-voix. Je t'interdis de m'offrir quoi que ce soit qui vienne de ce magasin.

— Pas de messes basses ! lui renvoya Louis. Dites-moi, monsieur Paul, avez-vous eu connaissance d'un autre inventeur, plus âgé que vous mais tout aussi émérite, un artiste peintre doublé d'un photographe : Augustin Leprince, de Leeds ?

Paul se précipita vers Louis, les yeux brillants.

— Vous avez de ses nouvelles ?

— Hélas, non. Vous le connaissiez donc ?

— Il venait parfois chez mes anciens employeurs, Elliot Brothers, sur le Strand. J'avais à peine dix-huit ans, mais nous discutions de tout : de l'électricité et de ses applications possibles et futures à l'optique, à la mécanique, à la traction à moteur... Un homme impressionnant et toujours courtois. La dernière fois que je l'ai vu, c'était en octobre 88, il était venu déposer un additif à son brevet pour son appareil destiné à « produire des images photographiques animées ».

— Leprince, dites-vous ? demanda le prince en se redressant, son verre vide à la main. N'est-ce pas vous, Eleonore, qui m'avez présenté quelqu'un de ce nom il y a deux ou trois ans ?

Tiens, tiens, Son Altesse lui donnait du Eleonore. Et elle avait connu Leprince. De mieux en mieux.

— Effectivement, acquiesça Eleonore Fisher-Brown avec un sourire éblouissant. Je l'avais rencontré par l'intermédiaire de Mathilda Courray, ma dame de compagnie occasionnelle. Il voulait se faire connaître de vous pour vous montrer son invention. Vous avez bien voulu le recevoir fin septembre 88.

Émile, Albert et Louis s'étaient figés en posture de chiens d'arrêt.

Albert Victor claqua des doigts de la main droite tout en agitant la gauche pour qu'on lui remplisse son verre.

— J'y suis ! Cette drôle de machine qui faisait un bruit d'enfer.

— Un projecteur, intervint Robert William Paul. M. Leprince m'avait fait lire le détail de ses brevets. Il avait construit une caméra et travaillait sur un projecteur depuis des années.

— Exactement ! Il a installé tout son fourbi, m'a montré son appareil de prises de vues et puis cet objet muni d'objectifs, et il m'a assuré que j'allais voir projetées sur le mur les images qu'il avait auparavant enregistrées.

— Et alors ? s'écrièrent simultanément Louis et Robert William Paul.

— Pardon ? fit le prince en buvant une gorgée de château-yquem.

— Les avez-vous vues ? L'appareil marchait-il ?

— Oh, pour ça oui ! J'ai vu un ouvrier courir dans la rue. Mais quel potin ! Et les images étaient toutes saccadées à vous donner le tournis. Quel plaisir voulez-vous tirer d'une machine pareille ? Il est moins fatigant de regarder des choses si peu intéressantes par soi-même.

— Songez cependant s'il vous avait montré une danseuse orientale, dit Louis pour stimuler l'imagination princière.

— Oh, vous savez, moi, les danseuses… répliqua le prince en portant un toast discret à Albert. Enfin, bien sûr, j'ai félicité ce monsieur et l'ai assuré que je ferais mon possible pour l'aider dans ses travaux, car il avait des problèmes de trésorerie, mais celle de la Couronne n'est pas inépuisable, n'est-ce pas ? Décidément, il faudra un jour conquérir la France, ou à tout le moins Bordeaux ! ajouta-t-il en vidant de nouveau son verre.

— La France, monsieur, a déjà une fois guillotiné une reine. Ne lui donnez pas le goût de recommencer, lança Émile, debout, les talons joints.

— Plaît-il ? Êtes-vous fou, monsieur ?

— Du calme, s'interposa Lady Fisher-Brown, considérons que ce cabinet est un no man's land où tout peut être dit et entendu, mais jamais répété, et sans qu'on y voie d'offense.

— Assis, Émile ! ordonna Louis. Nous ne sommes pas chez nous. Restons courtois.

— Je t'en foutrais…

— Il avait donc réussi ! murmura Robert William Paul pour lui-même. Bon Dieu, moi aussi j'y arriverai bientôt. Je vous immortaliserai en pleine décapitation sur des rouleaux de Celluloïd et nous vendrons ça au monde entier ! lança-t-il à Albert avec flamme. Des milliers de Jolimond décapités en même temps sur les scènes des plus grands music-halls du monde !

— *Prosit !* s'écria le prince à la manière de sa famille de Saxe-Cobourg-Gotha. Où sont donc les huîtres ?

— Après la crème Sainte-Marie, nous avons le suprême de truite à la princesse, lut patiemment Lady Fisher-Brown sur le menu imprimé en français.

— Et des poulardes à la George Sand ! s'exclama joyeusement Millie. Chic, j'adore le poulet ! Qui est ce George Sand ? Un grand cuisinier ?

— Bé-casses au cham-pa-gne, déchiffra Robinson.

— Ça, en bécasse, il s'y connaît ! grommela Émile à qui Miss Mary serra la main.

Robert William Paul prit congé pour rejoindre son commensal, escorté par Louis qui voulait en savoir davantage.

— Parlez-moi encore de cet appareil. Je ne suis pas ingénieur. De quoi s'agissait-il exactement ?

Paul fit signe qu'il arrivait à un jeune homme blond au menton carré qui buvait une pinte en compagnie d'une jolie brunette.

— Très exactement et d'après ses propres termes, il s'agissait de deux appareils : un receveur d'images, ou photo-caméra, et un délivreur, ou stéréopticon, adapté pour passer les images obtenues au moyen de ladite caméra, vous comprenez ?

— Je crois. Il effectuait d'abord les prises de vues avec cette caméra…

— Tout à fait. Son fils Adolphe, que j'ai rencontré il y a deux ans, m'a dit qu'il avait réussi quelques belles images de la famille dansant dans le jardin en octobre 88.

Cela correspondait à ce que leur avait dit Longley à Leeds.

— Et donc le stéréopticon devait ensuite passer ces images… reprit Louis.

— « Dans le même ordre et le même temps dans lesquels elles ont été prises », récita Paul, à l'aide d'un système d'engrenages dentés et de perforations. « Et le résultat serait que ces images transparentes projetées sur un verre dépoli ou une toile blanche produiraient l'impression même de la vie. » Ce sont les termes du brevet.

— Quelque chose comme l'électrotachyscope d'Ottomar Anschütz ? s'enquit Louis.

— Oui, mais plus perfectionné !

— L'avez-vous vu fonctionner vous-même, ce stéréopticon ?

— Hélas, non ! Je sais qu'il butait sur le problème de l'entraînement des plaques de verre sur lesquelles étaient tirés les positifs. Trop de bruit, trop de scintillements, trop de distorsion. Par la suite, il m'a écrit en décembre 89 pour me dire qu'il s'était procuré des rouleaux de Celluloïd et qu'il était sur le point de surmonter toutes ses difficultés. Ensuite, je n'ai plus eu de nouvelles et j'étais moi-même trop absorbé par mes affaires pour m'en inquiéter. Mais quand j'ai appris sa disparition, cela m'a causé un véritable choc.

— S'il avait réussi, véritablement réussi, pourquoi ne pas avoir demandé une nouvelle audience à Son Altesse ?

— Allez savoir ! Il avait peut-être compris qu'il n'y avait rien à en attendre. Et puis, il était très perfectionniste. Il voulait peut-être revenir avec un appareil parfait.

— Et sa disparition elle-même ? Pensez-vous qu'elle soit en rapport avec les scènes qu'il aurait pu prendre ?

Robert William Paul sembla sceptique.

— Pour ma part, j'ai toujours soupçonné un mauvais coup de la concurrence. Je crois qu'il avait rencontré Edison en France en 89 à l'Exposition universelle de Paris. Vous pensez que ça a fait plaisir à ce « monsieur mille brevets » qu'un petit inconnu marche sur ses plates-bandes ? Vous savez combien il va gagner avec son kinétoscope, Edison ? Imaginez un peu ce qu'il a dû ressentir en apprenant qu'un concurrent avait mis au point un système de projection permettant aux images filmées d'être vues par des dizaines de personnes à la fois ?! Fini, le kinétoscope et son œilleton pour spectateur unique. Croyez-moi, suivez la vieille piste « à qui profite le crime » ! conclut-il avant de s'excuser et de rejoindre sa table.

Perplexe, Louis regagna la sienne. S'étaient-ils lancés sur une fausse piste ? La disparition de Leprince n'était-elle liée qu'à une histoire de brevets et de gros sous, sans aucun lien avec le meurtre de Mathilda ?

Il reprit place devant son suprême de truite tandis que les autres convives en étaient venus à médire joyeusement de leurs connaissances respectives. Louis goûta à peine sa truite, trop de crème, et fila chuchoter à l'oreille d'Albert pendant que Lady Fisher-Brown racontait les derniers potins londoniens et que Millie gribouillait furieusement sur la nappe.

— La piste commerciale ? dit Albert. Nous n'y avions même pas pensé ! Méliès m'a parlé d'une rencontre à l'Exposition internationale avec Thomas Edison, ajouta-t-il, les sourcils froncés. Il y avait aussi Émile Reynaud et le prototype de son théâtre optique, une invention remarquable, et deux photographes lyonnais, les frères Lumière. L'aîné, Louis, a fait ses études à la Martinière, comme moi, mais je ne le connais pas plus que ça, il a cinq ans de plus que moi.

On apporta les poulardes à la George Sand alors que Camille s'employait à expliquer à Millie que c'était un écrivain français, une femme plus précisément. Avec son naturel coutumier, Millie rétorqua qu'elle n'aimerait pas que son nom soit associé à un plat de poule et tout le monde but copieusement tandis que Louis, tout en vidant son verre comme un automate, se posait moultes nouvelles questions.

Si la disparition de Leprince était le fait d'un concurrent et n'avait plus aucun lien avec le meurtre de Mathilda, il n'en demeurait pas moins que celle-ci avait été assassinée. Très certainement par Edward Nark, alias Robert Hyde, alias... ? Mais dans ce cas, quel était le mobile de ce crime ? Il avait l'impression qu'on lui passait le cerveau à l'essoreuse.

Il profita de la salade impériale pour retourner près d'Albert. Camille, très en verve – le vin était bon –, chantait à tue-tête :

> *Tha-ma-ra-boum-di-hé*
> *Chahuter chahuter,*
> *N'y a qu'ça pour bien s'porter !*

Immortel refrain récemment créé par Mlle Duclerc aux Ambassadeurs, qu'Albert Victor avait l'air de trouver à son goût à voir l'enthousiasme avec lequel il le reprenait.

— Il faut tout revoir du début, dit Louis à Albert. Écoutez ça : Mathilda et Leprince ont une liaison.

— Encore !

— Tss, attendez : soucieuse d'aider son amant franc-maçon, elle le présente à ses amis londoniens, le peintre Sickert et le prétendu Edward Nark. Sickert introduit Leprince auprès d'Albert Victor, sans succès. Mais Nark se trouve être le sicaire d'Edison ou des autres. Le bras armé de la concurrence.

— Vous soupçonnez Méliès ? Edison ? Émile Reynaud ? Les Lumière ?

— Tous, je les soupçonne tous.

— Vous me fatiguez, Louis. Je sors à peine d'une recollation…

— Nark est un tueur à la solde d'un consortium occulte visant à assurer à l'un de ses membres le succès de l'invention de Leprince. Hop, on l'élimine. Mathilda, qui veut le venger, s'enfuit munie de… de quoi ? Oui, c'est ça, munie d'un de ces rouleaux de Celluloïd imprimés, prouvant la réussite de Leprince.

— Rouleaux que Nark aurait dérobés après l'avoir coupée en morceaux.

— Vous voyez, quand vous voulez bien faire un effort ! Nark revient alors se tapir à Londres pour se livrer à ses sinistres occupations habituelles.

— Sacrifices humains rituels, adoration du démon...

— Pratique de la magie ! lança Louis en dévisageant Albert.

— Ne me regardez pas avec ces yeux de chien d'attaque, vous me flanquez la trouille, répliqua celui-ci. Vous savez très bien que mon art repose sur l'illusion et que je ne cultive pas celle d'être un vrai mage !

— Hum, soit ! Mais quand même, quel salmigondis autour de la magie, de l'ésotérisme, de la photographie animée... Je reviens à mon histoire : Nark, donc, est de retour à Londres, mission accomplie – Mathilda et Leprince sont hors course. Edison ou vos frères Lumière peuvent dormir sur leurs deux oreilles.

— Quatre. Deux frères, quatre oreilles.

— C'est vous que je vais essoriller, Albert ! Je continue, malgré votre mauvaise volonté.

— Permettez, je vous écoute, mais je goûte ce soufflé Chaud Succès.

— Buvons au nôtre ! Bon, donc Nark est revenu, tout va bien. Mais soudain nous entrons en scène. Et non contents de chercher à élucider le meurtre de Mathilda, nous l'avons relié à la disparition de Leprince et sommes allés farfouiller à Leeds.

— Croyez-vous que Robinson puisse être une taupe ? murmura Albert.

— Non, catégoriquement non, ou alors c'est le meilleur comédien que les planches aient jamais vu.

— Vous parlez théâtre ? s'enquit Camille.

— Théâtre, art, magie, inventions ! répondit Albert avec un grand geste. Délicieux, ce soufflé.

— N'est-ce pas ? dit Albert Victor. Un Chaud Succès, tout comme votre spectacle !

Eleonore Fisher-Brown fixa le prince d'un air dérouté et admiratif, comme si un cancre décrochait soudain un premier accessit. La conversation redevint pour un temps générale. Louis bouillonnait. Il s'éclipsa pendant que l'on servait la charlotte russe.

Robert William Paul était encore là, ainsi que son ami David Devant et la jolie brunette. Louis demanda à Paul s'il pouvait lui poser encore quelques questions et celui-ci l'invita à s'asseoir avec eux. Il avait relaté leur conversation à David, qui était très intéressé par tout ce qui touchait aux images animées, conscient de l'inestimable contribution que ce procédé pourrait apporter à l'illusionnisme.

Ils revinrent sur la question de la concurrence et David Devant se rangea à l'avis de Paul : bien sûr qu'on pouvait se montrer malhonnête pour un brevet ou s'étriper par avocats interposés ! Alors pourquoi pas tuer ? Tout dépendait des enjeux.

— Regardez par exemple ce qui se passe aux États-Unis d'Amérique : le procès intenté par le signor Meucci à Graham Bell. Meucci prétend que Bell lui aurait volé son invention, le « Telettrofono », pendant qu'elle était à l'étude à la Western Union Telegraph Company. Imaginez que Meucci gagne, Bell serait ruiné, sa réputation perdue.

— Et donc, si vous étiez à la place de Bell, vous feriez supprimer ce Meucci ?

— Peut-être, conclut David Devant avec un sourire énigmatique en allumant un cigare.

Louis avala une gorgée de l'excellent Pol Roger 1884, extra dry, que dégustaient les deux hommes.

— Connaissez-vous un certain Robert Hyde, un aliéniste ? demanda-t-il à brûle-pourpoint.

— Un fils naturel de Stevenson ? plaisanta David Devant, ce qui fit glousser la brunette qui sirotait du sherry. Désolé, ça ne me dit rien.

Robert William Paul haussa les épaules à son tour.

— Moi, je le connais, déclara alors la fille.

— Pardon ?

— Votre Hyde, je le connais. De votre taille, rigide, sinistre.

— Oui, c'est cela !

— Il vient parfois au musée et à la bibliothèque du Royal London Hospital.

— Ah ? Vous êtes infirmière là-bas ? s'enquit Louis avec une franche curiosité.

— Non, je suis étudiante en médecine, lui répondit-elle avec un sourire. Je m'intéresse, entre autres, aux malformations des fœtus. À la tératologie.

Louis avala sa salive.

— C'est ainsi que j'ai fait la connaissance de mes amis illusionnistes, continua-t-elle, en fréquentant les foires et les music-halls pour étudier les déformations pathologiques qu'on y exhibe, telles que les siamois, les lilliputiens, la femme à deux têtes, etc. Je m'appelle Philippa, Philippa Garret, poursuivit-elle en lui tendant une petite main fine qu'il serra. À ne pas confondre avec mon amie Philippa Garret Fawcet qui a été major de sa promotion en mathématique l'an passé à Cambridge.

« Bigre, de beaux cerveaux ! » se dit Louis.

— Et donc, vous avez eu l'occasion de voir Robert Hyde au musée ?

— Oui, il semble passionné par la collection de monstres, comme dit le public. Fœtus à deux têtes, hydrocéphale, holoprencéphales, sirène... Il reste toujours un long moment devant la dépouille de Joseph Merrick.

— Le pauvre diable connu sous le nom d'Elephant Man, précisa Robert William Paul.

Louis avait vu des photographies. Exhibé comme un singe savant de ville en ville, il avait trouvé refuge au Royal London Hospital sous la protection du chirurgien Frederick Treves et y était mort l'an passé.

— Il avait emprunté des ouvrages anciens sur l'anatomie, la dissection, les aberrations de la nature et je l'ai entendu dire au bibliothécaire qu'il se nommait Hyde, expliqua Philippa... Je lui aurais bien adressé la parole, puisque nous semblions avoir les mêmes centres d'intérêt, mais quelque chose dans son attitude m'en a empêchée. Il avait l'air, je ne sais pas, dangereux, conclut-elle en français.

Louis la félicita pour son intuition féminine.

— Parlons plutôt de clairvoyance ou de psychologie, si vous voulez bien, et laissons l'intuition féminine aux dinosaures sexistes.

Grosse tête et féministe. Attention à ne pas dire de bêtises.

— Après son départ, j'ai consulté sa fiche, avoua Philippa. Il avait inscrit une adresse. 221 b Baker Street.

Devant et Paul pouffèrent.

— Qu'y a-t-il de drôle ? s'enquit Louis.

— C'est l'adresse de Sherlock Holmes, le détective créé par Mr. Doyle, précisa Philippa.

— Notre ami a le sens de l'humour, commenta Louis, morose.

— Pourquoi vous intéressez-vous à lui ? demanda Paul.

Louis hésita, puis décida de leur résumer l'affaire, en précisant bien qu'il ne s'agissait que de suppositions. Les seuls faits objectifs étaient les meurtres de Mathilda et de Rebecca, la prostituée, et la présence de Nark dans la chambre juste avant qu'elle décède assassinée.

— Ce qui donne tout de même une probabilité assez fiable pour désigner ce Nark comme l'assassin de Rebecca, fit observer Devant.

— Mais vous n'avez par contre aucune preuve que Nark et Hyde ne font qu'un, dit Philippa.

— C'est pourquoi nous voulons mettre la main sur Hyde, dit Louis. Excusez-moi, il faut que je rejoigne ma table. Nous sommes descendus à l'*Euston Hotel*.

— Vous pouvez me trouver à l'hôpital, dit Philippa en souriant, si vous avez besoin d'une aide intellectuelle.

— J'ose espérer que mes méninges ne sont pas *tératologifiées*, répliqua Louis, et que je peux encore raisonner un peu. Mais toute aide est bienvenue.

Il se dépêcha de regagner le cabinet privé.

— Que faisiez-vous ? s'enquit Albert. Vous êtes resté absent une éternité, vous avez raté les petits-fours.

— Je vous expliquerai. Du nouveau, par ici ?

Sans répondre, Albert, du menton, lui désigna Camille et Miss Mary, debout, les mains sur les hanches.

— Un, deux, trois ! dit Camille.

Et les deux femmes entamèrent un cancan endiablé en hurlant à tue-tête des paroles piquées au *Elle était très bien* de Léon Xanrof, soutenues par les encouragements vocaux de Millie et d'Émile. Albert Victor, debout, scandait la mesure, son verre à la main.

> *Quant à l'esprit, elle avait dû*
> *Je suis sûr, en avoir à vendre*
> *Mais sans doute, elle l'avait vendu.*

Louis en profita pour se glisser près de Lady Fisher-Brown.

— Chère Eleonore... susurra-t-il.

Il la vit se raidir.

— Chère Eleonore, j'aurais besoin de quelques renseignements sur votre ami Robert Hyde et notamment son adresse.

— Robert Hyde, l'aliéniste ?

— Vous en connaissez d'autres ? Il est vrai que le bonhomme a de nombreuses identités.

— La la la, la la la ! En chœur !

> *Ça prouv' que quand on est putain*
> *Faut s'établir Chaussée d'Antin*
> *Au lieu d'se faire une clientèle*
> *À Grenelle !*

Aristide Bruant maintenant, tandis qu'Eleonore Fisher-Brown affichait un sourire narquois.

— Vous vous prenez pour un fin limier, monsieur Denfert. Faites attention, vous pourriez vous casser les dents sur Hyde.

— Qui est-il ? Où loge-t-il ?

— On le dit originaire d'Europe centrale. Importante fortune familiale. On prétend qu'il serait lié à des cercles spirites.

Louis sentit le frisson de la chasse.

— « Y a rien de sacré pour un sapeur ! » gueulait Émile en fond.

— Mais en fait, personne ne le connaît vraiment, minauda Lady Fisher-Brown. Ce sont des rumeurs. Il passe par ici, il repasse par là…

— Le furet du bois, mesdames, dit Louis. Le tueur du bois, mesdames.

— Comme vous y allez !

— Où peut-on le trouver ? Répondez-moi sans barguigner.

— Vous me faites peur !

— Je ne plaisante pas.

Elle agita son éventail avec coquetterie.

— Vous n'oseriez tout de même pas me bousculer devant Son Altesse ? À propos, savez-vous qu'Albert Victor a été suspecté de tremper dans les assassinats de Whitechapel, il y a trois ans ?

— Je m'en fiche ! C'est Hyde qui m'intéresse !

— Heureusement pour le prince, la Cour a certifié que lors des meurtres du 30 septembre 88 – Elizabeth Stride et Catherine Eddowes – il se trouvait au château de Balmoral, en Écosse, entouré de délégations étrangères.

— Foin de vieux meurtres et de vieux scandales !

— D'accord, mais vous n'ignorez pas que notre Eddie s'est fait pincer dans une maison de passe. Qui vous dit qu'Augustin Leprince, peut-être guidé par Hyde, n'avait pas filmé Son Altesse en pleins ébats contre nature ? Et n'a pas tenté de la faire chanter ? chuchota Eleonore tandis que Camille et Miss Mary, échevelées, leurs jupes encore relevées, saluaient et que tout le monde applaudissait. Remuez tout ça et vous voilà avec une jolie mayonnaise, non ? conclut-elle en souriant. Beaucoup de pistes et rien de concret.

Louis se tut. Eleonore cria : « Superbe ! Bis ! »

Albert Victor commanditant le meurtre de Leprince... on en revenait à la théorie du témoin gênant, l'homme qui avait vu quelque chose qu'il ne fallait pas. Le témoin gênant ou le concurrent dangereux... Mais il n'était pas venu à Londres pour cela, il était venu débusquer le meurtrier de Mathilda Courray. Il se servit un verre de sherry, avec l'impression que c'était sous son crâne que se dansait un cancan endiablé. Camille riait avec Millie d'une histoire d'évêque mordu par un chien, Robinson s'affairait à finir toutes les assiettes, Miss Mary s'était appuyée contre l'épaule d'Émile qui fumait un cigare, Albert Victor, plus que légèrement éméché, discutait à voix basse avec Albert-

Philibert et Louis crut entendre citer le nom d'Oscar Wilde. Il se retourna vers Eleonore, immobile et sereine.

— Vous ne m'avez pas donné son adresse.

— Qui vous dit que je la connais ?

— Comment lui avez-vous fait porter son carton d'invitation au bal masqué ? répliqua Louis.

— Touché ! s'exclama-t-elle, mutine, comme s'il s'agissait d'un jeu.

— Cessez de me prendre pour un imbécile, ça me rend nerveux et quand je suis nerveux, je deviens méchant, lui jeta Louis, furieux.

— Brrr ! Votre Camille m'a l'air d'une femme terrorisée ! Très bien, je me rends : il loge 12 Carmelite Street. Je ne suis jamais allée chez lui, je ne le connais pas plus que ça, je vous l'ai dit. Une connaissance de connaissance, etc.

Louis la remercia d'une brève inclination de tête tandis que Camille venait se jeter dans ses bras, toute rose et tendre, étincelante.

— Et si nous allions au *Trocadero* ? lança Albert Victor. La revue est fabuleuse et le champagne excellent.

— Youpee ! approuva Millie qui affectionnait les américanismes.

Robinson hocha la tête, séduit par l'idée de combiner sucreries, alcool et *girls* affriolantes. Émile consulta Miss Mary du regard.

— Ça fait des années que je n'ai pas dansé ! dit-elle.

Et cinq minutes plus tard, la petite troupe prenait le chemin du *Trocadero Palace* tout proche, laissant Albert-Philibert régler la note, et embarquant au passage Robert William Paul, David Devant et Philippa Garret.

Dehors, il pleuvait. La brume épaisse venant des quais s'était étendue sur la ville, étouffant le bruit des pas sur les pavés, les sabots des chevaux, les rires et les cris.

Ils se mirent à courir sous la pluie, un peu gris, riant comme des enfants.

L'homme, dans l'ombre, riait aussi. Du rire distendu du fauve qui découvre les dents.

CHAPITRE XIII

Louis se réveilla avec un léger mal de tête. Il s'étira, rencontra la chair souple et soyeuse de Camille et soupira d'aise avant de se rappeler qu'il devait se lever pour aller attraper un redoutable assassin. Il s'adossa à son oreiller, les cheveux en bataille, le regard vague, chercha à tâtons son paquet de Hongroises. Il aspira la première bouffée avec délices.

Un jour gris filtrait à travers la fenêtre. Un ciel bas pesait sur la ville, comme une couverture cotonneuse et sale. Camille remua à ses côtés.

— Je déteste le champagne de mauvaise qualité ! proclama-t-elle en se couvrant la tête avec le drap.

— Au bout de deux bouteilles, n'importe quel champagne peut se révéler nocif, fit observer Louis en lui chatouillant les côtes.

— Imbécile ! Donne-moi une bouffée.

Il lui tendit la cigarette.

— Quand je pense que nos aïeux ne connaissaient pas le plaisir de fumer ! soupira-t-elle. Rien ne vaut une bonne cibiche pour soigner la gueule de bois.

— Une femme distinguée ne parle pas ainsi, dit Louis. Tout au plus évoquera-t-elle les effets anesthésiants de la nicotine sur les migraines post-digestives.

— C'est à cause de tsars dans ton genre qu'il y a des révolutions. Sonne le petit déjeuner, veux-tu ? Je meurs de faim !

— Je croyais que tu étais barbouillée ?

— J'ai mal au crâne, nuance, le genre de mal au crâne qui réclame impérativement des œufs brouillés et des brioches fraîches, protesta-t-elle en le poussant hors du lit.

— Tu es une horde barbare à toi toute seule ! lança Louis, tirant sur le cordon de la sonnette, drapé dans un pan du rideau pour cacher sa nudité.

Ils déjeunèrent en tête à tête, discutant de la soirée de la veille, passablement arrosée, et des artistes du *Trocadero*. Camille avait adoré Vesta Tilley, dans son numéro de travesti, et Louis en pinçait pour Miss Belle Black. Ils ne cessaient de se taquiner et Louis finit par se retrouver taché de marmelade d'oranges amères et Camille avec du bacon sur sa chemise de batiste.

Puis Louis alla se débarbouiller et s'habiller tandis que Camille se recouchait prestement.

— Je dois aller faire les magasins avec Millie, l'informa-t-elle. Elle est amusante, cette petite, on ne croirait jamais que c'est une comtesse ! Elle viendra me chercher vers 11 heures. Nous déjeunerons en ville.

— Bien, Madame. Et à quelle heure Madame désire-t-elle que nous nous retrouvions ?

— Disons vers 5 heures à l'hôtel ? Quand repartons-nous ?

— Demain, je pense. Je vais réserver les billets.

— Déjà ? Nous ne sommes même pas allés au théâtre !

— Je ne suis pas en vacances, au cas où tu l'aurais oublié.

— Ah oui, ton assassin fantôme. Louis ! lança-t-elle soudain en l'attirant près d'elle. Louis, prends soin de toi. Je ne veux pas me retrouver flétrie par la douleur avant mon vingt-quatrième anniversaire.

Il lui caressa la joue et elle le serra fort contre elle.

— Promets-moi ! insista-t-elle.

— Je te promets, répondit Louis en respirant son odeur de cannelle. Je te promets de revenir vite et entier.

Il l'embrassa encore, fougueusement, puis il enfila son veston de tweed, sa gabardine, coiffa sa casquette grise et sortit. Ils étaient convenus de se retrouver dans le hall à 8 h 30. Émile l'y attendait déjà, l'air frais et dispos.

— Bon sang, Émile, comment faites-vous pour avoir l'air plus jeune que moi ?

— L'entraînement. Vingt ans de beuveries coloniales. Il est plus facile de descendre une bouteille de champagne que de monter une colline sous la mitraille.

— Évidemment, vu comme ça... Des nouvelles d'Albert ?

— Pas encore. Ces bleus ont du sang de navet dans les veines. Un artiste, voyez-moi ça ! Et le prince Eddie, guère mieux. On va bientôt se retrouver à la tête d'un régiment de lopettes.

— Coucou, je suis là !

Albert, les yeux rougis, mal rasé, emmitouflé dans un manteau gris et une écharpe de laine blanche, empestant l'eau de Cologne, essayait de faire bonne figure.

— Et notre petit Robinson ? s'enquit-il.

— Le grand morveux doit en écraser dans les bras de Morphée à défaut de ceux de Millicent, répliqua Émile en lissant son costume bien repassé.

— Miss Mary va bien ? lui renvoya perfidement Albert.

— Je le suppose, grommela Émile.

— Quelqu'un peut me raconter la fin de la soirée ? Après que l'orchestre s'est mis à jouer *No, No, Not for Joe* ?

— Eh bien, tout s'est très bien passé, commença Louis. Albert Victor, Philippa, Camille et Millie ont dansé le quadrille, Robinson s'est endormi, David Devant a fait léviter une grosse dame, Robert William Paul a esquissé les plans d'un aéroplane électrique et…

— Et vous avez dansé sur les tables, termina Émile froidement.

— Qui ça ? Moi ?

— Oui, vous, Albert Féclas, alias Philibert Jolimond. Vous avez remué du croupion et exhibé vos mollets velus en battant des bras et des jambes comme Duhem, le comique.

— Ah oui, fit Albert, l'air rêveur en chantonnant :

> *Titine est née à Grenelle,*
> *Tant mieux pour elle !*
> *Et Guguss' nez aplati,*
> *Tant pis pour lui !*

— C'est ça, confirma Émile, sévère. Six verres cassés, deux assiettes renversées. Pour conclure, vous avez atterri sur un petit chauve et lui avez vomi sur le plastron. Il s'est avéré qu'il s'agissait d'un commissaire de Scotland Yard. Nous avons failli finir au poste.

— Mon cher Émile, il est normal qu'un vieux croûton comme vous n'aspire qu'au calme et aux pantoufles, mais comprenez bien que des jeunes gens dans la fleur de l'âge ont besoin de s'amuser un peu, rétorqua Albert avec dignité.

— Je vous ficherais bien ma pantoufle quelque part, grogna Émile. Vieux, moi ? J'ai à peine l'âge de me marier.

Ils écarquillèrent les yeux.

— Je disais ça comme ça, poursuivit Émile, renfrogné. Vieux ! Un homme dans sa seconde jeunesse, chargé de protéger de la bleusaille à peine sevrée. On y va ou on campe ici ?

— Allons-y, dit Louis en fouillant ses poches pour vérifier encore une fois l'adresse fournie par Lady Fisher-Brown.

Ce faisant, il en sortit une feuille de papier qui se révéla être le programme du *Trocadero* pour le mois à venir, au dos duquel une main habile avait croqué des silhouettes. Millie. Il se souvenait de l'avoir vue griffonner entre deux tours de piste.

Une fois installés dans leur cab – « Pas de railway ce matin, avait tranché Albert en sortant son portefeuille, j'ai déjà une locomotive dans la cafetière » – Louis examina les dessins plus attentivement. Millie avait vraiment du talent. Elle reproduisait les expressions, les attitudes d'un trait sûr. La petite Kat était promise à un brillant avenir de caricaturiste ! Émile évoquait un phacochère prêt à charger. Camille était le Printemps incarné. David Devant ruisselait de charme, charme auquel Philippa ne semblait pas insensible. Il y avait aussi des portraits d'inconnus, pris sur le vif. Le petit homme chauve sur lequel Albert avait vomi. Un couple de danseurs souples comme des lianes. Un type en haut-de-forme... raide, droit... Kat avait croqué sa main qui levait une coupe, mais laissé le visage dans le flou, dans l'ombre du chapeau. Elle avait juste esquissé un regard, noir, fixe.

Louis crispa sa main sur le dessin.

— Là, regardez, il était là !

Albert se pencha, plissa les yeux :
— Vous croyez ? Je ne suis pas sûr...
Émile voulut voir à son tour :
— C'est bien le type du pub, l'autre jour. Sa carrure, sa prestance...
— C'est lui, l'homme que nous avons croisé à plusieurs reprises et qui s'est enfui de la chambre de Rebecca, assura Louis en tendant les bras pour mieux examiner le croquis à la lumière du jour.
— Le problème, c'est que nous n'en sommes pas certains, murmura Albert.
— Enfin ! Qu'est-ce qui vous prend ce matin ? De quoi ne sommes-nous pas certains ?
— Je ne sais pas. Nous nous trompons peut-être du tout au tout.
— Mille bombes ! *Post vinum animal tristus est !* Nous avons imaginé le meurtre de cette pauvre fille dans ce bordel ? Nous avons imaginé la glacière bien remplie d'Edward Nark ?
— Nous avons imaginé que Nark était Hyde.
— Nous avons raisonné, mon petit Albert, raisonné, additionné, déduit, usé de logique, nous avons fait fonctionner ces lobes que les phrénologues placent à l'avant de la tête, derrière les yeux.
— Ce que vous pouvez être cabot !
— Allons, la patrouille, on se calme ! intima Émile tandis que le cab s'arrêtait. Dans cinq minutes, nous en aurons le cœur net. Fourbissez plutôt vos armes et économisez votre souffle, messieurs.

Un vent vif s'était levé, chassant les nuages, découvrant de grandes portions de ciel bleu. Louis resserra les pans de sa gabardine.
— Un froid de loup ! grogna-t-il, planté sur le trottoir, examinant les alentours.

La rue où on les avait déposés était tout près d'Inner Temple, une des deux *Inns of Court* intra-muros de

Londres, et menait à Victoria Embankment. L'odeur de la Tamise, charriée par la bise, évoquait d'autres horizons que les briques et la suie. Remugles de poisson, d'algues, de vase... Louis éprouva le désir de contempler le fleuve et remonta la rue, s'attendant à trouver les fameux docks qu'il n'avait pas eu le temps d'aller voir, et se trouva sur une splendide promenade bordée d'arbres et d'immeubles majestueux, si large que quatre véhicules pouvaient s'y mouvoir de front. En contrebas du rideau d'arbres, le quai proprement dit offrait ses tentes et ses bateaux à vapeur.

Il revint sur ses pas, vaguement dépité. Albert renouait ses lacets. Émile avait allumé un cigare et observait le n° 12, un immeuble cossu de trois étages en brique rouge. Plusieurs plaques ornaient la façade : attorneys, avocats, aucun Robert Hyde. Ils échangèrent un dernier regard, puis Louis manœuvra le heurtoir.

Quelques secondes plus tard, un homme s'encadra dans l'entrebâillement de la porte. Petit, joufflu, en chemise, gilet et veste noire aux manches un peu lustrées, coiffé d'un bonnet carré.

— Vous désirez ? demanda-t-il.

— Mr. Robert Hyde, dit Louis.

L'homme blêmit.

— C'est que...

Le trio s'avança, prêt à lui fondre dessus.

— Il n'est pas là...

— C'est urgent ! une question de vie ou de mort ! jeta Albert d'un air autoritaire.

— Ben justement, c'est qu'il est à la morgue.

— À la morgue ? Laquelle ?

— Celle du Royal London Hospital.

— À quelle heure doit-il revenir ? s'enquit Louis, songeant déjà à estourbir le concierge et à fracturer la porte du logement.

279

L'homme ouvrit des yeux ronds.

— Ben, pour ça, j'espère bien qu'y reviendra point !

— Et pourquoi ?

— Ben, parce qu'il est mort, pardi !

— Mort ? Robert Hyde est mort ? répéta Louis en résistant à l'envie de secouer le bonhomme. Expliquez-vous, mille bombes !

— Ben, c'est ce que j'essaie de faire, mais vous me laissez pas en placer une !

Émile fit un pas, dominant le concierge de sa carrure menaçante.

— Au rapport, mon gars !

— Ils l'ont trouvé dans la Tamise ce matin à l'aube, près des docks. C'est un *bobbie* qu'est venu nous avertir rapport à la carte de visite trouvée dans ses poches, avec son adresse gravée dessus. Il a fallu que j'aille reconnaître le corps, précisa-t-il en se tordant les mains.

— Et c'était bien lui ? demanda Louis.

— Ben, vu qu'il avait plus sa tête, voyez, c'est difficile à dire, heureusement j'ai reconnu sa chevalière…

— Plus sa tête ?

— Non, elle a été comme qui dirait broyée contre les moellons du quai par une barge. Sans doute que le corps a dérivé avec le ressac, flottant entre deux eaux, et quand la barge s'est amarrée…

— On a compris, coupa Albert. Vous l'avez reconnu à sa chevalière, et quoi d'autre ?

— Ben, sa taille, la taille de ses pieds, l'étiquette de son tailleur.

— Donc c'est bien lui ?

— Certainement.

— Il a été attaqué ?

L'homme soupira.

— Hélas, non, il semble qu'il se soit noyé de son plein gré. Il avait les poches remplies de pierres. Ma femme en a été toute retournée. Faut dire que c'est le deuxième qui nous claque comme ça. L'autre, c'était en décembre 88, un avocat, Montague John Druitt, pareil, un plongeon dans la Tamise avec des cailloux dans les poches.

— Dites donc, c'est l'Hôtel des Suicidés, chez vous, plaisanta Émile, s'attirant un coup de coude pointu d'Albert dans les côtes.

Cependant, Louis disait avec componction :

— C'est une bien triste nouvelle. Nous sommes de sa famille, je suis son cousin de France. Pouvons-nous voir son appartement ?

L'homme se gratta la tête.

— Je sais pas trop...

Émile fit craquer ses poings. Albert sortit ses faux billets. Louis sourit aimablement.

— Cinq minutes et une seule personne ! lâcha le concierge. Je monte avec vous, c'est déjà ouvert à cause de la police.

Ils grimpèrent lentement l'escalier car l'homme boitait.

— Souvenir de guerre, dit-il en montrant sa patte raide. Cochons de Boers. Voilà, c'est là.

La porte ouverte bâillait sur un petit appartement bien tenu. Louis en fit rapidement le tour tandis que le concierge lui posait des questions sur sa supposée parentèle et qu'il improvisait au fur et à mesure.

Meubles classiques, tentures sombres, tapis propres mais élimés. Un globe terrestre de belle taille. Des gravures anatomiques. Des écorchés. Une salle de bains, avec une arrivée d'eau, le luxe. Pas de savon à barbe, pas de rasoir. Curieux. Peu de bibelots ou d'objets personnels. Une chambre monacale. Le lit était fait au carré. Dans l'armoire massive, deux complets, un chapeau, une paire de chaussures. Trop peu. Presque pas de livres sur les rayonnages de la bibliothèque, mais la marque de leur présence, plus claire, sur la tapisserie jaune d'œuf. L'appartement n'était qu'une coquille vide, un simulacre. On n'y trouverait rien. Mais pourquoi un homme désirant se suicider aurait-il vidé les lieux auparavant ? Les livres avaient-ils été soigneusement emballés et expédiés ailleurs ?

Louis fureta encore quelques instants. Même pas de cendrier.

— Mon cousin résidait-il là en permanence ? demanda-t-il, les sourcils froncés.

— Oh, non, monsieur, il passait beaucoup de temps en France, à Dieppe, je crois.

— Et sa clientèle ? Il la recevait ici ?

— Ben, Mr. Hyde ne pratiquait pas la médecine, monsieur. Ça m'étonne que vous sachiez pas qu'il se consacrait à l'étude. Toujours fourré dans ses bouquins.

Sur ce, il leva le nez et parut étonné.

— Tiens, ils y sont plus. C'est p'têt' Mr. Scarey qui les a pris.

Louis sentit un frisson désagréable lui parcourir l'échine.

— Mr. Scarey ?

— Un de ses amis. Il m'avait prévenu qu'il lui avait vendu une partie de sa collection et donné les clés pour les emporter.

— Hum. Vous le connaissez, ce Scarey ?

— Jamais vu. À ce que je crois, c'est un des chirurgiens du London Hospital.

Louis soupira. Il tira de sa poche les esquisses de Millie-Kat.

— C'est bien Mr. Hyde, là-bas dans le fond ?

L'homme étudia le dessin avec soin.

— Oui, c'est lui, finit-il par dire. Oh, et puis lui aussi, je l'connais ! ajouta-t-il en pointant son doigt sur la feuille.

Louis eut l'impression de recevoir un coup de poing dans l'estomac.

— Vous êtes sûr ?

— Ben, je suis pas aveugle ! Je l'ai croisé deux ou trois fois dans le couloir.

Louis avala sa salive tout en contemplant le visage désigné par l'ongle ébréché du bonhomme.

Le visage souriant et niais de Robinson.

Il redescendit les escaliers quatre à quatre tandis que l'homme s'égosillait :

— Et ma petite pièce ? Où elle est ma petite pièce ?

— Robinson ! cria-t-il en secouant le papier. Robinson est déjà venu ici.

— Y venait avec son pote Aleister ! gueula le concierge en boitillant sur les marches. Filez-moi ma pièce.

— Aleister ?

— Un blondinet avec un regard allumé pire qu'un cierge, toujours une Bible sous le bras.

— Hyde était pieux ?

— Je sais pas, je l'ai jamais vu aller à la messe.

— Messes noires, souffla Albert.

— Robinson ? Un sataniste ? hoqueta Émile.

— Tenez, mon bon, excusez-nous pour le dérangement, dit Albert en tendant un billet à l'homme qui se répandit en remerciements.

Ils étaient déjà dehors, courant vers la station de Charing Cross.

— Émile ! Vous filez attraper ce serpent de Robinson et vous le gardez sous clé. Sans l'abîmer, compris ? Albert, vous m'accompagnez au Royal London Hospital, il faut trouver ce Scarey.

Hors d'haleine, ils sautèrent de justesse dans un wagon dont les portes se refermaient et restèrent debout, brinquebalés en tous sens, sous le choc de la révélation.

— Eh bien, mon p'tit Albert, vous aviez raison, tout le monde peut mener une double vie ! ricana Louis en sautant à terre dès que la rame s'immobilisa. Le saligaud !

— Il a peut-être une explication, avança Albert.

— Ah oui ? Laquelle ? Il n'a pas entendu que nous cherchions Robert Hyde ?

— Il a peut-être eu avec Hyde des rapports dont il ne tient pas à nous entretenir.

— Que voulez-vous dire ? aboya Louis en remontant vivement Whitechapel Road, jouant des coudes entre les passants.

— Un homme d'âge mûr, deux jeunes gens, des soupçons de secte sataniste…

Louis s'arrêta pile, manquant renverser une vieille dame empêtrée dans ses jupes qui le traita de tous les noms.

— Que suggérez-vous exactement ?

— Mais enfin, Louis, vous êtes demeuré ou quoi ? s'écria Albert. Vous croyez qu'Oscar et Bosie jouent aux cartes ensemble ? Vous croyez que moi-même et le duc de Clarence avons l'intention de nous revoir pour apprendre le tricot ?

Louis, éberlué, dévisageait Albert.

— Vous êtes en train de me dire que…

— Oui !

— Vous ?

— En l'occurrence, il ne s'agit pas de moi, mais de Robinson.

— Vous !

— Rassurez-vous, ce n'est pas contagieux. Je vous rappelle que Scarey nous attend.

Ils se remirent en route. Le vent avait forci, ramenant un troupeau de nuages qu'il faisait courir en rangs serrés au-dessus de leur tête.

— Que pensez-vous du soudain décès de Hyde ? demanda Albert, rompant le silence, comme ils s'engouffraient dans l'enceinte de l'hôpital.

— Très opportun. Un homme dont personne en fait ne sait rien, dont l'appartement ne révèle rien et qui meurt à l'instant où on va le confondre en tant qu'assassin. Heureusement que le brave Robinson pourra nous en apprendre un peu plus, ajouta-t-il avec hargne.

Il s'approcha d'un étudiant chargé de livres.

— Excusez-nous, connaîtriez-vous un certain Mr. Scarey ?

— William Scarey ? L'assistant du Dr Bond ? Vous le trouverez sans doute à la morgue.

— Très bien, ça nous permettra de rendre visite à Hyde en même temps, grommela Louis cependant qu'Albert s'enquérait du chemin à suivre.

Ils pénétrèrent dans le vaste bâtiment en U à l'élégant aspect palladien, conçu en 1752 d'après les plans de Boulton Mainwaring. L'entrée centrale était flanquée de nombreuses salles latérales et d'ailes arrière. Ils suivirent les indications données, dépassant une salle d'infirmières d'où une *nurse* à l'air sévère s'enquit de leur destination, et déboulèrent dans la *mortuary* où reposaient des corps.

Entre une femme couverte d'ecchymoses et un vieillard au crâne fendu, Albert montra un homme de grande taille, vêtu d'un costume détrempé, dont les chaussures pleines d'eau avaient laissé une large flaque et dont le visage n'était plus qu'un amas de chairs rougeâtres et de cartilages broyés. Un œil unique, bleu foncé, fixait le plafond. Ils s'approchèrent, considérant attentivement le cadavre. Louis tira l'esquisse de Kat de sa poche. Le dessin de la mâchoire, la corpulence, tout concordait. Mais pourquoi Hyde se serait-il suicidé ? Parce qu'il se savait sur le point d'être appréhendé ?

Une porte grinça, un homme entra. De grande taille lui aussi, barbu, les cheveux noirs coiffés en arrière, les yeux bleu vif, très maigre, il avait les traits fins et le regard enfiévré que l'on prête aux poètes ou aux aristocrates tuberculeux. Curieusement, Louis lui trouva un air familier. L'avait-il aperçu quelque part ?

— Messieurs ? s'enquit l'homme d'une voix veloutée.

— Nous cherchons Mr. William Scarey, dit Louis.

— C'est moi-même, répondit le distingué gentleman avec un soupçon d'étonnement. En quoi puis-je vous être utile ?

— Nous avons appris la mort de Mr. Hyde.

L'homme serra les lèvres.

— Oui, une bien triste fin, mais en quoi vous concerne-t-elle ?

— Je suis son cousin de Dijon, mentit hardiment Louis, j'arrivais de France pour lui rendre visite.

— Son cousin... répéta Scarey, l'air pensif. Il ne m'avait jamais parlé de sa famille.

— Vous le connaissiez bien ?

— Nous partagions la même passion des livres, des livres de médecine antique, pour être précis. Je suis collectionneur. Mais comment avez-vous entendu parler de moi ?

— Par le bonhomme qui s'occupe de l'immeuble où logeait Robert, répondit Louis. Il a cité votre nom comme celui d'un ami de mon pauvre cousin.

— « Ami »... c'est un mot qu'on ne peut galvauder. Mais nous nous retrouvions régulièrement au pub en face pour échanger sur notre passion commune.

— Et donc, c'est bien lui qui gît sur cette table ? Vous êtes formel ?

— Oui.

— Comment se fait-il que l'on ait dû aller quérir le concierge pour l'identifier alors que vous étiez sur place ? demanda Albert, le nez froncé.

— Parce que le constable ignorait que je le connaissais et que je me trouvais moi-même à cette heure-là en train de préparer la salle d'autopsie pour le Dr Bond. Je suis son assistant principal, ajouta-t-il avec fierté.

Un apprenti médecin légiste. Bien placé pour pourvoir Hyde-Nark en morceaux de choix, se dit Louis. Une idée lui vint soudain.

— J'ai visité son appartement, mais je n'ai pas trouvé de tableaux. Avait-il cessé de peindre ?

Ce fut au tour de William Scarey de froncer les sourcils.

— Je ne l'ai jamais entendu causer de peinture, affirma-t-il.

— Vous a-t-il jamais cité les noms de Robinson ou d'Aleister ?

Scarey se figea l'espace d'une seconde.

— Jamais.

— Et c'est vous qui avez récupéré ses livres ? Il songeait sans doute déjà à se donner la mort.

— Je ne puis vous répondre sur ce point. Il m'a proposé de lui racheter sa collection et j'ai accepté. Maintenant, excusez-moi, mais j'ai du travail. Toutes mes condoléances, conclut-il d'un air narquois avant de tourner les talons.

— Il ment ! cracha Louis.

— À quel propos ?

— Tout ! Regardez ses mains !

— Les mains de Scarey ?

— Mais non, celles du prétendu Hyde !

Albert loucha sur lesdites mains.

— Vous ne voyez pas ? souffla Louis. Vous ne voyez pas les poils ?

Albert fit la moue. Les phalanges du mort s'ornaient de disgracieux poils noirs.

— Pas très ragoûtant ! lâcha-t-il.

Louis lui agita le dessin de Kat sous le nez.

— Pas un poil sur celle-ci !

Il désignait la main tenant la coupe, une main ferme, large, glabre.

— Un caricaturiste ne manquerait pas de relever ce genre de détails : des touffes de poils noirs sur les doigts d'un gentleman. Des mains hâlées, notez bien. Et regardez ce qu'il reste des dents : usées, jaunies, pas entretenues.

Albert se pencha de nouveau :

— Le bout des doigts est abîmé, orné de cals. Voyons les pieds.

Il retira prestement une chaussure et une chaussette.

— Des cors, de la corne épaisse aux talons.

Il remonta le pantalon, découvrant une jambe brunie jusqu'à mi-mollet et blanche au-dessus.

— Un docker ! dit-il en remettant le pantalon et la chaussure en place. Les mains abîmées, les dents usées, les pieds habitués aux galoches et le hâle d'un homme qui travaille au grand air et remonte son pantalon aux genoux. Ils ont tué un docker et l'ont habillé en Hyde ! Vous aviez raison : Scarey a menti.

— Il faut le retrouver.

Ils poussèrent la porte par laquelle l'assistant était sorti, mais elle ne bougea pas.

— Il l'a verrouillée ! C'est la preuve que nous avons vu juste ! Vite, Albert.

Ils ressortirent de la morgue en courant, remontèrent le long couloir à toute allure, jetant un œil dans chaque pièce, malgré les regards indignés des infirmières qui dispensaient leurs soins.

— Où est la salle d'autopsie du Dr Bond ? cria Louis à une jeune *nurse* qui semblait moins revêche que les autres.

— Le couloir sur votre droite, troisième porte à gauche. Inutile de courir, personne là-bas ne va se sauver, ajouta-t-elle en riant.

« Mignonne, cette petite », se dit Louis tout en reprenant sa course. Ils virèrent à angle droit, manquant déraper tels deux clowns, atteignirent la salle d'autopsie où ils entrèrent en trombe. Vide, hormis un corps de femme nue, allongée sur le dos, le ventre ouvert du sternum au pubis. Des instruments préparés sur la paillasse, une cuvette d'eau phénolée, des serviettes, un tablier de cuir. Et une fenêtre qui battait sur le parc piqueté de pluie.

Ils échangèrent un regard et enjambèrent à leur tour le rebord de la fenêtre, se laissant tomber dans l'herbe fraîchement tondue.

— Là ! cria Albert. À midi dix !

Louis tourna la tête et aperçut la silhouette d'un grand type longiligne courant vers la sortie. Ils se lancèrent à sa poursuite, débouchèrent hors d'haleine sur l'avenue. Scarey s'était volatilisé.

— Le pub en face ! Celui dont il nous a parlé !

L'intérieur du pub était plongé dans une quasi-obscurité et Louis cligna des yeux. Le tenancier, un homme corpulent en manches de chemise, se tenait debout derrière le comptoir en zinc, essuyant des verres.

— Avez-vous vu William Scarey ? demanda Louis.

L'homme secoua la tête. Il était pâle, l'air malade.

Albert exhiba un faux souverain à l'effigie de la Tête du Jubilé qu'il cogna sur le comptoir.

— Par où est-il sorti ? demanda-t-il.

L'homme répondit « Je ne l'ai pas vu » en desserrant à peine les dents tandis que ses yeux affirmaient le contraire.

— L'arrière-boutique ! gronda Louis en prenant son élan.

— Non ! cria le patron. Non ! Je vous dis qu'il n'est pas venu ! Regardez, la porte de derrière est encore verrouillée et j'ai la clé à la ceinture, alors, hein ?

Il était en sueur, agité de tremblements. Albert tendit la main plus vite que son ombre et une seconde plus tard il glissait la clé dans son gousset.

— Eh bien, dit-il en parlant très fort, si nous prenions une pinte, Louis ? Il fait plutôt soif à cette heure.

— Non, je ne peux pas vous servir, je dois fermer, une urgence, ma fille est malade, désolé, désolé, il faut que vous partiez.

L'homme se tordait les mains en geignant et son regard apeuré ne cessait de filer vers la trappe de la cave.

Albert tapa sur l'épaule de Louis.

— Dans ce cas, il ne nous reste qu'à filer, dit-il, toujours d'une voix de stentor.

À peine étaient-ils dehors que le tenancier entreprenait de tirer ses lourds volets de bois.

— Il va lui ouvrir et l'oiseau s'envolera ! marmonna Louis. Vite ! Faisons le tour.

Mais il se heurta à un dédale de murets et d'arrière-cours qui faisaient obstacle. Comment retrouver l'issue de secours là-dedans ? Le temps qu'ils y parviennent, Scarey serait à la gare. Puis il se souvint qu'Albert avait pris la clé. Scarey était coincé dans le pub. Il se retourna et, stupéfait, vit Albert ôter son manteau et sa veste.

— Vous comptez donner un spectacle ? siffla-t-il à voix basse.

— Oui, celui du contorsionniste, répliqua Albert en indiquant l'étroite ouverture par où l'on déversait le charbon dans la cave.

— Vous ne passerez jamais là-dedans !

— La foi, le chameau dans le chas de l'aiguille, etc., répliqua Albert en glissant la tête dans le trou.

Il lança à Louis la clé subtilisée, puis il se tortilla un moment, s'aplatissant comme un chat décidé à retrouver son jouet sous le bahut, et disparut. Louis prit brutalement conscience qu'Albert allait atterrir désarmé en face de Scarey.

Il revint en courant à l'entrée de la taverne et se heurta au patron, figé sous la pluie, livide.

— Il va la tuer, déclara celui-ci comme s'il avait constaté qu'il pleuvait.

— Qui ?

— Ma fille. Il va la tuer. Il a un scalpel. Il m'a dit qu'il lui ouvrirait la gorge si je ne l'aidais pas. Elle a quatre ans. C'est ma seule enfant. Elle s'appelle Emma. Et à cause de vous, monsieur le Français, elle va mourir. Il fallait partir quand je vous l'ai dit.

— Laissez-moi passer, rouvrez ces contrevents.

— Je ne peux pas.

— Bon sang, bougre d'andouille, c'est la seule chance de la sauver !

Le patron hésita, mais avant qu'il ait décidé quoi que ce soit, on entendit un bruit violent, comme celui d'un corps contre du bois, puis des coups de pied répétés.

— Il s'enfuit par-derrière ! hurla Louis. Ouvrez, espèce de crétin !

Il lui arracha les clés des mains et commença à s'escrimer sur le cadenas, réussit à ouvrir et se rua à l'intérieur.

Un Albert noir de suie, égratigné aux épaules, se tenait debout entre les tables, tenant une petite fille par la main.

— Emma ! hoqueta le patron. Tu es vivante, ma chérie !

La petite se jeta dans ses bras. Louis dévisagea Albert, puis s'avança et lui serra la main.

— Félicitations, mon vieux. Comment avez-vous fait ?

— À cause du roulement des fiacres sur les pavés, il ne m'a pas entendu arriver. Il se tenait contre les étagères à vin, un scalpel à la main. J'ai ramassé un bon boulet de charbon et j'ai prié pour viser juste. Il se l'est pris en pleine poire. Le scalpel lui a échappé, j'ai bondi, mais il m'a cueilli d'un coup de savate à l'aine, j'ai juste eu le temps d'empoigner la petite et de la pousser derrière moi. Il en a profité pour grimper l'escalier comme un dératé et pulvériser la porte de derrière. J'ai hésité à le suivre, mais la petite était en larmes et…

— Et il nous a filé entre les doigts ! Nous jouons de malchance !

Ils posèrent encore quelques questions au tenancier qui connaissait Scarey en tant qu'habitué. Oui, il venait parfois boire un verre avec un grand type à l'air étrange, qu'il appelait Hyde. Non, il n'avait jamais vu de jeunes gens avec eux. Scarey prenait quelquefois une pinte avec une grosse matrone cachée derrière sa voilette.

Ils échangèrent un regard : la mère maquerelle de Christ Church ?

Avait-il jamais aperçu une jeune femme rousse ? Le bonhomme se gratta la tête. Tiens, oui, elle était arrivée avec ce Hyde, un jour. Une jeune femme rousse qui semblait mal à l'aise, sans doute qu'elle aimait pas traîner dans les pubs. Le Hyde la tenait serrée, comme si elle allait ficher le camp. De quoi ils parlaient ? De bouquins, de peinture, et d'un truc étrange qu'ils appelaient « film ».

— « Il faut détruire le film ! », singea soudain Emma d'une voix pressante.

— C'est tout à fait ça, ma puce. Elle est douée pour les imitations, comme feu sa maman, leur dit-il tout attendri.

— Bravo, Emma, dit Albert. Et quoi d'autre ?

— « Emma, ne traîne pas dans les pieds des clients ! », vociféra la petite.

— Non, ça, c'est ton papa. Le vilain monsieur, qu'est-ce qu'il racontait ?

— J'ai pas envie. Papa, je peux aller jouer au cerceau ?

— Réponds aux messieurs, ma chérie.

— J'ai pas envie !

— Regarde, dit Albert, regarde le joli foulard !

Et, tirant sur la manche de son veston, il en fit jaillir un beau foulard de satin rouge.

— Tu le veux ?

— Oui, oui, pour ma poupée, elle s'appelle Zanzibar.

— Tu te souviens de ce qu'il disait d'autre, le vilain monsieur, avec ses amis ?

— « Réfléchis bien, Mathilda, tu ne voudrais pas t'attirer notre colère... » articula la petite avec des intonations d'adulte et un phrasé parfait.

— Et encore ? Regarde, le beau ruban vert !

Emma se mit à débiter sur deux tons à toute vitesse et d'une voix grave :

— « Il faut retrouver le rouleau disparu ! – Heureusement que nous avons pu en récupérer une partie dans le train. »

Sur quoi elle se mit à imiter le sifflement de la locomotive.

— Quelle brillante enfant ! dit Louis au père qui se rengorgeait tandis que le petit prodige, enchanté d'être le centre de l'attention générale, se mettait à gambiller tel Paulus lui-même, en déclamant mille bêtises.

— Sa carrière est assurée ! commenta Albert. Bien, je crois que nous n'en tirerons rien de plus aujourd'hui. Merci, mon brave.

Il tendit à l'homme une vraie pièce et ils allaient sortir quand la comptine de la gosse frappa les oreilles de Louis :

Le vilain pas beau l'a caché pas en haut,
Mais en bas en dessous dans le trou hou hou hou.

— Où est-ce qu'il l'a caché, mon ange ? demanda-t-il en s'accroupissant près de la gamine.

— Je suis pas ton ange, je suis l'ange de mon papa.

— D'accord. Alors, dis-moi, où est-ce qu'il l'a caché ?

— Je peux pas le dire, sinon il reviendra pour nous crever, mon papa et moi.

— Non, il ne reviendra pas. Je te le promets.

— Les sales types, faut les pendre ! cria Emma. Couic ! Avec mon papa, on va voir toutes les pendaisons, c'est drôlement rigolo quand ils secouent leurs jambes comme ça...

Sous le regard incrédule d'Albert, elle exécuta une sorte de gigue, la langue hors de la bouche, les yeux révulsés.

— Et mon papa, il m'achète des *butter-cakes*. T'es policier ?

— Presque. Alors ?

— Le vilain squelette y m'a dit de fermer les yeux, que sinon y me coupait la tête. Alors je les ai fermés, mais pas tout entier, comme quand Papa y me dit de faire dodo, et pis je l'ai vu qui mettait quelque chose dans le petit trou tout en haut du mur, bien plus haut que Papa.

Louis considéra « Papa » qui culminait à un mètre soixante-cinq maximum, et embrassa la gamine sur les deux joues.

— Merci, mon trésor ! lança-t-il tandis qu'Albert et lui redescendaient à la cave et que le tenancier se servait un grand godet de whisky pur.

Ils repérèrent rapidement le « petit trou » en haut du mur, une lézarde à environ deux mètres soixante du sol. Louis se haussa sur la pointe des pieds, bras tendu, et récupéra un petit étui en plomb qu'il ouvrit avec précaution.

L'étui contenait une série de prises de vues sur papier huilé montées dans des cadres en bois, repliées en accordéon et reliées entre elles par deux bandes de cuir perforées très régulièrement. Louis les déplia avec précaution, dévoilant une image par plaque.

— Ce sont des positifs sur papier huilé obtenus après développement des négatifs, sans doute impressionnés sur papier émulsionné Eastman, expliqua-t-il à Albert, assez fier de sa connaissance des nouvelles techniques. Vous savez, le papier émulsionné à la gélatine. Maintenant, ils utilisent le Celluloïd et Kodak va commercialiser un appareil contenant une pellicule de cent vues ! J'ai bien l'intention d'en acheter un…

Il se tut, fasciné par ce qu'il découvrait.

Les vingt positifs bout à bout montraient une femme étendue par terre, sur le dos, les bras écartés, la jambe droite repliée. La scène était éclairée par une lanterne tenue par un agent de police. On distinguait la pluie, les gouttes éclaboussant le pavé. Photogramme après photogramme, la femme fixait l'objectif de ses yeux vitreux, son visage défiguré couvert de sang. Louis nota machinalement que le lobe de son oreille droite avait été coupé obliquement. Sa robe en partie arrachée découvrait la plaie de son torse mutilé, fendu en deux, béant comme celui d'une carcasse animale. Sur son épaule droite on distinguait nettement la masse informe de ses intestins. Un autre policier était penché sur le pauvre corps. Un médecin arrivait avec sa trousse. On apercevait les jambes de plusieurs personnages, dont certains en uniforme, qui allaient et venaient, les papiers gras dans le caniveau, le sabot d'un cheval frappant nerveusement le pavé.

— Un meurtre, commenta Louis. Elle a été dépecée, comme Mathilda, mais je ne vois pas que...

— Les intestins sur l'épaule... murmura Albert, ça me rappelle le meurtre de Catherine Eddowes le 30 septembre 88. Lacassagne nous en avait fait lire le rapport d'autopsie. Se peut-il que nous ayons ici les images du crime ?

— Là ! coupa Louis. Là, à l'angle du muret !

Il désignait une silhouette à demi dans l'ombre, un peu en retrait, à côté d'un constable trempé. Une silhouette d'homme enveloppé dans une cape noire, le chapeau rabattu sur le visage. Il se tenait calmement appuyé sur sa canne à pommeau de loup. Ce pouvait être un des policiers du Yard en civil. Ou un des notables du quartier accouru en hâte ? Tout le monde lui tournait le dos, le regard rivé à la malheureuse gisant sur le sol.

La lumière de la lanterne n'accrochait que le bas du visage de l'inconnu, laissant ses yeux dans le noir.

Et positif après positif on le voyait sourire, un sourire large qui découvrait des dents pointues, un sourire radieux, incongru, indécent, tandis que, très discrètement, il ôtait son faux col, un faux col blanc constellé de taches sombres, et le fourrait dans sa poche.

— Mon Dieu, c'est le tueur ! cria Albert.

— Chronophotographié par Leprince !

La lanterne tenue par le policier qui bougeait se rapprochait de l'homme en retrait, commençait à mieux éclairer son visage, on allait bientôt découvrir ses traits et...

La série s'interrompait.

— C'est ce qu'ils veulent ! dit Albert. La suite de ce « film ». Rendez-vous compte !

— Leprince ne savait peut-être même pas qu'il avait enregistré le sourire du tueur. Et il en a perdu la vie. Ainsi que Mathilda.

— J'aurais tant aimé contempler le visage de notre ami Hyde en pleine lumière, fit Albert.

— Hyde ou le Ripper ? dit Louis en repliant avec précaution les plaques.

Albert tourna vivement la tête.

— Vous y avez pensé aussi ? Comment savoir si ces prises de vues datent bien de 88 ?

— C'est forcément le cas. Rappelez-vous qu'avant cette date l'appareil de Leprince n'était pas au point. Et à partir de l'été 89, il a pu se procurer du Celluloïd. Cette scène a donc eu lieu avant fin 88.

— L'identité du Ripper enfin révélée... soupira Albert. Il faut que l'on retrouve les images manquantes, Louis !

— À mon avis, c'est ce à quoi s'emploient sans succès Hyde et Scarey depuis l'an passé. Mais les prises de vues ont peut-être été tout bêtement détruites.

— Dans ce cas, pourquoi assassiner Mathilda ?

— Ils croyaient sûrement à tort qu'elles étaient en sa possession. Et ils l'ont donc tuée. Pour rien. Ce qui n'a pas dû les gêner outre mesure.

— Tout va bien, messieurs ? s'enquit la voix du patron en haut de l'escalier.

— Très bien, nous remontons.

Ils saluèrent de nouveau le tavernier qui s'apprêtait à fermer pour le reste de la journée et porter plainte contre Scarey, puis filèrent vers l'hôtel sans cesser de discuter.

— Scarey va sans nul doute revenir chercher son petit trésor, fit observer Albert.

— Pas tout de suite. Il aura peur que la police ait été prévenue et surveille l'endroit. Il faut faire pression sur Robinson pour en savoir plus sur toute la bande. En espérant qu'Émile n'en a pas fait de la chair à pâté.

Ils arrivèrent à l'hôtel très agités et gagnèrent quasiment en courant la nouvelle suite d'Émile et de Miss Mary. Émile entrebâilla la porte, l'air méfiant. Il recula pour les laisser passer et Louis remarqua aussitôt le superbe coquard qui décorait son œil gauche.

— Le félon a opposé une vive résistance, expliqua Émile, mais je l'ai maté.

— Où est Mary ? demanda Albert, inquiet des voies de fait dont elle avait pu être témoin.

— Sortie faire du shopping, avec Millicent et Mlle Camille. Venez, j'ai mis le bougre au frais dans la salle d'eau.

Robinson, ligoté avec les cordons des rideaux et bâillonné par une de ses propres chaussettes, gisait replié dans le tub, les cheveux en bataille, l'air terrifié, la lèvre et le sourcil fendus.

— Espèce de propre à rien, déserteur, traître ! lança Émile en levant la main pour l'empoigner.

Le garçon poussa de faibles cris de souris prise au piège et Louis s'interposa.

— Doucement. Évitons de l'assommer sinon il ne nous servira plus à rien.

— Me démange les poings de lui en coller une bonne !

— Refrénez-vous encore un instant. Tenez, allez donc nous commander du *fish and chips* et des *scones*, nous n'avons rien avalé depuis ce matin.

— C'est bien l'heure de penser au ravitaillement !

— Je croyais que les soldats connaissaient l'importance de se nourrir correctement chaque fois que c'est possible, ne sachant pas quand ils pourront le faire à nouveau ?

— C'est bon, j'y vais, grogna Émile en sortant.

Louis défit l'odoriférant bâillon qu'il jeta par terre.

— Et maintenant, mon petit Robinson, à nous deux !

— Je rien savoir ! Je rien dire ! *Help ! Help !*

— Ferme-la ou je t'assomme, gronda Louis en levant le poing. Je veux tout savoir à propos de Robert Hyde et de William Scarey. Et je veux le savoir maintenant ! cria-t-il en se penchant sur le garçon ratatiné au fond du tub.

— Je pas connais ce Hyde !

Louis le saisit à la gorge, assez rudement.

— Je connaître Scarey ! Pas Hyde !

Frappé d'un trait de génie, Albert lui demanda soudain s'il connaissait le 12 Carmelite Street.

Robinson hocha la tête avec enthousiasme.

— Je allais là-bas livrer du whisky. Chez Mr. Henry. Je rencontrer Aleister !

Louis soupira. Encore un pseudonyme. Tous ces alias commençaient à l'énerver sérieusement. Il saisit Robinson aux revers.

— Qui est Aleister ? Réponds, triple buse, avant qu'Émile t'étrangle ! s'emporta-t-il.

— Aleister, petit-cousin. *Help !*

— Je vais le tuer sans attendre Émile, dit posément Louis à Albert.

— Un instant. Laissez-moi essayer quelque chose, répliqua Albert en sortant un pendule d'une de ses nombreuses poches.

— Vous allez lui faire le coup du magnétisme ? ricana Louis à voix basse.

— Ce n'est pas un numéro, chuchota Albert en retour, c'est une technique de mise en condition psychique très efficace. Maintenant, taisez-vous ! Robinson, mon garçon, regarde attentivement ce pendule, dit-il en anglais. Regarde-le se balancer. Oui, tu le suis des yeux, c'est bien. Droite, gauche, droite, gauche, il oscille tranquillement et tu te sens plus tranquille. Tu écoutes ma voix et tu te sens plus tranquille…

Il continua ainsi d'une voix mélodieuse et apaisante, et Louis, qui rongeait son frein, vit les traits de Robinson se détendre et ses yeux papilloter. Albert lui répéta plusieurs fois qu'il était en sécurité et pouvait répondre à toutes les questions qu'on allait lui poser. Robinson dodelina, à moitié endormi.

— Connais-tu Robert Hyde ? demanda Albert de sa voix douce.

— Non.

— Mais tu t'es déjà rendu au 12 Carmelite Street ?

— Oui, livrer Mr. Henry. Et je suis tombé sur Aleister.

— Qui est Aleister ?

— Edward Alexander Crowley. Son père était brasseur, comme le mien. Ils appartenaient tous deux aux Frères de Plymouth.

Il cracha soudain par terre.

— Les Frères de Plymouth sont des bigots protestants du plus grand rigorisme, expliqua Albert à Louis en aparté.

— Nous nous sommes connus enfants, continua Robinson. À la mort de mon père, je suis heureusement allé vivre avec ma tante. Et j'ai donc croisé une fois Edward Alexander, un été, lorsque je faisais des livraisons pour mon oncle. Il sortait de chez Mr. Henry. Nous avons fumé une cigarette au coin de la rue. Il m'a dit qu'il n'en pouvait plus de sa famille. Il avait rencontré des gens qui s'intéressaient comme lui à l'ésotérisme. Il a ajouté qu'il voulait se faire appeler Aleister, que c'était son futur nom gaélique.

— Quel âge a-t-il ?

— Seize ans. Il veut s'enfuir de chez lui. Il veut rejoindre l'ordre de l'Aube dorée.

Louis et Albert échangèrent un regard de surprise.

— Il m'a montré des livres de spiritisme que lui avait prêtés Mr. Henry. Ça avait l'air très ennuyeux.

— Et alors ?

— Et alors quoi ?

— Pourquoi ne nous as-tu rien dit avant ?

— Vous n'avez jamais parlé de Mr. Henry, vous avez parlé de Mr. Hyde !

Ils soupirèrent, puis Albert entreprit de réveiller Robinson tout en lui ordonnant de ne se souvenir de rien et de se sentir agréablement reposé. De fait, Robinson battit des paupières et leur sourit aimablement, semblant oublier qu'il était entravé.

Louis attira Albert dans la chambre.

— Croyez-vous que nous puissions lui faire confiance ?

— J'en suis sûr. Tout cela n'est qu'une fichue série de malencontreuses coïncidences.

— Le jeune Aleister est entre de bien mauvaises mains. Nécromancie, cannibalisme, meurtres, sadisme…

— Tant pis pour lui ! Que va-t-on faire de Robinson ?

— Le détacher et l'envoyer dans les jupes de Millie, c'est là qu'il sera le plus inoffensif.

Louis délivra le jeune garçon, qui semblait un peu groggy, et lui enjoignit de filer mais de rester dans l'hôtel. Puis il se laissa tomber dans un fauteuil, la tête en compote, tandis qu'Albert envoyait valser ses chaussures avec soulagement. Émile revint sur ces entrefaites, chargé d'un plateau abondamment garni, et Louis lui exposa la situation.

— C'est pas pour apporter de l'eau à son moulin, à ce boit-sans-soif, mais c'est vrai qu'il n'a jamais tressailli d'un poil en nous entendant parler de Hyde, fit observer Émile.

— Ces *scones* à la patate sont fameux, dit Louis. Albert ?

— Juste un peu de poisson, s'il vous plaît, je dois surveiller ma ligne.

— Vous êtes maigre comme une baïonnette !

— Mince, Émile. Mince est le mot qui convient. Que va-t-on faire à présent ? Nous sommes légèrement dans la panade, non ?

— Vous avez déjà avancé à l'aveuglette sous un feu nourri dans le vacarme de la canonnade ? demanda Émile.

— Non, non, je n'ai pas eu ce plaisir, dit Albert en grignotant sa boulette de poisson.

— On a l'impression d'avoir perdu le sens de l'orientation, on est sourd, aveuglé par la fumée, occupé à ne pas tomber, à éviter les balles et les obus, on cavale dans tous les sens, à la queue leu leu, et on voit tomber les aminches.

— Je me réjouis chaque jour d'avoir été réformé, susurra Albert.

— Mais à la fin, le ciel s'éclaircit, on est en haut, on a conquis la position, on est passé ! Et on marche entre les cadavres de ceux d'en face. Vivant. Vainqueur.

— Un programme alléchant. Cependant, il doit arriver parfois qu'on se fasse casser la margoulette et qu'on reste couché par terre à nourrir l'herbe de son sang, marmonna Albert, pas convaincu.

— Émile a raison, dit Louis en finissant son assiette, il faut garder le cap.

— Lequel ? fit Albert, doucereux.

Louis balaya la question du revers de la main.

— En prenant la fuite, Scarey s'est coupé de sa vie sociale. Il a renoncé à son poste, à sa position. C'est dire l'importance de ce qu'il doit protéger !

— Hyde. C'est Hyde qu'il doit protéger, répondit Albert. Hyde qui a déjà dû endosser une nouvelle identité, telle une hydre.

— L'Hyde protéiforme ! ricana Louis en gobant une tartelette à la rhubarbe. Il faut réserver nos billets pour Dieppe.

— Dieppe ? Là, maintenant ?

— Mais oui. Tout nous y ramène. Je parie que Hyde s'y cache déjà et que Scarey va l'y rejoindre. Ils se fondront dans la colonie anglaise.

— Pas s'ils nous savent à leurs trousses.

— Ont-ils le choix ? Leur couverture à Londres est fichue. Ils cherchent le morceau de film manquant, or Mathilda se rendait souvent là-bas. De plus, l'Aube dorée a une loge à Paris, ils pourront y trouver appui.

— En vous écoutant, je ne peux m'empêcher de me demander encore pourquoi ils ont attendu que Mathilda soit dans ce train pour l'assassiner, dit Albert en plongeant ses longs doigts manucurés dans le bol d'eau citronnée.

Louis tapotait sur l'accoudoir du fauteuil, les sourcils froncés.

— Votre question en entraîne une autre, lui renvoya-t-il. Cela fait un an que Leprince a disparu. Si Mathilda possédait le film recherché, pourquoi avoir attendu si longtemps pour essayer de filer ?

— Parce qu'elle venait juste de mettre la main dessus ! répliqua Albert.

— Bien sûr, c'est ça ! Elle l'a volé à Nark ! renchérit Louis. Mais oui, écoutez ça : après avoir éliminé Leprince, Nark rentre à Londres avec le film révélant l'identité du Ripper. Il le cache dans son atelier où Mathilda vient poser. Elle le découvre, s'en empare et fuit en France pour se mettre à l'abri de la fureur de Hyde-Nark.

— Si je vous suis, dit Émile en vidant sa pinte, Nark, Hyde et le Ripper sont le même gars ?

— C'est une de nos théories, dit Louis. Le problème, c'est qu'on a mille pistes possibles. La seule certitude : l'homme qui se fait appeler Edward Nark ou Robert Hyde est un assassin.

— Et il n'est pas mort, renchérit Albert.

— Et qui nous dit que Leprince l'est ? fit soudain Émile, la moustache blanche de mousse.

— Pardon ?

— Ben, c'est peut-être lui, votre tueur. Il a peut-être organisé sa propre disparition pour continuer à étriper peinard sous d'autres latitudes.

— Émile, ne venez pas tout embrouiller ! glapit Albert en sautant sur ses pieds.

— Parce que vous trouvez que c'est clair ? La brume de la Tamise n'est rien par rapport à la purée de pois de vos fichues théories ! On ne tourne plus en rond, on tourne en spirale !

— Vous avez raison, faisons une pause, décida Louis. Descendons voir si les dames sont là, ça nous rafraîchira les idées. Je vais envoyer un chasseur s'occuper des billets pour Dieppe. Albert, voulez-vous convier vos amis Robert Paul, David Devant et Philippa Garret à se joindre à nous ce soir ?

— Je m'en occupe. Mais là, je dois filer, j'ai rendez-vous. Un rendez-vous Eddie-fiant, précisa-t-il avec un clin d'œil.

— Et pour la surveillance du pub, je me débrouille avec mes huit yeux et mes dix mains ? grogna Louis.

— Envoyez Robinson, ce sera un bon test. S'il ne revient pas, c'est qu'il nous a menti. À tout à l'heure !

Il s'était éclipsé avant que Louis et Émile se soient extraits de leurs fauteuils.

— Avez-vous compris ce que j'ai compris ? demanda Émile abasourdi.

— Cessez donc de vouloir toujours tout comprendre. Croyez-moi, c'est une manie détestable qui m'a toujours apporté les pires ennuis !

CHAPITRE XIV

Camille, Millicent et Miss Mary étaient attablées dans le vaste hall de l'hôtel devant des *lemon squash* frappés et une large assiette de pâtisseries, entourées d'une nuée d'emplettes.

Camille, très élégante dans sa robe de promenade en drap amazone chêne clair, se jeta dans les bras de Louis, se serra tout contre lui en susurrant :

— C'est vrai que tu m'as l'air entier...

Elle déballa ses achats : pour lui, une eau de Cologne de chez Rimmel, sur le Strand, et pour elle, un flacon d'huile de macassar bouché à l'émeri et portant en rouge la signature de Rowland and Sons, afin d'éviter les contrefaçons.

Robinson, avec son nouvel air illuminé, fit à son tour son apparition et baisa la main de Millie avec dévotion, expliquant son visage tuméfié par une chute dans l'escalier. Quant à Émile, il justifia son coquard par une rencontre inopinée avec une porte et se mit à deviser à voix basse avec Miss Mary dans leur idiome incompréhensible.

Louis se sentait un peu désemparé. Indécis sur la marche à suivre. Ils n'avaient cessé de courir en tous sens depuis six jours, à la poursuite d'une ombre. Un leurre auquel le manipulateur en coulisse donnait l'apparence qu'il voulait.

Six jours ! Il avait l'impression d'avoir quitté Paris depuis un an ! On s'habituait vite à ce mouvement perpétuel. C'était comme un besoin chez lui de secousses et d'action, de bondir, de bouger, d'aimer. Tout dans le corps n'était que mouvement, de la circulation du sang aux battements du cœur. L'homme était programmé pour agir, mille bombes !

Mais pas pour se noyer dans un maelström d'hypothèses tirées par les cheveux.

Voyons, voyons... quelque chose se dégageait... Il en aurait bien discuté avec Émile, mais celui-ci venait de se lever pour aller acheter des journaux et du tabac. Louis se pencha en avant, le menton sur le bout de ses doigts joints, concentré.

« Hyde-Nark est un meurtrier, un sadique qui assouvit ses pulsions à travers les rituels sataniques d'une secte secrète. Cela ne l'empêche pas de mettre ses talents mortels au service du plus offrant. Assassin pour son compte et tueur à gages pour autrui ! En faisant disparaître Leprince, il fait d'une pierre deux coups : il touche ses émoluments et met la main sur le film qui pourrait le faire pendre. »

Oui, ça prenait tournure, les morceaux du puzzle commençaient à s'emboîter.

— Ils se sont battus ? lui chuchota Camille.

— Hein ? Quoi ?

— Émile et Robinson.

— Une petite altercation, rien de grave. Nous partons pour Dieppe demain.

Camille fit la moue.

— Comment se porte cette chère Lady Fisher-Brown ? ajouta Louis, feignant de ne pas voir sa contrariété.

— On ne l'a pas trouvée chez elle, répondit Camille.

— L'oiseau s'est envolé ! précisa Millie. La maison est fermée, le maître d'hôtel nous a informées que Milady était partie en voyage pour une durée indéterminée. Destination inconnue.

— La femme de chambre avec qui j'ai bavardé toilettes m'a dit qu'elle avait emporté ses bijoux, ses vêtements de soirée et sa cape en hermine, ainsi qu'une ombrelle, ce qui suggère une villégiature élégante : Monte-Carlo ! conclut Camille avec envie.

— Je te fiche mon billet qu'elle est à Dieppe elle aussi.

— Mais qu'est-ce que tu as à nous casser les oreilles avec ce fichu Dieppe ! s'emporta Camille. On dirait un mouton atteint de tremblante et qui ne bêle que sur un seul ton !

— Moi aussi, je t'adore, mon ange.

— D'un autre côté, à Dieppe il y a ce cher Conder.

— Touché ! Tu es contente ?

— Excusez-moi de vous interrompre...

Louis leva les yeux sur Miss Mary qui se penchait vers eux.

— Je voudrais vous entretenir deux secondes à propos de ces photographies que vous avez trouvées.

Camille décocha un regard étincelant à Louis.

— Quelles photographies ?

— Je t'expliquerai.

— On ne me raconte jamais rien ! Je suis la belle idiote de service, juste bonne à être exhibée au bras de Monsieur. On me couperait la tête, les bras et les jambes que ça ne lui manquerait pas !

— Ce qui a été le cas d'une fille qu'on a retrouvée dans la Tamise en juin 89, répliqua Mary de sa voix grave, alors ne plaisantez pas avec ça, mon chou.

— Quelle horreur ! Qui était cette malheureuse ?

— On ne sait pas. Elle fait partie de la série dite des « torses de la Tamise », dont on ignore s'il faut les attribuer au Ripper. Il y en a eu quatre ou cinq entre 1887 et 1889. Pour en revenir à vos photographies, j'ai suivi l'affaire attentivement à l'époque, à travers les comptes rendus des journaux. On ne parlait que de ça ! Vous comprenez, je connais pas mal de filles qui travaillent dans l'East End. Et donc Émile a mentionné les intestins sur l'épaule droite du corps. Il s'agit d'un des meurtres du 30 septembre 88. Il y a eu deux victimes, cette nuit-là, la première à côté de Berner Street et la seconde à Mitre Square. Elizabeth Stride et Catherine Eddowes. Une brave fille que j'aimais bien. Les intestins sur l'épaule, c'est Catherine.

Révulsée, Camille écarquilla les yeux tandis que Miss Mary sortait de son sac à main une coupure de journal jaunie et lisait à mi-voix :

— « L'abdomen était ouvert, les intestins au-dehors et placés sur l'épaule droite, le lobe de l'oreille droite coupé, la face très mutilée, la gorge coupée transversalement jusqu'à l'os. Le meurtrier n'a pas nécessairement été taché de sang car le flot de l'hémorragie a été dirigé loin de lui. Les mutilations ont été faites après la mort. »

— Dieu merci ! s'exclama Camille. Où as-tu trouvé ces images, Louis ?

Louis, en soupirant, se mit en devoir de lui raconter les derniers événements. Camille, de plus en plus pâle, avala une gorgée d'eau minérale.

— Mon petit tsar, je préfère quand tu te passionnes pour les derniers développements du courant triphasé, même si ça te rend rasoir. Ce genre de monstruosités est du ressort de la police. Il faut que tu te rendes à Scotland Yard.

— Pour me faire virer comme un malpropre par un commissaire excédé ?

— Tu as les prises de vues !

— Qui prouvent quoi ? Qu'un type en arrière-fond ricane en ôtant son faux col ?

— Mais peut-être que le commissaire le reconnaîtra ! Peut-être que c'est un des leurs ! Un policier ou un médecin.

Louis médita ces paroles en pressant la main de la jeune femme. C'était une excellente idée.

— Et si vous commenciez par me les montrer ? fit Miss Mary.

— Ce n'est pas très ragoûtant.

— Vous croyez que les types qui m'ont marquée étaient très ragoûtants ? Que se prostituer est très ragoûtant ? J'ai sûrement vu plus de morts dégueulasses que vous, mon petit Louis, et je connais peut-être cet homme.

Louis obtempéra, récupérant l'étui dans sa poche de poitrine.

— On ne peut pas regarder ça ici, dit Mary entre ses dents, allons dans votre chambre ou la nôtre.

— Je viens avec vous ! dit Camille, déjà prête à se mettre en colère.

— Pas question, riposta Louis qui ne voulait pas qu'elle voie le cadavre mutilé.

— Vraiment ? rugit-elle en lui arrachant l'étui des mains.

— Rends-moi ça !

Il lui attrapa le poignet, elle se débattit, Miss Mary voulut s'interposer et l'étui s'envola, qu'elle rattrapa de justesse avant qu'il s'écrase sur le parquet ciré. Elle les dévisagea d'un air sévère à travers sa voilette, puis entreprit de monter vivement les escaliers, négligeant l'ascenseur. Louis et Camille, d'abord interdits, lui emboîtèrent le pas. Louis, devançant Camille entravée par sa jupe, atteignit le premier le palier, tourna sur la droite pour enfiler le couloir et… reçut un violent choc à l'arrière du crâne.

On le secouait. On lui parlait. Une voix de femme déformée par le vent. Un écho dans la neige. Non, il n'y avait pas de vent. Juste un écho dans sa tête. Il tenta de s'asseoir, mais fut pris de vertige. On l'adossait contre un mur. On lui tapotait les joues. Il battit des paupières. Il voyait flou. Une Camille toute floue, l'air affolé, qui lui tamponnait le crâne avec son mouchoir. Un mouchoir rouge. Rouge de son sang ! Il porta les doigts à l'arrière de sa tête, sentit la chaleur gluante, la crête irrégulière de l'entaille. Une grosse patte le saisit à l'épaule, une main d'homme, solide, ferme. Émile.

— Vous m'entendez, la bleusaille ?

Louis essaya de hocher la tête, déclenchant une série de zigzags bleutés devant ses yeux mi-clos. Il leva péniblement la main.

— Vous avez reçu un sacré coup sur la tête. En arrivant en haut des marches, Camille vous a trouvé à terre, effondré. On va appeler un médecin.

Il réussit à agripper Émile.

— Aidez-moi à me relever, balbutia-t-il.

— Je sais pas si c'est bien prudent. Vous pouvez avoir une fracture du crâne et dans ce cas-là faut pas remuer. Combien j'ai de doigts ?

Louis plissa les paupières. Saleté de flou.

— Quatre !

— Un coup de chance qui ne prouve rien. Heureusement, vous ne saignez ni du nez ni des oreilles, mais je dis qu'un médecin…

— Où est Mary ? le coupa Louis. En danger… vite !

Émile cligna des yeux.

— Mary ? Mary était avec vous ?

Louis vit du coin de l'œil Émile foncer dans le dédale du couloir. Les vertiges s'estompaient. Camille était enfin nette, penchée sur lui, les joues en feu, dévorée d'inquiétude. Il réussit à lever le bras pour lui caresser la joue.

— Oh, mon p'tit tsar, je te jure de ne plus jamais t'embêter !

— Arrête ! Je m'ennuierais trop ! protesta faiblement Louis.

— Déjà que tu n'avais pas le sens commun, maintenant que tu as le crâne défoncé...

Louis sourit malgré la situation.

— Tu n'as rien vu ?

— Rien, hélas ! Mais avec tous les coudes que fait ce couloir... Ça saigne moins. Émile a raison, il faudrait voir un médecin pour te recoudre.

Il frissonna à la pensée de l'aiguille du chirurgien.

Cependant Émile revenait, affolé.

— Elle n'est pas dans la suite !

Ils aidèrent Louis à se relever et il resta un instant immobile, appuyé sur Émile et contre le mur, à réguler son souffle, respirant « lentement et profondément » comme on l'apprenait au cours de gymnastique suédoise.

Camille avait sorti de son réticule un flacon de sels qu'elle lui fit humer. Il s'affermit sur ses jambes. Il tenait debout. Pas de nausée. Le col de sa chemise était poisseux de sang.

— Elle s'est peut-être rendue dans ma chambre ? dit-il sans grand espoir.

— J'y suis monté, il n'y a personne.

Camille se mordit les lèvres.

— Et les toilettes pour dames ? Il y en a dans cette aile, près de l'ascenseur.

Émile s'éloigna de nouveau au pas de course et revint illico, bredouille.

Louis réfléchissait aussi vite que le lui permettaient les élancements de son occiput amoché.

L'agresseur avait pu entraîner Mary n'importe où. Dans une chambre. Dans l'escalier de service. Ou encore par l'échelle de secours installée le long de la façade. Non, trop visible. Une chambre ou l'escalier. Impossible de frapper à toutes les portes, il fallait d'abord alerter le détective de l'hôtel pour signaler l'enlèvement de Miss Mary, dit-il à Émile qui acquiesça sombrement.

— Allez le prévenir, je reste ici pour surveiller les allées et venues, ajouta Louis.

— Je reste avec toi, dit Camille. Mon pauvre Loulou.

— Nous avons perdu les photographies. Nous n'avons plus aucune preuve.

— Cela signifie que ton agresseur était dans l'hôtel, tout près de nous, à épier notre conversation. Il a saisi la balle au bond.

Louis fronça les sourcils.

— Comment pouvait-il savoir que Miss Mary ne prendrait pas l'ascenseur ?

— Peu importait, l'ascenseur débouche à quelques mètres.

— Oui, mais pas dans un angle. C'est l'escalier qui permettait le guet-apens, tu me suis ?

— Fort bien, dit Camille, l'air songeur. Tu permets, je reviens tout de suite.

— Camille ! Où vas-tu ? Attention à toi !

Il se retourna en entendant des pas. Émile revenait avec le détective, un grand type dans la soixantaine, rondouillard, qui suçotait des cachous et semblait peu enclin à s'émouvoir. Il se présenta : Harold Lane, ancien flic. Effectivement, la disparition de la dame semblait étrange, vu qu'il n'y avait pas tant d'issues. Mais avant de cogner aux portes et de déranger la clientèle, il fallait s'assurer des autres possibilités. Il partit inspecter l'escalier de service et le monte-charge, enjoignant à Émile de vérifier l'échelle de secours et la ruelle attenante à l'hôtel.

Louis se sentait tourmenté, moins par sa blessure que par quelque chose qu'il ne parvenait pas à formuler. Quelque chose qui rôdait aux confins de son esprit embrumé. Il s'étira précautionneusement, tamponna de nouveau sa plaie avec son mouchoir. Le sang ne coulait plus. Il s'assit dans un des fauteuils placés près de l'ascenseur pour attendre le rapport d'Émile :

— L'aide-chaudronnier dans la ruelle m'a affirmé n'avoir vu passer personne. Il a pu l'entraîner n'importe où ! ajouta-t-il, livide.

Puis ce fut le tour d'Harold Lane.

— Aucune femme n'a emprunté la sortie de service dans la dernière demi-heure. Le bourrelier qui est installé dans la cour pour réparer les harnais des chevaux me l'a confirmé. Il n'a vu passer que deux petits grooms qui avaient fini leur service et un cocher qui avait dû rendre visite à une des femmes de chambre.

— Un cocher ?

— Oui, qui est monté dans son cab et l'a fait démarrer au trot.

— Si c'est notre homme et qu'il était seul, c'est qu'il a tué Mary en cours de route ! gémit Émile.

— Permettez-moi de croire que s'il y avait eu un cadavre assis à l'office, je l'aurais vu ! lâcha Harold Lane, flegmatique.

— La chaufferie ! Il a pu jeter le corps dans la chaudière !

— J'ai regardé.

— Allez-vous donc vous décider à fouiller les chambres ou dois-je le faire moi-même ? gronda Émile en serrant les poings.

— Je vous conseille de vous calmer, mon vieux. Vous n'êtes pas sur un ring, mais dans l'enceinte d'un établissement prestigieux.

— Un établissement prestigieux où l'on se fait estourbir au coin des couloirs et où les femmes se font enlever ! On verra ce qu'en pense la police !

Lane haussa les épaules tout en frappant à la porte de la première chambre. Pas de réponse. Il sortit son passe et entra, Émile sur les talons. Rien. Au bout du couloir, après avoir dérangé une dizaine de personnes et jeté un coup d'œil dans les chambres vides, il fallut accepter l'évidence : Miss Mary n'était pas à cet étage. Ils montèrent donc au second.

— L'hôtel a six étages ! fit observer Louis pendant qu'ils s'éloignaient. Je ne pense pas qu'il ait pu traîner Miss Mary consciente ou inanimée à travers les escaliers. Ils ont peut-être tout simplement emprunté l'ascenseur.

— Millie et Robinson l'auraient vue traverser le hall, or ce n'est pas le cas, répliqua Camille, surgissant derrière lui.

— C'est ce que tu voulais vérifier ?

— Pas seulement. Je me suis rendue à la buanderie.

— Le détective s'est occupé de ça !

— Ah oui ? Et il a trouvé ceci ? lui renvoya Camille en exhibant un marteau d'une quarantaine de centimètres, un marteau commun doté d'une panne fendue pour arracher les clous.

Il était souillé de sang et de cheveux.

Louis se sentit barbouillé en comprenant qu'il s'agissait des siens.

— Où était-ce ?

— Dans un panier à linge sale.

— Pourquoi t'es-tu rendue là-bas ?

— Ah ! ça t'épate, hein, mon p'tit tsar, qu'une fille aussi frivole que moi ait un éclair de génie !

— Je n'ai jamais dit que tu étais frivole.

— Menteur ! Bon, eu égard à ta blessure, je passe. Je suis juste allée vérifier si on n'aurait pas dérobé des vêtements.

— Je ne saisis pas...

— Quel meilleur endroit que la blanchisserie pour se procurer un déguisement ? Tu verrais comme c'est bien organisé ! Toute une pièce pour les affaires des clients, avec un bataillon de repasseuses et de ravaudeuses. Et une autre pour les uniformes du personnel, suspendus sur des cintres, classés par genre. Soubrettes, portiers, valets...

— Oui, oui, d'accord...

— Cochers...

— Cocher ?

— Eh oui, mon p'tit tsar !

— Il manquait un costume ?

Camille hocha la tête :

— Sur un des cintres, il ne restait que le pantalon et la chemise. La veste et le chapeau avaient disparu, ainsi que les bottes.

— Dans ce cas, Émile a raison : qu'a-t-il fait de Mary ?

Camille se mordit les lèvres sans répondre. La réponse ne pouvait être que déplaisante.

Ils restèrent à attendre en silence le retour d'Émile et du détective. Louis ruminait toutes les possibilités. Le faux cocher était loin maintenant, avec la bande de papier huilé. Se pouvait-il que ce fût Scarey ? Non, si Scarey avait rôdé dans le hall, il l'aurait reconnu. Il échafauda une autre hypothèse : Scarey était allé fouiller leur chambre pour dérober l'étui. Ne l'ayant pas trouvé, il redescendait à la réception quand sa route avait croisé celle de Louis et de Mary.

Cela nécessitait tout de même une forte coopération du destin. Il fallait que les trajectoires concordent, que Scarey ait opportunément son marteau à la main... Le guet-apens paraissait plus plausible.

Mais qui pouvait les avoir épiés sans éveiller leur méfiance ? Il aurait repéré Hyde. Et Lady Fisher-Brown ? Si elle faisait partie de la bande... Après tout, le coup avait pu être asséné par un homme comme par une femme. Et Lady Fisher-Brown était certainement capable de se rendre méconnaissable avec un bon déguisement. Elle avait si opportunément disparu le jour même où Hyde était supposé être mort et où Scarey était démasqué...

— À quoi penses-tu, mon tsarévitch ?

Louis résuma ses conjectures.

— Eleonore n'aurait pas pu contraindre Mary à la suivre ni transporter son corps, objecta Camille, elle doit peser moitié moins !

Louis haussa les épaules. Au point où l'on en était, pourquoi ne pas soupçonner Émile lui-même ? Émile prétendument parti chercher des journaux qu'il avait peut-être déjà dans sa poche, ainsi que le marteau. Émile, apparu brusquement dans sa vie, pile-poil à Dijon au début de l'enquête, sous les traits d'un sauveur.

Et les deux faux ouvriers qui lui avaient dérobé ses notes, qui les avait envoyés, hein ?! Le complot était énorme, une véritable armée secrète grouillait dans l'ombre, une armée de cafards désireux de faire éclore l'Âge des Ténèbres.

Camille lui enfonça son coude dans les côtes.

— Tu pourrais au moins me dire les pensées qui te valent ces yeux exorbités !

Louis soupira.

— Des bêtises. Je me mets à soupçonner tout le monde et n'importe qui de je ne sais même plus quoi.

— Ça nous fera du bien de retrouver Paris et notre train-train, dit Camille. Je te soignerai mieux que Florence Nightingale elle-même.

Louis eut une fugitive pensée coupable pour la ravissante petite infirmière entrevue le matin même.

— Je ne vais pas abandonner, répliqua-t-il. Pas maintenant !

— Parce que tu crois que ces conjurés ou je ne sais qui vont t'attendre ? Tranquillement assis en rond sur leur derrière dans Whitechapel en train de saliver sur leur prochaine proie ? Nous avons été blousés, mon p'tit Louis, et salement.

Louis ouvrait la bouche pour protester quand Émile et Lane arrivèrent, en sueur et bredouilles.

— Nous avons fait les six étages, dit Lane. Votre amie n'est nulle part dans l'hôtel.

— C'est certain, dit alors Camille. Moi, j'ai trouvé ceci.

Elle tendit le marteau en le tenant du bout des doigts. Lane fronça les sourcils. Émile blêmit.

— Il est allé dans notre suite ! balbutia-t-il.

— Pourquoi dites-vous ça ? fit Lane en suçotant un cachou. Quelqu'un en veut ? ajouta-t-il, tendant son petit paquet enveloppé dans du papier joseph.

— C'est mon marteau de sapeur ! gronda Émile. Je ne m'en sépare jamais. Il est dans mon havresac.

Lane rengaina aussi sec ses cachous et dégaina un Derringer de poche à double canon.

— Allons voir ! lança-t-il.

Une fois dans la chambre, Émile vida le havresac sur la moquette. Aucun marteau.

Il se retourna vers eux, désemparé, et se trouva face au canon du petit pistolet de Lane.

— Je suis désolé, monsieur Germain, dit le détective, mais je crois avoir compris que votre marteau était l'arme du crime. Où étiez-vous donc pendant qu'on attaquait M. Denfert ?

— Bougre d'imbécile, vous croyez que j'assommerais mon meilleur ami ?! Et que je ferais disparaître ma fiancée ?!

— On a vu pire, bien pire, lui renvoya Lane. Quand j'étais flic et que je patrouillais dans l'East End, j'ai vu des hommes qui avaient tué leurs femmes, des femmes qui avaient tué leurs enfants, des enfants qui assassinaient leurs parents. Et faut pas croire que c'est mieux dans les beaux quartiers ! Alors, que vous attaquiez votre soi-disant meilleur ami ne me semble pas inconcevable.

— C'est insensé ! Nous sommes dans le même camp, lui et moi ! Et pendant ce temps, vous laissez filer l'ennemi.

— Il a filé depuis longtemps, hélas, fit observer Louis. Excusez-moi, détective, je comprends vos soupçons, mais je ne pense vraiment pas que mon ami Émile ait tenté de me tuer.

— Qui a utilisé son marteau dans ce cas ? Comment l'a-t-on subtilisé dans ce sac ? répliqua Lane sans dévier sa main.

— Ce que les hommes sont lents à la comprenette ! fit Camille en roulant des yeux.

— Plaît-il ?

— Pourquoi ne pas se rendre à l'évidence ? Qui pouvait savoir qu'Émile gardait son marteau de sapeur dans ce sac ? Et qui savait que Louis avait trouvé les photographies du Ripper ?

— Que dites-vous ? l'interrompit Lane, stupéfait.

Louis foudroya Camille du regard.

— Rien ! Nous pensons avoir trouvé des prises de vues du meurtre de Catherine Eddowes. La personne qui m'a assommé s'en est emparée.

— Eddowes ! Bon sang, j'y étais ! Avec les agents Harvey et Watkins. Vous avez rencontré le photographe de la police, c'est ça ?

— Non. Nous avons trouvé des photographies non officielles.

— Ah, ça ! Avec tous les curieux qui affluaient ! Tout juste si les gens ne venaient pas tremper leur mouchoir dans le sang de ces malheureuses pour emporter un souvenir. Le boucan que ça a fait, ces meurtres ! Le chef de la police, sir Charles Warren, a même dû démissionner. Le pire, c'est qu'à peu près en même temps, y avait ces femmes démembrées retrouvées dans la Tamise. Oui, madame, j'ai aidé à en repêcher. Des bras, des jambes, des torses. Mutilés. Vidés de leurs organes. Au moins quatre ! Et donc, on vous a volé ces photos ? Peut-être un de ces sales types qui vendent leur camelote morbide aux étrangers et aux voyeurs.

— Lequel nous aurait suivis depuis ce matin, aurait deviné que nous allions emprunter l'escalier et aurait pris la précaution, au cas où, de subtiliser le marteau d'Émile ? fit Louis. Ça ne tient pas debout. Il faut raisonner autrement.

— Tu l'as dit, mon Loulou. Toi qui me parles sans cesse de nos petits lobes cérébraux, active-les donc. Parce que, messieurs, pour en revenir à notre agresseur fantôme... qui précédait Louis dans l'escalier ? Et qui s'est ensuite évaporé ? acheva-t-elle dans un superbe vibrato.

Louis se mordit les lèvres.

— Non ! Ce n'est pas possible !

— Vraiment ? Trouve donc une autre explication.

— Astucieux ! fit Lane en rempochant son arme.

— Mais de qui parlez-vous ? rugit Émile.

— Du faux cocher qui est sorti par l'entrée de service. On a dérobé un costume à la buanderie.

— Et alors ? fit Émile.

— Et alors, la personne qui a frappé Louis et volé les photos s'en est servi pour sortir incognito de l'hôtel et filer en cab, expliqua Camille.

Émile balaya sa remarque de la main.

— Et qu'est-ce que ce faux cocher a fait de Mary ?

— Il l'a emmenée avec lui. Sous sa veste.

— C'est complètement idiot... commença Émile, qui se tut soudain avant d'aboyer : Comment osez-vous...

— Du calme, mon vieux, je crois qu'elle a raison, dit Louis en lui posant la main sur l'épaule.

Émile se dégagea vivement.

— Vous n'accuseriez pas de la sorte une dame de la haute !

— Émile, ce n'est pas une question de classe sociale, mais de logique, mille bombes ! Tout l'accuse, poursuivit-il, envahi par la colère d'avoir été berné et par la tristesse que ce fût par une femme qu'il avait commencé à apprécier.

Une pensée le traversa comme la foudre. Une femme ? Et si Miss Mary...

— Émile, murmura-t-il, ne soyez pas choqué, mais dites-moi, est-ce que Miss Mary et vous... enfin... heu...

Émile s'empourpra.

— Qu'est-ce que ça peut bien vous faire ? La réponse est non, de toute façon, elle avait été salement éprouvée par le passé et avait besoin de temps. Je ne suis peut-être qu'un vieux sous-off, mais je ne suis pas une brute ! Et maintenant, foutez-moi tous le camp !

Ils sortirent dans le couloir et Émile claqua la porte.

— Eh bien, dites donc, ça change des rats d'hôtel, dit Lane. Vous en voulez ? ajouta-t-il en ressortant ses cachous. Quand on a retrouvé le cadavre d'Elizabeth Stride, elle en avait encore un sachet dans la main.

— Parmi les gradés en civil ou les médecins, y avait-il un homme à peu près de ma taille ? Un type sinistre, se tenant toujours très droit, le coupa Louis que les bonbons intéressaient peu à cette heure.

— Ben, le Dr Philips, l'inspecteur Littlefield... les gars un peu raides de ce genre, ça ne manque pas.

— Le photographe de la police, il est toujours en activité ? demanda Louis, se disant que Leprince et lui avaient peut-être lié connaissance.

— Y en a plusieurs qui travaillent en indépendants. Ça dépend des districts. Essayez Joseph Martin, 11 Cannon Street Road. Excusez-moi, mais je dois retourner à mon poste. On a des gamins qui s'introduisent dans les cuisines pour voler et j'espère les pincer ce soir.

Il les salua avant d'emprunter le monte-charge. Louis, aidé par Camille, regagna lentement leur chambre et s'assit sur le canapé, tandis que Camille sonnait pour qu'on leur apporte de la glace.

— Et du brandy ! exigea Louis. J'ai besoin d'un remontant.

CHAPITRE XV

En attendant le retour d'Albert, Louis, une poche de glace sur la tête, n'avait pas cessé de spéculer à voix haute.

— Tu me rends folle ! lança Camille, qui faisait les bagages en prévision de leur prochain départ. Tu émets cent hypothèses différentes à la seconde. Dois-je boucler ces valises ou bien comptes-tu courir demain matin à la recherche du photographe ?

— Justement, je n'en sais rien ! explosa Louis. Toute la bande s'est sans doute réfugiée en France. D'un autre côté, imaginons que ce photographe ait lui aussi pris des vues de l'homme que j'ai aperçu sur le film de Leprince ?

— Divisons-nous pour mieux régner. Albert peut rester ici et nous rentrer sur Dieppe. Quant à Émile… le pauvre… À propos, pourquoi lui as-tu demandé en catimini si lui et Mary avaient consommé ?

— Parce qu'il m'était venu à l'esprit une autre hypothèse insensée.

— Du genre ?

— Un changement de genre, justement : et si Miss Mary était un homme ?

Camille s'immobilisa, un chemisier en soie à la main.

— Ça expliquerait qu'elle chausse du 42 !

— Tu en es sûre ?

— Une femme repère ces détails-là. La pauvre avait des pieds gigantesques.

— Une épaisse voilette pour cacher sa cicatrice. Une voix grave, de grands pieds, de larges épaules...

— Tu es en train de faire le portrait de ma voisine, la mère Trocard, qui a eu six enfants avec un mari qui lui arrivait à l'épaule, fit remarquer Camille.

— Justement, ta mère Trocard n'a pas fui le lit nuptial.

— Vu son passé, on peut comprendre qu'elle n'a plus trop le cœur à l'ouvrage.

— Mmouais... N'empêche que ça expliquerait pas mal de choses.

— Comme quoi ?

— Qu'elle ait pu nous suivre habillée en homme sans qu'on la remarque. Avec un chapeau, un manteau... Et ça explique aussi que le bourrelier n'ait rien vu qu'un type ordinaire sortir de l'hôtel : Miss Mary au naturel. Et dire que j'ai soupçonné Robinson, cette pauvre limace !

À cet instant on frappa à la porte : c'étaient Millie et la pauvre limace, accompagnés d'un Albert tout retourné.

— On m'apprend que vous êtes mort ! Laissez-moi voir.

— Ce n'est rien, une entaille...

— Un centimètre de plus et vous étiez bon pour la glacière de Nark. La blessure est profonde. Je vais vous recoudre, j'ai l'habitude.

— Pas question ! Je ne suis pas un de vos fichus macchabées.

— Quelle poule mouillée ! Donnez-moi une aiguille rougie au feu et du fil solide, Camille.

— Albert ! Si vous approchez un millimètre d'aiguille de ma noble tête, je vous casse la margoulette.

Albert ouvrit sa sacoche et en tira un petit moule en plomb doré, du beurre de cacao et une mesure de poudre grise.

— Je vais au moins vous préparer un suppositoire antiseptique à action sédative.

— Prenez-le vous-même.

— Mourez donc du tétanos, soupira Albert. Et Miss Mary ? L'a-t-on retrouvée ? Où est Émile ?

Un silence pesant flotta dans la pièce, puis Louis entreprit d'exposer leurs suppositions sur le vrai rôle de Miss Mary.

Millie et Robinson l'écoutèrent bouche bée tandis qu'Albert sautillait sur place, survolté.

— Il y a quelque chose qui ne colle pas, fit-il. Miss Mary n'a appris l'existence des photographies qu'après qu'Émile lui en a parlé. Elle ne nous avait donc pas suivis ce matin.

— Et alors ?

— Pourquoi ne nous suivait-elle pas ? Je veux dire : à quoi servait-elle si elle se contentait d'attendre avec nos amies ?

— Mais à espionner, à écouter, à rendre compte jour après jour de nos progrès ! Justement, à quoi bon s'escrimer à nous prendre en filature ? Nous rentrions tranquillement tout déverser dans l'oreille même de l'ennemi, comme dirait Émile.

— Elle savait que ce matin nous avions prévu de visiter Hyde, dit Albert.

— Et précisément, il est soi-disant mort la nuit même ! Prévenu de notre visite, il a eu tout le temps d'organiser son trépas. Voilà à quoi elle servait.

Robinson reposa son verre de brandy vide et s'en servit un autre tandis que Millie buvait les paroles de ces nouveaux et si excitants amis.

— Tenez, dit Louis en frappant dans ses mains, j'ai une idée récréative !

— Crois-tu que nous ayons besoin de distractions supplémentaires, mon petit tsar ?

— Millie, prenez un papier et un crayon, j'ai un exercice pour vous. Dessinez-nous Miss Mary sous les traits d'un homme. En costume de cocher. Ôtez-lui son chignon, sa poitrine, durcissez un peu les traits, enfin vous savez mieux que moi comment faire...

Millie, amusée, sortit son matériel qui ne la quittait jamais et se mit à croquer et à gommer avec enthousiasme.

— La barbe, fit Albert, j'ai convoqué Robert William Paul et les autres pour 8 heures !

— Aucun problème, nous irons souper près d'ici et je vous quitterai de bonne heure, dit Louis.

— Hum ! Je préférerais que vous restiez au lit.

— Vous croyez que j'ai envie de dormir ?

— Dans ce cas, laissez-moi au moins vous panser correctement. J'ai ces nouveaux pansements Gamgee à base de gaze et d'ouate absorbante ainsi que de l'eau oxygénée.

Louis se laissa enturbanner de bon gré tout en demandant mielleusement à Albert des nouvelles de son rendez-vous. Celui-ci, pas troublé le moins du monde, déclara qu'Eddie et lui-même avaient fait une agréable balade à cheval dans les bois de la Couronne. Ils s'étaient quittés enchantés l'un de l'autre et le prince de Galles lui avait fait présent de son calot écossais.

— Regardez comme c'est chou ! conclut-il en coiffant ledit calot et en entonnant *Scotland the Brave*.

Camille le supplia de se taire alors que Millie brandissait fièrement son esquisse : un Mister Mary solidement campé sur des jambes pantalonnées, les mains dans les poches, les cheveux ras, une épaisse barbe noire couvrant une partie de la cicatrice.

Camille fit la moue.

— C'est certes impressionnant, mais on peut s'amuser à travestir tout le monde de cette manière.

— Oui, mais Mary a l'ossature et la carrure nécessaires pour que ce soit vraiment convaincant, fit remarquer Louis.

— Si c'était un homme, je me serais bien aperçue de quelque chose !

— Avec vos tenues qui vous couvrent, hélas, des orteils à la nuque, vos chapeaux, vos gants et vos voilettes, une femme peut se promener velue comme un singe, lui rétorqua Louis. De par sa position sociale et son âge, elle n'était pas requise de porter un corset. Et n'oubliez pas que nous ne l'avons jamais vue dans une robe décolletée. Pour finir, son passé rugueux autorisait sa voix éraillée, ses manières rudes et son manque de grâce.

— Une théorie assez partagée prétend que le Ripper se déguisait en femme pour pouvoir se balader à sa guise dans un quartier en alerte, fit observer Albert.

Bref silence.

— Et il est vrai que vous seriez étonnés des attributs que l'on peut parfois trouver sous certaines robes du demi-monde, reprit-il en souriant.

— Des noms ! s'écria Camille.

— De toute façon, homme ou femme, elle nous a bernés, reprit-il sans lui répondre. En route, nos amis nous attendent. Ce bandage vous donne un petit air « retour d'Afrique » assez viril, Louis. Prenez donc un peu de cette poudre de cannabis contre la douleur et ce sucre imbibé d'éther et d'alcool à 90° pour vous donner un léger coup de fouet. Les vélocipédistes ne jurent que par ça, et la strychnine bien sûr.

Ainsi dopé, Louis, ragaillardi, se sentait prêt à en découdre avec toutes les Miss Mary, les Hyde et les Scarey de l'univers, et la petite troupe partit d'un pas décidé vers les plaisirs gustatifs de *Frascati's* sur Oxford Street. Émile, sur l'insistance de Camille, avait accepté à contrecœur de se joindre à eux et, maussade, traînait des pieds à l'arrière.

Le restaurant était bondé et David Devant ne cessait de saluer des connaissances tandis que Louis expliquait à Robert William Paul leurs dernières découvertes.

— Du papier huilé entraîné par des rouleaux... répéta celui-ci. Il ne peut y avoir d'entraînement régulier. Et le problème de la parallaxe ? Je comprends pourquoi il bataillait contre le bruit et les secousses de son projecteur ! Le Celluloïd a dû tout changer. Quel dommage qu'il ait soudain disparu ! Imaginez s'il avait abouti : nous nous rendrions ce soir au London Pavilion pour *voir* sur une toile géante le dernier spectacle de Philibert ou de David, alors même qu'ils seraient en représentation à Paris ou à Berlin ! Et que dire des images que nous rapporteraient nos explorateurs ! Les chutes du Zambèze se déversant dans le théâtre, l'avancée de nos troupes au Congo...

— Les soldats mourant devant nos yeux, jeta Camille. Les mères voyant leurs fils s'écrouler sous leurs yeux...

Robert William Paul soupira.

— La sensibilité féminine !

— Racontez-moi encore votre expédition à l'hôpital, demanda Philippa à Albert.

— Oui, et la drôle de petite Emma, dit Millie.

Dans le brouhaha de la conversation générale, avalant sans y prêter attention les mets qui se succédaient – contrairement à Robinson qui jouait férocement des badigoinces –, Louis s'efforçait comme toujours de bâtir une solution qui englobât les éléments connus et inconnus. Il ne lui suffisait point de se dire que Hyde-Nark, Scarey et Miss Mary étaient tous complices, que Hyde-Nark avait certainement tué Rebecca, Mathilda et sans doute Leprince, non, il fallait que le tissu des meurtres se défasse fil à fil jusqu'à en distinguer la trame.

Et la soirée se déroula ainsi, entre conciliabules, théories, réflexions, chacun essayant d'apporter sa pierre à l'édifice bancal de l'énigme.

Robert William Paul, pour sa part, avait entendu parler de Joseph Martin qui avait photographié à la morgue certaines des victimes présumées du Ripper. Les prises de vues effectuées sur les lieux des crimes étaient plus rares. Ce Martin, âgé d'une quarantaine d'années, avait repris la boutique du vieux Louis Gumprecht. Photographe lui-même, Robert William Paul se proposait de les accompagner le lendemain. Louis accepta, bien qu'en son for intérieur il pensât que les jeux étaient faits. Ils ne pinceraient pas Hyde et il ne ferait pas la une. S'il rentrait sans le scalp du tueur de Mathilda, après avoir dépensé autant d'argent, Gillières allait le rétrograder aux chiens écrasés.

Ils repartaient le lendemain soir. Il leur restait moins de vingt-quatre heures pour attraper les coupables. Allons, il ne fallait pas s'allonger dans le cercueil avant d'avoir rendu son dernier souffle, comme disait le capitaine Denfert quand le petit Louis se décourageait de ne pas réussir quelque chose.

Il prit une gorgée de château-margaux, se tourna vers Émile dont les épaules voûtées et l'air maussade lui faisaient peine.

— Je comprends votre tristesse, lui dit-il.

— Peut-être l'a-t-on obligée à agir ainsi ? dit Émile avec espoir. Peut-être craignait-elle pour sa vie ?

Louis opina en lui versant un peu de bordeaux en guise de médication. Il avait interdit de faire part à Émile de ses suppositions quant au sexe de Miss Mary. Il fallait y aller doucement. Les soldats, comme les marins de son père, avaient le cœur aussi tendre que leur cuir était épais.

Il y eut un certain remue-ménage tandis que Millie, Camille et Philippa se rendaient aux commodités et qu'on installait des convives à la table voisine.

Louis nota du coin de l'œil qu'il s'agissait de quatre hommes. Deux d'entre eux dans la trentaine, les autres nettement plus âgés. Le premier jeune homme, vêtu d'un excellent costume en provenance de Saville Road, avait un petit air intellectuel et dandy à la fois qui ne lui était pas inconnu. Où avait-il pu le rencontrer ? L'autre, par comparaison, avait tout du jeune loup. Rasé de près, un nez aquilin, des yeux inquisiteurs sous des sourcils fournis, les cheveux blonds avec une mèche en accroche-cœur, une bouche mince et mobile. Les deux aînés aux cheveux grisonnants étaient tout à fait dissemblables. L'un était coiffé d'un chapeau d'artiste à la Aristide Bruant, une écharpe flottant autour du cou. L'autre, au long visage, portait d'épaisses lunettes, la barbe et un strict costume noir.

Ils discutaient avec animation de peinture, crut-il comprendre, et il se fit la réflexion que le vieux barbu avait l'accent français et ne lui était pas inconnu non plus. Bon, aucune importance.

On servit la salade impériale. Émile repoussa son assiette, il avait beaucoup bu et presque rien mangé.

— Il faut que j'aille à Camden Town, lança-t-il en se levant, elle est peut-être là-bas.

— Voyons, pourquoi voulez-vous qu'elle y retourne ? lui renvoya Louis. Elle se doute bien que c'est là que nous irons la chercher en premier lieu.

— La preuve, nous ne l'avons pas encore fait ! rétorqua Émile. Et puis si jamais ce foutu Walter Sickert est de retour, il pourra peut-être nous renseigner sur sa gouvernante !

Sa voix avait porté dans un bref instant de silence et il y eut comme un flottement à la table voisine. Puis l'homme au regard intense et moqueur se leva, sa serviette à la main.

— Excusez-moi, dit-il dans un français parfait, vous parliez de Walter Sickert ?

— Effectivement. Le connaissez-vous, monsieur ? demanda Louis, intrigué.

— Un peu, admit l'autre en souriant. Vous avez évoqué un logement à Camden Town, poursuivit-il.

— Oui, la maison de Mr. Walter Sickert à Hilldrop Crescent, expliqua Louis.

— Walter Sickert loge avec son épouse Ellen au 54 Broadhurst Gardens, South Hampstead, dit l'homme, qui demanda à ses compagnons : N'est-ce pas, messieurs ?

Ceux-ci hochèrent distraitement la tête, tout entiers à leur dispute sur la représentation du nu dans la peinture actuelle.

— J'ai cru comprendre que Mr. Sickert aimait bien disposer de plusieurs appartements simultanément, dit Louis que l'inconnu intriguait.

— Peut-être, mais pas à Hilldrop Crescent, répliqua celui-ci d'un ton définitif.

Albert interrompit sa conversation avec David Devant et Robert William Paul sur les cent changements de costume de Frégoli pour demander s'il en était sûr, car la réponse était très importante.

— Absolument certain, dit l'homme.

C'est le moment que choisirent les femmes pour réapparaître, dans un froufrou d'étoffes moirées, et Louis nota l'étonnement de Camille, cependant que Millie s'arrêtait devant l'inconnu, s'exclamant avec son naturel habituel :

— Oh, bonjour ! Nous parlions justement de vous ces derniers temps ! Je suis Millicent, la fille cadette du comte de Hastings. Je vous ai aperçu quelquefois à telle ou telle réception.

L'homme la salua courtoisement et Millie se tourna vers ses propres compagnons :

— Sir Walter Sickert ! annonça-t-elle, ravie.

Albert et Louis se levèrent en même temps, tandis qu'Émile semblait prêt à bondir par-dessus la table.

Sickert esquissa une courbette. Il était nettement plus petit que Louis et de carrure assez fine. Louis se rappela que Camille lui avait vanté ses charmes et il la foudroya du regard tandis qu'elle lui adressait un clin d'œil.

— Permettez-moi de vous présenter mes amis, dit Sickert. Le célèbre Whistler, et vos compatriotes : le grand Edgar Degas...

Degas ! Le sexagénaire barbu presque aveugle n'était autre que Degas, dont les audacieuses toiles avaient enthousiasmé son adolescence.

Sickert se tourna vers le jeune dandy.

— Et le prometteur portraitiste...

— Jacques-Émile Blanche ! lança Camille en s'avançant.

— Camille De Saens ! s'écria celui-ci, heureusement surpris.

— Vous ne reconnaissez pas mon ami Louis Denfert ? Louis, nous avons parlé de Jacques-Émile hier soir. L'anniversaire d'Oscar, tu te souviens ?

Louis se rappela soudain le visage aimable, les fins cheveux châtains, la petite moustache et les yeux tombants.

Ils échangèrent des excuses mutuelles, et Louis fit à son tour les présentations, tout le monde se salua, puis les peintres retournèrent à leur débat passionné tandis que Louis s'entretenait en particulier avec Sickert.

— Croyez-bien, monsieur, que nous ne parlions pas de vous dans un but de médisance. Il s'agit d'événements extrêmement importants liés au meurtre de deux jeunes femmes, et votre nom s'y est trouvé mêlé par ce qui nous paraît aujourd'hui être une affabulatrice.

Sickert, intrigué, demanda plus de détails et Louis lui divulgua une partie des faits, la partie apparente de l'iceberg. Après tout, rien ne leur garantissait la bonne foi du peintre. Il précisa simplement qu'ils enquêtaient sur le meurtre tout récent de Miss Mathilda Courray et la disparition en 1890 d'Augustin Leprince, inventeur et peintre.

Sickert se rappelait effectivement avoir rencontré une fois un inventeur de ce nom, qui prétendait donner vie aux images inanimées, dans la lignée d'un Otto Schütz ou d'un Étienne Jules Marey. Il était accompagné d'un certain Robert Hyde, un homme assez déplaisant, qui se targuait d'occultisme.

Jacques-Émile Blanche ayant entendu le nom de Mathilda, il vint préciser qu'il la connaissait, elle avait travaillé chez des amis à lui à Dieppe, les Cadwell. Sickert ne s'en souvenait-il pas ? ajouta-t-il avec un regard appuyé. Une ravissante rousse. Le peintre ébaucha un sourire un tantinet égrillard suivi d'une expression de regret.

— Ah ! cette Mathilda-là ! Quel gâchis !

Ils abordèrent la question de Miss Mary et de l'adresse d'Hilldrop Crescent, mais Sickert n'était au courant de rien.

Blanche confirma que jamais son ami Walter n'avait employé de femme défigurée répondant au nom de Miss Mary. Montrant son bandage, Louis expliqua que sa blessure à la tête était due à cette mystérieuse femme. Sickert et Blanche compatirent, puis Sickert fit observer que, s'il avait bien compris, cette dame n'avait jamais prétendu travailler pour lui, mais pour un certain Rickets. Peut-être, finalement, celui-ci existait-il ? Et sur ce, ils regagnèrent leur table et leur important dîner tandis que Louis, perplexe, allait s'asseoir auprès d'Émile, fort agité.

— Si Sickert dit vrai, et nous n'avons aucune raison de mettre sa parole en doute, on peut en déduire que la maison que nous avons visitée était en fait celle de Miss Mary. Attendez ! Je tiens un bout de raisonnement. Quelqu'un a peint Mathilda dans une chambre de cette maison. Ce quelqu'un devrait être Nark, puisque c'est un peintre. Or nous savons aujourd'hui que Nark est une des identités d'emprunt de Hyde. Donc, si nous supposons que Hyde a peint Mathilda sur ce lit...

— Nous supposons que c'est une des maisons de Hyde ! lança Albert.

— Ce bandit la retient peut-être prisonnière là-bas, feula Émile contre toute vraisemblance.

Louis claqua soudain des doigts.

— Millie ! Votre carnet de croquis !

Une fois le carnet en main, il se leva et se pencha sur Sickert.

— Permettez-moi de vous importuner encore quelques secondes. Pourriez-vous regarder ces croquis et me dire si vous y reconnaissez quelqu'un ?

Sickert soupira, mais obtempéra.

— Joli coup de crayon, dit-il. Qui est la personne qui signe « Kat » ?

— La jeune comtesse de Hastings.

Sickert lui adressa un signe de tête admiratif et Millie s'empourpra, ravie. Puis son regard s'arrêta sur le portrait de Hyde, au *Trocadero*.

— Ce pourrait être Robert Hyde, dit-il en continuant à tourner les pages.

Et soudain, son index pointa résolument un croquis :

— Ça, c'est Mr. Hyde, martela-t-il.

Tout le monde se pencha. « Ça » les foudroyait d'un regard sombre.

« Ça » n'était autre que le portrait de Miss Mary en homme, la cicatrice en moins.

Il y eut des exclamations étouffées, un rugissement de la part d'Émile, le carnet passa de main en main tandis que Degas et Whistler considéraient avec étonnement cette bande de jeunes gens bruyants et mal élevés qui perturbaient leur soirée. Sickert s'excusa une nouvelle fois auprès de ses augustes aînés. Néanmoins, Jacques-Émile Blanche cachait mal sa curiosité et, sous prétexte d'aller chercher des cigares, il s'arrêta près de Louis afin de jeter un coup d'œil sur le fameux portrait imaginaire.

— Un bon coup de patte ! jugea-t-il lui aussi, et Millie se rengorgea, tel un chat devant un bol de crème. J'ai déjà vu cette personne à Dieppe, où vit ma famille, continua-t-il. En compagnie des regrettables compagnons de Charles Conder.

— Oh, vous connaissez Charles ? s'exclama Camille. C'est un ami à moi.

— Eh bien, mademoiselle, je ne puis vous en donner de bonnes nouvelles. Je regrette de l'avoir introduit parmi nos amis. Il boit beaucoup trop et fréquente la canaille, ainsi qu'un éditeur pornographique anglais avec lequel il s'enivre vilainement. Éditeur d'ailleurs lié à ce Hyde qui semble tellement vous intéresser.

— Oui, parlez-nous de Hyde, coupa Louis, que les affres de Conder intéressaient peu.

— Un personnage énigmatique. Il se prétend aliéniste, mais quand mon père, le Dr Blanche, a voulu discuter avec lui, il s'est défilé. Il professe d'obscures théories sur les mondes subtils et l'utilisation des états de transe pour communiquer avec les forces invisibles. Il se dit kabbaliste, de très vieille noblesse. D'après mon père, c'est un monomaniaque.

— Connaissez-vous son adresse ?

— Il descend habituellement à l'*Hôtel des Bains*. Je n'en sais pas plus.

Louis remercia plus que de mesure le jeune et élégant Français, tandis que James Whistler, déjà furieux que son protégé Sickert ait pris parti pour Degas dans leur débat, soupirait ostensiblement : pouvait-on avoir une conversation sérieuse à la fin ? !

Émile ne cessait de ressasser l'épouvantable révélation que Miss Mary était peut-être en fait Robert Hyde lui-même, c'est-à-dire Edward Nark, c'est-à-dire un tueur sadique. Refusant de l'admettre, il soutint bravement l'hypothèse que Hyde était son frère jumeau et qu'elle était obligée de lui obéir, mais personne ne parut s'enthousiasmer pour cette supposition abracadabrante, hormis Robinson qui ne pouvait croire qu'une dame capable de cuisiner une tourte aux rognons aussi exquise soit un immonde assassin.

Le soutien inconditionnel de la limace acheva de briser Émile, qui vida d'un coup une demi-bouteille de margaux avant de gueuler « Mort aux walches ! » et de sortir prendre l'air en manquant renverser trois tables sur son passage.

— Sale affaire, résuma Albert.

— Oui, mais joli tour de passe-passe ! commenta Robert William Paul. Ce Robert Hyde m'a tout l'air d'avoir pris des leçons chez notre grand Robert Houdin.

— Ou chez Castor Sfax, que nous évoquions tout à l'heure, renchérit David Devant. Un spécialiste du *quick-change*, du changement de costume à vue, avec maquillage, perruques... Et quelle brillante idée que de feindre être son propre domestique pour éloigner les importuns !

— Un magicien, murmura Louis pour lui-même.

— En tout cas, il utilise les techniques des illusionnistes : détourner l'attention du public sur des points mineurs, mettre en évidence ce qu'il veut que l'on voie et opérer simultanément dans l'ombre. Un ombromane et spécialiste de lumière noire ne ferait pas mieux, dit Devant.

— Comme vous, Albert, ajouta Philippa.

Tous les regards se tournèrent vers Albert.

— Je ne crois pas avoir compté ce Mr. Hyde parmi mes assistants, plaisanta-t-il.

— Je pensais plutôt à un maître, précisa Devant.

— J'ai appris la magie avec Maskelyne, comme vous, répliqua Albert.

— Un sorcier, continua David Devant tout à son idée. Ce type veut faire croire qu'il pratique la sorcellerie. Qu'il est versé en magie noire. Mais en fait, il utilise les trucs les plus connus de notre répertoire. Ça lui donne prétexte à assouvir ses horribles penchants.

Philippa fit observer à son tour que Hyde restait de longues heures à la bibliothèque de l'hôpital devant les planches de dissection pratiquée *in vivo* sur les condamnés à mort, en des temps plus barbares. Elle voyait aussi assez souvent Scarey qui se piquait de continuer dans la voie thanatopraxique du Dr Clark et sentait continuellement le formol géranié.

Tout cela apportait certes de l'eau au moulin de leurs certitudes quant à la culpabilité des deux individus en question, mais ne permettait pas de les capturer. Il fallait attendre de se trouver à l'*Hôtel des Bains*. Et peut-être, demain, une lueur d'espoir ou de magnésium chez le photographe…

CHAPITRE XVI

Louis avait passé une mauvaise nuit, assailli par des cauchemars où, perdant sa cervelle par une fente du crâne, il essayait cependant d'attraper Miss Mary par le bas de sa robe, laquelle hennissait et ruait rudement, dévoilant ses sabots fourchus. Il ouvrit les yeux, exténué et furieux, un goût amer dans la bouche.

Camille dormait, douce et rose, les bras relevés, une mèche dans les yeux. Ne voulant pas la réveiller, il résista à l'envie de l'embrasser et se tortilla pour sortir du lit en silence. Sa blessure l'élançait. Il défit le pansement en grimaçant et tamponna la plaie avec de l'ouate et de l'eau oxygénée laissée par Albert. Ça piquait salement.

Il s'assit un instant sur le bras du fauteuil, se repassant les événements de la veille, encore abasourdi.

Certes, il pouvait dès à présent téléphoner ou câbler à Gillières qu'il avait levé un beau lièvre qui allait lui valoir de gros tirages, mais Gillières exigerait qu'on lui en apportât la tête et les roustons : le lectorat voulait du sang et des larmes.

Et s'il transformait tout ça en feuilleton ? Avec l'aide de Mirbeau ou de Leroux qui avaient une belle plume ? À ne pas écarter.

Il entreprit de s'habiller, toujours sans bruit, se rinça la bouche et se frotta les dents avec un peu de coaltar saponiné, laissa un petit mot à Camille lui donnant rendez-vous pour le déjeuner et s'éclipsa.

Le couloir était plongé dans la grisaille. Il ne pleuvait plus. Il neigeait. Une neige légère et virevoltante qui fondait sur les réverbères encore allumés. Une fois devant chez Émile, il hésita à frapper. Et si le pauvre diable dormait encore ? La porte s'ouvrit soudain, manquant le renverser, et le pauvre diable apparut, en chemise et bretelles, les yeux injectés de sang, une petite boîte à la main.

— Je viens de trouver ceci ! lança-t-il, sans s'étonner de voir Louis sur le pas de sa porte. Ça avait dû rouler sous le lavabo !

C'était une boîte de pâte dépilatoire Dusser. « Détruit les poils disgracieux sur le visage des Dames sans aucun inconvénient pour la peau. Pour la barbe : 4 pence. Demi-boîte spéciale pour la moustache : 2 pence. Pour les bras, employer la Pilivore », lut Louis en silence.

Émile lui reprit la boîte des mains et la fourra dans sa poche.

— Je l'étranglerai de mes propres mains, déclara-t-il avec le calme apparent de l'œil du cyclone. On y va ?

— Euh ! vous êtes en chaussettes, mon vieux... se permit de faire remarquer Louis.

— Ah oui, c'est vrai. Je mets mes bottines et j'arrive.

— Prenez donc aussi un manteau, il neige.

Émile revint avec son manteau, dont une des poches semblait distendue.

— Vous avez quoi, là-dedans ? s'enquit Louis, méfiant.

— Ma baïonnette. Pas de soucis, elle est pliée.

— Émile, nous n'allons baïonnetter personne au cœur de Londres !

— Parlez pour vous, la bleusaille ! Mais ne vous inquiétez pas, je ne ferai pas de scandale.

C'est donc très inquiet que Louis emboîta le pas à son compagnon qui avait négligé de se coiffer et dont les épis se dressaient vers le ciel tels des points d'exclamation indignés.

Ils réveillèrent Albert qui avait continué la soirée jusqu'à l'aube au London Pavilion avec ses amis et qui maugréa tant et plus en les adjurant de lui commander une omelette aux truffes pendant qu'il s'habillait.

— Goûts dispendieux de chochotte, grogna Émile. C'est pas avec ça qu'on va gagner la guerre. Enlevez-moi ces saloperies et apportez-moi du bon pain de campagne ! aboya-t-il au serveur qui ouvrit des yeux ronds en retirant précipitamment son panier de viennoiseries.

Louis attrapa au vol un croissant et commanda pour sa part un *full English breakfast* avec du café très noir.

Ils passèrent le quart d'heure suivant à mastiquer en silence dans la salle du petit déjeuner encombrée de familles sur le départ. La neige virevoltait aux fenêtres. Le jour peinait à s'imposer. Un insupportable bambin qui jouait au cerceau entre les tables heurta la jambe d'Émile qui lui darda un regard sans aménité et il s'enfuit comme s'il venait de percuter le croquemitaine.

— Bien joué, apprécia Louis. La prochaine fois, essayez de lui faire un croc-en-jambe.

Émile essaya de sourire, un pauvre sourire de convalescent. Albert arriva sur ces entrefaites, bouffi, les yeux cernés, vêtu d'un complet violine et d'un gilet fauve.

— J'aurais dû me douter que vous étiez atteint de dyschromatopsie, se moqua Louis.

— L'élégance est l'une des vertus les moins bien partagées, riposta Albert. Bien, quel est le programme ?

— Le photographe de la morgue et puis... vous avez une suggestion ? Nous avons jusqu'à 9 h 55 ce soir pour trouver une idée de génie.

— J'en ai une ! lâcha Albert en attaquant son omelette. Il pourrait être utile de vérifier la liste des passagers qui ont embarqué pour la France hier soir, tant au Chemin de fer de l'Ouest qu'au Chemin de fer du Nord. Il est précisément 7 h 30. J'ai dormi trois heures, au cas où cela intéresserait quelqu'un.

— Absolument personne, dit Émile.

— Merci. Donc, si nous trouvons trace du départ de Hyde ou de Scarey, annulons nos billets de ce soir et prenons le train de marée de 10 heures ce matin. Nous serons à Dieppe dans l'après-midi. Cela nous laisse même le temps de voir votre photographe.

— Mille bombes, Albert ! vous avez presque l'étoffe d'un reporter ! s'écria Louis en filant vers l'officine de voyages sise dans le hall, suivi d'Émile.

L'employé, un gommeux à l'accent snob, prétendit tout d'abord que le renseignement était trop difficile à obtenir. Il se laissa cependant convaincre par le regard menaçant d'Émile et daigna leur tendre les bordereaux des départs de la veille. Il en recevait une copie tous les matins à l'aube pour la bonne tenue de ses dossiers.

Ils épluchèrent en priorité les passagers en direction de Dieppe. Évidemment, aucun Robert Hyde, pas plus qu'un quelconque Scarey. Cela indiquait qu'ils avaient endossé d'autres identités, mais lesquelles ? On pouvait tout aussi bien soupçonner sir Glendale que Jules Chiffrin, sans parler des passagères, ne sachant pas si Hyde voyageait déguisé en homme ou en femme. Un Stevenson retint un instant l'attention de Louis, mais il était accompagné de sa femme et ses quatre enfants.

Ce fut Émile qui pointa soudain un nom. Un certain Vladimir Yufuk, et son valet de chambre, un dénommé Leh Ormfay.

— Eh bien ? fit Louis, déconcerté.
— *Fuck you*, laissa tomber Émile.
— Pardon ?
— Yufuk, c'est *fuck you* à l'envers.
— Émile, vous êtes le génie du Génie ! Et le valet ?
— Sans doute une autre combine dans le même genre.
— *From Hell !* s'écria Louis. Anagramme et *pig latin* ! On fait glisser la première consonne à la fin et on ajoute « ay », j'ai appris ça quand j'étais gosse. *Fuck you from Hell* : allez vous faire voir depuis l'enfer. *From Hell*, c'est le libellé de l'une des plus célèbres lettres de l'Éventreur. Ils se moquent de nous ! ajouta-t-il en hélant le gommeux qui vendait les billets.

Il réserva leurs passages pour le convoi de 10 heures à Victoria et ils repartirent en courant prévenir Albert et charger une cameriste de réveiller Camille et de l'avertir du départ imminent. Ils la retrouveraient dans le hall de l'hôtel à 9 h 30. Louis glissa un mot pour Robinson dans une enveloppe contenant un substantiel dédommagement ainsi qu'un petit livre acheté la veille par Camille à la boutique de l'hôtel : *Don't : A Manual of Mistakes and Improprieties More or Less Prevalent in Conduct and Speech*. Puis ils bondirent dans un cab pour se rendre une dernière fois à Whitechapel.

Le cab, ralenti par la neige glissante, se traîna dans la circulation déjà dense jusqu'au 11 Cannon Street Road. Un panneau annonçait « photographies d'art » et « opérateur qualifié de la police ». Un vieil homme coiffé d'une calotte en laine noire se tenait dans l'étroite boutique, blotti près d'un poêle.

— Mr. Martin ? demanda Louis.

L'autre secoua la tête avec amusement.

— Martin Senior, annonça-t-il d'une voix de crécelle. Mon fils est sorti, il a été appelé par la police à la morgue. On a retrouvé une femme dans la Tamise, près des docks. La rivière est l'amie des désespérés. Vous savez qu'on y repêche près de cinq cents corps par an ? Mais je peux peut-être vous aider ? Vous souhaitez vous faire tirer le portrait ?

— Non, répondit Albert. Nous aurions aimé le consulter à propos des victimes du Ripper qu'il a été amené à photographier.

Martin Senior fronça les sourcils.

— Il y a trois ans de cela, fit-il. Vous êtes de la police française ?

— En quelque sorte, assura Louis. Nous enquêtons pour le compte de la faculté de Lyon.

— Bien, bien. Désirez-vous une tasse de thé ?

— Non merci. Nous voudrions savoir si votre fils a gardé des doubles de ses photographies de l'époque.

— Certainement, certainement. Mais ça coûte cher.

— Nous pouvons payer, laissa tomber Albert en sortant ses inépuisables faux billets.

— Je préférerais des couronnes sonnantes, si ça ne vous dérange pas, fit le vieux, l'air matois.

Albert soupira et récupéra des pièces dans ses poches.

— Par ici, par ici, dit Mr. Martin, après avoir tiré un rideau défraîchi devant l'entrée.

Il les conduisit dans l'arrière-boutique, une pièce remplie de boîtes d'archives et de matériel photographique. Dans un angle, un couple royal en carton-pâte, avec deux trous à la place des visages, attendait que l'on prenne la pose.

— Nous en avons d'autres, dit le vieux monsieur en rajustant son bonnet noir. Des amoureux en barque, un policeman...

— Merci, nous n'avons pas le temps, coupa Louis. Voyons ces photos.

— Ah ! la jeunesse, toujours pressée ! À mon âge, on voudrait que le temps s'arrête.

Louis, que cette perspective horrifiait, sourit poliment tout en bouillant d'impatience.

Le vieil homme farfouillait dans une caisse en bois capitonnée de satin avec des « oh oh oh ! » et des « ah là là ! », dont il extirpa enfin une grosse enveloppe jaunie. Il leur tendit de ses doigts tremblotants une série de tirages sur papier cartonné grand format.

— Lesquelles vous intéressent ? Mary Ann ? Annie ? Long Liz ? Rose ?

— Nous voudrions les photographies prises sur les lieux mêmes des crimes.

— Ah, il y en a très peu. Long Liz, Catherine, le torse de septembre 89 et puis bien sûr notre petite princesse... murmura-t-il d'un ton de conspirateur. Mais elle vaut très cher, elle est très demandée...

— De qui s'agit-il ? interrompit Émile.

— Eh bien, eh bien, notre petite Mary Jane, éviscérée, le cœur arraché, les seins coupés... photographiée sur son lit de mort... C'est deux guinées pour regarder, trois pour emporter.

— Une guinée vaut vingt et un shillings, maugréa Albert entre ses dents. Je vois la même chose gratuitement chaque semaine.

— Va pour toutes, dit Louis d'une voix forte.

— Il y a des photographies que même la police ne possède pas, ajouta le vieux, l'œil brillant. Mon fils développe tout, mais eux n'ont pas besoin de toutes les prises de vues. Certaines de ces épreuves sont uniques !

— Tu parles, siffla Émile, il doit en abreuver tout Londres.

Louis se penchait déjà sur une série de clichés. À la vue du cadavre atrocement mutilé de Mary Jane Kelly, il eut un mouvement de recul. La chose étendue sur un lit dans une chambre de Miller's Court n'avait plus rien d'humain. Seules les jupes relevées sur le corps dévasté laissaient supposer que c'était une femme. La vue des seins découpés et posés sur la table de nuit le fit déglutir nerveusement.

— C'est épouvantable, balbutia-t-il.

— N'est-ce pas, n'est-ce pas ? approuva le vieux monsieur en se frottant les mains. Vraiment atroce. Vous remarquerez la finesse du grain. On voit même que le tibia a été raclé jusqu'à l'os.

Il leur passa ensuite une vue plus large, mais hélas on ne distinguait des officiels que quelques manches sombres, une casquette, un dos.

Puis ils contemplèrent la scène du meurtre de Catherine Eddowes, celle que Louis et Albert avaient vue « filmée » par Leprince. Malheureusement, l'angle de vue du photographe était beaucoup plus rapproché que celui de Leprince et il n'avait cadré que le corps sans vie. Même chose pour Long Liz, Elizabeth Stride, tuée moins d'une heure avant Eddowes.

Ce n'était vraiment pas de chance ! Sans beaucoup d'espoir, ils passèrent au torse inconnu retrouvé sous une arche ferroviaire à Pinchin Street. Au premier plan, un torse de femme, sans jambes, la tête séparée du tronc, l'abdomen profondément entaillé, les intestins faisant saillie. À ses côtés se tenait un jeune médecin, les traits tirés.

— Percy Clark, précisa le vieux, l'assistant du Dr Phillips qui était à Bournemouth.

Louis hocha la tête sans écouter, soudain tétanisé, concentré sur les silhouettes en arrière-plan. Des hommes vêtus de sombre, deux constables, et là, là, dans l'ombre de la voûte en métal, coiffé d'un chapeau melon au bord incliné sur le visage, appuyé sur sa canne à pommeau de loup, là...

— On ne voit pas bien le visage, dit Albert.

— C'est dix shillings pour la loupe, dit le vieux en tendant l'objet.

Louis se rua dessus. Mais même avec le verre grossissant, les traits de l'homme restaient flous.

— Achetons-la tout de même, dit-il.

Ils avaient payé et empoché les épreuves soigneusement emballées dans du papier de soie quand une voix masculine retentit dans la boutique.

— Papa ?

— Je suis derrière.

— Qu'est-ce que tu fais ?

— Je suis avec des messieurs de France.

— Papa ! tonna la voix. Je t'ai déjà dit que certaines photographies n'étaient pas à vendre ! Je suis à vous tout de suite, Mrs. Bell.

Le père tournait la tête de tous côtés, éperdu, puis soudain il fondit sur une boîte rectangulaire.

— Tenez, dit-il à Louis en la lui fourrant dans les bras, ça expliquera l'argent s'il le trouve.

— Mais... qu'est-ce que...

— Taisez-vous ! Mon fils n'a pas la bosse du commerce, hélas.

Une main décidée poussa la porte de l'arrière-boutique et un homme d'une quarantaine d'années apparut à contre-jour.

— Messieurs... j'espère que mon père n'a pas essayé de vous vendre des vues pornographiques ou morbides... il n'a plus toute sa tête...

— Pas du tout ! croassa le vieil homme, indigné. Ces messieurs avaient entendu parler du jeu de ton ami David Foster et voulaient en rapporter un exemplaire chez eux.

Martin Junior les considéra, soupçonneux, mais la voix acariâtre de sa cliente le força à écourter.

— Très bien, soupira-t-il. Je vous raccompagne.

Cinq minutes plus tard, ils se retrouvaient dans la rue sous la neige, munis de la boîte sur laquelle figurait l'inscription : « *Royal Game of Table Tennis.* » Une dame en tenue de soirée et un gentleman en frac s'envoyaient une petite balle à l'aide de minuscules raquettes au-dessus d'une longue table ovale.

Louis soupira à voix basse :

— C'est moi qui ai l'impression d'être une balle de tennis !

Émile, quant à lui, remontait déjà la rue vers la station du métropolitain à grandes enjambées en lançant :

— Il ne faut pas rater le train, notre cible nous attend.

— Ça a l'air amusant, ce jeu, dit Albert, lorsqu'ils furent installés dans le wagon brinquebalant. Pour les jours de pluie...

— S'amuser à lancer une baballe dans le décolleté des dames ? marmonna Louis, tout à l'enquête.

— Mon pauvre ami, apprenez donc à relâcher la vapeur ! J'ai connu des locomotives plus détendues que vous.

De retour à l'hôtel, ils trouvèrent Camille en tenue de voyage dans le hall, grignotant une tranche de cake.

— J'ai fait porter tous les bagages à la gare, leur dit-elle. Je me suis chargée des vôtres, évidemment, excusez-moi si tout n'est pas parfaitement rangé.

Émile rougit à la pensée des blanches mains de Camille pliant ses deux bons caleçons.

Louis la félicita distraitement. Le moment du départ fut un peu retardé par une Millie au bord des larmes et un Robinson hébété. Tout le monde promit de s'écrire plus souvent que les poules n'avaient de dents et Louis, soucieux et maussade, embarqua son petit monde dans un fiacre, agitant mécaniquement le bras à la portière.

— Il n'a jamais eu de cœur, entendit-il Camille dire à Albert. Il a un porte-plume à la place du palpitant.

De qui diable parlaient-ils ? Bah, aucune importance. Attraper ce fichu train, voguer sur les eaux grises de la Manche, écumer l'*Hôtel des Bains* et puis... rentrer bredouille ? Jamais !

La mer était calme, rien à voir avec la traversée de la semaine précédente. Camille somnolait dans un transat, emmitouflée dans une couverture écossaise, à côté d'un Albert ronflant la bouche ouverte. Émile contemplait les flots aussi sombres que son humeur, indifférent aux cris des mouettes. Louis, l'œil perdu dans le sillage du navire, sentait avec plaisir les embruns mouiller ses joues, ses cheveux. Le goût du sel le ramenait à l'enfance et ses bonheurs.

Il avait câblé à Gillières à propos de leur retour imminent et de « nouvelles fracassantes ». « Y a intérêt », avait sobrement répondu celui-ci. Bon Dieu, si seulement il avait au moins eu les films de Leprince ! Il aurait pu raviver un peu l'affaire du Ripper. Il pouvait au moins fourguer les clichés inédits de Martin. Les femmes éventrées faisaient toujours vendre. « Tu me dégoûtes, mon p'tit vieux », se dit-il en s'arrachant au bastingage. On allait bientôt accoster. Il fallait se tenir prêt.

CHAPITRE XVII

En cette arrière-saison, la petite cité balnéaire était calme. Le beau temps, surprenant pour une mi-novembre, encourageait quelques hardis baigneurs à taquiner les vaguelettes. Maillots bleus pour les dames, avec une grande bande écarlate, une jupe et des pantalons qui descendaient aux genoux. Maillots de coton rayés bleu et blanc, boutonnés du cou à la ceinture pour les hommes.

— On ira se baigner ? demanda Camille tandis qu'ils entraient dans l'hôtel.

— L'eau ne doit pas dépasser 17°, dit Louis.

— Tu crois qu'un peu d'eau froide me fait peur ? Dis oui, mon petit tsar, ça fera le plus grand bien à ta blessure.

Louis acquiesça, les yeux rivés sur le concierge derrière son comptoir rutilant.

— M. Yufuk... dit celui-ci en parcourant son registre. Désolé, monsieur, mais nous n'avons personne de ce nom. Pas plus que d'Ormfay.

Évidemment. Et voilà. La piste s'interrompait là. Une dernière soirée au casino mauresque dans l'espoir d'y apercevoir leurs proies et puis le retour, la queue basse, par le premier rapide du matin.

Ce qu'il fallait trouver, songeait Louis pendant que Camille défaisait leurs malles pour le soir, c'était pourquoi Hyde et Scarey avaient tenu à repasser par Dieppe. Il était moins facile de s'y fondre qu'à Paris. Y avaient-ils un complice ? Mille bombes, c'était rageant de se les représenter déambulant dans les rues sous un déguisement quelconque, en train de projeter tranquillement un nouveau mauvais coup.

On frappa à la porte. C'était Albert, tout excité.

— Camille ! Le directeur de l'hôtel vous a aperçue tout à l'heure. Il vous a admirée à la Comédie-Française en mars dernier dans *Mariage blanc* de Jules Lemaître et le pauvre homme vous serait infiniment redevable de lui rendre un immense service.

— Moi ?

— Oui, vous, Camille, la bonne fée des tréteaux ! Voyez-vous, on doit donner ce soir à la salle des fêtes du casino une représentation de *Mam'zelle Nitouche* au profit des enfants aveugles.

— L'histoire de Célestin, l'organiste d'église, qui se transforme le soir venu en Floridor, le compositeur de théâtre... ça me rappelle quelqu'un ! ricana Louis.

— On ne vous a pas sonné ! répliqua Albert. Donc, allais-je dire, Élodie Descambrais, qui tient le rôle principal, vient de faire une chute de cheval au manège Pellier et souffre d'une mauvaise fracture de la jambe. Imaginez le drame : toutes les places à rembourser, les gens furieux, le consul déplacé en pure perte, le manque à gagner, l'absence de dons pour les pauvres petits déshérités... Vous êtes leur seul espoir, Camille !

— Mais comment voulez-vous que je la remplace au pied levé ? protesta celle-ci. Sans répétitions ? !

— Vous connaissez le texte des grands airs, c'est l'essentiel, et puis dans ces opérettes, on s'attarde surtout au plaisir des mélodies et il paraît que vous avez un très joli filet de voix.

— Flatteur !

— Bref, le brave homme nous offre notre séjour, les repas, l'entrée au casino et bien évidemment un copieux défraiement pour sauver la mise de la Société de bienfaisance.

— Je ne sais pas... C'est que ce n'est pas vraiment de la tragédie...

— On en a soupé de la tragédie ! trancha Louis. Vas-y donc, tu en meurs d'envie ! Et moi, j'adore t'entendre chanter.

— Pour une fois que tu me fais un compliment... Faut-il que tu aies envie de dîner gratis ! Allons donc voir ce directeur, Albert.

— Après vous. Pour ma part, j'ai promis de faire quelques numéros de prestidigitation...

Louis entendit le brouhaha de leur conversation se poursuivre dans le couloir. Il changea son pansement en grimaçant, changea également de chaussettes, vérifia que son petit pistolet était chargé, puis s'installa près de la baie vitrée pour mettre ses notes à jour.

En contrebas, sur les galets, des promeneurs arpentaient la grève, en observant les téméraires baigneurs. Les tenues sombres de l'automne avaient remplacé les claires toilettes de la saison d'été, mais on apercevait parfois l'éclair blanc d'un tennisman ou d'une audacieuse cycliste en knickerbockers.

Le soleil, sans doute épuisé par sa brève apparition, laissait place à une horde de nuages noirs arrivant de la mer. L'écho d'un goûter d'enfants semait des rires aigus dans les jardins. Une nurse courait avec un parapluie. On n'allait pas tarder à allumer les lumières dans les luxueux chalets de style anglo-normand du Bas-Fort-Blanc. La colonie des artistes.

Et dire que ce dégénéré de Hyde était peut-être en train de siroter paisiblement une absinthe au *Café des Tribunaux* en devisant avec l'un ou l'autre des nombreux peintres et écrivains qui séjournaient régulièrement en ville.

Autant aller faire un tour, ce serait toujours mieux que de ruminer enfermé. Il passa chercher Émile qu'il trouva en peignoir de bain blanc, ruisselant de sueur, les phalanges écorchées. Un oreiller défoncé déversait ses plumes dans un coin. L'empreinte d'un poing se lisait sur un mur.

— J'ai fait mes exercices, annonça l'ex-sergent d'un air belliqueux. Je vais me baigner.

— Le temps s'est couvert et considérablement rafraîchi, fit observer Louis. La neige de ce matin ne va pas tarder à nous rattraper.

— Je me fous bien de la neige ! grogna Émile. J'ai besoin de cogner encore dans quelque chose et les vagues feront l'affaire.

— Je vous accompagne. Camille a été réquisitionnée par Albert pour le spectacle de ce soir.

La grève s'était vidée. Le marchand de saucisses remballait sa marchandise. On s'acheminait vers les Bains Chauds, le *Faisan Doré*, les salles de billard ou de lecture. On rentrait s'habiller en vue de la soirée, quatrième changement de tenue pour les dames, après la matinée, le déjeuner, le concert de l'après-midi. Quelques optimistes ou indécrottables se dirigeaient déjà vers les minarets et la façade orientalisante du casino mauresque dû à l'architecte Durville.

Sans ralentir, Émile descendit la promenade en bois, laissa choir son peignoir sur les galets et, simplement vêtu d'un long caleçon gris, entra dans l'eau d'un pas décidé sous le regard choqué de deux dames âgées qui promenaient une boule de poils courte sur pattes répondant au nom de Bichounet.

Louis les salua poliment en soulevant sa casquette, mais elles remontaient bien vite vers la sécurité de la rue, loin de ce spectacle inconvenant.

— Elle est bonne ! cria Émile qui longeait le rivage en nageant une vigoureuse brasse sur le côté, dite *English side stroke*.

— Vous ne connaissez pas le *double over arm stroke* ? cria Louis. Je vais vous montrer.

Les nuages s'étaient encore rapprochés. La mer avait forci. Les mouettes tournoyaient, inlassables. Mais à cet instant, Louis avait douze ans. Il se dépouilla en un tournemain de ses vêtements et, nu comme un ver, plongea dans l'écume glacée.

Elle était froide. Très froide.

Il commença à frapper l'eau de ses bras alternativement tout en exécutant un ciseau avec les jambes et rejoignit Émile.

— Dépêchons, avant que la police nous embarque pour exhibitionnisme ! lança-t-il. Voyez, il faut battre des bras ainsi...

Émile trouva la chose amusante. L'habitude de barboter dans tous les fleuves hostiles sous le feu ennemi l'avait passablement dégourdi. Mais la nage qu'il pratiquait, une « marinière » améliorée dans les années 1840, avait l'avantage d'être silencieuse, élément appréciable quand il s'agissait de se faufiler rapidement de nuit vers les positions adverses.

Cinq minutes plus tard, ils chahutaient comme des gamins, cherchant à se faire couler, jusqu'à ce que Louis eût bu une bonne tasse qui le fit tousser comme un pendu et consentît à lever le pouce pour implorer grâce.

Essoufflés, la peau rougie par le froid et la lutte, ils sortirent en rampant pour ne pas attenter à la pudeur et s'essuyèrent tant bien que mal avec le peignoir d'Émile, dont le caleçon trempé dévoilait plus qu'il ne cachait ses attributs virils.

— Restez là, je vais vous chercher des vêtements secs, dit Louis une fois rhabillé. Si une dame passe, soyez vous-même : jouez les vieux crabes.

Une demi-heure plus tard, séchés, recoiffés et prêts à en découdre, ils arpentaient la rue Aguado et la place de la Comédie. Le vent était tombé. Le ciel d'un gris soutenu sentait l'ozone.

— Vous savez ce qui me tape sur la calebasse ? dit Émile en allumant un cigare.

Louis fit signe que non.

— D'en avoir pincé pour un gus ! lâcha Émile. Bon sang, vous voyez ça, que je vire comme Albert !

— Ne vous inquiétez pas, mon vieux, dit Louis en tirant voluptueusement sur sa cigarette, vous n'êtes pas du tout son genre. Allez, je vous offre une abs' !

Ils s'installèrent dans un des cafés, lorgnant la rue par la vitre, dégustant en silence leur breuvage.

— Ça me rappelle le rituel de l'opium, dit Émile. Le soin que l'on met à préparer son poison, la disposition du matériel, l'attente hâtive…

— Vous avez beaucoup fumé au Tonkin ?

— Comme tout le monde. Je suis resté à Hanoi trois mois après avoir été rendu à la vie civile. J'avais un petit logement. Ma *congai*, ma petite servante annamite, me préparait ma pipe tous les après-midi.

La photographie en médaillon entrevue à Dijon.

Ils allaient poursuivre la conversation quand Émile se figea.

— Là-bas, cette femme…

Une grande et robuste dame en robe grise disparaissait au coin de la rue.

Le temps de jeter la monnaie sur le guéridon et de courir derrière Émile qui avait bondi, celui-ci rebroussait chemin, tête basse.

— Elle avait au moins soixante ans et les yeux bleus.

Les yeux. Les yeux noirs de Miss Mary. Voilà une chose que Hyde ne pouvait travestir : la couleur de ses yeux.

Ils revinrent à pas lents jusqu'à l'imposante bâtisse du casino en brique rouge et s'affalèrent dans les moelleux fauteuils d'un des salons de lecture. Ce poste d'observation, stratégiquement choisi, disposait d'une vue dégagée, d'un côté sur les jardins et l'estacade en bois de trois étages qui menait à la plage, de l'autre sur l'entrée principale et les bazars où les jeunes filles achetaient des colifichets en coquillages.

Le froid était devenu piquant. Manteaux et parapluies se pressaient sous l'averse imminente. Il allait avesprir dans peu de temps. Louis ne cessait de se demander ce que Hyde et son complice pouvaient bien faire. Si au moins le Dr Blanche avait été là, ils auraient pu l'interroger sur le prétendu aliéniste, mais son fils leur avait dit qu'il se trouvait à Paris.

Mathilda avait-elle fait escale à Dieppe lors de son dernier voyage pour y cacher le morceau de film manquant ? Était-ce la raison du retour de Hyde ? Mais où aurait-elle pu le cacher ? Et quand ? Chez le consul évoqué par Jacques-Émile Blanche ? Il se leva pour aller se renseigner à l'accueil et revint tout excité.

— Le portier connaissait bien Miss Courray. Elle a passé de nombreuses saisons à Dieppe. En dehors de ses heures de travail chez le consul, elle faisait volontiers office de costumière pour la troupe de théâtre locale. Jolie, serviable, amie avec tout le gratin. Il la voyait souvent le soir accompagner des messieurs au baccara.

— Et alors ?

— Et alors, il l'a vue il y a peu de temps, il en est certain, deux semaines au plus. Elle est venue assister au tour de chant de son amie Descambrais. D'après le programme que j'ai consulté, c'était le 8 novembre au soir.

— Le lendemain Paris, puis la mort ferroviaire, compléta Émile.

— Descambrais, c'est l'actrice que doit remplacer Camille ! Il faut qu'on lui parle.

— Je crains que ce ne soit pas possible, monsieur, dit un serveur qui passait avec un plateau de sandwiches. Mlle Descambrais a été transportée à la campagne dans sa famille.

— Au lieu d'écouter aux portes et de contrarier tout le monde, offrez-nous donc un de vos amuse-gueule, répliqua Louis, agacé.

Il engloutit un toast au pâté de canard suivi d'un petit vol-au-vent sans se sentir pour autant rasséréné. Mathilda n'avait passé qu'une soirée à Dieppe. Et elle était venue entendre Élodie Descambrais dans *Isoline*, le conte de fées lyrique d'André Messager.

Aurait-elle pu lui confier les prises de vues dérobées ? Non, si elle l'aimait bien, elle n'aurait pas mis en péril la vie de la jeune actrice. Et si elle les avait cachées à son insu dans sa loge ?

Il bondit de nouveau sur ses pieds.

— Pourquoi faut-il que les jeunes gens ressemblent à des haricots sauteurs du Mexique ? fit Émile en vidant son verre.

— Je vais inspecter la loge de Descambrais.

— Nous ne sommes pas dans un théâtre.

— Peu importe. On aura bien aménagé un endroit en coulisse pour que ces dames se changent. Restez ici, gardez l'œil ouvert.

— Parce que j'ai l'habitude de roupiller pendant mes quarts de garde ?!

Louis enfila plusieurs couloirs, fendant des groupes de rastaquouères, ces nouveaux riches vilipendés par l'aristocratie locale, pressés de se faire dépouiller de leur argent par les demi-mondaines et les croupiers.

Il gagna rapidement la vaste salle des fêtes, poussa résolument une porte marquée « accès réservé », descendit un escalier, se retrouva dans une galerie encombrée de morceaux de décors en carton-pâte. Les coulisses. Des machinistes allaient et venaient, l'air affairé. « Appuie donc ! » criait un type tout maigre à son compère perché dans les frises et qui faisait descendre un ciel nuageux. Louis croisa un homme en habit, le col défait, à moitié maquillé, qui vocalisait, et une petite vieille en train de repasser une robe à volants lui indiqua la « loge » de Mlle Élodie en soulevant son lourd fer en fonte.

— Tout le monde la cherche, ce soir ! dit-elle en souriant. C'est qu'elle a toujours sa côtelette quand elle passe sur scène ! J'espère que ce sera pareil pour la demoiselle qui la remplace !

Tout en enquillant le corridor indiqué, Louis se demanda une fois de plus pourquoi « avoir sa côtelette » signifiait « être chaleureusement applaudi » dans l'argot des comédiens. Les payait-on autrefois en morceaux de viande ?

Il passa sans y prêter plus attention devant un mannequin d'homme recouvert d'un vieux rideau, s'arrêta devant la porte marquée du chiffre 2 en laiton brillant et tapa trois petits coups. Pas de réponse. Il tourna la poignée, en vain. Camille s'était-elle enfermée ? Il appela « Camille ? » à voix mesurée, puis plus fort. Camille ne répondit pas, mais le mannequin gémit.

Le mannequin ? L'épouvantail jeté là semblait respirer. Il se pencha, tira le tissu moisi d'un geste sec, découvrant la face cramoisie d'Albert. Un Albert aux yeux clos qui dégageait une odeur bien spécifique. On l'avait chloroformé !

Mais cela voulait dire... Camille ! Il prit son élan et fonça dans la porte sans barguigner. Recommença à s'en démettre l'épaule, regrettant pour le coup l'absence du quintal d'Émile. La porte céda en s'ouvrant à la volée et il faillit tomber.

Camille, le visage tuméfié, gisait sur le petit divan, bâillonnée, attachée... mais où était son agresseur ?... la pièce était minuscule... bon Dieu !

Louis fit un écart sur le côté *in extremis* au moment où l'homme caché dans l'angle du mur derrière la porte abattit sa hache. La lame frôla sa joue, fendit le tissu de son veston. Il sentit l'haleine fétide de son vis-à-vis, reconnut les yeux haineux.

Scarey. William Scarey, armé d'une courte hache au tranchant étincelant. Louis tenta de saisir son pistolet, mais Scarey revenait déjà à la charge et il dut virevolter pour éviter la lame mortelle. Il allongea la jambe dans une violente détente, frappant Scarey au foie, un coup à faire s'écrouler un âne, mais le bougre resta debout.

Puis il fonça soudain sur Camille, en brandissant sa hache, une expression démente sur le visage. Louis plongea, le saisit aux chevilles pour le faire choir. La lame se planta à côté de sa tête. Scarey était enragé, animé d'une force incontrôlable. Louis esquiva un autre assaut furieux, réussit à renverser le divan, espérant que le meuble pourrait protéger Camille, et sauta sur la coiffeuse.

La hache frappa la lampe à pétrole, une flamme courut vers un pot de fard. Le feu. Le feu allait prendre. Louis exécuta un roulé-boulé, la main sous son veston, sentit enfin la crosse du pistolet sous ses doigts, armer, tirer...

Il vit la hache foncer vers sa gorge, appuya sur la détente.

La détonation emplit la petite pièce. Scarey ne ralentit même pas tandis que sa poitrine se marquait de rouge vif. Emporté par son élan, il trébucha sur Louis et vint s'encastrer dans la malle à costumes. La tache de sang s'élargissait sur sa chemise blanche. Louis hésita. Il pouvait l'achever. Mais, dans ce cas, Scarey emporterait ses secrets dans la tombe. Il tira de nouveau, visant le genou, et cette fois-ci Scarey s'écroula, comme un automate furieux, agité de soubresauts, cherchant encore à se redresser en de vaines ruades. Louis lui écrasa la main et écarta la hache d'un violent coup de pied. Il se pencha sur le blessé, approchant son visage tout près du sien.

— Pourquoi ? Pourquoi attaquer Camille ? Mathilda avait caché le film dans la loge, c'est ça ?

— Mathilda ! Il fallait la tuer ! Il faut les tuer. Comme Rebecca. Toutes des truies affamées de sexe. Elles méritent la mort. Elles sont sales.

Louis le saisit à la gorge.

— C'était donc toi ?

Et Louis se souvint brusquement où il l'avait vu la première fois. À Dijon ! Dans la brasserie, avec Émile, le soir même du meurtre de Mathilda !

Scarey souriait. Le sang coulait entre ses lèvres, tachait son menton.

— Les tatouages... que signifient-ils ?

— L'œil du Profond...

Il agrippa sa chemise déchirée, découvrant la peau glabre et très blanche de l'aine où l'œil dans le triskel était gravé en bleu foncé.

— Pour la gloire des Ténèbres. Pour la gloire du Maître, balbutia-t-il.

Ainsi leur théorie d'un fou homicide au sein d'une secte ésotérique se révélait juste ! Louis secoua de nouveau le mourant. Il avait besoin de réponses et peu de temps.

Scarey souriait toujours, les pupilles dilatées.

— Et Leprince ? Pourquoi l'avoir fait disparaître ?

— Le Prince des Ténèbres... grommela Scarey, les yeux roulant dans les orbites. Le miroir des ombres...

Il divaguait. Louis le souleva par les revers.

— Et les autres femmes, à Londres ? Les autres femmes, c'était toi aussi ? C'est toi sur les fameuses photographies ?

Scarey ne répondit pas. Il fixait le plafond, comme s'il pouvait y apercevoir le visage bien-aimé du Malin.

— Réponds ! lui cria Louis. Et Hyde, quel est son rôle dans tout ça ? Qui est-il donc ?

— Hyde était mon... ami. Il n'a fait que m'aider. Il comprenait... ma mission. Et maintenant... il n'est plus ! À cause de vous ! Il a rejoint les Ombres.

— Quand ça ? Comment ?

— Le bateau... nous nous sommes disputés... il est tombé...

— C'est toi qui l'as poussé ? Pourquoi ? Parle ou je t'achève !

Scarey eut un petit rire, qui le fit hoqueter. Puis, sans transition, il lui cracha au visage, un crachat sanguinolent.

— *From Hell !* lança-t-il avec un rire dément.

Ses traits se convulsèrent, ses talons martelèrent le sol et son regard devint fixe et vitreux.

William Scarey venait de rendre son âme à son Maître.

Louis se redressa, secoué par une quinte de toux. La fumée ! Les flammes dévoraient la coiffeuse et se ruaient sur les galons et les tapisseries.

Louis saisit Camille à bras-le-corps et sortit en criant « Au feu ! ». Un des machinistes les aperçut et donna l'alarme. Louis déposa Camille sur le vieux rideau, près d'Albert toujours inconscient, et courut chercher le corps de Scarey qu'il extirpa de la pièce en feu en le tirant par les pieds, tandis que la chaîne de seaux d'eau se formait et qu'on prévenait les pompiers.

Il libéra Camille de ses entraves et elle se jeta dans ses bras.

— Il m'a dit qu'il allait me couper en morceaux, balbutia-t-elle. Il riait en montrant ses dents jaunes, c'était affreux.

— A-t-il trouvé ce qu'il cherchait ?

— Je ne sais pas. Il a fouillé dans les tiroirs de la coiffeuse, dans les costumes... et puis tu es arrivé. En retard, comme d'habitude.

Avec une dernière lueur d'espoir, Louis se baissa pour retourner les poches de Scarey, malgré sa répugnance à se souiller de nouveau les mains.

Le portefeuille défraîchi ne contenait que quelques billets de banque anglais et français, un ticket de chemin de fer Dieppe-Paris pour le lendemain matin, une carte de visite au nom de William Scarey, chirurgien, et... une mèche de cheveux roux à la racine tachée de sombre.

Mathilda. Ce salaud avait emporté un trophée.

Des voix, des pas, de l'agitation. Louis se redressa. Émile apparut, inquiet, à la suite des sapeurs-pompiers.

Les flammes crépitaient. Le feu dévorait la loge. Personne ne connaîtrait jamais plus le vrai visage du Ripper.

On leur ordonnait maintenant de s'écarter. La fumée envahissait le couloir. Émile s'agenouilla à son tour près du cadavre.

— Il devait être bourré de cocaïne et d'opium, dit-il en passant le doigt sur les gencives noirâtres de Scarey. Un pauvre dément, enragé contre les femmes.

— Criminel type ! balbutia Albert.

— Peut-être, rétorqua Louis. À moins que ce ne fût vraiment un sataniste, comme c'est la mode.

— Une tripotée de pervers fricotant avec le Démon, dit Émile en se relevant. Au moins, en voilà déjà un de collé au mur !

— Vous auriez du succès dans les oraisons funèbres, mon vieux.

— Et Hyde ? Qu'a-t-il dit à propos de Hyde ? demanda Albert maintenant bien réveillé.

— Que c'était son ami. Qu'ils se sont engueulés pendant la traversée et que Hyde est tombé et s'est noyé. Je ne sais quoi penser de leur relation, ajouta-t-il en songeant à la propension de Hyde à se déguiser en femme.

Émile semblait sur le point d'exploser et Louis se hâta de dire :

— Remontons à l'air libre.

Ils regagnèrent les salons du casino. Autour d'eux les gens vaquaient à leurs affaires, insouciants du départ de feu au sous-sol. Louis renifla sa veste, déchirée, qui sentait la fumée. La police s'apercevrait vite que Scarey avait été révolvérisé. Il faudrait expliquer un attentat sur la si désirable personne de Camille et plaider la légitime défense. Il aurait dû laisser le corps se consumer dans la loge. Enfin, tout cela fournirait au moins un bon papier. « Notre reporter sauve une jeune actrice des griffes du fou à la hache ! » Et même la une : « L'énigme du train sanglant élucidée ! Grâce à l'intrépidité de notre envoyé spécial... »

Pas mal pour un débutant, non ? Les vieux birbes allaient en jaunir de jalousie.

— On a frappé, j'ai cru que c'était Albert, dit Camille en lui serrant la main. Je lui ai crié d'entrer. J'étais à la coiffeuse. Ce fou m'a sauté dessus, m'a flanqué un coup de poing qui m'a à demi assommée, m'a ligotée et bâillonnée... Impossible de me défendre, j'avais l'impression d'être minuscule ! Et puis il a sorti sa hache de sous sa veste. Ses yeux brillaient... comme ceux d'un enfant qui aperçoit sa sucrerie préférée. Il a commencé à fouiller partout en dardant sa langue entre ses lèvres, c'était répugnant, on aurait dit un lézard géant. Il semblait tellement... tellement inhumain.

— L'œil sans âme du prédateur, commenta Émile.

— Pour lui vous n'étiez que l'objet qui allait servir à satisfaire ses funestes penchants, renchérit Albert en lampant son cognac cul sec.

— La petite poupée de la Mort, laissa tomber Louis.

— Exactement, approuva Albert. Un jouet érotique. Comme dit MacDonald, dans la plupart des cas de ce genre, « tout indique que le meurtre comporte un plaisir sexuel si puissant que toute répulsion pour la cruauté est sur le moment contrebalancée ». Pour les meurtriers de ce type, la mort et les mutilations procurent une grande jouissance.

— Ce que j'aime chez vous, Albert, c'est que vous avez toujours le chic pour remonter le moral ! se moqua Louis.

Ils aperçurent les pompiers en sueur qu'on faisait sortir discrètement. Interrogé, un serveur confirma que le feu était bien éteint. Un bruit de pas martial les fit se retourner.

Cette fois, c'était la gendarmerie, escortée par le machiniste qui avait vu Louis quitter la loge. L'adjudant-chef les salua et commença son interrogatoire. D'abord sévère face à un journaleux homicide, il se radoucit en apprenant les états de service d'Émile et que M. Albert Féclas travaillait pour la faculté de Lyon. Louis servit sa petite histoire, évitant tout développement intempestif. Camille confirma avec force soupirs et trémolos. On avait trouvé la hache, on les crut. L'enquête se poursuivrait, on les tiendrait au courant.

Ils regardèrent par les fenêtres les gendarmes emporter le corps de Scarey sur un brancard, suivis par des enfants curieux et rigolards. La neige avait traversé la Manche et s'était mise à tomber, à gros flocons.

Et voilà. La messe – noire – était dite.

Une semaine. Une semaine à peine que tout avait commencé. Le monde avait été créé en une semaine, et Louis comprenait mieux pourquoi Dieu avait eu besoin de se reposer le septième jour. C'était son tour ! Et après eux, le déluge. Enlaçant Camille, il héla le serveur :

— En attendant que nous fassions sauter la banque, faites sauter le champagne, mille bombes !

ÉPILOGUE

L'année était passée en un éclair.

Scarey avait été déclaré coupable des meurtres de Mathilda Courray et de Rebecca Nichols. Louis avait vu son salaire augmenter. Camille avait obtenu un franc succès dans *Monsieur chasse* de Feydeau. Le petit cours de boxe française d'Émile marchait bien. Albert avait repris ses fonctions auprès de Lacassagne, bien qu'il rêvât de tout lâcher pour se consacrer à son art. Louis avait hésité à contacter le frère de Leprince à Dijon, mais avait renoncé : à quoi bon raviver la douleur d'une disparition qui ne serait certainement jamais élucidée ?

On avait régulièrement des nouvelles d'Angleterre par Millie. Robinson avait été embauché en tant que grouillot par le journal auquel elle collaborait. Robert William Paul travaillait toujours avec acharnement, inventant mille choses à la minute, David Devant devenait très célèbre et Philippa avait brillamment obtenu son diplôme avec les félicitations hypocrites de ses pairs. Quant à Lady Fisher-Brown, on la disait en Amérique, à la colle avec un richissime financier.

En somme, la vie avait repris son cours.

Et en cette soirée du 28 octobre 1892, Louis, Camille et Émile étaient mêlés à la foule du Cabinet fantastique du musée Grévin venue découvrir le théâtre optique d'Émile Reynaud.

Accompagnés au piano par le compositeur Gaston Paulin, les premiers dessins animés jamais projetés sur un écran scintillaient dans la salle sous l'œil ébahi des spectateurs.

Augustin Leprince avait fabriqué une caméra de prises de vues et Reynaud un appareil restituant le mouvement, grâce à des bandes de longueur illimitée, souples et régulièrement perforées, dessinées à la main par ses soins. « Quel dommage qu'ils ne se soient pas connus ! » se dit Louis.

Camille et Émile applaudissaient à tout rompre les pantomimes lumineuses au programme : *Un bon bock*, *Clown et ses chiens*, *Pauvre Pierrot*... et, délaissant ses pensées moroses, Louis se joignit à l'enthousiasme général.

L'homme dans l'ombre, derrière eux, n'applaudissait pas. Il souriait.

D'un sourire aussi insaisissable qu'une image animée.

POSTFACE

Ayant été littéralement élevée dans un cinéma – la salle familiale –, il était sans doute inévitable que j'éprouve un jour le désir de remonter aux sources de cette invention somme toute récente et à son impact sociologique phénoménal. Je me suis donc rendue en cette fin du XIXe siècle, et je me suis retrouvée dans un monde bouillonnant, plein de contradictions et d'espoirs, où l'essor des sciences et le renouveau de l'ésotérisme vont de pair, sur fond de music-hall omniprésent.

Profitant des avancées de la révolution industrielle, on se déplace. On se déplace à vélo, en omnibus, en train, en métro, en bateau. On bouge avec ardeur, enthousiasmé de vitesse et de confort. On a sous le bras son Livret-Chaix, « Guide Officiel des voyageurs sur tous les Chemins de Fer de l'Europe et les principaux paquebots de la Méditerranée et de l'Océan », ou son guide Diamant, édité chez Hachette, ancêtre des Guides verts et dont l'un des rédacteurs les plus connus est Alphonse Joanne.

On rêve d'automobiles et d'aéroplanes en attendant l'express de 11 h 10 du soir ou de 3 h 8 de l'après-midi, car la division de la journée en vingt-quatre heures ne sera effective qu'avec la loi du 9 mars 1914. Cependant, alors que Londres jouit du chemin de fer souterrain – le Metropolitan Railway a été inauguré en 1863 –, Paris attendra jusqu'au 19 juillet 1900 que la Compagnie du chemin de fer métropolitain mette la première ligne en service, pour l'Exposition universelle.

Parallèlement, les médiums ont pignon sur rue, on consulte les « somnambules », on photographie les fantômes. C'est un véritable engouement, illustré entre autres par le père de Sherlock Holmes, Conan Doyle.

Les francs-maçons, eux, sont en butte aux violentes attaques de Léo Taxil (1854-1907), nom de plume de Gabriel-Antoine Jogand-Pagès. Longtemps anticlérical farouche, un brin pornographe (*Les Maîtresses du pape, Les Amours secrètes de Pie IX*...), il se convertit en 1885 et devient, avec son complice le Dr Charles Hacks, le chantre de l'antimaçonnisme le plus débridé, dénonçant l'« Ordre du Palladium », portant, à travers la publication *Le Diable au XIXe siècle*, signée Dr Bataille (!), des accusations de satanisme orgiaque qui perdureront des années. Taxil avouera en 1897 que tout cela n'était qu'une mystification.

Par ailleurs, l'Hermetic Order of the Golden Dawn (l'ordre de l'Aube dorée) est fondé en 1888 par William Wynn Westcott, William Robert Woodman et Samuel Liddell MacGregor Mathers, et se dissoudra vers 1905 en raison de dissensions internes (la lutte de pouvoir évoquée dans le roman entre Westcott et Mathers). L'ordre comptera parmi ses jeunes membres Edward Alexander Crowley, dit Aleister Crowley (1875-1947), le futur « père » du satanisme moderne. La famille de Crowley, cousin dans mon récit de Robinson, faisait partie des Darbystes ou Frères de Plymouth, une secte protestante extrêmement rigoriste.

C'est donc dans la joyeuse pagaille des lendemains qui chanteront, des cercles spirites et de la créativité débridée des jeunes inventeurs que Louis et ses amis se lancent sur les traces de Louis Aimé Augustin Leprince (1841-1890), un précurseur franco-anglais du cinéma souvent passé sous silence. (Voir le remarquable et exhaustif dossier que lui a consacré l'Association française de recherche sur l'histoire du cinéma, www.dsi.cnrs.fr/AFRHC.) À ce jour, le mystère de sa disparition reste entier. Les archives de police de Paris ne conservent aucune trace de l'affaire. Le seul témoignage concernant le fait qu'il ait pris cet express Dijon-Paris est celui de son frère. La théorie la plus répandue est qu'il aurait organisé sa disparition, étant ruiné. Mais la correspondance avec son épouse montre un homme plein de projets. Bien évidemment, une théorie séduisante pour un auteur de romans policiers est de chercher à qui profite le crime : sa famille ? les frères Lumière ? Edison ? Plus sérieusement, il est vraiment curieux que l'on n'ait trouvé trace ni de l'homme ni de ses bagages. Le mystère reste entier et disponible pour tout détective amateur.

Dans la foulée, ils sont amenés à rencontrer des personnages aussi réels que divers :

Le professeur Alexandre Lacassagne (1843-1924) est un des pères fondateurs de l'anthropologie criminelle en France. Auteur de nombreux ouvrages de référence, médecin légiste novateur, il a laissé une œuvre considérable et marqué de son empreinte des générations. Il est également le coauteur du rapport d'expertise psychiatrique de Vacher, « l'Éventreur du Sud-Est » (immortalisé par Michel Galabru dans le film de Bertrand Tavernier *Le Juge et l'assassin*).

Le magicien anglais David Devant (1868-1941), élève du célèbre Maskelyne et vedette de l'Egyptian

Hall de Piccadilly Circus. Il introduira dès 1896 dans leurs shows le « Theatrograph » (projecteur cinéma) conçu par Robert W. Paul.

Le prince Albert Victor de Galles, duc de Clarence (1864-1892) : surnommé Eddie par ses proches, le prince n'avait pas une excellente réputation. Certains le disaient intellectuellement limité. Il fut impliqué dans le scandale de prostitution masculine dit de « Cleveland Street ». Les auteurs modernes lui ont souvent prêté un rôle dans l'affaire de Jack l'Éventreur. Il est mort à vingt-huit ans d'une pneumonie, le 14 janvier 1892, soit très peu de temps après sa rencontre imaginaire avec nos héros.

Le peintre Walter Sickert et son ami Jacques-Émile Blanche. Walter Richard Sickert (1860-1942) a longtemps vécu dans la colonie anglaise de Dieppe, que fréquentaient également les peintres Charles Conder (1868-1909) et James Whistler (1834-1903). Selon la thèse très documentée de Patricia Cornwell (*Jack l'Éventreur, Affaire classée, Portrait d'un tueur*, Seuil, 2003), Sickert ne serait autre que Jack l'Éventreur lui-même.

Jacques-Émile Blanche (1861-1942), fils du célèbre aliéniste Émile Blanche, est un portraitiste mondain, écrivain et mémorialiste, qui a joui d'une réelle notoriété parmi ses contemporains.

Octave Mirbeau (1848-1917), qui n'appréciait pas sa peinture, l'a descendu en flammes dans ses comptes rendus du Salon de 1892.

En parlant de Mirbeau, on ne peut évidemment ignorer le bataillon de gens de lettres que fréquente plus ou moins épisodiquement Louis : Alphonse Allais (1854-1905), Marcel Schwob (1867-1905), Oscar Wilde (1854-1900) et Gaston Leroux (1868-1927). En 1891, Leroux est un jeune journaliste de vingt-trois ans, plein de verve et d'idées, qui n'a pas encore inventé Rouletabille. Qui sait si Louis ne lui a pas servi de modèle ?

Émile Pouget (1860-1931) occupe une place à part. Ce fils de notaire fonde très tôt son premier journal, *Le Lycéen républicain*, et participe au congrès international anarchiste de Londres en 1881. En 1889, il commence à éditer un journal virulent : *Le Père Peinard*, où il utilise un langage populaire et très imagé, vraiment percutant. Suite aux mesures anti-anarchistes après l'assassinat du président Carnot, il sera contraint de s'exiler à Londres de 1894 à 1895.

À Londres, Louis arpente inlassablement Whitechapel. On ne présente plus ce fameux quartier, théâtre des meurtres de Jack l'Éventreur. La Poverty Map, la carte de Charles Booth (1840-1916) hachurée de noir, met en évidence qu'il s'agit d'un quartier très pauvre. Mais ce n'est pas que le quartier aux 1 200 prostituées ! Les commerces fourmillent et les enseignes citées sont mentionnées sur l'Ordnance Survey Map, London Sheet 63, édition de 1894. Aujourd'hui, le Royal London Hospital est toujours à la même place et un petit musée consacré au passé expose les tenues des infirmières, les instruments des médecins, et les souvenirs concernant « Elephant Man ».

Dans ces années éprises de technologie et émerveillées par le Progrès, avec un P majuscule, on se passionne pour la transmission du son et l'animation des images.

En Europe comme en Amérique, d'ingénieux « ingénieurs » travaillent sur la restitution du mouvement dans la lignée des remarquables travaux d'Eadweard Muybridge (1830-1904) ou d'Étienne-Jules Marey (1830-1904). Le premier, à l'aide de plusieurs appareils photo, a réussi en 1876 à décomposer le mouvement d'un cheval au galop, puis a conçu en 1880 le zoopraxiscope pour le recomposer. Le second a simplifié le dispositif et est – entre autres – l'inventeur du fusil photographique, appareil portatif qui capturait douze images par seconde, et, en 1889, du chronophotographe à bande mobile, le précurseur direct du cinématographe.

Clément Ader (1841-1925), inventeur multicarte, concevra aussi bien les chenilles de chars que les pneumatiques, le câble sous-marin, les cadres de vélo, les aéroplanes, le moteur V8 et le théâtrophone. Jusqu'à sa mort, il ne cessera de produire croquis et plans. Le théâtrophone, ancêtre de nos retransmissions en direct, fut un véritable succès commercial.

Émile Reynaud (1844-1918), lui, invente le praxinoscope géant ou de projection. Son théâtre optique, présenté à l'Exposition de Paris de 1889, utilise des plaques de gélatine peintes à la main. Il projette ainsi ses propres dessins animés. Après 1895, il ne pourra résister à la concurrence du cinématographe et mourra ruiné après avoir détruit la quasi-totalité de son œuvre, sauf deux bandes exposées au musée Crozatier du Puy-en-Velay. Il fut en réalité le premier à résoudre le problème de l'entraînement de la pellicule et de la stabilité des images projetées.

Quant à Thomas Edison (1847-1931), c'est après une conférence d'Eadweard Muybridge en 1888 que l'inventeur américain, surnommé « l'homme aux mille brevets », se lance, avec l'aide technique de William Kennedy Laurie Dickson (1860-1935), dans la conception du kinétographe (la caméra) et du kinétoscope (le projecteur). Après sa visite à l'Exposition universelle de Paris de 1889 où il rencontre Étienne-Jules Marey et découvre le théâtre optique d'Émile Reynaud, il dépose un nouveau brevet incluant l'usage d'une pellicule perforée, qui aboutira le 20 mai 1891 à la première démonstration publique du kinétoscope, commercialisé dès 1894 sous la forme de « visionneuses » individuelles à pièces permettant la visualisation de courtes séquences.

C'est dans cette mouvance que se situe le jeune – il a vingt-deux ans en 1891 – Robert William Paul (1869-1943), qui reproduira en 1895 le kinétoscope d'Edison, et tournera, avec Birt Acres (1854-1918), à l'aide de la caméra Paul-Acres, les premiers films du Royaume-Uni en mars 1895. Il réalisera ensuite le Theatrograph, premier projecteur de films 35 mm produit en Grande-Bretagne.

Une des choses qui m'a le plus frappée lors de ce bref voyage dans le temps, c'est la jeunesse des différents protagonistes. Hommes d'affaires, écrivains, inventeurs, ingénieurs : nombre d'entre eux ont fait leurs preuves avant d'avoir vingt-cinq ans et, par rapport à notre société adulescente, j'ai été surprise par la confiance accordée au savoir-faire des jeunes de l'époque.

Pour les lecteurs intéressés par cette période bouillonnante où s'élabore et se met en place ce qui va devenir le cinéma, on peut consulter les excellents sites : Who's Who of Victorian Cinema et Adventures in Cybersound ainsi que le court extrait bibliographique ci-dessous.

En matière de documentation, j'ai privilégié chaque fois que je l'ai pu les textes d'époque, ce qui peut mener à certaines « inexactitudes ». Ainsi en ce qui concerne Jack l'Éventreur et les « crimes de Londres », comme disait la presse française. Lacassagne et McDonald, l'un des coroners, recensent onze victimes, quand la thèse officielle ne lui en attribue plus que cinq aujourd'hui. De même les assertions médicales et psychologiques sont-elles celles proférées à l'époque, que ce soit sur l'inversion, la folie ou les bienfaits du tabac.

En me lançant dans le récit des aventures de Louis Denfert, j'ai donc eu le grand plaisir de m'immerger de longs mois dans une époque pas si lointaine, violente et passionnée, scandée de chansons et de spectacles étonnants. Une époque totalement moderne, bouillon de culture de nos sociétés d'aujourd'hui et apogée triomphant de la civilisation technologique apparue avec le premier outil humain.

BIBLIOGRAPHIE

Dickens's Dictionary of London, 1888.

Le Père Peinard, articles choisis, 1889-1900, Éditions Les Nuits rouges.

Le Monde moderne illustré, volumes reliés, 1895-1900.

Le Vade-Mecum du médecin expert, Alexandre Lacassagne, Éditions Storck, Lyon, 1892.

Vacher l'Éventreur et les crimes sadiques, Alexandre Lacassagne, Éditions Storck, Lyon, 1899.

Archives de l'anthropologie criminelle, années 1886 et suivantes.

La Nature, revue des sciences et de leurs applications aux arts et à l'industrie, années 1885-1898, rédacteur en chef Gaston Tissandier.

Poverty Map, Charles Booth.

Perversité et perversion sexuelle, Dr Laupts, préface d'Émile Zola, Georges Carré Éditeur, Paris, 1896.

La Morgue de Paris, in « Annales d'hygiène publique et de médecine légale » 1878.

Dictionnaire de la langue verte, Alfred Delvau, Marpon et Flammarion Éditeurs, 1883.

Dictionnaire d'argot fin-de-siècle, Charles Virmaître, A. Charles Libraire, Paris, 1894.
Un siècle de cyclisme, Hervé Paturle et Guillaume Rebière, Calmann-Lévy.
The District Line, Mike Horne, Capital Transport Publishing.
Don't…, réédité par Pryor Publications.
Le Boute-en-train illustré, 1891.

Claude Izner

Les enquêtes de Victor Legris

Claude Izner sait recréer l'effervescence du Paris de la fin du XIXe, celui de l'Exposition universelle, du Montmartre des artistes, des petits théâtres, des rues sombres, dans la tradition d'un Eugène Sue et de ses *Mystères de Paris.* Victor Legris, propriétaire d'une librairie rue des Saints-Pères, se voit chargé de résoudre des cas mystérieux, touchant ses proches, comme son ami et associé, le Japonais Kenji Mori. Au fil des différentes affaires, le libraire de « L'Elzévir » s'improvise détective, jusqu'à ce que cela devienne une véritable passion !

n° 4100 – 8,60 €

GRANDS DÉTECTIVES, DES POLARS HORS LA LOI DU GENRE

Jacques Neirynck

Les enquêtes de Raoul Thibaud de Mézières

Dans le Paris de la belle époque, le bouillonnement culturel, scientifique et les innovations technologiques promettent un avenir prospère. Mais le climat politique est loin d'être aussi lumineux : royalistes, bonapartistes et anarchistes ourdissent contre la IIIe République, qui ne doit sa stabilité qu'à des hommes comme Raoul Thibaud de Mézières, agent spécial du président de la République. Chargé d'élucider les affaires sensibles qui menacent le régime, cet homme de l'ombre sait qu'il doit protéger l'intérêt du public avant tout. Quitte à passer sous silence certaines vérités gênantes...

n° 4120 – 7 €

GRANDS DÉTECTIVES, DES POLARS HORS LA LOI DU GENRE

Guillaume Prévost
Le mystère de la chambre obscure

Paris, 15 août 1855. Félix de Montagnon, reporter au *Populaire*, et son ami Jules Verne, jeune écrivain encore inconnu, assistent à une séance de spiritisme. À la fin de celle-ci, le médium Gordon est assassiné d'une balle dans chaque œil. Bientôt, d'autres crimes sont perpétrés. Interloqués, les deux complices se plongent dans une enquête tortueuse qui les conduira du Père-Lachaise à l'Exposition universelle. Expériences occultes, fausse monnaie, trafic de cadavres se mêlent dans ce drame, où Jules Verne joue les grands détectives!

n° 4098 – 7,40 €

GRANDS DÉTECTIVES, DES POLARS HORS LA LOI DU GENRE

Impression réalisée sur Presse Offset par

La Flèche (Sarthe), 48583
N° d'édition : 4092
Dépôt légal : septembre 2008

Imprimé en France